지금은 연애중?!

정미림 지음

지금은 연애중?!

초판 인쇄 | 2007년 10월 5일
초판 발행 | 2007년 10월 10일

지은이 | 정미림
펴낸이 | 한익수
펴낸곳 | 도서출판 큰나무

등록 | 1993년 11월 30일(제5-396호)
주소 | 120-837 서울시 서대문구 충정로 3가 3-95 2층
전화 | 02) 365-1845 · 1846 팩스 | 02) 365-1847
e-mail | btreepub@chollian.net
홈페이지 | www.bigtreepub.co.kr

값 9,000원

ISBN 978-89-7891-238-9 03810

지금은 연애중 ?!

정미림 지음

큰나무

CONTENTS

프롤로그-추녀 빈축을 사다
1. 열여덟 강서드림…18
2. 다시 만난 서점의 그 남자…34
3. 만만한 니가 마음에 들어…47
4. 머슴과 마님의 원조교제?…76
5. 처음은 오빠로 시작한다?…96
6. 새끼손가락 걸고 다니는 커플…110
7. 커플링을 나누다…140
8. 축제의 주인공…156
9. 여행…180
10. 의대 졸업 여행기…211
11. 또 다른 상처…258
12. 비밀을 알게 되다…278
13. 그의 사랑…295
14. 그 없이 살아가는 연습…303
15. 가슴에서 흐르는 눈물…331
16. 결혼식…355
에필로그

프롤로그
추녀 빈축을 사다

부산 남포동의 대표서점인 '샛별당' 안은 지금 폭풍전야의 긴장감과 고요함이 감돌고 있다.

할머니 동네에 살았다던 끝순할매처럼 머리에 꽃을 꽂은 채, 아무에게나 사모한다고 외치고 다니는 정신이 아니고서야, 책을 사고파는 서점에서 크게 떠들어 대는 인간들이 몇이나 되겠냐고 생각할 수도 있지만…. 지금 샛별당의 내부는 보통사람들이 생각하는, 기본적인 교양이 밑바탕으로 깔린 침묵과는 전혀 다른, 모종의 검은 흑심이 가미된 음흉한 침묵만이 가득 메우고 있다.

'이 폭풍전야의 핵이 나라면 얼마나 좋을까'

열여덟, 강서드림은 혼자 야무진 꿈을 꾸다 피식 웃어 버렸다. 자신의 미모로는 도무지 가당치 않은 야무진 꿈이다.

친구인 연지가 있었다면 '네 자신을 알라' 는 소크라테스의 명언을 가져다 대며 또 훈계 질을 하려 할 것이다. 이 고요한 침묵의 주인공은 바로 드림의 앞에 있는 늘씬한 여자였다.

서점 안, 작은 웅성거림마저 일시에 잠재운 그녀. 여자임에도 웬만한 남자보다는 커 보이는 늘씬한 키에 난꽃 같은 고상하고 우아한 자태, 은은한 냄새마저 피우고 있는 천사 같은 그녀….

드림이는 자신의 앞에 있는 초절정미인의 모습을 힐끔힐끔 훔쳐보며, 참기름 냄새처럼 뿜어져 나오는 부러움을 감추지 못하고 있었다. 아무리 뚜껑으로 주둥이를 틀어막아도 공기 중에 뿜어져 나오는 그 고소한 냄새처럼 그녀를 향한 이 부러움은 도무지 주체를 할 수 없을 정도로 뇌리에서 뿜어져 나오고 있다.

'복도 많지…. 보아하니 자연산 같은데…. 부럽다'

들어서자마자 제법 넓은 서점안의 많은 시선들을 단 번에 사로잡은 그녀는 실로 하늘이 낸다는 초절정미인이라 부를 만했다.

검푸른 빛이 도는 찰랑찰랑한 긴 머리, 선명한 쌍꺼풀에 오똑한 콧날, 키스를 부르는 듯한 반짝이는 입술, 요즘 한창 인기를 끌고 있는 늘씬한 여자들의 대명사인 S라인이 그대로 드러나는 네이비블루의 원피스. 지금 서점 안 95%의 시선이 그녀의 아래위를 훑고 있는 중이다.

나머지 5%에 대해 물어 온다면…. 이제 막 연애질을 시작해 눈에 콩깍지가 쓰여 있거나, 아니면 서점본연의 볼일….

순수한 책에 대한 학구적인 볼일을 보고 있는 몇몇일 것이라고 단정을 지어 보았다. 아무튼 특이한 5%를 뺀 모두의 시선을 잡아 둘 정도로 그녀는 아름다웠다.

'예뻐…. 예뻐…. 정말 예뻐'

드림은 그녀를 둘러싼 이 재미난 현상에 작은 흥미를 느끼며, 책을 고르는 척 이곳저곳을 훑어보았다.

수컷들의 본능적인 시선, 자석에 끌리는 듯 어쩔 수 없이 쳐다보는 본능. 이래서 남자들은 죄다… 늑대라는 말이 나온 것이리라. 대범한 늑대들은 노골적으로 쳐다보고 있고, 좀 점잔을 빼는 늑대들은 책을 보는 척하며 곁눈질로 보고 있다.

여자의 적은 여자라 했던가? 많은 여성들이 책을 보다 날카로운 질투의 눈길로 힐끔거리며 네이비블루의 그녀를 쳐다본다.

네이비블루의 그녀는 이 모든 시선들을 아는 건지, 아니면 알고도 모른 체 하는 건지 주위의 시선에는 아랑곳 하지 않고 열심히 책만 훑고 있다. 숨소리마저 느껴질 정도로 가까운 거리에 있던 드림은 그녀의 작은 행동조차 놓치지 않고 유심히 곁눈질을 하고 있는 중이다. 그녀에게서 특히 부러운 것은 우아하고도 세련된 목선이다. 사슴은 모가지가 길어서 슬프지만 사람은, 특히 여자는 목이 짧으면 슬퍼지는 법이나.

'저 목선에 얼굴을 박을 운 좋은 남자는 누구일까?'

어린 것이 대낮부터 낯 뜨거운 상상이냐고 할 사람들도 있겠지만…. 드림이는 순수한, 정말 순수한 부러움에서 묻어나는 본능적인 생각일 뿐이다.

누구는 '목이냐? 허벅지냐?'는 소리를 듣고 있는 판국에 저리 아름다운 목선을 가지고 있다니….

드림이와는 애증의 관계에 있는 독설가 연지 년은 중학교를 졸업하던 그해 드림과 자신의 짧은 목에 울분을 금치 못했었다.

"드림. 영화에서 보면 남자 주인공이 사랑하는 여자의 목덜미에 얼굴을 박고 있는 장면 있지…."

"어."

"나 그거 해 보고 싶은데…. 우리들처럼 억울한 목덜미를 가지고 있는 신체 구조도 그런 장면을 연출할 수 있을까?"

"글쎄다…."

"드림."

"왜?"

"종덕이 놈이… 나 더러… 허벅지를 목 대신에 달고 다니느라고 고생이 많다고 그러더라…. 썩을 놈."

"헉…. 연지. 힘내!"

종덕이 놈은 연지가 짝사랑하던 인간이었다. 제 딴에는 농담이라고 했을 것이지만…. 듣는 연지에게는 하늘이 무너지는 소리가 아니었겠는가….

"너무 낙심하지 마!"

"너도 남 말 할 처진 아닌데…."

"어. 하하하…."

이러한 쓰라린 과거를 가지고 있는 드림이다 보니 자연히 그녀의 아름다운 목덜미에 얼굴을 박을 복 많은 남정네를 떠올릴 수밖에 없다.

 목 짧은 드림이가 자신의 목덜미를 얼마나 부러워하는지 꿈에도 모를 그녀는, 학처럼 긴 다리를 옮겨 책꽂이에 꼽혀 있는 책들을 천천히 둘러보다, '한국요리 특선'이라는 책을 한 권 들어 올렸다.

 책장을 넘기는 그녀는 눈이 나쁜지 미간을 살짝 찡그리는 모습이 참으로 인상적이다. 어쩜 사람이 저럴 수가 있을까? 얼굴을 찡그리는 모습이 더 예쁜 것 같다.

 넋이 나가 있던 드림은, 짧은 목, 짧은 커트 머리, 쌍꺼풀 없는 반달눈(드림이의 자랑이자 약점인데 웃을 때 눈이 보이지 않는다)에다 겸손하게 낮은 콧대, 작은 입으로 이루어진 자신의 억울한 얼굴 구조를 얼른 깨닫고 황급히 머리와 허리를 굽힌 채 살금살금 걸으며 미술 서적이 있는 곳으로 자리를 옮겼다. 그러다 문득 그녀는 자신이 굳이 이렇게까지 겸손할 필요가 뭐가 있을까 하는 생각을 해 보았다.

 '그래. 얼굴만 예쁘다고 다가 아니지. 진정한 아름다움은 내면에서 우러나오는 것이야. 암, 그렇고말고'

 '외모지상주의' 우리나라는 이점이 정말 문제다. 모든 것을 외모로만 판단하는 이 속물적인 시각들. 문제다. 정말 큰 문제가 아닐 수 없다.

 그나저나, 『우리가 아직 몰랐던 세계의 교양 006번 일러스트레이션』은 대체 어디쯤에 있을까?

 그녀는 자신이 원하는 책을 찾기 위해 '외모지상주의의 문제점'에 대한 생각을 잠시 미루고 미술 코너 책꽂이에 집중을 하였다.
 '참 곱기도 하지'
 입가에 자신도 모르게 미소가 번졌다. 그녀는 서점이 좋았다. 여러 가지 색의 알록달록한 책들이 제각각의 화려함을 뽐내며 자신 있게 꽂혀 있는 것을 보면 왠지 흐뭇함과 뿌듯함이 몰려오곤 하는 것이었다.
 '기특한 것들!'
 이곳을 경영하는 주인도 아닌데, 절로 드는 이 흐뭇함은 그녀의 오지랖이 넓은 탓일까?
 '아 찾았다. 우리가 아직 몰랐던 세계의 교양 006 일러스트레이션'
 그녀는 책꽂이 맨 위 칸에 있는 책을 발견하고는 기쁨의 탄성을 지르며 손을 뻗쳤다. 하지만… 책은 너무나 높은 곳에 자리하고 있었다.
 '이런, 젠장. 너무 높다. 키마저….'
 드림이는 자신도 모르게 예쁜 얼굴에다 키마저 늘씬하게, 큰 그녀를 바라보며, 한숨을 내 쉬었다. 짧기만 한 자신의 키와 다리가 너무 한심하고 불쌍하다. 불량한 다리 길이로 인한 낮은 자존감이 그녀의 온 몸을 휘감아 돌았다. 무릎에서 힘이 빠진다. 하지만, 그것도 잠시, 드림은 곧 고개를 절레절레 흔들었다. 그녀가 누구인가? 밝고 긍정적이며 매사에 단순하기 그지없는 햇살 같은 소녀이다.
 그녀는 금세 밝은 표정을 찾고 스스로를 위로하며 만족스럽게 고개를 끄덕였다.

'그래. 성격은 내가 더 좋을 거야…. 사람이 외모가 다가 아니라고. 내가 이러고 있을 때가 아니지. 얼른 책을 찾아서 마음의 양식을 쌓아야 돼'

드림은 자신을 도와줄 착하고, 성실하고, 친절한 직원을 찾기 위해 주변을 두리번거렸다. 마침 노란 유니폼을 입은 직원 한 사람이 이쪽으로 성큼 성큼 다가오고 있는 것이 보인다.

"저기요."

자기를 부르는 목소리를 들은 직원이 소리의 근원지인 그녀를 바라보자, 순간적으로 숨이 '컥'하고 막히는 기분이 들었다.

'헉, 이 서점이 사람을 여러 번 놀래 키는군. 여자 손님은 슈퍼모델이고 직원은 강동원이야? 저 물기 어린 눈망울 좀 봐라. 좋아. 아주 좋아. 흐뭇한 인상이야. 음….'

조막만한 얼굴을 가진 꽃미남이 긴 다리를 이용해 자신을 향해 성큼성큼 다가오고 있다.

얼굴은 마치 은빛 가루를 휘날리며 날아다니는 요정 분장을 한 강동원 같고, 그것도 부족한지 입가에는 꽃 같은 미소를 짓고 있었다. (남들이 보면 살짝 비웃는 모습을 혼자서 착각한 것이라고 하겠지만, 정말 그 순간 드림이에게는 그 사람이 자신을 향해 미소를 짓고 있는 것처럼 보였다) 너무나 잘 생긴 남자를 보자 자신도 모르게 본능적으로 뿜어져 나오는 소녀다운 부끄러움이 그녀의 온몸을 휘어 감았다. 드림은 평소의 자신과는 전혀 어울리지 않게, 수줍고도 뽀사시한 미소를 지으며 짧디 짧은 집게손가락으로 책꽂이를 가리켰다.

"저기요. 책이 너무 높이 있어서요. 책 좀…."

"야!"

왕과 동급대우를 받는 손님에게… 야? 보기보다 친절하고 성실한 직원은 아닌가 보다.

"네?"

"내가 직원처럼 보이니?"

"네?"

"나, 직원 아니거든, 직원 불러."

"네?"

"이 놈의 인기는 정말…. 좋아. 폰 번호 주면 내려 줄게."

이 조각이 지금 뭐라고 하는 걸까? 남자의 완벽한 입술에서 흘러나오는 멜로디 같은 목소리를 듣는 순간, 그녀는 한 순간 멍한 상태가 되었다.

'금상첨화란 고사성어가 괜히 있는 게 아니야. 이런 목소리를 아마 완전완벽이라 하지. 저 얼굴에 저 키에 저 목소리면…. 으아, 바보나 천치라도 좋아. 손이나 한번 잡아 봤으면….'

들으면 들을수록 달콤하게 느껴지는 그의 목소리에 순간적으로 몽롱한 기분에 휩싸였다. 그녀의 특기인 못 말리는 공상의 세계로 빠져 들어가는 길목이다.

'안 돼, 안 돼, 여기서 이성을 잃으면 안 되는 데...'

아, 그러나 드디어 눈앞에서 일이 벌어지고 말았다.

서점안의 모든 책들이 브리테니카 백과사전의 지휘에 맞추어 입을 벌려 노래를 부른다.

저기 두꺼운 책들은 굵은 베이스로, 저기 조금 덜 두꺼운 전공 서적들은 커피위에 살포시 얹어 있는 크림 같은 테너로, 가지각색의 소설 코너의 책들은 멋들어진 알토로, 작은 문고판 책들은 성량이 풍부한 소프라노로 열심히 제각각 노랠 불러 대고 있다.

드림이는 지금 이 순간…. 고조할머니가 셋째 아들을 보셨다는 열여덟에 드디어 이상형을 만나고야 만, 이 역사적인 순간…. 이 남자의 사진이라도 몰래 찍어야 하나, 생각하다 갑자기, 그의 마지막 말을 다시 떠올려본다.

'좋아. 폰 번호 주면 내려 줄게…. 폰 번호 주면…. 폰 번호…. 폰… 번… 호…?'

"뭐라? 폰 번호?"

"바보 아냐? 그래. 폰 번호."

더 이상 커질 수 없이 확장된 동공과 물고기의 아가미처럼 푸닥거리는 놀란 가슴을 채 진정시키기도 전에 자신을 신기하다는 듯이 바라보는 강동원을 닮은 그와, 조금 전의 그 네이비블루의 아름다운 미녀가 자신을 향해 꽃과 같은 미소를 지으며 다가오고 있는 것이 보인다.

대체 오늘 뭔 일들이래!

*****

"에고 내 팔자야. 미친년. 그래서 바보처럼 나왔단 말이야? 적어도 전화번호는 따 왔어야 할 거 아냐."

소란스러운 롯데리아 안에서, 야무지게 제 자리를 잡은 눈매와 약간 네모나게 생긴 얼굴을 가진 연지의 끊임없는 잔소리에 풀이 죽어 있던 드림이는, 조금 전 '샛별당 서점'에서 일어났던 황당한 사건들에 대해 이야기를 했다가 괜히 봉변만 당하고 있는 중이다.

"아니, 나도 정신이 없고, 너무 경향이 없는데, 그 언니가 갑자기 다가와서는 '풋. 왜 그래? 어린 애한테' 그러면서 그 사람 팔짱을 끼는 거야. 내가 얼마나 당황스럽던지…. 그 사람이 책 빼려고 뒤 돌아서는 사이에 그 언니가 자꾸 날 째려보면서 비웃듯이 쳐다보잖아. 괜히 무안하기도 하고 부끄럽기도 하고…. 그래서 얼른 화장실 쪽으로 가는 척 하면서 빠져 나왔어."

"그 S라인의 네이비블루 원피스가 그 꽃미남의 팔짱을 꼈단 말이지?"

"응."

"거기다 꽃미남이 안 보는 사이에 너를 째리고 비웃으며 쳐다봤고?"

뭔가를 분석하고 해석하기를 좋아하는 연지가 자신의 양 팔을 허리에 올렸다 팔짱을 꼈다 하며, 눈알을 심하게 굴려 데고 있다. 소꿉놀이 친구의 오랜 경험으로 미루어 분명 깊은 생각을 하고 있는 것이 틀림없다.

"그렇다니까."

드림이는 열심히 고개를 끄떡여 준다. 연지와의 말싸움은 붙었다 하면 너무나 뻔한, 백전백패이기 때문에 이렇게 꼬랑지를 내리고 순순히 항복하는 것이 시간 절약, 입 고생 절약임을 진즉 알고 있기 때문이다.

"그것들이 쌍으로 미쳤나 부다. 필시 지들끼리의 사랑싸움의 불똥이 너에게 까지 튄 것 일게야! 니가 멍하니 바보처럼 보였으니 놀려 먹기 좋았겠지. 암, 좋았을 게야."
"그렇지? 아. 기분 나빠."
"그렇겠다. 정말…. 쯧쯧, 짠한 년."
"근데, 연지야. 그 남자 진짜 멋있었다."
드림이는 연지의 말에 수긍하면서도 그 남자가 자신에게 보인 관심이 내심 아쉬워 기가 죽은 목소리로 대답했다.
"그 여자도 예뻤다며?"
"응. 디게 예쁘더라. 눈이 나쁜지, 책을 보면서 살짝 얼굴을 찡그리는데, 뭇 남정네들의 안타까운 한숨소리가 여기저기서 들리는 거 있지. 모두다 기꺼이 그 여자의 안경이 되고 싶어하는 것 같더라고…. 근데, 정말 신기한 게 어쩌면 사람이 얼굴을 찡그리는데 더 예뻐 보일 수가 있니? 어때? 나도 예뻐?"
그 네이비블루의 찌푸린 얼굴을 떠올리며 인상을 찡그려 보이는 드림이에게 연지가 차디찬 냉소를 날렸다.
"야. 인상 풀어라. 엉, 너 '빈축을 사다'란 말 들어 봤지?"
"응, '빈축을 사다?' 물론 알지. 그런데 갑자기 자다가 남의 다리 긁는 소리를 하고 그래."
"무식한 년, 사마천의 사기에 보면 중국의 2대 미녀로 양귀비와 서시가 나오거든, 근데, 그 2대 미녀인 서시가 얼마나 예쁜지 양 아버지 집에 있는 서시를 보기 위해 사람들이 너무 많이 몰려드는 거야. 그래서 양 아버지가 입장료를 받고 사람들을 들인 거지, 구경 온 많은 사람들은 서시의 미모를 보고는 놀라움을 금치 못했어. 아까 그 네이비블루의 여자처럼 사람들이 눈을 못 뗄 정도였을 거야.

그런데 하늘도 그토록 아름다운 서시를 시기했었는지, 그녀에게는 오래된 심장병이 있었지 뭐야. 심장병 때문에 가슴이 아플 때마다 살짝 인상을 찡그렸는데, 이상하게도 그 찡그리는 얼굴이 더 아름다운 거야. 그 네이비블루의 여자처럼. 근데, 이 마을에 절대 추녀가 있었어. 바로 너처럼. 이 추녀가 서시의 찡그린 얼굴을 보고는 자기도 얼굴을 살짝 찡그려 봤어. 자신도 서시처럼 예뻐 보일까 싶어서. 그런데 말이지, 그 추녀의 찡그린 얼굴이 얼마나 보기 싫었는지…. 좀 전의 너처럼. 마을 사람들은 주제도 모르고 미녀를 따라하는 그 추녀를 욕했다나봐. 그래서 생긴 말이 바로 '빈축을 사다'란다. 내 친애하는 친구 드림아."

연지가 긴 얘기를 끝내며 회심의 미소를 지어 보였다. 솔직히 연지가 보기에도 드림이는 참 귀여운 데가 있다. 자신의 엄마인 이인희 여사는 드림이 보다는 쌍둥이 동생인 더함이를 더 예뻐하셨지만 솔직히 자신이 볼 때, 외향적인 미모는 더함이가 더 뛰어나다 해도 인간적인 냄새라든지, 보호본능을 일으키는 요소 등을 따져 볼 때는 언니인 드림이 쪽이 훨씬 매력적이었다. 다만 한 가지 아쉬운 점이라면 귀가 얇고 줏대가 없어 이리 저리 흔들리고 마음이 약해서 상처를 잘 받는다는 것이다. 그러기에 이렇게 자신이 종종 입에 쓴 소리를 해 주어야지만 이 험난한 세상을 그나마 헤쳐 나갈 면역력이라도 생길 것이 아니겠는가?

"넌 내 인생의 가시야."

쿵!

친구의 말이 뒤늦게 서야 그것이 자신에 대한 욕이라는 것을 깨닫고는 롯데리아의 하얀 테이블에 고개를 박는 드림이를 보며 연지는 다시 한 번 회심의 미소를 지었다.

사오정 같은 것!! 너의 앞길은 이 언니가 열어주마.

"하하하. 원래 입에 쓴 약이 몸에는 좋은 법이지…. 그래도 뭐 넌 주제파악하나는 확실하게 잘 하잖아. 그것이 얼마나 좋은 장점인데. 그러니 힘내라. 친구야!"

연지가 흐뭇한 웃음을 띠우며 위로라도 하듯 말했다.

"제발 고약한 말만 일삼고 사는 너의 별로 돌아가 줘, 나 그만 괴롭히고…."

탁자위에 고개를 박은 드림이가 힘없는 목소리로 불쌍하게 중얼거렸다.

"이년이 또 미치기 시작이네. 시끄럽고, 영화나 보러 가자."

연지가 드림이를 터프하게 일으킨 후 질질 끌며 극장으로 이끌고 갔다.

"인생이 너무 암울해."

잘생긴 서점 남을 떠올리자 그와 함께 세트로 보이는 그 서시를 닮았다는 미녀가 떠오른다.

'그럼 그렇지. 내 복에 무슨, 그런 꽃미남하고 엮일 일이 뭐가 있겠어?'

혼자 중얼거리며 에스컬레이터를 타는 드림이의 온 몸이 왠지 물 먹은 솜처럼 무거워 지며 힘이 빠져온다.

1. 열여덟 강서드림

"빰빰 빠빠 랄라, 빰빰 빠빠 랄라, 일어나세요! 일어나세요! 깨워서 미안해요! 히히!"

벽지부터 가구까지 온통 초록색으로 꾸며져 있는, 조용하고 아늑하던 방안이, 갑자기 전쟁이 일어나기라도 한 것처럼 소란스러워 졌다. 이 요란스러운 소동의 범인은 바로 침대 옆 탁자 위를 차지하고 있는 배불뚝이 짱구 녀석이다.

이 녀석이 달콤한 잠에 푹 젖어 있는 방안이 떠나갈 듯 고래고래 소리를 질러대고 있는 중이다. 아주 큰 빨간 칫솔을 손에 쥐고서는 버릇없이 기분 나쁘게 웃는 짱구 자명종 녀석. 그 능글맞은 웃음소리에 가까스로 버티고 있던 마지막 잠이 '확'하고 달아나 버렸다. 마치 빨래집게에서 점점 미끄러져 아슬아슬하게 달랑거리는 분홍색 팬티가 '뚝'하고 떨어지는 것처럼 말이다.

"아, 자다가 경기하겠다. 증말, 미안하면 깨우질 말지. 머리통은 지 몸보다 큰 녀석이 경우가 없어서는…."

방학이라 모처럼의 깊은 단잠에 빠져 있던 드림은 머리까지 뒤집어쓰고 있던, 초록색의 이불 밑에서 손을 쭉, 뻗어 짱구의 머리통을 쥐어박으며 혼자 중얼거렸다.

그래도 분이 풀리지 않자, 볼록 나온 배의 중앙에 배꼽 대신 자리하고 있는 빨간 버튼을 앙갚음이라도 하듯이 아주 꾹 눌러, 놈의 시끄러운 입을 막아버렸다.

해군관현악단도 울고 갈 시끄러운 녀석….

헤헤 거리던 녀석이 웃음을 그치고 난 후, 다시 이불을 뒤집어썼지만 한번 달아나 버린 달콤한 잠은 더 이상 그녀와 놀아주질 않겠단다.

"아. 아. 방학인데…."

이불 밑에서 이미 달아나 버린 잠이 아쉬워, 뒤척이며 괴로워하는 강서드림. 자고로 방학이라 함은 빡빡하고도 쉴 틈 없이 몰아대는 학교생활로 지친 몸과 영혼을 편안하게 쉬게 해주고 학교 다니느라, 그동안 소홀히 했던 문화생활을 경험하든지 여행을 다니며 심신의 활력을 충전하라는 취지의 휴가이건만, 우리나라 교육환경의 척박한 현실로서는 도저히 불가능한 꿈과 같은 이야기이다.

40일 방학 중에 온전히 쉬는 날은 고작 보름 정도이다. 나머지는 보충수업이라는 엄청난 굴레 속에 갇혀 또 다시 이 청춘의 불타오르는 기를 빼앗겨야 하니 실로 원통하고도 절통한 일이 아닐 수가 없다. 그래서 드림이는 그 귀중하고도 알톨 같은 보름이라도 알차게 보내자는 의미로다가, 친구보다는 원수에 가까운 연지 년과 함께 이 험난한 세상 속에 외로이 피어버린, 들꽃처럼 연약하고 애처로운 열여덟 청춘을 위로하는 시간을 갖기로 했다.

연지의 말에 의하면, 정서적으로 불안하고 연약한 십대들은 문화적 충격에 쉽게 휩싸여가기 때문에 틈틈이 충격 완화 장치를 해 놓아야 한다고 했다. 그래서 번쩍이고 화려한 유흥문화도 간간이 접해 가면서 공부를 해야지만 나중에 나쁜 길로 빠질 확률이 매우 낮단다. 아무튼, 계집애가 입만 살아서는….

이런 생각, 저런 생각에 한참을 뒤척이다, 다시 깊은 잠에 서서히 빠져 들려는데 이번에는 결코 무시 할 수 없는 강력한 소리가 들려온다.

"드림! 얼른 일어나 씻고, 밥 먹어. 더함아! 공부 그만 하고 나와서 밥 먹어."

아침부터 유난히 씩씩한 엄마 서하경 여사의 목소리다.

"아, 방학인데…. 조금만 더 자게 해 주시지."

아쉬운 몸짓으로 이불을 더 뒤집어 써 봤으나, 곧 부질없는 짓임을 너무나 잘 아는 드림이는 마지못해 주섬주섬 일어났다.

"엄마, 드림이 일어났어요."

외마디 비명 같은 소리를 지르고는 부스스한 머리를 손으로 쓸어 넘기며, 비틀 거리는 걸음으로 욕실로 향했다.

'더함인 벌써 일어나서 공부하나. 에구, 징그러운 것'

한 손은 머리를 나머지 한 손은 바지춤에 넣어 배를 긁적이며 구시렁거리는 모습은 오랜 시간 이어져온 드림이의 버릇이다. 돌아가신 아빠는 드림이의 이런 모습이 영화 속에 자주 등장하는 어설픈 꼬마 마녀의 모습이 떠오른다며 재미있어 하셨다.

"안녕? 드림!"

그녀는 욕실의 거울을 통해 비쳐진 자신의 모습을 힐끔 보고는, 거울속의 자신에게 오른손을 살짝 들어 '씩'하고 한 번 웃어 보였다.

뽀얀 피부에 약간 고수기가 도는 커트 머리. 쌍꺼풀 없는 반달 같은 눈에 밤톨을 엎어 놓은 듯한, 작고 앙증맞은 코와 귀엽게 자리 잡은 입술. 뛰어난 미인은 아니지만, 그래도 보기 싫은 외모는 아니라는 자부심을 나름대로 가지고 살아가고 있다.

"깜찍한 것! 예쁜 것! 넌 오늘 하루도 좋은 일만 가득할거야."

이 주문은 2학년이 되던 첫 날 드림이의 담임선생님이 말씀 해주신 것을 조금 응용한 것인데, 아이들은 도통 믿기가 힘들다고 했지만 선생님 말씀으로는 한 십 년 전쯤에 실제로 있었던 100% 실화의 이야기라고 하셨다.

얼굴이 요즘말로 하면 아주 비호감인 선배가 졸업할 때쯤 되어서는 학교 최고의 얼짱이 되었는데, 그 변신의 비결이 성형도 아니요, 혹독한 다이어트와 교정도 아닌, 매일 아침 거울을 보며 스스로 거는 최면이라고 했다.

'넌 정말 예뻐. 넌 공부를 잘 할 거야. 넌 뭐든지 할 수 있어. 넌 틀림없이 매력적인 여자가 될 거야'

이렇게 3년 동안 매일아침 거울을 보면서 최면을 걸었더니 정말 그렇게 되었다는 믿기 힘든 이야기였다. 연지는 그 선배가 참으로 독한 여자라고 했다. 왜냐하면 그 선배가 풍기는 독한 최루성 최면에 선생님을 비롯한 주변 사람들이 중독되어 예쁘게 보인 것이든지, 아니면 안데르센의 동화에 나오는 미운 오리새끼처럼 원래 좋은 인물이 처음에는 빛을 발하지 않다가 졸업할 때쯤 되어 피어난, 좀 늦게 인물이 좋아지는 그런 유전자를 가진 집안이지, 절대로 3년 동안 거울 보고 최면을 건다고 예뻐질 리가 없다는 것이다.

그 증거로 자신이 벌써 10년째 거울을 들여다보고 있는데, 여전히 변하지 않는다고 했다.

드림이는 연지에게는 미안하지만, 좀 특별한 유전자는 그 선배가 아니라 바로 연지일 것이라고 생각한다. 왜냐하면, 드림이의 생각으로는 선생님의 말씀이 아주 일리가 있다고 느껴지기 때문이다.

실제로 거울을 자주 보기로 소문이 난 유명 탤런트들의 별명이 하나같이 거울공주라고 들은 적이 있었다. 거울을 자주 보는 사람치고 정말 못 생긴 사람이 드물다는 이야기이다. 그래서 드림이도 그날 이후로 매일매일 아침마다 거울을 보며 스스로 최면을 걸고 있다.

이제 한 학기가 흘렀을 뿐이라서 효과가 어떤지는 잘 모르겠지만, 그래도 학교를 졸업할 때쯤에는 아마 학교 최고의 미녀가 되어 있으려니… 하고 혼자 위안을 하고 있다.
"드림아, 얼른 나와 밥 먹어. 국 다 식겠다."
"네."
엄마의 목소리에 긴 상념에서 깨어난 드림이는 거울을 보며 한참동안 걸고 있던 자신만의 신비한 최면을 중지하고는 이를 깨끗이 닦고, 얼굴을 씻은 후, 욕실을 나왔다.
이미 식탁에는 엄마가 아침부터 정성스레 차려 놓으신, 아침상이 보기에도 맛깔스레 차려져 있었다.
장녀인 드림이가 너무나도 좋아하는 노란색의 계란말이, 불그스레한 양념으로 그 모양새만으로도 침이 넘어가게 무쳐 놓으신 오징어채에다, 동생 더함이가 좋아라하는 시금치 나물, 두 딸내미가 똑같이 비린내 때문에 싫어하는 고등어대신 잘 구워진 삼치에다 뽀글뽀글 끓고 있는 환상의 맛과 냄새, 된장 뚝배기. 보기만 해도 군침이 넘어가는 것이 식욕이 좋은 드림이는 밥 두 그릇은 그냥 넘어 갈 것 같았다.
"잘 먹겠습니다."
잡곡이 섞인 밥을 숟가락이 넘쳐 나도록 한 술 듬뿍 떠, 거기다 계란말이를 올려놓고 입으로 가져가 오물오물 씹어 삼켰다. TV에서 보면 적어도 서른 번은 씹어서 삼키라는데, 정말 이상한 것이 드림이는 서너 번만 씹으면 밥이 저절로 꿀꺽하고 넘어가 버린다. 정말 묘한 일이다.
씹고 삼키기를 몇 번 하고 나니 소복하기만 하던 밥이 금세 없어져 간다. 비어가는 밥그릇을 아쉬운 듯이 바라보는 첫째 딸을 한참이나 쳐다보던 서하경 여사는 계란말이를 두

개씩 입으로 집어넣는 딸을 물끄러미 바라보다 한마디를 던진다.

"드림아, 엄마가 진짜 궁금해서 그러는데, 넌 아침부터 그렇게 입맛이 당기니?"

"어. 맛있는데…. 왜?"

"신기하다. 우리 집안에는 그런 사람이 없었는데."

드림이는 씹던 계란을 얼른 삼키고는, 숟가락을 흔들어 대며 열변을 토해 냈다.

"다 엄마를 생각해서 그런 거야. 나라고 아침부터 이렇게 밥을 꾸역꾸역 먹고 싶겠어? 하지만, 딸내미가 씩씩하게 밥을 먹어줘야 차린 엄마도 힘이 나고 보람도 느낄 거 아냐. 그리고 이 험난한 세상을 살아가려면 적어도 이 정돈 먹어야지. 왜 그 공익광고 못 봤어? 밥 제대로 못 먹은 사람들 머리위에 충전표시가 하나 둘 사라져 가는 거. 엄만 내가 그렇게 힘없이 다니면 마음 아플 거 아냐. 한국인은 밥 심이 어느 정도는 있어 줘야 한다고 봐. 난."

"내 참 어처구니가 없다. 어디선 본건 있어 가지고. 니가 먹는 게 힘으로 표출되면 최소한 씨름이나, 역도 정도는 해야 하는 거 아냐? 어구, 그냥 식욕이 땡긴다 그래. 난 널 보면 그 개그우먼 있잖아. 난, 맨날 배고파! 하는 배추머리…. 그 사람이 생각나."

보다 못한 동생 더함이 언니인 드림이가 맛있게 먹던 계란말이 접시를 자신의 앞으로 당기며 말했다.

"엄마. 내가, 기가 막힌 옛날 얘기 하나 해줄게. 드림이 땜에 창피한 적이 한두 번이 아니었지만, 그 시초가 되는 첫 번째 사건은 정말 잊을 수가 없어. 옛날에 유치원에서 애 홈런 한방 날렸잖아."

"뭔데? 애, 남의 밥도 막 뺏어 먹고 그랬다며. 그거?"

"아니, 그 정돈 항상 있는 일이었고, 드림이가 유치원에서 밥 잘 먹고 있다가, 갑자기 닭똥 같은 눈물을 흘리면서 서글프게 막 우는 거야. 식사 하시던 선생님이 얼마나 놀라셨는지…. 선생님이 얼른 가서 '드림아, 너 왜 우니? 밥 먹기 싫어? 배 아파?' 하고 물어 보니까, 애가 뭐라 그랬는지 알아? 엄마?"

"말 안 해도 감이 온다. 어휴."

"그치? 애 평소 행동 보면 딱 감이 오지? 세상에 '선생님, 자꾸 밥이 없어져서 너무 슬퍼요' 그러더라, 어찌나 원통하고 억울한 표정으로 말 하는지, 모르는 사람이 보면 엄마라도 잃어버린 줄 알았을 거야. 아직도 그 불쌍해 보이던 표정이 눈에 선해. 내가 창피해서 정말."

기가 막힌 표정의 엄마와, 한심스럽다는 듯 동생 더함이가 동시에 쳐다보았지만, 드림이는 꿋꿋이 된장국에 둥둥 떠 있는 하얀 두부에만 신경을 쓰고 있다.

"그만 봐, 먹는 덴 개도 안 건드린다는데."

두부를 밥 위에 얹은 후, 손을 뻗어 계란말이 접시를 다시 자신의 앞으로 당긴 드림은 엄마와 동생의 말 없는 구박 속에서도 꿋꿋이 밥을 먹어 댔다.

"그래. 많이 먹어라. 먹는 게 남는 거라는데…. 너라도 부지런히 먹어야 우리 농산물의 소비량에 보탬이 되지."
"고마워."
밥 두 그릇을 게 눈 감추듯, 먹고는 부른 배를 두드리며, 거실의 소파에 비스듬하게 누우니, 이런 생활이야 말로 정말 인간다운 생활이라는 것이 새록새록 뼈에 사무치게 느껴진다.
우리나라 청소년들은 정말 불쌍하다. 이런 작은 행복조차 몇 개월 만에 한 번씩 느끼고 살다니….
"음. 내친 김에 삼각관계와 불륜의 파노라마인 아침 드라마가 얼마나 발전했는지 한번 볼까나."
설거지를 하는 엄마와 동생의 매서운 눈초리를 피해가며 리모컨을 이리 저리 눌러 보는데 소파 테이블 위에 있던 휴대폰이 울려댄다.
'이제 다시 사랑 안 해'
힐끗 액정을 보니 오늘 만나기로 되어 있는 소꿉친구 연지 년이다.
"여보세요."
'은쟁반에 옥구슬이 굴러가면 이런 소리가 날까?'
스스로 자아도취에 빠져, 낮고 사근사근하며, 곱디고운 목소리를 내어보는데, 휴대폰 너머의 연지는 한참을 아무 말도 없이 식식거리고만 있다.
"여보세요. 전화를 거셨으면 말씀을 하셔야죠."
이번엔 영화배우 문소리의 목소리를 흉내 내어 다시 한 번 우아하게 타이르니, 도저히 참질 못하겠는지 전화기 넘어 연지의 흥분한, 아니 광분에 가까운 목소리가 들려온다.

[이년이 미쳤나, 야, 평소 하던 대로 하지. 뭉디 콧구멍에 마늘 빼먹을 년. 아침에 먹은 콩나물국의 콩나물대가리 들이 위에서 솟구쳐 올라오려고 한다. 응?]

"킥킥…."

드림이는 전화기를 귀에서 멀찌감치 떼어내며 연지의 흥분한 소리를 듣고는 혼자 실실 웃어댔다.

연지의 엄마는 소설가이자 국어선생님이다. 대학시절 그 힘들다는 신춘문예에 떡하니 당선하셔서는, 많은 상금을 일주일 만에 술값으로 날리셨다던, 위대하고도 통 큰 엄마의 피를 닮아서인지, 아님 워낙에 책을 많이 읽어서 인지 모르지만, (중학교 때는 조선팔도의 구수한 욕설이 담겨 있는 대학생의 논문집을 구해다가 읽는 것도 분명히 봤었다. 그 기묘한 욕설들을 논문으로 쓴 대학생이나 그걸 재미있다고 읽는 연지나 참 특이한 성격의 소유자임에 틀림이 없다) 그래서인지 연지는 같은 또래들은 상상도 하지 못할 일을 잘도 저지르며, 친구들이 듣도 보도 못한 욕의 레퍼토리를 무지하게 많이 알고 있다. 아니, 알다 뿐인가. 얄밉게도 너무나 잘 활용을 하고 다닌다. 바로 지금처럼 말이다.

드림이는 실실거리며 웃음이 나오는 것을 참고는 다시 우아하게 입을 열었다.

"이런, 내 고상한 귀가 썩을 것만 같구나. 고약한 것. 아무리 못 배워 쳐 먹었다지만, 어디서 아랫것이 감히…."

[아주 지랄을 해라. 응?]

단박에 쐐기를 박아 버리는 연지. 역시 고수답다. 고수다워. 드림은 목까지 치솟아 오르는 웃음을 참으며 냉정한 어투로 받아친다.

"무지 몽매한 아랫것이 천하기까지. 도저히 상대를 할 수가 없구나, 12시까지 남포동 롯데리아로 나오너라. 내 너를 친히 손보아 주리라."

[썩을 년, 알았다.]

뚝.

이미 원하는 바를 얻은 연지는 더 이상 말도 하기 싫다는 듯, 째까닥 전화를 끊어 버린다.

"히히. 이러언. 싸가지. 교양머리 없이 끊어 버리다니…. 내 오늘은 기필코 너의 천박한 언어를 단매로써 다스리리라."

실실거리다 전화기를 보고 혼자 중얼거리니, 거실을 지나 화장실로 가던 동생 더함이 기가 막힌 듯, 쳐다보고 있다.

"아, 왜?"

"엄마! 드림이 밥 두 그릇 먹더니 미쳤나봐."

드림이는 더함이를 한 번 째려보았다.

"공부나 열심히 하셔."

잘난 동생의 태클에 아랑곳 하지 않고 비굴한 미소를 지으며 안방 문을 살며시 열어 엄마에게 씽긋 웃어 보였다.

"헤헤 엄마, 나 책사야 되니까 3만 원만…."

좀 전의 전화걸때 황후의 콘셉트와 상반되게, 허리를 90도로 굽혀 황송한 무수리의 자세로 손을 내미니, 출근 준비를 하시던 엄마는 딸을 한번 흘겨보시고는 만 원짜리 지폐 5장을 꺼내 주신다.

"너 자꾸 돌아다니지 말고 그림 열심히 그려."

"어."

서하경 여사는 뒤돌아서는 딸을 보며 입가에 맴도는 미소를 멈출 수가 없다. 자주 아프고 약하던 꼬맹이가 벌써 저렇게 자라 제법 숙녀티를 풍기다니, 엄마인 그녀가 객관적으로 봐도 드림이는 너무나 사랑스러운 아이이다. 뽀얗고 투명한 피부는 이슬 같은 데다 웃을 때, 반달을 이루는 눈은 쌍꺼풀이 없어도 너무나 매력적이며 깊고 따스하다. 조그맣고 앙증맞은 코에다 앵두 같이 풍성하고 탐스러운 입술. 요즘 아이들의 평균키로는 조금 작은 듯, 하지만 자신의 얼굴과 딱 맞춤인 아담한 키에다 가늘고 긴 팔다리. 이제는 제법 봉긋 솟아 오른 젖가슴과 늘씬한 허리.

'내 딸이지만 참 예쁘다. 정민 씨, 나 애들 잘 키우고 있는 거 맞지?'

먼저 하늘나라로 간 남편이 아이들의 성장과정을 자신의 옆에서 같이 지켜볼 수 있다면 얼마나 좋을까? 서하경 여사는 다정하던 남편 생각에 눈가가 뜨거워졌다.

드림이와 더함이는 이란성 쌍둥이 자매이자 씩씩한 미모의 한의사인 서하경 여사의 금쪽같은 두 새끼이다.

그녀는 광안리에서 작은 한의원을 운영하고 있다. 침을 놓는 솜씨가 제법 용하다고 인근에는 소문이 널리 펴져 있어 찾아오는 손님도 꽤 있었다. 두 딸에게는 엄하기도 하지만 한 없이 자상한 엄마에다, 두 딸의 든든한 지원군이자 친구이기도 하다.

바다를 사랑하는 드림의 가족. 세 명의 미녀들은 '오이소! 보이소! 사이소! 로 유명한 자갈치의 고장, 부산에 살고 있다. 항구도시 부산은 아주 다양하고도 풍요로운 여러 가지 색과 종류의 바다를 품고 있는 생동감 있고 파닥거리는 살아 있는 도시이다.

먼저 제일 유명한 '해운대' 같은 경우에는 널리 알려진 이름만큼 유명한 일급 호텔들이 즐비하며, 관광지답게 볼거리가 많은 곳이다. 거기다 교통도 편리하고 온갖 편의 시설이 다 들어서 있는 화려하고 아름다운 동네이지만, 그만큼 사람들이 많아 시끄럽고 항상 복작거리는 단점이 있다.

또 밤마다 반짝이는 불빛들의 화려한 쇼가 펼쳐지는 광안대교가 유명한 '광안리'는 각종 식당가며, 유흥업소가 즐비해 있어서 젊은이들이 즐겨 찾는 장소이다. 어쩌다 정말 운이 좋을 때는 파도가 지나간 모래사장 근처에서 은빛으로 반짝거리는 작은 멸치 떼를 발견하는 행운을 만날 수도 있는 곳이다. 눈으로 직접 보지 못하는 사람은 그 경이로움을 결코 알지 못 하리라. 어둑한 밤 모래사장에 은빛으로 파닥거리는 작은 생명체의 춤을.

'다대포', '송도', '기장' 등 이름도 특별한 바다가 언제나 거기 그 자리에 있어 지치고 힘든 사람들의 마음을 부드럽게 위로해 주며 풍요롭게 하고 배고픈 사람들에게 싱싱한 해산물거리를 제공하고 있다. 하지만 어느 곳이나 다 만족스러울 수는 없는 법인지 사람들이 많은 곳은 항상 시끄럽고, 좀 외진 곳은 교통이 불편하다. 한 가족이 아니랄까 봐 워낙이 조용한 곳을 좋아하는 세 모녀는 좀 조용하고도 비교적 교통편이 잘 되어있는 곳으로, 오랜 고심 끝에 '송정' 이라는 바닷가 근처에 집을 구하였다.

이렇게 해서 바다가 한 눈에 들어오는 송정의 한 나지막한 야산에 세워진 32평의 무지개 아파트 17층에는 씩씩한 엄마 서하경, 철없고 밥 많이 먹는 착한 장녀 강서드림, 그리고 무지하게 똑똑한 쌍둥이 동생 강서더함. 세 식구가 살게 된 것이다.
누구나 처음 드림이와 더함이란 이름을 듣게 되면 고개를 갸우뚱거린다. 지금이야 워낙이 남녀평등을 부르짖는 세상인지라 두 부모님의 성을 같이 쓰는 경우가 흔하지만 쌍둥이가 유치원을 다닐 때까지만 해도 두 부모님의 성을 같이 쓰는 경우는 거의 드물었다.
거기다 이름까지 '드림'이와 '더함'이니, 처음으로 쌍둥이의 이름을 듣는 사람들이야 오죽 헷갈렸을까….
드림이는 영어의 DREAM이 아니라, 순수한 한글 이름 드림이다. 독실한 기독교인인 부모님이 첫 딸을 하나님께 드린다는 뜻으로 지은 이름이다. 더함이는 은혜가 더하다는 뜻의 더함이인데, 뭐 둘 다 특이한 이름이긴 하지만 이름에 대한 특별한 불만 없이 잘 자라왔다. 돌아가신 드림이의 아빠의 '강'과, 엄마의 '서'가 합쳐 '강서'란 멋진 성이 생겨난 것이다.
쌍둥이들의 부모님들은 두 분다 한의사였다. 더욱이 요즈음에야 유행한다는 연상연하 커플이셨다.

서하경 여사가 대학교 2학년 때에, 처음 고등학생인 아빠를 만났으니, 그 당시에는 보기 드문 커플이었음을 알 수 있다.

서하경 여사는 아이들에게, 낚시터에서 사고로 돌아가신 아빠는 세상에서 가장 훌륭한 한의사이자, 남편이자, 아빠셨다고 끊임없이 말해 주고 있다.

비록 눈에는 보이지 않고 곁에 있지는 않지만 아빠에 대한 자랑스러움과 사랑을 잊지 않도록 하기 위한 엄마만의 배려임을 알 수 있다.

드림이는 세상에서 가장 고맙고 사랑스럽고 존경하는 사람을 들라면 주저 없이 엄마를 들고 있다.

강하면서도 부드럽고 사랑이 넘치면서도 결코 약하지 않는 그런 멋진 엄마이기 때문이다.

"드림, 더함. 엄마 다녀올게. 오늘도 즐겁고 평안한 하루 되라."

엄만 한의원 가시고,

"강서드림. 너, 나한테 꿔간 만원 언능 갚아."

공부벌레 더함이는 우등생을 위한 영재 학원으로 갔다.

약속시간이 점심경이라 홀로 남은 드림이는 신데렐라가 된 기분으로 무릎을 꿇고 걸레를 밀며 거실을 닦고 있는 중이다.

남들이 들으면, 특히나 단짝인 연지나 더함이가 들으면 웃기다고 배꼽을 잡고 넘어가겠지만, 드림이는 스스로를 바라봤을 때, 자신이 비교적 착한 사람에 속하는 것 같다고 생각하고 있다. 자신이 보기에 이처럼 뚜렷한 증거가 있는 것이

다른 친구들은 모처럼 방학이라 하면 잠을 자거나 탱자, 탱자 놀려고만 할 터인데, 시키지 않아도 이렇게 엄마의 청소를 돕고 있다는 것 자체가 빼도 박도 못할, 강력한 증거자료가 아니고 무엇이겠는가!

'신데렐라는 어려서 부모님을 잃고요, 계모와 동생들에게 구박을 받았더래요~ 사바사바 아이 사바~ 얼마나 슬펐을까요~ 사바사바 아이 사바 얼마나 슬펐을까요?'

드림이는 신데렐라 노래를 부르며 열심히 걸레질을 하였다.

2. 다시 만난 서점의 그 남자

"쪼매 기다려 봐라. 입질이 슬슬 오마 일이 풀릴 기미가 보이는 거다 아이가. 마 진득하게 기다리라. 가스나가 와 이리 오도 방정이고."

아빠를 따라간 낚시터에서 눈 먼 고기들이 미끼를 물기를 기다리다 짜증을 내는 손녀딸에게 할머니는 언제나 말씀하셨다. 참고 기다리라고…. 입질이 오면 조만간 반가운 소식이 올 거라고 하셨다.

드림이의 열여덟 여름 방학에 드디어 입질로 추정이 되는 언질이 왔다. 초절정미남이 그녀에게 전화번호를 물은 것이다. 이것이야 말로 진정한 입질이 아니고 무엇이겠는가?

하지만…. 할머니의 말씀처럼 일이 슬슬 풀릴 기미는 보이지 않았다. 살짝 설레다 만 방학은 감질거리는 야속함만 더

한 채 속절없이 흘러가기만 할 뿐이다.

 서점 남과의 아찔한 만남이 있은 지 일주일이나 흘렀건만 별다른 일은 일어나지 않았다. 아니 오히려 중학교 때보다 더 밋밋하고 재미없는 고교시절의 황금 같은 방학을 답답한 화실에서 하루하루 보내고 있는 중이다.

 "눈을 씻고 봐도 잘생긴 인물이 없어. 인물이…."
 "그러게. 정말 화실 물이 엉망이야. 엉망."
 "말해 무엇하리…. 한숨만 나오는 것을…."
 "드림. 우린 그저 열심히 그림이나 그리자."
 "어. 그래, 아무래도 그래야 할 것 같아."
 "석고데생 한 장으로 미대 입시를 판가름 한다니…. 문제가 많은 웃기는 입시제도야. 넌 어떻게 생각하니?"

 얌전히 데생을 하고 있던 연지가 투사와 같은 어조로 물어온다.

 "어. 나도 그렇게 생각하기는 하지만…."
 "입시 당일 날, 컨디션이 안 좋거나, 그림은 잘 그리는데 손이 느리거나, 재주가 많은 사람보다는 콘셉트로 승부하는 애들에게 유리한 제도야."

 다른 나라의 미대에서는 학생이 평소에 그리는 작품을 20점 정도 모아서 포트폴리오를 만들어 제출한다고 한다. 그러면 그것을 심사위원들이 심사하고 선발하지만 불행히도 우리나라에서는 입시 부정과 불신 등의 우려 때문에 그 방법을 채택하지 못하고 있다.

 물론 지금이야 제도도 많이 좋아지고, 석고데생으로 평가

하는 학교는 점차 사라지고 있는 추세라고 하니 연지와 자신을 포함한 많은 미술학도들을 위해서는 참 다행이다 싶다.

솔직히 드림이는 입시라는 제도를 떠나서 이렇게 작은 연필 한 자루로 사물의 명암과 입체적인 면들을 표현할 수 있는 데생이 참 신기하고 재미있다.

흔히 연필로 한 쪽 눈을 찡그려 가며 석고상을 재는 모습은 보기엔 아무 법칙도 없이 쉬워 보여도 몇 가지 철칙이 있다. 각도를 잡을 때에는 절대로 사선으로 재면 안 되고, 오직 수직과 수평으로 재야하고 연필은 눈과 직각으로 정확하게 잡아야 한다. 또 머리끝과 단 끝을 설정한 다음 그 중앙을 찾아야 하며, 다시 석고의 중간과 그 중간의 반이 어디에 오는지를 재야한다.

수평구도 또한 마찬가지이다. 양 어깨와 높낮이 즉, 기울기와 머리와 어깨 등을 보면서 수직과 마찬가지로 반, 반의 반, 그 반의 반 이런 식으로 구도를 잡아 나간다.

구도를 정확하게 잡아야만 좋은 작품이 나오고 형태를 나타내기가 쉽다.

그녀의 스케치북 속의 아그리파가 점점 형태를 갖추어져 갈 때 즘, 같은 학교 친구 지영이가 강사의 눈치를 보며 살금살금 옆으로 다가왔다.

"드림아, 오늘 같이 영화 보러 가자."

"영화?"

"응. 아주 쌈박하고 쫄깃쫄깃한 작품이 나왔다네…."

어떤 영화가 쌈박하고 쫄깃쫄깃한 건지 묻고 싶었지만 강사의 눈치가 날카로워지기 시작했기에 드림은 작은 목소리로 의사를 알렸다.

"어. 다가는 거면 나도 갈게."

영화의 거리는 그녀들을 기다리고 있었던 것처럼 들떠 있었다.

"쌈박하고 쫄깃쫄깃한 영화표 끊었니?"
"응. 그런데 시간이 좀 남는다. 우리 배나 채우고 갈까?"
"좋아. 좋아. 우리 남의 살이나 먹으러 갈까?"
"독한 년. 넌 남의 살 너무 좋아하더라."
"남의 남친 좋아하는 것 보다는 좋잖아?"
"잘났다. 증말."

롯데리아의 새빨간 의자에 엉덩이를 붙이자마자 쏟아지는 각종 '카더라 통신들'은 쉴 새 없이 흘러나왔다. 친구들, 선생님, 유명 가수에다 팬클럽 얘기. 지칠 줄 모르고 이어지는 이야기들….

그리고 살짝 쿵 이어지는 뒷담화들.

어느 유명박사님의 말이 여자들이 건강한 이유는 감정의 표현이 자유롭기 때문이라고 했다. 스트레스를 풀어주는 수나가 정신적으로나 육체적으로 얼마나 좋은지는 이미 과학적으로도 증명이 된 바가 있으나, 남들을 걱정해주는 척하며 몰랐던 사실들을 알아가는 이 맛은…. 실로 해보지 않은 사람은 정녕 모를 것이기 때문이다.

"걔네들 깨졌다메. 내 그럴 줄 알았어."
"인성이가 후배랑 바람피우는 현장을 샛별이가 딱 목격

했잖아."

"암튼 남자나 여자나 예쁘고 잘생긴 것들은 인간성이 안 돼…. 인성이 걔가 처음에 샛별이를 얼마나 쫓아 다녔냐. 얼굴도 잘생기고 성격도 좋은 녀석이 취향이 겸손스럽게도 샛별이를 좋아라 할 때부터 이상하다 했어. 뭔가 꿍꿍이가 느껴졌다니깐. 그런데 너희 8반에 새로 전학 온 킹카애기 들었어? 걔가 서울서 사고치고 내려왔데."

"정말? 무슨 사고를 쳤대?"

"라이벌 학교의 짱을 '휙'하고 날아서 발차기 한 방에 쓰러뜨렸다는 소문도 있고, 여자 친구를 임신시키고 둘이 야반도주하다 들켜서 여자애는 미국으로 걔는 부산으로 쫓겨 왔다는 소문도 있고…. 암튼 정말 신비스러운 아이야. 그런데 걔가…"

한참 열변을 토하던 지영이 갑자기 창밖을 바라보며 멍한 표정을 지었다.

"뭐야? 그런데 걔가 왜?"

"어, 어, 그게… 있지… 걔가… 애… 애들아. 저기 저 오빠 나보고 오는 거 맞지?"

지영이의 옆에 앉아 햄버거를 입에 물고는 그녀의 이야기를 경청해서 듣던 나라 역시, 멍한 표정으로 창밖을 보더니 갑자기 씹던 햄버거를 급히 삼키고는, 콜라를 들이킨다.

"아니야. 눈빛이 나야. 난 몰라."

나라는 지영이 보다 더 호들갑을 떨며 입 주변을 정리 중이다.

"왜에?"

햄버거를 신나게 먹고 있던, 나머지도 지영이와 나라를 따라 창밖을 바라 봤다.
"헉. 켁켁."
드림이는 창밖을 보는 순간 입안에 있던 햄버거를 급히 삼키다 사례에 걸릴 뻔하였다.
낯익은 얼굴.
한번 보면 절대 잊지 못할 늘씬한 팔다리.
그 서점 남이다. 흡사 모델처럼 잘 생기고, 훌륭하게 빠진 그 사람이 창가에 서서 드림이를 포함한 오 자매들을 쓰윽 훑어 본 후, 롯데리아의 자동문 쪽으로 성큼 성큼 다가오고 있었다.
만약 사람 눈에서 레이저가 나온다면, 그것도 뜨거운 레이저가 꽉꽉 쏟아져 나온다면, 그가 롯데리아 자동문을 지나 드림이의 일행에게 오기도 전에 사망내지는 3도 화상쯤을 입지 않았을까?
레이저보다도 뜨거운 그녀들의 10개의 눈길을 당당히 받아 내며 입구에 들어선 그는 매장 안을 휙 훑어보더니 약간 거만하게 보이는 걸음걸이로 그녀들에게 다가왔다.
"뭐야. 삐약이들 천지군!"
거만하게 여고생들을 내려다보던 그의 첫마디는 꿈 많은 다섯 명의 여고생들을 순식간에 삼계 닭으로 만들어 버렸다.
"야, 너!"
그가 가느다란 집게손가락을 들어 아직도 얼이 빠져 있는 드림이를 똑바로 가리키며 말했다. 친구들의 시선도 손가락과 더불어 자동적으로 드림이에게로 향해졌다.
"서점에서 어떻게 된 거야. 책 내려 달라더니 도망을 가?"
"아뇨. 그게 아니라…."
"내가 그 책 내리느라 얼마나 애 쓴 줄 알아? 너 사기꾼이지. 응? 너 매번 그런 식으로 책 장만하는 거 아니야? 난, 네가 화장실 간 줄 알고 책까지 사놓고 기다렸단 말이다. 외. 줄. 곡. 선."

'제 책을 댁이 왜 사요?' 라고 물어보고 싶은 것을 꾹 참고 있는 드림에게 그가 계속 비난의 화살을 날려 온다.
"얘가 보기에는 참 순진하게 생긴 것이 하는 짓은 영악하기 그지없어. 너 잘했어? 잘 못했어?"

참 보기도 드물게, 잘생긴 저 입에서 어떻게 저런 버릇 때기 없는 말들이 쏟아져 나올 수 있을까?

평소의 그녀라면 저 말빨에 기가 죽어 있겠지만 지금 드림에게는 든든한 친구들이 있다. 정의를 부르짖는 멋진 친구들이 저 싸가지를 그냥 놔두지는 않을 것이다.

'그래 나는 혼자가 아니야. 말빨이라면 우리도 지지 않는다. 친구들아, 나를 도와줘….'

드림은 정의의 심판이라는 희망을 담은 간절한 눈길로 친구들을 바라보았지만 그의 찬란한 외모에 넋이 나간 친구들은 그의 싸가지 없는 말솜씨에는 전혀 신경도 쓰지 않고 그의 빌어먹을 환상적 외모에 벌써 이성을 상실한 상태였다.

'이럴 수가…. 만고에 쓸모가 없는 것들….'

사실, 그의 거죽은 가까이서 볼수록 더욱 빛을 발했다.

자연 발광이 되어 눈이 부실 정도로 빛이 나는 그의 외모는 정녕 사람인지 조각상인지 구별이 안 갈 정도이다. 약간 긴 듯한, 자연스러운 갈색머리에, 반듯하다 못해 조각 같은 이목구비는 손으로 빚어 놓은 것 같았다.

 만약, 4반의 진성이가 입었다면 푸르딩딩한 푸른색의 후줄근한 티셔츠와 청바지였을 천 쪼가리들이, 지금 그가 입고 있으니, 더 없이 상쾌하고 청량한 하늘색 티셔츠에 세련되게 물이 빠진 청바지로 착시현상을 일으키고 있다. 아무리 흔하디흔한 평범한 옷도 그가 입으면 맵시 있는 명품처럼 보일 것 같은 그가… 그런 그가… 지금 평범하기 짝이 없는 드림에게 그녀를 기다렸다는 말을 하고 있다.

 "어이. 대답을 좀 해 보지?"
 "그게 아니라…."
 "좀 비켜봐."
 털썩.
 그는 너무도 당당하게 연지를 옆으로 밀며 드림이의 앞에 앉아, 마주보고 있던 드림이를 째려 봤다.
 "저, 저, 그게…."
 "드림아! 이 분이 혹시 서점에서 만난 그 분이시니?"
 연지와 친구가 된 후, 그녀에게서 처음으로 듣는 청아하고 단정한 목소리가, 고 가증스러운 입술에서 나긋나긋하게 흘러 나왔다.
 '연지야, 오늘 아침 나의 목소리에 흥분을 하던 니가 정녕 이런 목소리를 내다니. 거기다, 분이라니? 너에게 분이란 단

어는 얼굴에 바르는 '고운 분' 달랑 하나지 않니?'

"어."

"아. 그렇구나…."

연지가 우아함을 가장한 가식적인 미소를 지으며 그에게 귀부인의 느끼함을 닮은 미소를 날리며 고상을 떨어댄다.

"이런…. 실례를…. 제가 대신, 친구의 예의 없음을 사과해도 될는지요?"

헉. 나의 베스트 프렌드 연지마저…. 저리 상해 버리다니.

"어서 사과하지 않고 뭐하니? 드림아."

'이젠 적에게 나를 넘기려 하는 고나….'

남자보기를 돌처럼 하는 연지마저 이 모양으로 망가지는 것을 보니 그의 생김새가 무척이나 호감이 가는 스타일이기는 한가 보다. 입만 열지 않고 꼭 다물고 있다면 말이다.

"어허, 드림이. 외줄 곡선. 네 이름이냐? 이름이 꿈이야? 어머니께서 너 낳기 전 흉악한 꿈이라도 꾸셨나보다?"

그는 예의를 밥에 말아서 훌훌 마셔 버렸는지, 아니면 상추에다 꼭꼭 싸서 한 입에 삼켜 버렸는지 너무도 당당하게, 아니, 뻔뻔스럽게 느물대고 있다.

"저, 그게…."

당황한 드림이가 더듬거리며 미처 대답을 하기도 전에 이번에는 지영이가 얼른 선수를 빼앗아 대답한다.

"호호호. 전, 드림이 친구 지영이에요. 드림이는, 엄마가 독실한 크리스천이세요. 하나님께 딸을 드린다는 의미로 드림이로 지었데요. 호호호."

웃음을 남발하며 긴 머리를 귀 뒤로 넘기는 지영이. 평소와는 달리 무지 오버한 목소리로 대답한다. 하긴, 지영이 정도면 오버가 용서되는 외모이긴 하다. 남자들이 침 흘리며 바라봐 줄만 한 긴 생머리에 하얀 얼굴, 긴 팔다리. 똥배만 좀 나온 거 빼곤, 뭐, 외모 상으론 89점 정도는 되지 싶다.

"뭐야. 외줄 곡선 그럼 너, 수녀나 뭐 그런 거 되는 거야?"

강동원을 닮은 그가 이번에도 삐딱하게 물었다.

"아뇨. 저는…."

이제야 비로서, 입을 열어 자신의 의견을 말하려고 하는데, 또, 어디선가 드림이의 꾀꼬리 같은 목소리를 가로막는 방해 세력이 있었다. 이번엔 새침 떼기 미정이다.

"저기, 드림이는 가톨릭이 아니라, 기독교예요. 근데, 오빠 왜 드림이가 외줄 곡선이에요?"

드림이는 지금 눈을 지그시 감으며, 하얀 테이블을 내리치고 싶은 것을 꾹 하고, 참고 있는 중이다.

'얘들아, 나도 말 좀 하자꾸나. 유창하고 고급스러운 나의 언어 세계를 펼칠 수 있는 기회를 주렴. 내 사랑하는 친구들아'

하고 그저 마음속으로만 부르짖을 뿐이었다.

"아. 그렇군! 근데, 그 나물에 그 밥 아냐?"

"기독교랑 가톨릭은 내부적으로 추구하는 신앙관이 조금 달라요. 기독교에선 하나뿐인 신이란 뜻으로 하나님이라 그러는데, 가톨릭에선 하느님이라 그러잖아요. 그리고 기독교에선 모든 근심걱정을 예수께로 직접 가져오라 그러는데, 가톨릭에선 신부님을 통해 죄를 고하고 신부님을 통해 사함을 받죠. 고해성사처럼. 근데 드림이가 왜 외줄 곡선이냐고요?"
 호기심 강한 사랑스러운 연지. 드림이는 연지를 보며 비로소 미소를 지었다.
 '잘했다. 연지야, 나도 무척이나 궁금했단다'
 "푸하하. 외줄 곡선? 쟤 눈을 봐라. 한 줄로 곡선이잖아. 꼭 풍선에다 줄그어 논 거 같지 않냐? 왜 있잖아. 노란 풍선에다 까만 곡선 그어 논 스마일캐릭터."
 "푸 훗."
 잘생긴 그를 보기 위해 그들의 테이블로 신경을 주시 하던 옆 테이블의 여고생들과 친구들이 죄다 드림이를 비웃었다. 물론, 드림 본인만 빼고.
 이런 경우를 연지 말마따나 '뭉디 콧구멍에 마늘 빼먹을 경우!', 라고 표현해야 하는 거 아닌가? 지금 그녀의 친구들은 그의 멀쩡한 거죽에 다들 속고 있다. 가만, 불편한 심기로 그를 다시 보니, 그는 꽃미남이 아니라 강동원의 탈을 쓴 뻔뻔스러운 악마인 것이다.
 꽃같이 연약하고 여린 여고생에게 무심히 시퍼런 칼날보다 무섭다는 언어폭력을 들이대는 후안무치한 악마.
 다행히 걸려온 전화를 받고 그가 자리를 뜨기 까지, 드림이는, 너무나 뻔뻔스러우며, 어처구니가 없는 그의 말에 경악을 금치 못하고 대꾸조차 변변히 하지 못한 채로 얼이 빠져 있다.
 "오늘은 내가 좀 바쁘고, 외줄 곡선 너, 내일 나를 기다리게 한 죄로, 영화 비까지 들고 나와."

밖에서 한참 통화를 하던 그가 다시 돌아와 약속시간과 장소를 일방적으로 정하고는 휙 하니 떠나 버렸다. 마치 바람과 함께 사라지듯.
 그가 떠나자 친구들은 모두 호기심과 질투어린 광선으로 드림이를 쳐다보았고, 드림이는 마지못해 지난번 서점사건을 얘기해 주었다.
 "오호. 그렇단 말이 쥐? 그럼 아무 사이도 아니란 건데, 왜 이렇게 너에게 신경을 쓰는 걸까? 그리고 그 예쁘다는 여자도 은근히 신경 쓰이는 걸."
 지영이의 말에 이어,
 "본시, 킹카의 주위에는 어중이떠중이들이 몰려드는 법이지. 근데, 너, 정말 아무사이도 아닌 것 맞지?"
 현주가 눈에서 광채를 쏟아내며 다시 물었다. 드림이는 남자친구하나 없는 불쌍한 청춘들의 관심어린 눈빛이 왠지 부담스러워 약간의 오버를 해가며 친구들을 재촉했다.
 "그렇다니까. 자자, 영화 시간 늦겠다. 어서 가자."
 친구들과 나란히 앉아 본 영화는 참 재미있었다.
 스크린을 가득 메운 화면으로 배우들이 왔다, 갔다, 하는 동안 드림이의 머릿속에는 자꾸 좀 전의 그가 왔다 갔다 하며 신경을 긁어 대고 있다.
 '왜 나에게 관심을 가지는 걸까? 아빠 말처럼 내가 묘한 매력이 있는 걸까? 아 복잡하다'
 사람의 마음이나 생각이 텔레비전 화면에 나오는 모니터처럼 언제든 알아볼 수 있다면 정말 좋을 텐데…. 그럼 그가 왜 자신에게 관심을 가지는 것인지, 구름위에 불안 하게 떠 있는 듯한, 이 기분이 어떤 것인지를 잘 알 수 있을 텐데….

언젠가 읽은 책에서는 외로운 아메바가 모여 이루어진 것이 사람의 손이라고 했다. 드림이는 창조론을 믿는 사람이지만, 그래도 왠지 그 말에는 공감이 갔다. 외로운 아메바의 모임. 그래서 손을 잡으면 따뜻해지는 것일까? 외로운 아메바들이 또 다른 외로운 아메바를 만나게 되어서 손을 맞잡으면 따뜻해지는 것일까?

드림이는 자신의 두 손을 내려다보며 외로운 아메바를 생각했다. 자신의 손에 있는 외로움은 누구를 만나게 되면 없어지게 될까?

3. 만만한 니가 마음에 들어

 피에 굶주린 모기들만이 시뻘건 눈으로 먹을 것을 찾아 날아다니는 늦은 밤, 언제나 그렇듯이 드림이와 연지는 별 볼일 없는 수다에 열을 올리고 있는 중이다. 둘만의 아름다운 하루 일과의 마무리라고나 할까. 이 습관 때문인지 둘은 아무리 싸워도 하루를 넘기지 못한다. 초등학교 3학년 때인가, 언젠가 드림이가 뀐 방귀에 연지가 하도 웃어대서 안 꼈다고 우기다 3일 동안 말을 안 하고 지낸 적이 있었는데, 그 때는 정말 둘 다 갑갑해서 죽는 줄 알았다. 자고 일어나면 입에서 가시가 돋아 있는 것 같은 것이 서로 눈치만 슬금슬금 보다가는 3일이 지난 후에는 도저히 참지 못하겠는지, 약속이라도 한 듯 동시에 서로 화해를 했다.
 그때 이후로 둘은 성경에 있는 '분을 해질 때까지 품지 말라'는 말씀을 둘만의 약속으로 지켜나가고 있다.

[정말 세상이 싫어진다. 매너는 약에 쓸래도 찾아 볼 수 없고, 성격은 까칠하고, 안하무인에다, 지 멋대로 왕자더만, 어쩜 그런 결점들이 눈에 하나도 안 들어 오냐? 엉, 왜 우린 이렇게 꽃미남에 약할까? 외줄 곡선.]

"닥치시오. 시끄럽소."

한 손엔 전화기를 한 손엔 사과를 들고 주방을 나오던 드림이는 물을 마시기 위해 주방으로 들어오는 엄마와 마주치자 천진난만하게 씽긋 웃어보였다.

서하경 여사는 딸내미의 전화말투를 들으며 드림이를 살짝 흘겨보다가 두 손을 모았다.

"주여, 고운 말, 예쁜 말만 하는 드림이가 되게 해주소서."
"아멘."
"아이고."

서 여사는 아프지 않게 딸의 머리를 '콩'하고 쥐어박고는 안방으로 향했다.

"헤헤헤, 사랑해 엄마."

딸의 애교에 서 여사는 웃음을 참는지 어깨를 들썩이며 방으로 들어갔다.

[자아알 한다. 전화통화하다 기도하다. 야, 강서드림.]

수화기 넘어 들리는 연지의 쇠 끓는 소리.

"아, 왜?"

[하나에만 집중하시오.]

"너, 나 좋아하지, 응? 아무리 좋아도 잠시를 못 참고 그러니. 자제 좀 해라. 엄마와의 사이까지 질투를 하고 그러면 어쩌니. 헤헤헤."

[아주 지랄에다 굿까지 해라. 응?]

"이런, 이런, 니가 이러니 남자가 없다고 봐, 난."

[아, 시끄럽고, 낼 나갈 거야? 너, 책 샀잖아.]

"아니. 응."

[이게 또 미쳤나. 뭔 소리래.]

"나가진 않을 거고, 책은 샀고."

[그 꽃미남이 네게 작업 거는 이율 모르겠단 말이야. 아, 외줄 곡선 때문인가…?]

"몰라. 몰라. 몰라. 어쩜 너와 내가 모르는 나의 숨겨진 장점을 발견했을지도 모르지…. 왜 있잖아 보석 세공사들은 숨겨진 원석을 찾아내서 갈고 닦고 그런다잖아."

[미친년. 니가 원석이니? 너 달밤에 나가서 체조라도 좀 하고 와라.]

"체조를? 왜? 나 살찐 거 같아?"

[미련 곰탱이. 그래야 니네 엄마가 니 정신 상태를 알고 병원에서 치료를 받게 하든지 말든지 하지.]

"이런… 웬수같은 것."

[암튼, 잘 생각하고 결정해. 나 같음, 나가 보겠다. 옛말에, 용기 있는 여자만이 꽃미남을 차지한다. 이런 말도 있잖아.]

연지는 친구의 미지근한 태도가 보기 안타까운지, 있지도 않는 옛말을 들어가며 아쉬워했다.

"에고, 내가 알아서 할 거야. 그나저나 연희 오빠?"

연희는 연지와 네 살 차이가 나는 하나밖에 없는 오빠다. 드림이와 더함이가 쌍둥이지만 다르게 생긴 것처럼 연지와 연희 오빠도 무척이나 다르게 생겼다.

연지는 넙데데한 얼굴에 피부도 약간 까무잡잡한 것이 키도 얼마 자라지 않아 성장을 멈춰 버렸고, 거기다 특별히 예쁜 구석도 별로 없지만, 불행하게도 오빠인 연희는 하얀 피부에 깊은 눈, 키는 180을 넘는 반듯한 외모를 가지고 있다. 거기다 공부도 잘해서 지금 의대에 재학 중인 재원이다.

[오빠? 어제나 오늘이나 한결같이 죽어라 공부만 하지 뭐. 어떤 때 보면 불쌍해. 어쩌자고 의댄 가서…. 쯧쯧. 요즘은 걸어 다니는 시체 같아. 옆에서 있으면 포르말린 냄새도 막 나.]

"어휴, 한창 놀아도 모자랄 나이에…. 니 오빠 소개팅 같은 건 하니?"

[소개팅은 뭔 소개팅. 잠도 제대로 못 자는 판에….]

"안 됐다 정말. 난 역시 공불 못하길 잘한 것 같아. 너도 마찬가지지? 연희 오빠도 혈기 넘치는 나이에 참 안 됐고, 더함이도 꽃 같은 나이에 참 안 됐어. 암튼 공부 잘하는 것들은 다 불쌍해. 그치?"

드림이의 천진난만한 물음에 연지는 정색을 하며 속사포처럼 쏘아 댄다. 독한 것.

[친애하는 드림, 길가는 사람들을 막고 물어봐라. 백이면 백이 다 너를 더 불쌍하게 여길꺼거덩, 쌍둥이처지에 동생에게 미모도 뒤쳐져, 머리도 뒤쳐져, 성격도 무지하게 결함이 많아, 거기다 건망증에 덜렁증까지. 아, 너 더함이 보다 잘

하는 거 하나 있다. 먹는 거!]
 연지의 킥킥거리는 소리가 전화기 넘어 그득하게 들린다.
 "웃기시네. 사돈 남 말 하신다. 몰라. 끊어."
 드림이는 자신의 의지와 상관없이 떠오르는 얼굴의 미소와는 달리 새침하게 전화기를 통해 말했다.
 [그래 잘 자라. 이년아.]
 연지 또한 뱉어내는 말투와는 달리 다정한 음성으로 전화를 끊었다.
 드림이는 전화를 끊으며 살짝 미소를 지었다.
 연지는 드림이에게 있어, 더함이와는 또 다른 자매애가 느껴지는 가족 같은 친구다.
 슬플 때, 기쁠 때, 화가 나 있을 때 누구보다 서로를 잘 알고 서로의 기분을 맞추어주는 보석 같은 우정. 언젠가 드림이가 연지에게
 "너에게 난 어떤 친구니?"
 하고 물어보자, 바로 돌아오는 대답이
 "웬수같은 년."
 이었지만 헤어져서 돌아오는 길에 연지에게서 한 통의 문자를 받았었다.
 '우린 생사의 갈림길에서도 함께 한 사이잖아. 넌 내게 언제나 한결같은 대나무를 생각나게 하는 친구야'
 생사의 갈림길.
 그리고 보니 중 3때 연지와 함께 생사의 갈림길에 선 적도 있었다. 지금도 그때만 생각하면 웃음이 난다.

*****

"엉엉. 연지야. 우리 이렇게 죽는 거야?"
"야, 쓸데없는 소리하지 말고 얼른 물이나 퍼내."
"흑흑. 엄마랑 더함이 보고 싶어."
"울지 마. 나도 자꾸 울고 싶어지잖아."
부지런히 손을 움직여 물을 퍼내던 연지는 친구 드림의 눈물을 보자 이제까지 참아 왔던 눈물을 결국 흘리고야 말았다.
"연지야…. 내가 잘못했어. 울지 마. 울지 마."
봄 방학을 맞아 떠난 여행이 화근이었다. 친구네 집에서 하루 자고 온다고 거짓말을 하고는 연지와 함께 경남에 있는 '사랑도' 라는 섬을 찾아왔다.
엄마에게 거짓말을 해서일까? 고등학교 올라가기 전에 멋진 추억을 만들고 싶었는데, 그 작은 희망의 빛이 지금은 생사의 갈림길에 서있는 위험한 지경이 되어 버린 것이다.
문제의 발단은 날씨였다. 야릇하게 맑은 듯 흐렸던 날씨는 주저하던 둘의 마음을 흔들어 놓았고 그냥 민박집 주위에서 발이나 담그고 놀자던 드림을 용감한 연지가 이끌고는 유람선 위로 올라탄 것이다. 유람선이라 해봐야 고작 열 명 정도 탈 수 있는 작은 배였다. 하지만 두 사람 외에도 서울에서 내려왔다는 대학생 언니 3명과 오빠 3명이 있었기에 그다지 겁나지는 않았다. 하지만 사람의 앞일이라는 것이 한 치 앞을 못 보는 법. 덜컥 배에 오르고 나서부터 날씨가 수상스럽게도 점점 흐려지기 시작했다. 배위에 올라탄 이들은 서로 아무렇지도 않은 듯 있었지만 눈동자에는 초조한 기색이 확연히 들어나기 시작했다. 그리고 불안감에 떨던 그들에게 운명의 사건이 닥쳐버렸다. 무심한 하늘에서 빗방울이 떨어지기 시작한 것이다. 빗방울이 심상치 않자 여덟 명이 일시에 선장아저씨를 쳐다보았다. 하지만 수염이 덥수룩한 아저씨는 유유자적하며 콧노래를 흥얼거리며 아무렇지도 않은 듯 신경조차 쓰지 않는 모습이었다. 선장아저씨의 모습을 보자 다들 안도의 한숨을 내 쉬었다. '그럼 그렇지. 설마' 하는 마음으로 한시름 놓았었다. 그렇게 조마조마한 마음으로 항해를 계속하다 결국 일이 터져버렸다. 갑자기 몰아치는 바람과 빗방울로 배 안은 비명소리와 울음소리로 가득하게 되었다. 선장아저씨는 물고 있던 담배를 집어 던지고는 공포에 질려있는 그들에게 주황색 플라스틱 바가지를 던져 주며 퉁명스럽게 외쳤다.

"다들 수영 할 수 있지?"

아저씨의 그 한마디 말은 그들을 더 깊은 수렁에 빠지게 만들었다.

울음소리는 더 커졌고, 수심은 더 깊어만 갔다.

"아니요. 수영 못해요. 아저씨 우리 이제 어떻게 되는 거예요?"

한 여대생이 울먹이며 말해도 아저씨는 아무런 표정의 변화를 보이지 않았다. 한참을 있던 그는 깊게 담배를 한 모금 삼키더니 하늘을 다시 쳐다보았다.

"울지들 말고 물이나 부지런히 퍼내."

그리고는 선장실로 들어가 버린다.

서울에서 내려왔다는 여대생들이 울기 시작하고 남학생들도 사색이 되어 열심히 물을 퍼내기 시작했다.

"엉엉엉."

그때, 여태껏 잘 참고 있던 드림이도 드디어 울기 시작하자, 친구 연지는 드림이의 손을 꼭 잡아주었다. 하지만 연지의 손도 덜덜 떨리고 있기는 마찬가지다.

"아빠! 아빠! 연지야. 아빠 보고 싶어!"

제 작년에 돌아가신 아빠를 열심히 불러 보았지만, 무서움이 가시질 않는다.

"울지 마. 괜찮을 거야. 야, 니가 믿는 하나님에게 기도라도 좀 해보던가."

"엉엉엉. 무서워서 기도가 안 나와."

"이게. 증말, 야. 사이비, 너 앞으로 나보고 교회가자고 하면 죽는다."

연지가 신경질적인 말을 내뱉으며 열심히 바가지로 물을 퍼 나르기 시작했다. 그때였다.

'드르릉…. 드르릉…. 드르르르… 드… 르… 피식'

흡사 남자 어른이 코를 골 때 내는 요란한 소리 같은 괴상한 소리가 들리더니 비에 의해 흔들거리며 앞으로 나가던 배가 바다 한 가운데에 멈추어서 버렸다.

"악! 악! 이게 뭐야?"

언니들의 비명소리가 귀를 찌를 듯 날카롭게 들려왔고, 배 안은 다시 소란스러워 졌다.

비명소리와 울부짖음 그리고 웅성거리는 소리들로 가득 찼다.

"뭐야? 엔진 꺼지는 소리 아냐?"

"그런 것 같아. 엔진에 물이 찼나봐."

엔진에 물이 들이쳤는지 설상가상으로 엔진마저 꺼져 버리자, 드림이는 정신이 아득해지기 시작했다.

정신없는 혼란 속에도 열심히 물을 퍼내던 그들이 이제는 죽었구나 하고 절망 속에 다들 지쳐 갈 즈음…. 하늘도 그들을 불쌍히 여기셨는지 조금씩, 비가 잔잔해지기 시작하더니 저 멀리 하늘에서 맑고도 찬란한 태양의 빛이 조금씩 비추기 시작했다.

"살았다!"

그리고 어디선가 들려오는 구원의 확성기 소리. 바다를 지키는 마린보이, 바다에 있는 시민들의 수호신 해양 구조대가 그들을 찾아 온 것이었다.

유람선 위에서는 환호성과 기쁨의 함성이 터져 나왔고 일행은 무사히 구출되어 육지로 돌아 올 수 있었다.

해양 경찰서에서 제공한 하늘색 담요를 두르고 따뜻한 커피를 마시고 앉아 있으려니 살아있다는 것이, 육지에 두발을 딛고 있다는 것이 그렇게 고마울 수가 없었다.

"난 이제부터 열심히 공부할 거야. 연지야."

"나도."

두 사람의 굳은 다짐이 무색하게도 옆에서는 구조대원의 질책과 퉁명스러운 선장아저씨의 음산한 웃음소리가 들려왔다.

"에이…. 박 씨 아저씨. 오늘 유람선들은 바다 나가지 말라고 방송했는데. 하마터면 큰일 날 뻔했잖아요."

"못 들었어. 그나저나 내가 바다 나간 건 어떻게 알았어?"

"웬 남자가 신고 전화를 했어요. 바다로 나간 '장미호'가 들어오지 않는다고 급하게 전화를 했는데, 이름이 서 뭐시기라고 하던데. 뭐라더라? 아무튼 긴 말 않고 그냥 끊어 버리던데요."

드림이와 연지는 두 사람의 대화를 듣고는 눈을 마주치며 귀를 쫑긋하고 세웠다.

그 서 뭐시기가 누굴까? 그녀들의 생명의 은인. 그 은인을 만나면 정말 고맙다고 인사라도 하고 싶은데….

*****

여름방학이 끝나갈 무렵, 화실 한 귀퉁이에 있는 대형 에어컨의 약한 바람에, 드림과 연지는 서서히 지쳐갔다.

"쟤는 정말 덩치가 아깝다. 아까워. 이렇게 약으로 틀어 놓을 거면 차라리 선풍기나 빵빵하게 돌려주지. 에어컨은 왜 사다 놨냐. 것도 타임 맞춰서 돌아가는 걸…."

"연지. 우리나라는 에너지 수입국가야. 전기를 아껴야 한다고."

"이게…. 가뜩이나 더워 죽겠구만…. 니가 에너지관리공단 대변인이냐?"

"아니. 연지 친구 드림!"

탕. 우당탕 탕.

화실가방으로 아주 문짝을 부스는 듯 소란스러운 소음이 들려왔다.

"Hi, 드림과 연지. 잘들 지냈어?"

4반의 진성이다. 보기만 해도 더워지는 진성이. 발리로 놀러 간다고 하더니 얼굴이 더 심하게 타서 돌아왔다. 이젠 흑인이 부럽지 않아 보인다.

"어이 진성! 우리 학원은 이제 국제적이야."

"뭐?"

"너를 보니 이국적인 냄새가 물씬 풍겨. 멋져. 정말."

"하하하. 그렇지? 내가 좀 이국적이긴 해."

"어. 심하게 그래. 동남아를 넘어서 이제 대륙인 같아 보여."

"자식들. 보는 눈은 있어 가지고. 그럼. 다들 내 발음 한번 들으면 아메리카 대륙에서 온 줄 알기는 해."

"아니 그 대륙 말고…."

"어? 그럼 어디?"

"사자들이 풀을 뜯어 먹는 다는 그 대륙. 아프리카대륙에서 온 것 같아."

"자식들. 시기심은. 야! 그러지 말고 우리 날도 더운데 옷이나 홀라당 벗어 던지는 게 어때?"

"니가 드디어 더위를 쳐 먹었구나?"

"불순한 것. 넌 여자가 너무 불순해."

"미친놈, 덥다고 옷 벗자고 한 놈이 불순한 거야? 아님 더위 먹었다고 걱정해 주는 내가 불순한 거야?"

"연지야. 내 말은 날도 더운데 옷 벗고, 누드모델이나 돼 주자 그거지."
"오호. 그래서?"
"그럼, 내가 모든 사물을 예술과 결부해서 보는 좋은 습관이 있잖아."
"아 그래서 니가 야동을 보는 구나. 예술과 결부해서 누드 작품을 생각해서 보는 거였구나. 진성아."
"역시. 나의 연지…. 니가 나를 알아주는 구나. 야동? 그거 내가 보고 싶어서 보는 게 절대 아니야. 인체의 신비와 아름다운 굴곡을 공부하기 위해서 보는 것이지. 니들이 나의 애타는 열정을 알 턱이 있것어?"

진성이와 연지의 만담은 서경석, 이윤석 이후 최고의 콤비이다. 저 대로 놔두면 아마 밤새 지껄여 데리라….

"연지야. 그만 하자. 덥다. 더워."
"그러게. 내가 저 인간만 보면 더 덥다. 더워. 드림. 우리 이참에 기차여행이나 한번 댕겨 오지 않으련?"
"와. 연지. 내게 데이트 신청하는 거야? 난 좀 바쁜데…."
"발칙한 것. 좀 찌그러져 있지?"

또 끼어드는 진성이를 한 번 흘겨주며 머리통에 붓을 날려주는 연지의 센스.

두 사람을 보고 있으면 '애들은 싸우다 정든다'는 할머니의 말씀이 자꾸 생각난다.

아무튼, 더위에 지치다, 지치다 진이 빠져 버린 그들에게 휴식은 절대적으로 필요한 것이었다.

연지와 드림은 위대한 문화유산이 살아 숨을 쉬고 있다는 경주를 그들의 일탈을 완성시킬 예정지로 정했다. 먼저 경주에 외가가 있는 지영이를 포섭한 후, 부모님들께는 멀쩡하신 지영이의 할머니가 편찮으셔서 병문안을 가야 하는데 따라가기로 했다고, 약간 거짓말을(지영이의 외할머니는 실제로 당뇨병과 관절염으로 아프시다. 그러므로 완전한 거짓말은 아닌 것이다.) 해서 하루 동안의 여행을 허락받았다.

아침 8시 30분까지 부산역 만남의 광장에서 만나기로 한 셋 중에 집이 제일 먼 드림이는 조금 일찍 서둘러 나섰다.

엄마가 지영이의 할머니께 드릴 관절염에 좋다는 약재를 몇 가지 챙겨서 분홍색 보자기에 싸 주셨다.

"예의 바르게, 인사 잘하고. 남의 집에서 폐 끼치는 행동하면 안 되는 거 알지? 특히나 어르신들 계신 집에서는 항상 조심해야 한다."

"엄마는 내가 앤가 뭐…. 알아서 잘 할게요."

엄마의 눈에는 고등학생씩이나 된 딸이 아직도 초등학생으로 밖에 보이지 않으신가 보다.

화려한 분홍 보자기를 든 채, 지하철 계단을 터덜터덜 내려가니, 역시 화려한 보라색 꾸러미를 든 연지가 미리 와서 기다리고 있나, 드림이의 손에 들린 보자기를 보며 피식거린다.

"난, 옥돔인데. 넌 뭐니?"

"난 관절염에 좋은 한약."

"역시 우리 엄마들은…. 휴, 딸내미들 스타일은 생각도 안 하시고…."

연지가 깊은 한 숨을 내쉬며 말했지만 그래도 싫은 표정은 아니다. 드림이가 그렇듯이 연지 역시 누구에게나 무엇이든지 나눌 수 있다는 것은 참 행복하고 기분 좋은 일이란 것을 어릴 때부터 두 엄마들에게 귀에 딱지가 안도록 들어 왔기 때문이리라.
"헤헤. 어서 가자."
부산역은, 언제나 활기가 넘치는 곳이다.
중앙에 있는 분수대 옆에는 아주 뚱뚱한 외국인 아저씨가 낮선 이국땅, 남의 나라에서 아침부터 부지런히 -주 예수를 믿으라. 그리하면 너와 네 집이 구원을 얻으리라- 고 목청껏 외치고 있었고, 분수대를 둘러싸고 있던 비둘기들은 아저씨의 어눌한 한국 발음에 놀라 푸드득, 푸드득거리며 날아 다녔다.
그 날개 짓이 꼭 '너나 잘 하세요' 하고 외치는 것 같아 '피식'하고 웃음이 난다.
짙푸른 녹음을 느끼게 해주는 나이 많은 나무의 시원한 그늘 밑에는 언제나, 그 자리를 지키고 계셨을 것 같은 부지런한 할아버지군단들이 오늘도 어김없이 자리를 하고 계셨다. 햇빛도 비껴가는 시원한 그늘에 자리를 차지하고 앉으셔서는 오고 가는 사람들을 바라보며 세월의 덧없음과 인생의 무상함을 되뇌고 있는 할아버지들의 얼굴에서는 깊은 회한과 세월의 흔적들이 고스란히 묻어있었다.
어르신들의 앞을 지날 때마다 왠지 숙연해 지는 것은 그래서일까?

한 낮의 무더위를 피해 이른 아침부터 부지런히 움직이는 사람들의 바쁜 발걸음들이 정신없이 계속 이어지는 가운데, 저기 멀리 지영이가 오는 것이 보였다.

"지영아, 여기, 어…. 드림아 저기 봐."

손을 번쩍 들어 지영이를 반기던 연지가 손을 엉거주춤 떨어뜨린 채, 황당한 표정을 지으며 드림이를 보았다.

"왜?"

지하철 입구 쪽에서 열심히 뛰어오는 지영이를 보던 드림이의 눈에 놀라움이 가득해졌다. 열심히 뛰어 오고 있는 지영이는 혼자가 아니었다. 저보다 더 큰 혹 하나를 달고 열심히 뛰어오고 있는 중이다.

많은 사람들 중에도 눈에 띄는 혹…. 아, 혹이 하나가 아니라 무려 세 개나 된다. 잘생긴 서점 남자와, 사람 좋아 보이는 두루뭉술하게 생긴 남자와 수줍은 옥수수를 닮은 남자.

"드림아, 연지야. 많이 기다렸지? 미안. 호호호."

지영이가 미안한 듯이 환하게 웃었다. 저 밝은 미소. 가식적인 환한 미소.

'가증스러운 것 같으니….'

평소의 지영이는 약속시간에 30분쯤 늦는 것을 미덕으로 알고 살아가는 친구이다. 늦게 와서는 되려 큰 소리를 쳐대던 것이 오늘은 아주 꼬랑지를 내리고 살살거리고 있다.

"어떻게 된 거야?"

호기심 많은 연지가 지영이와 세 명의 불청객. 서점 남과 친구들에게 대신 물었다.

"세상에…. 인연이라는 게 정말 있나 봐. 내가 동래에서 지하철을 탔는데, 가야 오빠가 떡하니 있지 뭐니. 어디 가냐고 물으니 친구들과 같이 경주를 간대. 어쩜 이런 인연이. 호호호."

지영이는 그새 그와 꽤 친해진 것을 자랑이라도 하듯 이름까지 친근하게 불러댔다.

"아…. 잠시만, 이리 와봐."

연지가 방긋 웃으며 뒤쪽에 서있는 그들에게 들리지 않게 작은 소리로 말했다.

"야. 저 사람들을 언제 봤다고…. 납치범이나 나쁜 사람들이면 어떻게 해."

"풋…. 걱정하지 마. 저기 통통하게 생긴 오빠 있지? 저 오빠 우리 아파트 사는 오빠야. 울 엄마가 그러는데 공부도 잘하고 참 착한 학생이래. 친구는 끼리끼리 노는 거 알지?"

"집에서는 모범생인데 밖에서는 개차반으로 노는 사람이면 어쩔래?"

"애가, 애가, 저 오빠들 얼굴을 봐라. 완전 범생이 자체 구만. 세상을 그렇게 못 믿어서 어떡하니? 난 가야 오빠 믿어."

지영이는 두 말 할 필요도 없다는 듯이 말을 끊고는 뒤쪽에 서있는 세 명의 불청객들에게 다시 환한 미소를 지어보였다.

"가야 오빠. 제 친구들이에요. 전에 롯데리아에서 봤던… 기억나시죠?"

가야. 가야. 그의 이름이구나…. 가야…. 가야….

"동가야, 서가야. 랄랄라."

드림이의 흥얼거림에 서점 남은 일순 굳어지는가 싶더니

금방 평정심을 되찾은 듯, 드림이를 쳐다보며 능청스럽게 물었다.
"외줄 곡선, 너 잘 지냈냐?"
"이것 보세요. 전 외줄 곡선이 아니라 강."
드림이가 미처 대답을 다 하기도 전에,
"가야야, 시간 다 됐어. 언능 타자."
만고에 쓸모없는 친구들….

칙칙폭폭 칙칙폭폭!
열차는 달린다. 쉬지 않고 달린다. 칙칙폭폭 칙칙폭폭.
뜻하지 않게 그와 친구들. 그리고 드림이와 친구들이 함께 여행을 하게 되었다.
드림이의 뒷좌석에 앉은 지영이는 뭐가 그리도 좋은 지 연신 깔깔 거리며 웃음을 그치지 않는다. 여우처럼 웃음을 흘리며 좌석까지 가야의 옆으로 바꾸더니, 이젠 아주 대놓고 작업 질이다.
"에이. 거짓말이죠? 의대생이 맨날 이렇게 놀아도 돼요?"
지영이의 간드러진 웃음소리.
"맘대로 생각해."
서점 남의 무심한 대답. 드림은 아까부디 속이 지꾸 쓰리고 입이 말라와 생수병만 들이키고 있는 중이다. 왜 이렇게 목이 말라 오는지…. 자신도 이상하게 생각 될 지경이다.
"야, 지가 의대생이란다. 저거 순 뻥쟁이 아냐? 난 울 오빠 의대 들어가고 나서 노는 꼴을 한 번도 못 봤다."

옆에 앉은 연지가 소근 댔다. 그러고 보니 참 의심스럽기도 하다. 연희 오빠는 잠자는 시간도 아까워하는 마당에 저 서점 남은, 서점으로 남포동으로 하다못해 이젠 경주에서까지 만나는 것을 보니…. 분명 공부만 죽도록 해야 한다는 의사 지망생으로서는 무리가 있어 보인다. 구라장이가 틀림없다. 그 네이비블루의 원피스는 어쩌고 여기까지 왔을까?

"호호호."
마냥 행복하다는 듯이, 한참을 웃어대는 지영이의 웃음소리에 뒤돌아보다 마침, 자신을 쳐다보고 있던 그와 눈이 딱 마주 쳤다.
"댁이 의대생이면 난 애 엄마예요."
무표정한 얼굴로 내뱉는 드림이의 말에 그가 호탕하게 웃기 시작했다.
무더운 여름날 뜨거운 열기를 식혀주는 소나기처럼…. 그렇게 그가 웃었다.
"하하. 하하하하."
그의 웃음소리를 듣는 순간, 드림이는 싱그러움이 가득한 푸르디푸른 숲 속의 한가운데 서 있는 듯한, 그런 청량한 느낌을 받았다.
두근두근, 두근두근….
그녀의 심장이 요란하게 달리기를 히기 시작했다.
"왜? 어디 아파?"
뛰는 심장을 진정시키느라 가슴에 손을 얹고 눈을 감는

드림을 보며 연지가 걱정스럽게 물었다.

"아니."

"그럼?"

"그냥, 배가 고파서."

"이런…. 작작 좀 먹어라."

드림은 연지의 구박을 귓등으로 흘려들으며 창밖으로 스쳐지나가는 풍경들을 바라보았다.

한번 가면 다시는 보지 못할 이 순간의 창 밖 풍경들이 눈이 부신 금빛의 아름다운 그림처럼…. 그렇게 마음에 와 닿았다.

생각지도 않은 특별한 불청객들 때문에 그런 것일까?

"오빠, 나 불국사 보고 싶어요."

"난 배고파. 뭐 좀 먹고 움직이자."

지영이의 애교를 귓등으로 흘려듣는 그의 태도가 참 바람직해 보인다. 자고로 여자의 애교에 넘어가 헤헤거리는 남자 치고 제대로 된 사람은 없었다. 이 경주 땅만 봐도 그렇다. 저 위대하신 삼국통일의 주역 김유신장군이 기생 천관의 치마폭에 싸여서 그대로 계속 놀아났다면…. 이 땅 신라가 삼국을 통일 할 수 있었겠는가? 오늘날, 경주가 이토록 아름답고 신비스러운 역사를 가진 채 이렇게 살아 올 수 있었겠는가?

"야 뭐해? 너 배고프다며. 얼른 가자."

"어."

경주의 찬란한 과거와 현재를 생각하던 드림은 연지의 손에 의해 일행이 들어가고 있는 분식점으로 끌려갔다. 노란색으로 꾸며진 분식점 내부는 깔끔했고, 시원하게 냉방이 되어 있어 배고픈 일행들을 반가이 맞아 주는 듯 했다.
"경주 분식점이라, 좋은데. 난, 김밥이랑 라면으로 할란다."
사람 좋게 생긴 두리 뭉실한 친구의 이름은 현우라고 했다. 현우.
"우리 통일해서 시키지 머, 나도 그걸로 하자."
촘촘 박힌 잘 익은 찰옥수수 같은 이미지의 진우.
"그런 법이, 어디에 있냐? 먹고 싶은 걸로 먹으면 되지. 전 냉 콩국수로 주세요. 얼음 둥둥 띄워서요. 아참, 콩에서 비린내는 안 나겠죠."
어디 가시것서요. 까칠한 성격의 소유자. 서점 남. 가야왕자.
"저도요…. 콩국수…."
지영이가 가야를 따라 애교스럽게 한 손을 들며 말했다.
"전 간 많이 넣은 순대하고 떡볶이요. 드림이 넌?"
기차 안에서 가야의 말을 듣고 코웃음을 치던 연지는 드디어 미남계의 유혹에서 벗어났는지, 그새 본색을 드러내는 야무진 모습으로 돌아와 있다.
"어, 나도, 허파 많이 넣어서. 떡볶이만 먹으면 매우니깐, 국물 있는 것도 먹자. 아줌마, 우동 추가요."
먹는 것의 유혹에는 심하게 약한 드림이 기쁨을 감추지 못하며 행복에 겨워 말했다.
"하하하. 아주 씩씩하네. 그래 오늘은 내가 쏠 테니 먹고 싶은 거 다 먹어."
기분 좋게 말하는 진우의 말꼬리를 잡고 연지가 냉큼 주문을 추가했다.

"이런데, 말고 레스토랑 같은데서, 그런 말씀 하셔야죠. 우리가 먹으면 얼마나 먹는다고. 아줌마 튀김 한 접시 추가요."

이에 뒤질세라, 드림이도 거들었다.

"아, 날도 더우니 우리 입가심으로 팥빙수 어때? 아줌마 여기 팥빙수도요. 스페셜 팥빙수!"

역시 둘은 친구일 수밖에 없나 보다.

드림이와 연지는 불청객들의 눈이 휘둥그레 질 정도로 이것저것을 시켜 배불리, 아주 배불리 만족스럽게 먹었다.

드림이와 연지가 순대를 젓가락으로 들 때 마다 따라오는 지영이의 애틋한 눈빛.

'지영아, 넌 미모를 택하렴. 우린 먹는 게 남는 거란 철칙을 철석같이 믿고 있단다'

식사를 마친 일행은 먼저 보문단지와 불국사를 천천히 둘러 본 후 석굴암을 가기 위해 붉은 색의 소나무들이 길 양옆으로 울타리처럼 서 있는 약간 가파른 황톳길을 오르기 시작했다.

길을 오르며 그들은 자연스럽게 이야기를 나누었다. 주로 현우의 이야기를 나머지 일행들이 듣는 쪽이었지만.

"너희들 여행이나 먼 곳으로 외출 할 때는 되도록이면 혼자선 다니지 마라. 가야 저 녀석 때문에 우리 모두 식겁 했잖아."

여행에 대한 얘기가 나오자 야릇한 미소를 띠우며 현우가 말했다.

"야, 조용히 해."

앞서 가던 가야가 당황스럽게 현우를 째려보자 그 때까지 점잖게 있던 진우가 웃으며 현우를 거든다.

"큭큭. 너 새우잡이 배에 끌려 간 것 땜에 그러지? 하하하."
"예, 새우잡이 배요?"

똥그란 지영의 눈이 왕방울처럼 커지는 것이 신기한 듯 진우가 더 크게 웃으며 말했다.

"하하하. 어, 새우잡이 배. 저 녀석 고 2때, 전라도 어디 외딴 섬인가 여행 갔다가, 새우잡이 배에 끌려갔잖아. 너 한 달 정도 탔었지?"

진우의 말이 끝나자마자 일행들은 약속이나 한 듯 발걸음을 멈추고 가야를 쳐다봤다.

"이쒸, 말하지 말라니깐…."

굳어지고 빨개진 가야의 얼굴.

"와, 그래서 어떻게 됐어요? 어떻게 탈출 했어요?"

연지도, 지영이도, 드림이도 너무 놀라 가야의 잘생긴 얼굴과 그림 같은 입술만을 바라보았다.

"그냥, 여행 갔다가 어떤 아저씨에게 속아서 따라 갔어. 음료수 먹고 잠이 들었었는데, 깨보니 바다 위더라고. 그리곤 바로 새우잡고, 그물 기우고 그랬지 뭐…. 처음엔 냄새 때문에 역겹더니, 2주 정도 있으니 적응되데…. 밥도 많이 주고, 근데, 밤마다 옆 배에서 사람 때리는 소리, 우는 소리가 들려오더라고. 아주 미치겠더라. 한 달 정도 정신없이 지내다 '이대로 있다간 안 되겠다, 탈출을 해야겠다'는 생각이 들더라고. 딱 한 달이 차는 날인가, 아무튼 운 좋게도 지나가던 낚시 배에 한 아저씨가 어려보이는 나를 보고 수상히 여겨 신고 했나봐. 해양경비선이 검문하러 왔고, 덕분에 난 집으로 올 수 있었어."

듣는 드림이 일행들에게는 너무나 엄청난 이야기이건만 가야는 너무도 담담히 그때의 이야기를 했다.

"지금에서야 하는 말이지만, 그땐 정말 난리가 났었지. 저 녀석 때문에…."

그 때를 생각하는지, 진우의 음성도 조금씩 잔잔해 졌다.

놀란 일행의 침묵을 깨는 것은 역시나, 가야에게 지대한 관심을 보이던 지영이었다.

"대단하다. 오빠, 어쩜 그런 어려움을 겪고도…."

지영이의 동그란 눈동자가 점점 하트무늬로 변해갈 무렵, 연지가 드림이의 곁으로 다가와서 낮은 목소리로 말했다.

"저것도 뻥 아닐까? 아님 정말 새우잡이 배에서 파견 된 건지도 모르고, 니 팔뚝을 보면 누구라도 납치 하고 싶어지지 않을까? 넌 설거지나 마늘 까기가 최곤데."

"고만해서, 그럼, 진우오빠랑 현우 오빤 똘마니고 부산에 그 서시 닮은 언니는 연락책이냐?"

연지의 의심과는 달리 드림이는 아무래도 가야의 말이 진심일 것이라는 생각이 든다. 그의 눈은 흔들림이 없었다. 담담하면서도 깊이가 있는…. 엄마가 말씀하시던 정직한 사람의 눈이었다.

"그런가? 그래도 조심해, 아까부터 너를 흘깃 흘깃 보는 것이 뭔가 있는 게 틀림없어. 휴, 그래도 옆 라인은 진짜 예술이다."

다시 걷기 시작한 드림이도 연지의 말에 가야의 모습을 조심스레 살펴봤다.

'그래, 옆에서 걸어보니 정말 다리가 길구나. 180은 가뜬히 넘어 보이는 키에 적당히 작은 얼굴, 그 얼굴을 덮고 있는 조금 긴 머리. 강인함과 여성스러움이 적절히 조화된 쌍꺼풀 진 큰 눈, 땀방울이 떨어지자마자 또로롱 미끄러질 것 같은 콧날에 화룡점정격인 입술. 검정색 민소매 티셔츠를 근사하게 받쳐주는 보기 좋은 팔 근육, 긴 다리를 돋보이게 하는 물 빠진 청바지. 연지와 드림이 좋아하는 강동원에게 결코, 뒤지지 않는 어마어마한 외모다. 아니 저 정도면 강동원을 능가하는 외모다. 저런 외모야 말로 하늘이 내리신 축복일 것이다.

"아, 누구는 좋겠다. 저런 근사한 외모를 가진 사람에게 관심도 받고… 에고, 내 팔자야."

"또 왜 이러실까? 연지님께서."

"근데, 드림아 나 너무 더워. 우리 이거 미친 짓 아냐. 봐 주위에 사람도 별루 없잖아."

하기야, 이 더운 날 모두들 시원한 극장이나 해수욕장을 찾지, 비지땀을 뻘뻘 흘리며, 토함산으로 오르는 사람들이 많을 턱이 있나.

연지의 비명에 모두들 땀을 닦으며, 잠시 쉬어 가기로 결정했다.

　나무그늘에 앉아 손으로 부채질을 하는 드림이를 연신 바라보던 가야가 뭔가 할 말이 있는 듯, 입술을 들썩이더니, 곧 입을 다물어 버린다.

　약 40분 뒤 불상 앞에 도착한 일행은 가야네 들이 예를 갖추는 사이 잠시 뒤에서 그 광경을 감상했다. 석굴암의 한쪽 벽면에는 장엄하기까지 한, 돌로 만든 큰 부처님이 드림이 일행을 인자하게 내려다보고 계셨다. 아직 어린 나이이건만, 입시에 찌들어 힘들어하는 여고생들의 마음을 다 안다는 듯이 입가에 작은 미소를 띠우며 쳐다보시는 것이 맘을 포근하게 한다.

　"참, 웅장하기도 하셔. 우리 엄마가 그러는데, 석굴암에 오면 저 불상만 볼 것이 아니라, 불상에 담긴 희로애락을 느끼고 오래. 가만히 눈을 감고 한 천오백 년쯤 전, 먼 옛날부터 이 길을 걸어 여기에 오른 사람들을 그려 보라네. 어때, 너흰 그려지니?"

　연지가 석굴암의 여기저기를 둘러보며 조용히 말을 꺼냈다.

　"역시 멋진 엄마셔. 우리 엄만 늦게까지 싸돌아다니지 말고 얼른 할머니 댁 가서 인사드리고 오라고 하셨는데."

　지영이가 부러운 듯, 대납했다.

　"그러게. 이곳엔 얼마나 많은 사연들이 있을까?"

　드림이는 연지를 따라 이곳저곳을 둘러보며, '먼 옛날 많은 사람들이 이곳에서 울고 웃으며 사연들을 풀어 놓았겠지' 하는 생각을 해본다.

더러는 사랑하는 이를 위해, 더러는 가족을 위해, 더러는 성공을 위해….

얼마나 많은 사람들이 다녀갔을까? 얼마나 많은 소원들을 내어 놓고 갔을까?

갑자기 돌아가신 아빠 생각이 간절해진다. 저 불상의 미소보다 더 다정하고 포근한 아빠의 품이 그리웠다.

"연지야. 나, 아빠가 보고 싶어."

"난 차라리 아빠가 죽어 없었으면 좋겠는데…."

"야. 넌 어쩜 살아계신 아빠에게 그런 말을 하니?"

"뭐? 바람나서 아내고, 아들이고, 딸이고 다 버리고 나간 아빠가 뭐가 예쁘다고 그리워 해."

대기업의 이사였던 연지의 아버지는 젊은 비서와 바람이 나서 집을 나가셨다. 연지가 초등학교 때 이혼을 하셨는데 연지는 자신의 아빠를 아직도 용서하지 못하고 있다.

서로의 기분을 잘 아는 그들은 살며시 서로의 손을 꼭 쥐었다. 외로운 아메바들이 서로의 허전함을 달래주었다.

석굴암을 둘러보고 내려오는 길에 가야가 드림이의 옆으로 오자, 드림이의 심장은 다시금 주인의 허락도 없이 마음대로 두근거리기 시작하는 심각한 증세를 보이기 시작했다.

"잘 지냈나?"

"네."

"어쭈. 너 대답은 아주 잘 한다. 짜리몽땅한 것이."

시간도 변하게 하지 못하는 그의 싸가지.

지난번에는 삼계 닭을 만들더니….

자라나는 여고생에게 짜리몽땅이라는 끔찍한 표현을 서슴없이 쓰는 저 인간의 뇌는 어떻게 생겨 먹었을까? 아마도 어마어마한 내공의 싸가지가 차곡차곡 싸여 있을 것이다.

"이것 보세요."

"왜? 짜리 몽땅."

20년이 넘게 이어져 온 저 못돼 쳐 먹은 말버릇이 며칠 사이에 고쳐질 리는 절대 없다. 그냥 성격 좋은 자신이 빨리 적응하는 것이 낫다고 드림은 애써 자신을 위로 하였다.

"휴. 아니에요."

'똥이 무서워서 피하나요. 제가 그냥 참지요'

그의 파란 서슬이 무서워 차마 입 밖으로 내지 못한 말을 삼키며 드림이 긴 한숨을 내 쉬었다.

"쪼그만 게 한숨은. 참, 너 그때 왜 안 나왔어? 내가 태어나서 처음으로 바람이라는 걸 맞았다는 게 참 충격적이더라. 그것도 짜리몽땅에 외줄 곡선 여고생에게."

'지금 그가… 나를 기다렸단 말을 하는 건가?'

뜻밖의 상황에 놀라 눈을 동그랗게 뜨며 발걸음을 멈추자, 그녀의 보폭에 맞추어 걷던 그도 걸음을 멈추었다.

"왜 미안하긴 한가보지?"

"에…."

"에? 이게 '에'로 넘어갈 문제야? 어떻게 생각 하냐? 니가 나를 바람 맞춘 사건에 대해."

그가 도통 알 수 없는 얼굴로 드림이에게 물었다.

'저 얼굴의 표정이 대체 무슨 뜻 일까? 비웃는 얼굴? 성난 얼굴? 것도 아니면 가소로운 얼굴? 감히 네 주제에 나를 바람 맞춰? 이런 뜻일까?'

"야. 사람이 뭐라 그럼 대답을 해야 할 거 아냐? 너 지금 기도 하니?"

자신을 기다렸다는 그의 말에 약간은 미안해하던 드림이도 그의 삐딱선에 점점 심술이 나기 시작했다.

"전, 나간다고 말한 적 없는데…. 그리고 저 그 책 샀어요."

'미쳤어. 미쳤어. 지금이라도 미안하다고 얘기하고 다시 날을 잡아. 이게 어떤 행운인데'

그녀의 의지와 관계없는 속마음이 계속 소리를 쳤지만, 고놈의 자존심이라는 것이 무엇인지 도통 입이 떨어지지 않았다.

"그래? 니가 끝까지 잘했단 말이지? 야. 책을 샀으면 최소한 나와서 말은 해야지. 바보처럼 사람을 기다리게 만들어? 그날 한 시간이나 기다렸단 말이야."

'헉. 한 시간 씩이나…'

"죄송해요. 하지만…. 전 나간다고 말한 적 없잖아요. 아저씨가 일방적으로…."

살짝 풀이 죽은 그녀의 목소리에 더욱더 의기양양해진 가야가 목소리를 더욱 높인다.

"뭐? 일방적? 아저씨?"

"……."

"너 시력이 몇이야. 내가 아저씨로 보여? 그리고 너 남자친구 있어? 없지? 남자친구도 없는 짜리몽땅이 나 같은 초특

급 킹카가 나오라면 감지덕지 하면서 후딱 나와야 할 거 아니야."

"이 아저씨가 정말."

가야의 엉뚱한 소리에 드림이는 여태껏, 참아왔던 만만치 않은 성질을 드러내며 발끈하고 말했다.

"지금 말도 안 되는 소리 하시는 거 아시죠? 아저씨가 장난으로 그런 건지 아닌지 제가 어떻게 알아요? 그리고 아저씨가 나쁜 사람일수도 있는데 제가 어떻게 덜컥 그 자리를 나가요? 도대체 제게 왜 자꾸 이러시는 거죠? 제가 만만해 보여요? 사람 잘 못 보셨어요. 저 그렇게 만만한 애 아니거든요."

잔망스럽게도 잘생긴 그의 얼굴을 똑바로 바라보며 또박또박 말하는 드림이를 잠시 쳐다보던 가야가 피식하고 웃더니 푸른 하늘 쪽을 향해 눈길을 돌리며 뜻밖의 말을 했다.

"어. 난 니가 만만해 보여서 마음에 들어."

4. 머슴과 마님의 원조교제?

"친구 할머니 집에 다녀오겠다고 기분 좋게 나간 녀석이 웬일이야? 왜? 무슨 일이라도 생긴 거니?"
드림이는 경주에서 집으로 돌아오는 내내 뭔가에 홀린 듯한 기분이었다.
'정말일까?'
도무지 믿어지지 않는 일이었지만 자신을 바라보던 그의 진지한 눈빛에 장난기는 없어 보였다.
'그가 내게 왜 그런 말을 한 걸까'
거실에 앉아 창문 넘어 보이는 먼 바다를 바라보며 생각에 잠겨 있던 드림은 일찍 십으로 돌아오신 엄마에게 이런 기분을 들켜 버리고 말았다.
"엄마, 시원한 녹차 한 잔 하시겠어요?"

엄마에게 씽긋 웃어 보이며, 예쁘게 말했다.

"좋지. 우리 딸이랑 오래간만에 얘기도 하고 시원한 차도 마시고. 우리 간만에 기분 낸다. 그치?"

엄마와 바다가 보이는 베란다에서 차를 마시는 게 얼마만인지. 모처럼의 여유로움에 두 모녀는 행복한 기분이 들었다. 드림이가 가져온 목이 긴 투명한 유리잔에는 하얀 냉기가 앉아, 보기만 해도 시원함이 물씬 풍겨 왔다.

"고마워. 딸."

엄마가 세상에서 가장 행복한 미소를 지으며 바라보았다.

"엄마, 엄만 아빠를 처음 만났을 때 기분이 어땠어? 처음 볼 때부터 '이 사람이 내 인생의 반려자구나' 이런 생각이 들었었어요? 아, 엄마보다 나이가 어리니 그냥 좋은 동생으로만 보였겠네?"

딸의 뜬금없는 질문에 엄마는 방그레 웃으며 드림이를 바라보았다.

"갑자기 그게 왜 궁금한데? 우리 드림이 여행 중에 무슨 일이라도 생겼니? 가슴 뛰게 하는 사람이라도 만난거야?"

"아니."

드림이는 엄마의 눈을 차마 마주 보지 못하고 고개를 돌려 저 멀리 있는 바다를 바라봤다. 얼굴이 팬히 화끈 거린다. 그런 딸을 바라보던 엄마는 말하지 않아도 아는 듯 잔잔한 미소를 지었다.

"엄마는 아빠를 대학교 2학년 때 처음 만났어. 그땐 이 사람이 내 반려자다, 뭐다 이런 생각 없이 그냥 같이 있는 것만으로도 너무 좋았어. 편안하고, 없으면 허전하고, 그 사람을 만나러 가는 것만으로도 가슴이 뛰는, 그런 사람이었어."

엄마의 눈에 아득한 그리움이 떠올랐다. 얼마나 사랑하면 저런 아련한 표정, 저런 아련한 눈빛이 나는 걸까?

"아빠를 처음 만났을 때 엄마는 대학생이었다고 했잖아. 엄마보다 나이도 어린데다, 소문도 좋지 않았는데도 같이 있으면 편했단 말이야?"

"그럼, 처음부터 이상하게 아빠랑 같이 있는 게 좋았어. 아빠를 만나면서 알게 된 것은 주위의 소문은 소문일 뿐이라는 거야. 시간이 지나면 진실은 언제나 밝혀지게 돼 있어. 그게 인생의 진리란다. 언젠가는 진실이 드러나는 거."

언제나 현명하고 지혜로운 엄마의 존재는 드림이에겐 마치 중세시대의 웅장한 성과도 같은 든든한 존재이다. 한 없이 다정하고 부드러우면서도 강하고 든든한 엄마.

"히히. 우리 엄마 정말 용감하다. 그땐 여자가 나이 많은 거 흔한 건 아니었잖아, 아빠는 소문도 안 좋은 고등학생이었다는데. 엄마 정말 멋져. 엄마, 아빠야 말로 연상연하 커플의 시초야."

"후후. 고맙다. 사실, 나도 처음엔 감정을 숨기기에 급급했었어. 나보다 나이도 어린 고등학생에다 여러 여자들이랑 어울린다는 안 좋은 소문이 돌던 사람인데 이상하게도 그 사람만 보면 가슴이 뛰고 너무 좋은 거야. 혼자만 간직하고 숨기려 했는데 인희가 먼저 나의 이런 감정을 알아차리고는 용기를 줬어. 나중에 후회하지 말고 스스로에게 솔직해지라고.

인연이어서인지, 혼자만의 감정인줄 알고 있었는데 아빠도 내게 같은 감정을 가지고 있었고, 결정적인 계기가 되었던 것은 아빠의 용기야. 니 아빠의 용기가 도망치려는 나를 꽉 잡고 놔주지 않더구나."

"와, 아빠 정말 멋져."

"물론 연지 엄마, 아빠도 많은 도움이 되었고."

"연지 엄마, 아빠?"

"그래. 연지 엄마, 아빠. 내겐 참 많은 힘이 되는 친구들이야. 드림아. 사람을 만나서 때로는 행복하고, 때로는 아프고. 그러다가 진정한 자신의 사랑을 찾아 가는 거야. 사람 만나는 거 두려워하지 마."

엄마의 눈이 애틋하게 바다로 향해 졌다.

"아빠가 그립다. 그치?"

그리고 서 여사는 벌써 몇 번이나 딸들에게 들려주었던, 자신이 스물두 살의 이맘때 밤, 정민과 서로의 감정을 확인하게 된 그 날을 생각하며 눈가가 촉촉이 젖어 오기 시작했다.

머나먼 추억 속에 잠겨있는 엄마의 모습을 보던 드림이는 눈시울이 붉어지는 것을 느끼며 창밖으로 고개를 돌려 버렸다.

아빠가 돌아가신 후 밤낮으로 샤워를 하던 엄마를. 딸들에게 눈물을 보이지 않으시려…. 울음소릴 들키지 않으시려고, 밤낮없이 샤워기를 틀어 놓고 욕실에 계시던 엄마의 그 샤워 소리를 아직도 기억하고 있다.

그 샤워는 6개월이 넘도록 수시로 계속되었고 지금도 아빠의 기일이나 이맘때쯤이면 엄마의 샤워는 시작되곤 한다.

엄마의 물기 어린 마음이 딸인 드림이의 마음으로 찡하니 전해졌다.

 '이제 다시 사랑 안 해'
 침대에 누워 가야에 대해 심각하게 고민하려 했던 드림이건만, 언제 잠이 들었는지, 휴대폰 벨소리에 퍼뜩 잠이 깨어 버렸다.
 "여보세요."
 잠에 잔뜩 취한 목소리가 나왔다.
 [자냐? 더 잘래?]
 자신을 누구라고 밝히기도 전에 벌써 드림이의 심장이 그를 알아 버렸는지, 쿵쾅, 쿵쾅 사정없이 뛰기 시작한다.
 밤에 딱 어울릴 것 같은 그윽하고 조용한 가야의 목소리.
 드림이는 자신의 심장이 뛰는 소리가 전화기를 통해 그에게 까지 들릴까봐 황급히 손으로 가슴을 눌렀다.
 "누구세요?"
 뻔히 알면서도 누구냐고 물었다. 이렇게라도 하지 않으면 자신도 모르는 소리를 막 내뱉어 버릴 것만 같았다.
 [나야. 가야. 자는 걸 깨웠나 보다…]
 제멋대로인 그에게 상대를 배려하는 이런 사려 깊은 면도 있었나?
 "아뇨. 괜찮아요."
 작은 목소리가 조금씩 떨려 나왔다. 보이지 않는 전화선을 통해 두 사람의 마음이 이어지는 이 느낌은 혼자만의 것일까?

잠시 설레는 침묵이 흐른 후, 그가 나직이 물었다.

[내일 볼래?]

"네. 저기 그런데. 연지랑 같이 가도 되요?"

[그래, 내일 내가 너희 화실 앞으로 갈까? 동래라고 했지?]

"아뇨, 저 낼 화방에 볼일 있어서 부산대학교 앞에 가야 되요. 학교 앞 어떠세요?"

[그래, 학교 앞이면 나도 편하지. 내일 학교 앞에 오면 전화 할래?]

"네. 내일 봬요."

[내일 보자. 잘 자.]

솜사탕 같은 달콤한 그의 목소리가 내일을 기대하게 만든다.

드림이는, 이 떨리고 두근거리는 느낌의 낯선 감정을 어떻게 정의해야 하는 것일지 한참을 생각하고 또 생각해 보았다. 전화를 끊고 나자 아까와는 달리 잠이 오지 않는다. 한참을 뒤척이던 그녀는 새벽이 되어서야 다시 잠이 들었다.

다음날, 시골 장터를 연상시키는 부산예고 2-7반 교실.

칠판 위 액자에 있는 자랑스러운 급훈은 '조신과 교양'이건만, 지금 교실을 채우고 있는 이 시끄러운 소음은 너그러운 드림이가 보기에도 '조신이나 교양'과는 전혀 상관이 없어 보인다. 이것이 진정 여고생의 교실이란 말인가? 더구나… 이 소란에 아주 막중한 보탬이 되고 있는 연지의 큰 목소리.

"뭐, 이러고 부대 앞을 가겠다고?"

연지의 큰 목소리에 신경이 쓰인 드림이는 친구를 끌고

창가로 가서는 조용히 애길 했다.

"응, 어제 밤에는 긴장해선지 오늘이 학교 소집일인걸 깜빡했어. 교복입고 첫 데이트라, 재밌겠다. 그치? 그리고 '가겠다고'가 아니라 같. 이. 가. 자. 고."

겁도 많은 드림이가 너무도 태연히 말을 하자 연지는 드림이의 어깨에 두 손을 덥석 올리고는 더욱 더 구석진 곳으로 드림이를 끌고 갔다.

"니가 정녕 미쳐 가는 구나, 정말 그 사람이랑 만나겠단 말이야? 내 보기에는 허우대만 멀쩡한 사기꾼이란 말이야."

"우리 평소에 하던 말 기억 안나? 강동원 같은 사람이랑 연애 한 번만 해 보면 좋겠다고 했던 거… 그 기회가 왔어. 연지야."

"이게. 정말 미쳤어. 내 말이 맞아. 드림아. 그 사람은 아냐. 의대생이라고 한 것도 다 거짓말일거야. 순진한 여고생들을 홀리기 위한… 거짓부렁이지…"

주위의 눈을 의식해서인지, 연지의 목소리가 점점 잦아들었다.

"그게 뭐가 중요하니?"

드림이 이미 마음을 정한 듯 웃으며 말하자, 연지는 답답하다는 듯이 두 손에 힘을 주어 드림이의 어깨를 앞뒤로 흔들어 댔다.

"아주 굿을 해라. 굿을. 응. '어디를 다니고 있냐?' 가 중요한 게 아니라, 거짓말을 밥 먹듯이 하는 사람과 어떻게 만난단 말이야. 아무리 그 사람이 강동원을 닮았다 하더라도 말이야."

강동원이라는 말에 주변의 몇몇 아이들이 돌아 봤으나, 곧 아무 일 없다는 듯이 다시 떠들어 대기 시작했다. 아이들의 눈을 의식해서 이번엔 한층 더 낮은 목소리로 드림이가 다시 물었다.
"무슨 거짓말?"
"이년이 아주 콩깍지가 덮였구나. 야, 먼저 의대생이란 거. 그리고 새우잡이 배 탔다가 내린 거, 그런 말들이 다 어린 여고생의 관심을 끌기 위한 거짓부렁이란 말이다. 이 밥팅아!"
드림은 연지의 말에, 어제 기차 안에서 가야와 둘이 앉아 나눴던 얘기가 생각났다. 어제 그가 학생증까지 보여 주며 자신을 믿어 달라고 한 걸 알면 연지는 어떤 표정을 지을까?

*****

경주에서 부산으로 돌아오는 기차 안.
"뭐라고요? 저 보고 지영이랑 같이 앉으라고요? 이 아저씨가 정말!"
어이없어 하는 연지의 목소리에 드디어 날이 서기 시작했다. 더구나 속상해하며 울상을 짓는 시영이를 보기에도 마음이 썩 편치 않았다.
"오…빠."
지영이도 옆에서 자릴 비켜 주기 싫은 듯, 버티고 서있다. 그도 그럴 것이 하룻밤 자고 가라는 할머니의 만류에도 불구하고 우리를 따라 나섰으니 얼마나 속이 상하겠는가….

이 소란에도 가야는 여전히 드림이를 잡고 고집을 피우고 있다.

"난, 드림이랑 할 말이 좀 있으니, 너희 둘이 앉아서가. 야. 현우야!"

가야의 말이 떨어지기가 무섭게 현우가 냉큼 다가왔다.

"어, 자 자 예쁜 동생들 이리 와."

억울해 하는 지영이와 어이없어 하는 연지를 다독이며 자리에 앉히고는 음료수며 오징어 등을 떠다 안긴다.

'참으로 먹는 거에 약한… 친구 연지. 군소리 없이 앉아서 먹을 걸 펼치는 구나…'

'지영아. 미안해. 이건 순전히 나의 미모가 너보다 뛰어난 증거야. 정말 미안하다. 하지만 이 상황은 절대, 절대 나의 뜻이 아니야'

투덜대며 멀어져 가는 친구들을 바라보던 드림이에게 옆에 있던 가야가 재촉을 한다.

"뭐 하냐. 어서 앉아."

"오빠, 저…"

친구를 배신하고 이러는 것은 옳지 않다고 말하려는 드림이 보다, 그가 먼저 입을 열었다.

"잠시만, 먼저 내 말 부터 들어. 나 이상한 사람 아냐. 자. 학생증."

하며 자신의 신분증과 학생증을 꺼내 드림이에게 내민다.

- 대학 : 의과대학

- 학과 : 의예과
- 학번 : 2006*****
- 이름 : 서가야
- 부산 대학교

 드림은 학생증을 내밀며 자신을 믿어 달라고 하는 그의 뜻밖의 행동에 '풋'하고 웃음이 났다.
 "왜 웃어? 인마."
 "아뇨. 누가 안 믿는데요. 굳이 학생증까지 제시할 필요가 뭐가 있겠어요. 검문하는 것도 아니고…."
 "흠…. 흠, 넌 봉 잡은 거야. 어디 가서 이만한 황금거위를 찾겠냐. 아무리 눈 씻고 찾아 봐도 나만한 남자 없으니 그냥 한 번 믿어봐 인마."
 그가 학생증을 뺏어 가며 슬며시 미소 지었다.
 "황금거위요?"
 "어. 황금 알을 낳는 황금거위. 나 아니면, 넌 평생 못 가져볼 그 황금거위."
 "어머, 오빠, 왕자병까지 있으시네요. 그거 잘 안 고쳐진다던데. 그리고 그 서점 안에 있던 언니요? 연인사이 같던데?"
 기분이 좋아져 자꾸 웃음이 나려는 것을 꾹 참고 있던 드림은 아직 그의 심중을 잘 모르는 데다, 전에 서점에서 봤던 그 눈부신 미인이 생각나 조심스레 물었다.
 "누구? 서점? 아, 수진이!"
 "그 언니 이름이 수진이에요?"

"야. 인마 콩알만 한 녀석이 질투도 하냐? 하하하."
"내가 언제 질투 난데요? 안나요, 그냥, 그 언니가 너무 예뻐서 그냥 물어 봤어요."
"친구야. 아주 좋은 친구! 그리고 나 왕자병 아냐. 왕자병 보단 일종의 머슴병이 더 맞지. 야. 네가 내 마님 하라니깐. 너 지금 튕기는 거냐?"

드림이는 뛰는 가슴을 진정시키며 붉어지는 얼굴을 감추려고 고개를 살짝 숙여 그의 시선을 피했다.

"하하하. 자식… 싫진 않지? 좋아. 그럼 지금부터 마님 하는 거다? 자 우리 계약 성립을 축하하는 의미로다가 건배."

그가 들고 있던 생수병을 드림이의 생수병과 부딪혀 왔다.

그와 기차 속에서 한 건배를 생각하며 회상에 젖어 있는 드림이의 앞에는, 지금 아무 것도 모른 채 흥분하고 있는 연지가 열변을 토해가며 드림이를 설득 중이다. 마치 자신의 의무인양 드림이를 지키려 하는 친구 연지가, 드림은 한없이 고맙고 웃기기도 하다. 고집 센 척 하기는…. 연지는 완강하게 반대를 하고 있지만 드림이도 오랜 시간동안 연지를 알아 온 바, 연지를 꼬드기는 비법쯤은 이미 유치원 때부터 마스터한 바이다.

"연지야! 연지님! 연지 마마! 오늘 가야 오빠가 바닷길 드라이브 시켜 준 다음 해운대 달맞이 고개에서 칼질 시켜 준다고 했는데 같이 안 가시것소?"

드림이의 계략대로 연지의 눈에 가득 들어가 있던 힘이

서서히 풀리기 시작한다.

"야. 사람을 뭘로 보고. 내가 그깟 드라이브와 칼질에 넘어 갈 사람으로 보이냐?"

말과는 달리 연지의 눈동자는 조금씩 흔들리더니, 급기야 아주 행복한 발광체가 눈동자 가득 드러나 보이기 시작했다.

"응, 아주 많이."

드림이는 카운터 다운을 마음속으로 세기 시작했다. 하나, 두울, 세엣 하며 채 넷을 세기도 전에 연지에게서 반응이 왔다. 그것도 목소리가 완전히 풀어져서, 언제 반대를 했나 싶게 변해서는….

"뭐야. 니가 나를 그렇게 봤단 말이야? 잘 봤어…. 그래 그럼 가야줘."

드림이는 웃으며 연지를 꼬옥 안아줬다.

'에이, 귀여운 것'

드림이와 연지가 버스에 내려서 부산대학교까지 걸어가는 시간은 고작 5분이다. 짧은 그 5분여 동안 얼마나 많은 사람들과 부딪쳤는지 모른다. 대학 앞을 가득 메우고 있는 이 청춘들은 어찌 이렇게 하나같이 예쁘고 멋있는지, 교복을 입은 연지와 드림이는 저절로 기가 죽는 것을 느꼈다.

"야. 정말 사람 많다. 드림. 우리 오빠가 그러는데, 여기, 이 많은 사람들 중에, 정작 이 학교 학생들은 불과 5%에 지나지 않는데. 다 놀러온 사람들이라네. 대학가에 서점이라든지, 면학분위기에 알맞은 문화가 조성돼 있어야 하는데 이건 순 노래방에 술집에 식당에 옷집에. 완전 유흥가다. 그치?"

버스에서 내려 학교 교문 안에 들어가기 까지 온통 즐비해 있는 유흥 상점들의 거리를 걸어가며 연지가 말했다.

"그러게. 근데, 연지야, 여긴 어쩜 이렇게 멋진 사람들이 많다니."

드림이가 주위를 둘러보며 감탄하자, 옆에서 걷던 연지가 드림이의 등을 '탁'하고 치며 정문 앞에서 바로 보이는 시계탑 쪽으로 턱을 들어 올리며 한탄을 한다.

"얄미운 것, 저 시계탑 앞을 봐라. 주변에 있는 사람들이 다 배경으로 보인다. 어쩜 저러니, 너무 이기적인 얼굴에다 몸매 아냐? 얼굴이 잘 생기면 옷발이라도 안 좋던지, 다리라도 짧던지, 대갈통이라도 크던지. 그래야 공평한 거 아니냐고."

연지의 말대로 정문을 마주보고 있는 큰 시계탑 쪽을 보니, 여러 사람들이 서성거리며 서 있었다.

다들 약속을 하고 사람들을 기다리는 모양이다. 그 중에서도 단연 돋보이는 자칭 머슴. 주변의 다른 사람들을 배경으로 만들어 버리는 저 탁월한 카리스마.

"나를 머슴으로 삼으라니까."

'그 말이 정말일까? 아. 내 머슴이지만 정말 멋지다'

설레면서도 의아한 드림이의 마음이 그에게 까지 전해 졌는지, 그가 한 손을 번쩍 들어 드림이를 불렀다.

"어이. 마님!"

그의 고함 소리에 놀라 쳐다보며 웃는 사람들의 시선에도 아랑곳 하지 않고 드림이를 향해 뛰어 온다.

멋없는 체크무늬 교복에 커트 머릴 한 18살 여고생을 향해. 자칭 황금 알을 낳는 거위이자 머슴이 달려오고 있다.

"어찌 된 일이냐? 마님이라니, 나도 모르게 둘이서 모종의 음모가 있었단 말이지, 저녁에 얘기 좀 하자."

드림이는 자신을 노려보는 연지의 시선을 피하며 달려오는 가야를 향해 손을 흔들어 주었다. 좀 어색한 감이 없지 않아 있지만… 나름 열심히 손을 흔들어 보았다.

"오느라 힘들었지?"

"아니요. 버스 타고 오는데요. 뭐."

"하하하. 자식…. 덥지?"

상큼하게 웃는 그의 미소에 드림의 얼굴이 사정없이 타올랐다.

'대체, 왜 저렇게 잘 생긴 거야? 입꼬리가 부드럽게 올라가는 저 백만 불짜리 미소는 왜 저렇게 자연스럽게 나오는 거지? 저런 미소를 짓는 방법은 학원에서 돈 주고 배우나?'

"이런, 많이 덥나보구나. 얼굴이 빨개. 더운데 오느라고 너무 무리 한 거 아니야?"

걱정스럽게 이맛살을 찌푸리는 그의 모습에 작은 감동이 밀려 왔다.

'지금 나를 걱정 해주는 거야? 그런 거야?'

"아니요. 괜찮아요."

"어서 가자. 더위 먹을라."

그가 자신의 책을 드림의 머리위에 들어 올려 그늘을 만들어 주었다. 햇빛은 피했지만 얼굴은 더 화끈거린다. 더불어 불규칙적으로 뛰던 가슴이 사정없이 달리기 시작한다.
"전 안 보이세요?"
"어? 말 잘하는 친구도 왔구나. 반가워. 연지."

 교복을 입은 드림이와 연지. 모델을 울게 만드는 가야의 멋진 자태. 언밸런스한 그들의 모습에 주변 사람들의 시선이 모아졌다. 가야의 차가 있다는 주차장으로 가는 내내 뒤통수가 따가운 것을 느꼈다. 하지만 이렇게 사람들의 시선을 받는 것도 그다지 나쁜 것 같지는 않다. 아니 사실은 상당히 기분이 좋아지는 묘한 느낌이 드는 것에 그녀 스스로도 그저 놀라울 뿐이다. 하기야 저 외모에, 저 허우대라면 학교 내의 유명인사가 틀림없을 것이다. 거죽이 멀쩡한 머슴이 있다는 것이 이렇게 든든한 일이었나? 생전 처음 경험해 보는 일이라, 비교할 경험이 없었다는 사실을 금방 자각하는 드림이.
"서가야. 어디 가니? 뭐야? 웬 교복?"
 한참을 걸어가던 그들의 앞을 한 무리의 남녀가 막아섰다. 인상이 참으로 얄밉게 생긴 여학생이 드림이와 연지를 흘낏 보며 가야에게 물었다. 다정하게 묻는 목소리와는 달리 드림이와 연지를 보는 그녀의 눈초리는 사뭇 날카로웠다.
"어. 어디 가냐?"
"음…. 서가야와 여고생이라…. 이거 수상한데. 불심검문 한 번 해봐야 하는 거 아냐?"
 옆에 있던 등치 좋은 남학생이 그들을 보며 의미심장하게 웃어 댄다. 그때 뒤늦게 그들 무리 속으로, 이미 안면이 있는 현우가 헐레벌떡 뛰어 들어 왔다.
"어, 가야. 드림아, 연지야."
"뭐야 너도 알아? 너희 혹시 원조 교제하냐? 큭큭큭."
여드름이 곳곳에 난, 족제비처럼 생긴 남학생이 웃기지도 않는 농담을 말하며 혼자 웃어댔다.
"아냐. 인마. 가야 아는 동생들이야. 연지는 연희 형 동생이야. 연지야. 오늘 학교에서 연희 형 만났는데."
사람 좋게 생긴 현우가 연지를 가리키며 반갑게 말했다.
"뭐? 연희 형 동생? 와, 정말 딴판이네. 진짜 동생 맞아??"
이제껏 아무 말 없이 뒤에서 지켜보던 씩씩한 남학생이 생각 없이 던진 말에 연지의 눈에 힘이 '파악' 들어갔다.
'이런, 저 오빠 아무래도 오늘 사람 잘못 건드린 것 같다'
"아무리 봐도 아닌 것 같은데…. 너 혹시 잘 못 안거 아니야?"
겁도 없는 씩씩 남이 계속 연지의 성미를 건드리고 있다. 연지는 부글부글 끓어오르는 성질을 억누르며 화를 삭이려고 노력하고 있다 다시 터져 나온 그의 말을 듣고는 도저히 그냥 있어서 될 문제가 아니라고 느꼈다. 이 험한 세상에서 십팔년 동안이나 잘 살아온 연지가 참 싫어하는 것 중의 하나가 연희 오빠와 자신을 비교하는 것이다. 외모부터가 하얗고 잘 생긴 연희 오빠와 씩씩하고, 튼튼하기로는 남부럽지 않게 생긴 자신의 모습이 항상 아픔인 연지. 한창 사춘기 때는 오빠와 뒤 바뀌어 버린 외모 때문에 가출을 결심할 정도였는데 엄마에게 자신을 '왜 이렇게 낳으셨냐?'고 물으니 엄마께서는

'나도 널 낳고는 아차 싶었다. 그런데 니 아빠가 널 보고 얼마나 예쁘다고 좋아 하시던지. 얘는 분명히 큰 인물이 될 상이라고, 여자 장군이 될 거야'라고 위로를 하셨다고 한다.

비록 지금은 아빠의 자릴 박차고 나가셨지만, 그래서 정말 미운 아빠이지만, 그래도 아빠가 그렇게 예언을 하셨다니 그것이 위로가 되었다. 그래서 성질 죽여 가며 이때까지 사고 한 번 안 치고 살고 있건만, 생전 처음 보는 저 무례한 오빠가 이렇게 자신의 아픔을 긁어 대다니… 참을 수가 없다.

"아니, 이것 보세요. 오라버님."

두 눈을 똑바로 뜬, 연지가 목소리에 힘을 주며 한 자 한 자 끊어 사뭇 심각하게 말하기 시작했다.

"어. 어, 나?"

"네, 오라버님요. 전요. 사람이 사람의 겉모습만 갖추었다고 다 사람은 아니라고 봐요. 아시죠? 사람이 다른 사람들과 어울려 살아가기 위해 기본적으로 새겨두어야 할 몇 가지 덕목들, 예를 들어 세속오계(世俗五戒), 삼강오륜(三綱五倫) 같은 거 말이에요. 근데, 제 생각엔 세속오계(世俗五戒)나, 삼강오륜(三綱五倫)보다 더 중요하고 기본적인 덕목이 있다고 봐요. 바로 상대를 배려하는 예의죠. 사람이 사람으로서 갖추어야 되는 기본바탕. 예의(禮意)요. 예로부터 정인군자와 소인배의 차이를 그 사람의 말솜씨와 행동거지로, 즉 '예의가 갖추어져 있나 없나'로 많이들 판단했거든요. 오라버님은 제가 볼 때 완전 소인배 과예요. 좋아요. 국립대에 다닌다는 걸 감안하고, 냉정하게 말해서 지식적인 건 뛰어나다고 쳐도, 적어도 상대를 배려하는 언어면에서는요 확실한 소인배예요."

"……."

쏟아지는 연지의 언변에 놀라 모두들 입만 벌리고 있을 때 연지가 다시 유창한 말을 이었다.

"우리 엄마가 그러는데, 기본적인 인간성이 갖추어지지 않은 상태의 사람에게 고도의 지식이 들어가면요. 그것은 사람을 죽일 수도 있는 무서운 흉기래요. 어쩜, 피어나는 꽃 같은 여고생에게 그런 가슴 아픈 비수 같은 말을 마구, 마구 날릴 수가 있어요. 네? 전요. 오늘에서야 사람이 아무리 공부를 잘 하고 인물이 잘나도 그 사람의 근본 됨됨이가 형편없으면 그 지식이나 잘 생긴 외모는 똥과 같다고 하신 우리엄마의 말씀을 이해 할 수 있겠어요. 성경 말씀에도 있어요. 선한 말은 꿀 송이 같아서 마음에 달고 뼈에 이로운 양약이 된데요. 하지만 생각 없이 말하는 불량한 자의 말 한마디는 악을 꾀하고, 나쁜 사람의 말은 다툼을 일으킨대요. 오늘 오라버님을 보니까 그 구절이 딱 생각나요."

씩씩거리며 내뱉는 똑똑한 연지. 드림이는 연지의 저 유창한 언변에 박수를 쳐 주고 싶을 뿐이다.

저런 친구가 자신의 옆에 있다니…. 정말 든든하고 흐뭇한 일이 아닐 수 없다.

'잘 키운 딸 하나 열 아들 안 부럽다는 아버지의 말씀이 다시금 떠오르는 구나. 연지야'

다들 벌어진 입을 다물지 못하고 있는데, 중재에 나선 현우가 허허 거리며 사건의 발단인 그 친구를 나무랐다.

"유신이 니가 잘못 했네. 인마. 얼른 사과해!"

현우의 말에 벌어진 입을 다물지 못하고 있던 유신이라는 사람이 그제야 정신이 돌아 왔는지 연지를 보며 유쾌하게 웃어 댔다.

"큭. 큭. 미안하다. 앞으로 세속오계(世俗五戒), 삼강오륜(三綱五倫)과 예의(禮意)에 대해 틈나는 데로 공부해서 머리에 똥만 가득 찬 지식인이 되지 않도록 노력하마. 그런데 내가 알기론 삼강오륜(三綱五倫) 중에 장유유서(長幼有序)가 있지 아마. 장. 유. 유. 서. 어른과 아이 사이에 지켜야 할 도리. 뭐 그런 거 아니냐?"

나이 어린 사람에게 그런 소릴 들으면 기분 나쁠 법도 한데, 유신이라는 사람은 뭐가 그리 좋은지 실실 웃으며 연지에게 농담을 걸어온다.

"장유유서(長幼有序)를 말하시기 전에 먼저."

연지가 반박하려 하자, 드림은 걱정이 앞선다. 이러다 끝이 나지 않을 것이다. 이런 드림이의 마음을 아는지 가야가 앞으로 나서 이 혼란의 마무리를 지었다.

"자, 자 여기서 그만. 우린 이만 물러가야 하니, 유신이 네 놈은 여기서 무릎 꿇고 손들고 반성하고 있어. 네가 백 번 잘못 했어."

가야가 연지 편을 들어주며 양손으로 드림이와 연지를 감싸듯 하여 발길을 재촉했다.

드림은 친구들을 뒤로 하고 당당하게 걸어가는 그에게 믿음이 생겼다. 친구들의 조롱에도 부끄러워하지 않는 든든한 그. 역시 자신이 사람을 잘 보는 것은 틀림이 없는 일이다.

"가야야!! 어디 가는데?"

조금 전의 그 얄밉게 생긴 여학생이, 조급하면서도 짜증 섞인 목소리가 그들의 뒤를 따랐다.

"보면 몰라. 데이트 가잖아."

가야의 냉정한 말에 여학생은 얼굴을 붉히며 고개를 숙였다.

"잠깐만, 나도 같이 가자. 실수를 만회할 기회를 줘. 오늘 어린 스승에게 예. 의. 에 대해서 배웠는데 과외비라도 드려야지."

유신이가 얼굴에 함박웃음을 띠며 그들에게 다가 왔다.

"괜찮겠어?"

가야가 연지에게 물었다. 이번에도 친구보다 나이어린 연지를 먼저 배려한다. 싸가지 없는 사람이라고 생각했었는데… 드림은 자신의 생각이 오늘 여러 번 틀렸음에도 불구하고 감사하는 마음을 가졌다.

잠시 생각에 잠겨 있던 연지가 이윽고 입을 열었다.

"괜찮아요. 울 엄마가 그러셨는데, 아무리 몹쓸 죄를 지은 사람도 3번의 기회는 줘야 한다고요. 그게 공평한 거래요. 기회를 한 번 줘 보기로 하죠 뭐."

5. 처음은 오빠로 시작한다?

　세상에는 사람들이 미처 헤아릴 수 없는 많은 일들이 시시각각 일어나는 법이다. 아침에는 울다, 점심에는 웃고, 저녁때는 다시 통곡할 만한 일들이 일어나곤 한다. 그래서 옛말에도 있지 않은가? 인생사 새옹지마(塞翁之馬)라고 지금 드림은 연지와 자신에게 일어난 일이 그저 신기하고 재미있을 뿐이다.

　저도 모르게 입가에 띠어지는 이 웃음이 나중에 눈물로 바뀌는 일은 없어야 할 텐데…. 생각하던 드림은 아무래도 자신이 만화책을 너무 많이 본 것이 아닌가 하는 생각에 혼자 피식거렸다.

　"덥지? 시원한 거 먹을래?"

　뒤따르던 유신이, 여전히 웃음기 가득한 얼굴로 그녀들을 바라보며 말했다.

"네."

둘은 약속이라도 한 듯, 동시에 대답했다.

"가야야, 너 차 빼와라. 우린 그동안 학교 앞 아이스크림 가게에 가 있을게. 그 쪽으로 와라."

"O. K."

그들은 학교 앞 베스킨라벤스에 가서 '자모카 아몬드 훠지'와 '아몬드 봉봉'을 콘에 담아 들고 만족스러운 고양이 마냥 웃으며 나왔다.

'난 커피 아이스크림이 너무 좋아' 행복에 겨운 연지를 보니, 연지 또한 아이스크림 하나에 아까의 감정이 눈 녹듯이 사라진 것처럼 흐뭇한 미소를 짓고 있다.

그녀들이 유치원 아이들 마냥 아이스크림에 즐거워하고 있는데, '빵빵' 소리가 들려온다. 아이스크림에서 눈을 떼고 앞을 보니, 마치 광고속의 한 장면처럼 가야가 잘 빠진 BMW 안에서 손을 흔들고 있었다.

"앗싸, 나 저거 꼭 타보고 싶었는데. 드림아. 너, 정말 봉 잡았나 보다."

연지가 흥분된 목소리로 드림이의 귀에 살짝 속삭였다.

"사기꾼이라며?"

"그 말 다 취소야. 꼭 잡아."

자신이 '정말 봉을 잡은 것일까…'하고 생각하는 드림이는 주변에 있던 여자들이 자신을 곱지 않은 눈으로 쳐다보고 있는 것을 보고는, 그가 봉이라는 것에는 일단 동의를 하였다.

"음…. 봉은 확실한 거 같아."

드림이는 조심스레 자신을 기다리고 있는 차로 다가갔다. 뒷좌석의 문을 열고 연지의 옆에 타려는데,

"드림인 앞에 타."

느닷없는 가야의 발언 때문에 얼굴이 순식간에 붉어 졌다.

"너무 티내시는 거 아니에요?"

뒤에 앉은 연지가 다시 예리한 눈초리로 물었다.

'계집애. 뭐든 그냥 넘어 가는 법이 없어'

앞좌석에 앉으려던 드림은, 순간 드라마나 영화에서 보던 장면이 생각났다.

'그래, 이왕 뜬 거…. 이때 아니면 내가 언제 한번 공주 대접을 받아 보겠어. 오빠가 내려서 차문을 열어 줄 때까지 기다려 보지 뭐….'

그가 멋지게 내려 문을 열어 주기를 기다리며 드림은 차 옆에 조신하게 서 있었다.

"안 타?"

나름, 우아하게 서 있다고 생각하는 드림이를 보며 가야가 다시 물었다.

드림이의 하는 양이 눈에 뻔히 보이는 가야이지만, 그녀를 놀려 먹고 싶은 마음에 알면서도 짐짓 모르는 채, 재촉하는 그의 입가에는 보일 듯 말 듯 한, 미소가 떠올랐다.

"안 타면 간다."

그녀의 얼굴에 당황한 기색이 역력히 드러난다. 저 애는 어쩌면 저렇게 마음속의 생각이 얼굴에 다 드러날까? 그녀

의 표정변화가 재밌기만 한 그였다.

"저기… 머슴이라면서요?"

"차 탈 때는 남녀평등이 원칙이야."

그는 다시 아무렇지도 않은 듯, 뻔뻔스럽게 쳐다봤다.

'이런. 무심한 인간. 지가 차문을 열어 주면 내가 한 손을 내밀어 우아하게 고마워요. 오빠! 이러면 좀 좋아'

드림은 혼자 들떠 있다, 가야의 퉁명스러운 말에 김이 확 새어 버려서는 입술을 뾰로통하게 내밀었다. 연지와 유신의 웃음을 뒤로 하고 자신의 손으로 직접 문을 열어 얼른 차에 탔다.

"자, 그럼 출발합니다."

신나게 외치고 출발하는 그는 무척이나 유쾌해 보였다. 그의 웃는 모습은 드림을 설레게 했다.

저 웃음이 자신 때문에 생긴 것은 아니겠지만 그래도 그의 웃는 모습은 드림이를 아주 영향력 있는, 멋진 여자로 착각하기에 충분해 보였다.

한참을 흐뭇함에 빠져 조신하게 있던 드림이는, 결국 호기심에 굴복하고 말았다. 처음 타 보는 외제차의 내부를 이리저리 둘러 보다 궁금증을 참지 못하고는 이것저것을 만져보며 들추어 보았다.

"어이, 마님. 가만 좀 있어라. 왜 이렇게 사부작거리냐? 마님이 체통 없이…."

"미안해요. 그래도 궁금한데. 솔직히 난생처음 BMW에 타 본 단 말예요."

무안한 마음에 드림이가 뿌루퉁하게 대답하자, 뒷좌석에

있던 연지가 살며시 손을 내밀어 드림이를 꼬집는다.
"아야. 왜?"
"가만히 좀 있어 봐. 오빠들 죄송해요. 저희들이 워낙 뼈대 있는 가문의 여식 들이다 보니, 가끔 이런 경우가 생긴답니다. 저희들 집안이 원체 우리의 것을 소중히 여기는 집안이랍니다. 일제강점기 때부터 금가락지와 은비녀를 팔아 국채 보상운동에 앞장서신 조상님들의 뜻을 받들어 국산품을 애용하며, 검소함이 미덕인 그런 분위기거든요. 그런 고풍스러운 가문에서 자라다 보니 이런 결례를 범하는 군요. 호호호 원채, 남의 나라 것은 좋아 하지 않는 집안이에요. 저희들 집안이. 솔직히, 집안 분위기상 이런 차는 난생 처음인지라. 친구의 무지함에 제가 대신 사과를 드립지요."

저 교양 있고 나긋나긋한 여인네가 내 친구 연지 년이란 말인가. 좀 전까지 눈에 심지를 켜고는 삼강오륜이며 사람의 사는 법을 날카롭게 떠들어 대던 연지. 천의 얼굴 연지. 드림이는 놀라움에 뒤를 돌아 연지를 쳐다봤다.

"푸하하, 뼈대 있는 가문의 따님이라서 그렇게 예의며 법도를 부르짖었구나. 어쩐지."

연지의 말을 듣고 있던 유신이 웃음을 참지 못하며 말했다. 역시 연지 말에 웃음 짓던 가야가

"연지는 미술공부를 하지 말고 국문학 쪽을 택할 껄 그랬다."
"그렇지 않아도 고민 중이에요."
연지의 대답에 드림이는 깜짝 놀랐다.
'내게는 한 번도 그런 말 하지 않았었는데'

오랜 친구인 자신에게 조차 말하지 않던 비밀을 몇 번 본 적도 없는 가야에게 저리 술술 말해버리는 것을 보고는 서운한 마음이 들었다. 연지 또한, 자신이 요즈음 고민하던 것을 가야가 아무렇지 않게 말하자 저도 모르게 나온 말에, 드림이의 표정에 서운함이 떠오르자, 조금은 미안한 마음이 들었다. 그렇게 각자의 생각에 빠져 있을 즈음, 한참을 운전에만 신경 쓰던 가야가 주의를 환기 시킨다.

"자, 아가씨들 밖을 보시죠."

"와 바다다."

저 멀리 보이는 푸른 바다.

드림이와 연지의 경우 바닷가 근처가 집이라, 매일 보는 바다이지만 오늘은 특히 너무나 아름다웠다.

유신은 바다보다는 개미떼처럼 오글오글 모여 있는 사람들을 보며 즐거워하는 듯하다.

"사람들 봐라. 와, 엄청 나네."

원래 부산에 사는 사람들은 여름철엔 해운대를 잘 찾질 않는다. 사계절 내내 보는 바다에, 고요하고 평안한 바다에, 사람들이 몰려들어 복잡거리는 것이 적응이 잘 되지 않아서이다. 어쩌면 주인 된 심정으로 멀리서 찾아오시는 손님들에게 양보하는 마음일 수도 있을 것이다.

그들은 더운 날씨에도 아랑곳 하지 않고 모래사장을 잠시 거닐었다. 맨발에 와 닿는 까슬한 모래알갱이들이 기분 좋게 만들었다. 잠시 왔다 재빨리 도망가는 파도에서는 감칠맛이 났다.

파도에 몸을 맞기며, 웃고 즐기는 사람들의 행복한 비명소리가, 지금 열기로 가득한 이곳이 여름의 한가운데 있음을 느끼게 해 주었다.

사람들이 하도 복작복작 거려서, 이리 채이고 저리 채이며 정신이 없었지만, 드림이가 갸우뚱거릴 때마다 어디서 왔는지 재빨리 나타난 가야가 잡아주고 받쳐주고 끌어주었다.

이런 것이 진정한 머슴의 도리이거늘. 아깐 왜 문도 안 열어 주고 그렇게 고약하게 굴었을까?

드림이는 가야와 뒤쳐져서 가다, 앞서 가고 있는 연지와 유신이를 가만히 바라보았다.

연지는 시종일관 쫑알거리고, 유신 오빠는 허허거리며 가고 있었다. 가만 보면 둘도 잘 어울릴 것 같다. 이렇게 해서 연지에게도 봄날이 찾아오는 것인가? 드림은 혼자 가만히 미소를 지어 본다.

"뭐가 그렇게 흐뭇해?"

"네?"

"미소. 니 얼굴에 떠오른 미소 말이야. 아주 흐뭇한 미소가 얼굴 한 가득이다. 나랑 같이 있는 게 그렇게 흐뭇해?"

"참, 내…. 그거 큰 문제에요. 그 왕자병."

"머슴이라니까. 하하하."

그가 드림의 얼굴에 달라붙은 머리카락을 자연스럽게 떼어내 주며 말하자, 그녀의 심장이 다시 쿵쾅거리며 달리기 시작한다. 이놈의 심장은 요즘 들어 왜 이렇게 달리기를 잘 하는지…. 주인 말을 듣지 않고 제 멋대로 뛰어 다니는 이놈을 팰 수도 없고….

아까부터 느꼈지만, 여자들이 가야 오빠를 힐끔힐끔 쳐다 보는 것이 심상치가 않다. 주변 사람들의 시선에 그다지 신경 쓰지 않는 드림이지만 가야와 나란히 가고 있자니, 의식하지 않으려 해도, 시선을 의식하지 않을 수가 없다.

언젠가 읽었던 만화책에서 너무나 멋진 남자친구를 둔 여주인공이 남자친구와 같이 거리를 걷기 싫어하는 대목이 나온 적이 있었다. 그 이유가,

"여자가 너무 아니다."

라는 소리가 듣기 싫어서라고 했었다. 그때는 그 만화를 보고

"니가 배가 불렀구나."

라며 마음껏 비웃었는데, 지금은 그 여주인공의 마음을 너무나 잘 알 수 있을 것만 같다.

비키니를 입은 쭉쭉 빵빵 여인네 들이 그녀는 안중에도 없다는 듯, 가야에게 얼마나 웃음을 흘려 대는지.

'이럴 줄 알았으면, 서랍 속에 있는 뇌쇄적인 빨간 무늬 원피스 수영복이라도 가져오는 건데. 아쉽다'

서랍 속에 있는 수영복의 빨간 무늬는, 비록 딸기 무늬였지만 그래도 그 수영복을 입으면 귀엽고 깜찍해 보인나는 이야기를 많이 들었었다.

바다 구경 시켜 준다고 했을 때 그걸 챙겼어야 하는데 하고 후회해 보았지만, 그래도 왠지 마음이 든든한 것이, 주위의 미녀들이 아무리 추파를 던지고 야단을 떨어도, 아랑곳

하지 않는 가야 때문이었다. 그는 주변에서 무슨 일이 일어나든지, 전혀 신경 쓰지 않고 오직 드림이의 얘기에만 귀를 기울이며 드림이가 다른 사람에게 부딪치기라도 할까봐 신경을 쓰고 있기 때문이었다.

'드디어, 나의 진가를 알아주는 남자친구를 만난 것인가?'

지금 그녀의 주변에는 두 개의 파도가 요동을 치고 있다. 바다에는 소금물로 생성된 파도가. 그녀의 가슴에는 기쁨이라는 감정으로 이루어진 작은 파도가…

작은 파도 여러 개가 뭉쳐 큰 파도를 만들어 내는 것처럼 그녀 몸속의 여러 가지 감각들이 점점 심장 쪽으로 몰려와서는 하나로 뭉쳐 큰 기쁨을 만들어 내고 있는 중이다.

잠깐 동안이지만 파도와 장난도 치고 모래사장에 앉아, 목에 핏대가 서도록 노래를 부르는 해변의 이름 없는 가수의 노래에 박수도 치면서 즐거운 시간을 보낸 후, 저녁을 먹기 위해 그들이 들어간 곳은 영화 '엽기적인 그녀'의 촬영지로도 유명한 달맞이 고개의 한 레스토랑이었다.

겉보기에도 우아한 레스토랑은 내부도 고급스러웠다. 한쪽 벽면이 온통 유리로 되어 있어 바다와 하늘이 시원하게 다 보였다.

거기다 레스토랑 중앙에는 하얀색 그랜드 피아노가 놓여 있고 그 피아노의 앞에는 보라색의 실크 드레스를 우아하게 차려 입은 피아니스트가 '오버 더 레인 보우'를 물 흐르듯 매끄럽게 치고 있었다.

음악과 함께 하는 저녁이라…. 나쁘지 않다. 아니 솔직히 흘륭하다. 하지만 이런 곳에서도 체면보다는 실리가 우선이다.

"비싼 거 먹어도 되요?"

연지와 드림이가 시선 교환 후 물어보니, 1초의 망설임도 없이 돌아오는 두 남자의 대답.

"아니, 싼 거 먹어. 원래 낭비를 모르는 집안에서 자랐다며들?"

헉…. 말이란 것이 원래 부메랑이 되어 돌아온다고 하더니만…. 그렇다고 이렇게 쉽게 물러설 연지는 절대 아니다.

"그러니까요, 오늘 첨으로 집안 가풍을 져버리고, 외제차도 탄 김에 비싼 외제 음식도 한 번 먹어 보자고요."

"너, 참 말 잘한다. 말 가르치는 학원이라도 다니니?"

유신이 궁금한 듯이 물었다.

"아이참, 학원은 무슨 학원, 그건 나중에 얘기하고요. 가야 오빠. 차 됐다 뭐해요. 국 끓여 먹을 거예요? 오른쪽 사이드 밀러 하나만 떼서 팔아요."

"난, 왼쪽 꺼."

재빨리 끼어드는 드림이를 보며 웃음 짓던 가야가 종업원을 불렀다.

"여기 주문받아 주세요."

"네, 손님."

"여기 숙녀 분들 주문 좀 도와주세요."

유신이 깍듯하게 말하자, 종업원이 친절한 미소를 지으며 메뉴판을 펼쳐들었다.

"네, 제가 간단히 설명을 드리겠습니다."

그때,

"저기, 언니, 이 집에서 제일 자신 있는 음식이 뭐예요?"

드림이가 눈을 치켜뜨며 마치 가격 같은 것은 아무것도 모르는 듯 순진하게 물었다.

"아, 네 주방장님 추천 메뉴는요. 여기, 양고기 스테이크예요. 연하고 육즙이 부드러운 새끼 양을 잡아서 주방장님 특제 소스로 맛을 냈고요, 샐러드는…."

종업원이 설명을 듣던 가야가 일말의 망설임도 없이 말했다.

"그럼 그걸로 주세요. 그게 여기 스페셜 A코슨 가요?"

"네, 그렇습니다."

요리는 아주 훌륭했다. 양이 조금 작은 것이 흠이긴 했지만…. 기껏해야 손바닥 만 한 고기 한 점이 자신의 한 달 차비와 맞먹는다는 것이, 그저 놀라울 뿐이지만 미각적인 측면에서는 아주 훌륭한 음식이었다. 드림은 이 비싼 요리가 없어지는 것에 안타까움을 느끼며 마지막 한 점까지 경건한 마음으로 천천히 씹어 삼켰다.

전채 요리에서부터 메인 요리. 디저트인 아이스크림까지 남김없이 싹쓸이를 한 드림이와 연지를 보고 가야는 별로 놀라는 기색도 없었다. 아마 경주에서 그녀들의 식욕을 보고 미리 놀라버렸기 때문일 것이다. 하지만 그녀들의 식성을 전혀 모르고 있던 불쌍한 유신은 할 말을 잃은 채 드림이와 연지의 먹는 모습을 멍하니 바라보고만 있다. 집안에 여자라고는 80세 할머니 밖에 없는 유신은, 여고생들은 그저 이슬만 먹고 사는 줄 알았었다. 물론 조금의 과장은 있겠지만, 저렇게 까지 게걸스럽게 음식을 먹는 줄은 미처 몰랐다. 흡사 씨름부원들을 보고 있는 것만 같다. 여고생에 대한 꿈같은 환상이 산산이 부서지는 순간이었다.

"오빠, 안 드시고 뭐하세요? 아시죠? 세상에서 가장 추잡한 인간이 남 먹을 때 쳐다보는 사람이라는 거?"

연지가 열심히 씹던 고기를 삼키며 그를 의아한 듯 쳐다본다.

'안 뺏어먹는다. 너희 것 빼앗아 먹다가 칼부림이라도 나겠다'

그는 차마 입 밖으로 내지 못한 말을 감자와 함께 열심히 씹어 삼켰다.

아름다운 선율이 레스토랑 안을 잔잔히 감돌며, 멋진 오빠들과 맛난 음식들… 이것이야 말로 삶의 행복이 아니겠는가? 드림이 배부른 만족감과 밀려오는 행복감에 젖어 있을 때, 레스토랑의 지배인 명찰을 단 노신사분이 그들의 테이블로 다가와 가야에게 아는 체를 했다.

"가야 학생 오셨군요. 친구분 들과 오셨나 봐요?"

"아, 예, 지배인님."

가야 또한, 자리에서 일어나며 정중하게 인사를 한다.

'음, 가정교육을 아주 못 받고 자라신 않았군, 어른에게 하는 걸 보니, 적어도 연지가 침을 튀기며 흥분하는 장. 유. 유. 서는 잘 인지하고 있는 것 같아'

어른에게 하는 모양을 보면 그 사람의 됨됨이를 알 수 있다고 엄마가 누누이 말씀하셨다.

몸에 밴 저 예의로움. 비록 자신이 가르친 것은 아니지만, 드림은 자신의 머슴을 흐뭇한 눈으로 바라보았다.
"서 원장님 내외분은 잘 계시지요?"
"네, 덕분에 두 분 다 건강히 잘 계십니다. 가끔 아버지께서 지배인님이 권하시는 포도주 생각이 간절하다고 하시던데요."
"하하하, 언제든지 환영한다고 전해 주세요. 그럼, 즐거운 시간들 되세요."
인사를 하고 돌아가는 지배인을 보며 드림이와 연지는 새삼 외제차를 타는 가야의 배경이 더 궁금해 졌다. 대체, 그는 어떤 사람일까? 왜 자신의 머슴이 되겠다며 자신에게 고백을 한 것인지…. 궁금증이 눈덩이처럼 커졌지만 좀 있다 지배인 아저씨가 서비스로 보내주신 아이스크림 케이크를 보며 그만 모든 의문이 눈 녹듯이 사르르 사라져 버렸다.
맛있게 저녁을 먹은 후, 방향이 다른 유신이와 연지는 지하철을 타고 가기로 하고, 가야는 드림이를 데려다 주기 위해 송정으로 향했다. 둘만 남게 되자 다시 긴장이 되기 시작한다.
'뽀뽀라도 하자고 하면 어떡하지? 이마에 가볍게 해 줘야 하나? 혹시 입에다 하자고 하는 건 아니겠지? 아 몰라, 몰라'
그와의 입맞춤에 대한 상상의 나래를 펼칠수록 얼굴이 달아오른다. 이제껏 만난 남자친구라고 해봐야 초등학교 때 짝꿍인 경수밖에 없는데 경수마저 캐나다로 떠나버리고 난생처음 남자를 사귀게 된 드림이는 이 어색한 상황을 어떻게 잘 헤쳐 나갈 것인가에 대해 심각하게 고민을 했다.

'난감하네….'

"어이, 너 공부 잘해?"

혼자 고민하고 있는 드림에게 그가 뜻밖의 질문을 했다.

"네? 어… 그러니까… 그게… 헤헤헤."

"못한단 말이지?"

"아니, 그게 아니라…. 제가 그림을 그리고… 또… 획일적인 학교 교육."

"아 됐고, 내일 화실 마치고 학교 앞으로 와서 전화해. 공부할 책들 챙겨서."

"네? 우리 낼도 봐요?"

"그냥 보는 게 아니라 공부할 책 챙겨서 오라고."

"왜요? 나 공부 가르쳐 주게요?"

"그래 윤석아, 별일 없으면 매일 공부할 책 들고 와."

"네. 히히."

그래, 처음엔 다 이렇게 시작을 한다고 하더라. 공부 가르쳐 주면서 서로 정도 쌓아간다고…. 공부를 가르쳐 준다는 것은 아마도 핑계일 것이다. 다 나를 조금이라도 더 보고 싶어서 하는 오빠의 얄팍한(?) 변명일 것이다. 아…. 이게 왠 횡재인지…. 누군가가 나를 이렇게 보고 싶어한다니….

드림이는 지금 구름 위를 걷고 있는 기분이다.

차가 좋아서 인지 라디오에서 들리는 노래 소리 때문인지, 아니면 그의 다정한 목소리 때문인지 집으로 오는 동안 그녀는 살포시 잠이 들었다.

너무 편안하고 좋은 기분이다. 음…. 내일도 무척 기대 된다.

6. 새끼손가락 걸고 다니는 커플

1년 뒤.

짙푸른 나무들이 병풍처럼 둘러싸여 있고, 그 병풍을 장식하는 울창한 나무들 사이에는 맑고 깨끗한 작은 계곡의 물이 졸졸졸 흐르는 너무나 평화스러운 곳.

이곳은 대한민국에서도 두 번째로 인구가 많은 도시. 부산. 부산에서도 난다 긴다 하는 고교생들이 피 터지게 공부해서 들어오려고 기를 쓰는 곳. 바로 부산대학교 안이다. 얼마 전부터 이 학교 안, 중앙도서관 근처에는 아주 특이한 커플이 화제가 되고 있다. 교내 아는 사람은 다 안다는 유명한 '새끼손가락 커플'

이 독특한 별명이 생긴 이유는 이들이 학교 내를 다닐 때의 습관 때문이다. 도서관에서, 매점에서 학교 식당 안에서 이들은 항상 손을 잡고 다녔다. 손을 잡는 것도 참 특이하게 깍지를 끼거나 겹쳐서 잡는 것이 아니라, 언제나 여자가 남자의 새끼손가락을 잡고 다닌다. 남자의 새끼손가락을 잡고 다니는 특이한 커플이라 하여 붙여진 이름이다.

지금 이 '새끼손가락 커플'은 중앙도서관 건물 옆 수풀이 우거진 틈 사이에 있는, 눈에 잘 띄지 않는 나무 벤치에 자리를 잡고 앉아 오늘도 머리에서 무럭무럭 김이 나게 공부를 하고 있는 중이다.

흔히 이런 외진 곳에서 공부를 한다고 하면 사람들은 뻔한, 상상을 한다. 꽃다운 청춘 남녀들이 사람들의 눈을 피해 이 구석진 곳에서 할 일이 무엇이 있겠는가? 아마 열에 아홉은 이들이 찰싹 붙어 앉아 은밀하게 사랑을 속삭인다고 생각할 것이다. 하지만, 그것은 만고, 사람들의 상상일 뿐이다. 지금 얼핏 보이는 두 청춘 남녀는 사랑을 속삭이는 것과는 전혀 무관한, 깊은 고뇌에 빠져 있는 중이다.

자세히 보면 아주 미끈하게 잘 생긴 남자가, 그것도 시시한 모델들의 뺨을 열두 번을 치고도 남을 정도의 남자가 한 가닥으로 질끈 묶어 올린 머리에 황토색의 체크무늬가 있는 교복을 입은 여고생을 아주 열심히 가르치고 있다.

남자의 눈에서는 어두운 밤을 밝힐 정도의 환한 불이라도 뿜어져 나올 것처럼 열정적인 대 비해, 여고생은 정말 하기가 싫은 듯 삐딱한 모습과 표정으로 마지못해 따라가 주고 있는 것 같다.

이런 그들을 드문드문 지나다니며 보게 되는 학생들의 반응은 대체적으로 두 가지이다.

한 부류는 그들을 보며 이미 알고 있다는 듯 씩, 웃으며 지나가는 것이고, 또 한 부류는 (대부분의 여학생들은) 옆 사람에게

"어머, 저기 봐! 의대 서가야가 과외 하나 부다."

하며 놀란 듯 이야기를 꺼내는 것이다. 그리곤 그 어린 교복의 여학생을 부러운 듯이 쳐다보며 지나가곤 한다.

그리고 지금. 그들을 부러운 눈으로 바라보는 그녀. 이수진이 있다.

얼마 전, 미국에서 돌아온 수진은 지금 심장이 갈가리 찢기는 아픔을 맛보며 가야와 드림을 바라보고 있다.

친구들에게 이야기를 들을 때까지만 해도 대수롭지 않게 생각했었다. 가야가 어린 여고생을 데리고 다닌다는 소문을 눈으로 확인하기 전까지만 해도 그냥 웃어 넘겼었다.

'가야와 수진'

두 사람이 가지고 있는 동질감은 세상 어느 누구도 끊을 수 없는 것이기에, 어느 누구도 끼어 들 수 없는 것이기에 그녀는 자신이 있었다.

들리는 소문에 의하면 가야는 드림이라는 저 여학생의 과외선생을 도맡아 헌신적으로 가르치고 있다고 했다.

대체…. 왜 그러는 것일까? 왜 저 아이를….

서점에서 처음 만났던 저 여학생….

낯선 사람들에게는 말도 잘 걸지 않던 가야가 껄렁껄렁한 불한당처럼 저 여학생에게 전화번호를 물을 때, 그녀는 온 몸에 소름이 돋는 것을 느꼈었다.

가야가…. 천하의 서가야가…. 왜? 왜, 저런 아이의 전화번호를 물어보고 그러는 걸까? 잠자기에도 부족한, 어마 어마한 양의 학과목을 뒤로 하고, 매일 잠도 제대로 자지 못하며 공부 하는 판에, 왜 저렇게 열심히 저 아이를 가르치고 있는 것일까? 왜…. 대체…. 왜….

아무리 생각해도 수진은 이해가 되지 않는다. 그녀는 그들을 보지 않으려 고개를 아래로 숙이며 떨어지지 않는 발걸음을 천천히 옮겼다.

허나 정작, 여기저기서 부러운 시선들을 한 몸에 받고 있는 여학생, 드림은 지금 입이 댓 발이나 나와서는 틈날 때마다 그 '서가야'를 째려보기 바쁘다.

"인마, 지금 니 입술 썰어 놓으면 한 접시는 나오겠다. 빨리 안 집어넣어!"

열심히 영어 책을 보며 해석에 몰두 하느라 보이지도 않을 텐데, 가야는 눈이 꽃게랑 처럼 머리 꼭대기에 달렸는지, 용케도 알아채고는 긴 팔을 뻗어 여학생의 머리를, '꽁' 하고 쥐어박았다.

"아씨, 왜 때려?"

드림은 방금 맞은 머리를 비비며 다시 한 번 남학생을 째려봤다.

"어쭈, 눈 봐라. 이게."

드림이의 반항적인 눈초리에 가야가 다시 '꽁'하고 머리를 쥐어박자, 드림은 벌떡 일어났다. 사람을 무시해도 유분수지 허구한 날, 쥐어박고 구박하고…. 아무리 자신을 위한 과외라고 하지만 사람을 너무 무시한다. 이쯤 되면 성격이 좋기로 소문난 자신이라도 도저히 참을 수가 없다.

"나, 공부 안 해, 이씨."

가야는 벌떡 일어나 소리치는 드림을 바라보며 기가 막힌 듯 쳐다보았다. 빨간 모자를 쓴 해병들이 노래 부를 때처럼, 양 팔을 허리에 갖다 붙이고 성질을 부리는 드림이의 모습이 꼭 심술 난 개구쟁이 같아 보인다. 반항하는 철딱서니 제자를 바라보며, 끝내는 웃음을 터뜨렸다.

"하하. 하하하하. 하하하."

'아씨…. 저렇게 웃으면 마음이 약해지는데….'

드림은 시원하게 웃고 있는 그의 잘생긴 얼굴을 홀린 듯이 바라보았다. 1년 동안 하나도 변하지 않는 자신과는 비교되게 가야는 너무나 훌륭한 성장(?)을 하였다. 그 성장이라는 것이 여고생인 자신에게 일어나야할 일이었건만…. 가뜩이나 작은 그녀는 그대로 인데, 남들보다 큰 가야의 키는 4cm 가 더 자라 185가 되었으며, 얼굴의 선과 이목구비는 더 남자답게 변해버렸다.

웃느라 고개를 젖혀 드러나는 그의 훤칠한 외모, 두 눈썹은 그 유명한 '숯 검댕이' 눈썹이 울고 갈 정도이고, 그 밑에 자리 잡고 있는 눈은 깊고 서늘한 것이 마치 사람을 빨아 당기는 호수 같으며, 그 밑으로 쭉 뻗어 있는 콧날은 일부러라도 부러뜨리고 싶을 정도로 반듯했다.

한마디로 서가야는 머리통과 거죽이 다 받쳐주는 환상의 인간이다. 공부 좀 가르쳐준답시고 잘난 척 하는 것만 빼고는 말이다.

세상은 참 불공평하다. 결코 공평하지가 않다. 가진 자는 더 가지고 궁핍한 자는 더 궁핍하게 되는 것이 세상의 이치이다.

서가야를 보라. 이상한 성격의 소유자인 서가야의 멋진 외모는 날이 갈수록 더욱더 빛을 발하고 있는데 반해, 이미 고3이 되어 버린 자신의 모습은 나날이 삭아간다. 피기도 전에 삭아버리는 불쌍한 인생. 지금 그녀는 입시라는 억압 때문인지 한 층 더 풀이 죽은 토끼 같은 모습이 되어 있다. 토끼라고 해봐야, 귀엽기 보다는 눈알이 시뻘게 진 것이 나름대로 고3이라는 중압감에 잠을 못 잔 것을 표현한 것뿐이었다.

억울한 인생! 불공평한 외모! 하… 이런 젠장… 자다가도 통곡을 할, 이 억울한 판국에 가야는 뭐가 좋은지 연신 웃어대고 있다. 재수 없는 인간…. 넌 키 크고 공부 잘 하고 잘 났다 그거지? 내가 대학만 들어가 봐라. 눈 고치고 코 세우고, 턱 깎아서 바로 차 줄 테니….

'넌 끝이야. 내 눈 앞에서 사라져….'

이렇게 외치면서 차 버리고 싶다.

"왜 웃어? 왜? 내가 웃겨? 흥."

"하하하, 좋아. 니가 원하는 걸 말해봐라. 우리 협상하자."

1년 전 이맘때, 머슴으로 시작해서, 깨갱거리던 가야는 드림이 고3이 되고 부터는 일주일에 한 번씩 영어 수업을 해주며 서서히 자신의 자리를 굳히기 시작했다. 그리고 여름방학이 된 지금은 가르치는 자의 확고부동한 우위를 다지고 있는 중이다.

열정을 가지고 무언가를 가르칠 때, 그의 목소리는 자신감이 넘친다. 거기다 우위를 가진 자의 여유까지 생겨, 시원스레 한 것이 얼마나 듣기에도 좋은지, 아주 참기름을 바른 쑥절편을 보는 듯하다. 한입 물면, 고소한 맛이 입안을 감돌며 허기를 느끼게 해, 결국 입안으로 다 집어넣게 만드는 맛난 쑥 절편을 떠올리게 하는 그의 목소리….

"내가 원하는 거?"

체크무늬 교복의 찌든 영혼 '강서드림'은 잠시 생각에 잠겼다. 그리고는 이내 아까 와는 딴 판으로 부끄러운 듯이 얼굴을 붉히며 입을 뗀다.

"난, 그냥 우리가…."

"어. 우리가."

"나… 난, 다른 애들처럼 영화를 보러 가거나, 데이트를 한다거나 뭐, 그런 큰 소망이 있는 것도 아니고, 그저, 그냥, 소박하고 겸손하게 여기서 예쁜 돗자리를 깔고, 오빠는 내 무릎을 베고 비스듬하게 누워 책을 보고, 난… 저… 오빠 머릴…."

"머릴? 왜 머릴 쥐어뜯으려고?"

"아니…. 그러니까… 그 머리를 쓰다듬으며, 눈을 감고 저

펄펄 나는 새소리랑 바람소릴 듣고 싶단 말이야. 물론, 맛있는 김밥에 통닭에 사이다도 예쁜 바구니에 담아서, 한쪽 구석탱이에 놓고."

드림이 부끄러운 듯 말을 마치자, 잠시 진지하게 생각에 잠겨 있던 가야는, 깊은 한숨을 내 쉬었다.

고3 녀석이 어쩌면 이렇게 노는 거랑 먹는 것만 밝힐까? 피곤에 지쳐서 힘들어 하는 드림이를 보면 마음이 짠해져서 꼭 안아주고 싶다가도 다시금 마음을 다 잡는 그였다.

"휴…. 좋아, 강서드림, 니가 이거 해석하면 내가, 니 소원 오늘로 당장 들어준다."

"해석?"

"어. 자신 있어?"

"음…. 불러봐."

밑져야 본전이지…. 뭐, 설마 어려운 걸 내겠어? 내 실력도 빤히 아는 판국에….

"He that will not sail till all dangers are over must never put to sea. —Thomas Fuller."

(모든 위험이 사라질 때까지 항해를 떠나지 못하는 사람은 결코 바다로 나갈 수 없다-토마스 풀러)

가야가 유창한 발음으로 영어를 뱉어 내자, 금세 드림의 표정이 급격하게 변해갔다. 해석이야 둘째 치고 정말 발음 하나는 백만 불짜리이다.

"와! 언제 들어도 오빠 발음은 진짜 좋다."

"내 발음 좋은 거 나도 알거든, 자, 니가 항상 강조하는 뼈대 있는 가문의 여식답게 얼른 우리나라 말로 풀어봐라."
"가만…. 뭐라고 했더라…. 음. 토마스 풀러가."
드림이가 머리를 긁적거리며, 눈동자를 이리 저리 굴려 대고 있다. 무엇인가를 생각할 때 나오는 그녀의 버릇이다. 객관적으로 볼 때, 다른 사람들의 눈으로 봐서는 그다지 예쁜 모습이 아니지만 가야에게는 그 모습이 더없이 귀엽기도 하고, 신기하게도 보인다.
처음 동아리방에 드림이를 데려 갔을 때, 드림이를 본 친구들의 반응은 황당함과 당황 그 자체였다.
교내 최고의 퀸카 수진이를 마다하고 사귄다는 낮은 코의 여고생은 그들의 기대를 한참이나 벗어나 있었기 때문이다.
드림이가 화장실을 간 사이…. 친구들이 떫은 감을 씹은 표정으로 제각각 소감을 말했었다.
"네… 취향이… 참으로 독특하구나. 가야야."
"음…. 오묘한 취향이야."
"너의 아버지 병원 부도났냐? 막 살기로 한 거야?"
"집안에 돈이 많아? 삼성가의 딸내미야?"
"저 여고생에게 뭐 협박당하는 거라도 있는 거야?"
그런 친구들에게 가야는 말했었다.
"시끄러. 자식들. 네 놈들이 모르는 남다른 매력이 있어. 다들 입 다물고 조용히 들 해. 딱 내 취향이니까. 너희들은 암말도 하지 마. 우리 드림이 예쁘다 그래. 막 칭찬해줘. 안 그럼 다들 죽는다."
그때 그놈들에게 이런 귀여운 모습을 보여줘야 하는 건데….

가야는 자신의 얼굴을 바짝 당겨 드림 앞으로 갖다 대며, 웃음기 묻은 목소리로 물었다.
"오호, 풀러가?"
"음, 토마스 풀러가…"
"드림아. 새벽닭이 울겠다. 그래 풀러가 뭐라 그랬는데?"
"에이 씨…. 오빠가 자꾸 재촉하니까 까먹잖아. 대체, 그 사람은 바다를 왜 나간데? 왜 바다를 나가서는 그딴 소릴 한데?"
'그럼, 그렇지…. 저걸 어떻게 공부를 시켜야 하는 걸까….'
휴. 한숨이 저절로 나는 가야다.
"이게, 너 자꾸 딴 소리 할래? 너 몇 학년이야?"
"고3이다. 왜?"
"드림아. 그래. 너 고3이야. 고3. 제발 공부 좀 해라. 엉?"
"지금 하고 있잖아. 열심히."
"야. 잘 들어. 모든 위험이 사라질 때까지 항해를 떠나지 못하는 사람은 결코 바다로 나갈 수 없다. 알았냐?"
할 수만 있다면 드림이의 어깨를 마구 흔들어 논 다음에, 어깨 위쪽에 달려 있는 저 조그만 머리 통속을 정리 해 놓고 싶었으나, 가야는 그런 감정을 억누르고 도 닦는 기분으로 마음을 차분히 가라앉혔다.
지금 가야의 마음속이 어떤 지도 모르고 그저 눈지 없는 드림이는 뽀로록, 냉큼 대꾸를 해 댄다.
"그러게, 나도 그거 알았는데, 오빠가 자꾸 말시켜서 그렇잖아. 나도 방금 그 말 하려고 했어."
가야는 눈을 지그시 감고, 머리에 한 손을 갖다 대며 열을

식히는 듯 다시금 깊은 한숨을 뱉어 냈다.

"뭐야, 내가 너의 기회를 뺏었단 거네. 좋아 그럼, 너 이거 해석 못하면 죽어.

Work like you don't need the money, love like you've never been hurt, and dance like you do when nobody's watching. −Anonymous−

(돈은 필요 없다는 듯이 일하고, 상처 받은 적이 없는 사람처럼 사랑하고, 아무 것도 보고 있지 않을 때처럼 춤추어라. 작자미상)

자, 우리의 미상 씨가 뭐라고 했을 까요?"

가야가 드디어 폭발 일보 직전의 성질이 드러나는 음흉한 미소를 지으며 물었다. 이럴 때는 그저 조심하는 척이라도 해야 하건만, 눈치라고는 개미 눈곱만큼도 없는 드림이는 결국 가야의 마지막 인내심을 건드리고야 말았다.

"음, 미상 씨가 돈은 필요 없고 상처도 없고, 사랑은 하고 싶고, 음… 열심히 춤추고 싶다? 아, 사랑하는 사람과 춤추고 싶다 인가? 오빠, 미상 씨가 많이 외로웠나봐. 근데, 그 미상 씨는 어느 나라 사람이래? 미국사람 이름도 미상이라는 이름이 있어?"

'이럴 수가…. 1년 동안 혀가 만발이나 나올 만큼 열심히 가르쳤건만….'

갑자기 깊이를 알 수 없는 절망감이 검고 두꺼운 천이 되어 그의 온 몸을 칭칭 동여매듯 옥죄어 왔다. 대체…. 드림이의 머릿속에는 뭐가 들어 있을까?

그의 휘둥그레 커진 눈에 갑자기 광기의 빛이 들어찬다.

'내가 맞춘 건가?'

절망감이 밀려오는 가야와는 반대로 정체를 알 수 없는 자신감의 파도를 폭포수처럼 맞은 드림이는 환희의 큰 웃음을 터트렸다.

"하하하 맞구나, 내 이럴 줄 알았어. 나도 영어 좀 하거든."

'저것이…. 아주 실성을 했구나'

큰 해머로 뒤통수를 맞은 것 같은 충격으로, 그의 머리가 아파온다. 가야가 이마를 짚으며 말했다.

"강서드림."

"네."

'아니구나…. 틀렸구나'

그제야 드림이는 가야의 분위기가 심상치 않음을 눈치 챘다. 그녀가 다소곳이 조용하게 대답을 하자 가야가 감정을 억누른 목소리로 조용히 말했다.

"너 어머니께 말씀 드려서 내일부터 화실 수업 1시간씩 일찍 마치고, 곧 바로 이리로 와. 영어 교과서 들고 매일 매일 알았지?"

"왜요?"

슬금슬금 눈치를 보던 드림이 주눅들은 목소리로 물었다.

"너 내일부터 특별 영어 과외 시켜 주려고. 아니, 가만 니 수학은 되니?"

"휴…. 수학도?"

화가 난 것 같기도 하고, 체념을 한 것 같기도 한, 가야의 말이 끝나자마자 풀이 죽은 목소리로 말했다. 지금 그녀는 자신의 무지함과 어리석음에 죄 없는 발밑만 탕탕 다지며 속상함을 드러내고 있다.

친구들이 들으면 배부른 소리한다고…. 비싼 과외 공짜로 받아서 좋겠다고 부러워들 하겠지만 지금 그녀는 너무나 화가 나고 속이 상한다. 가야는 자신의 남자친구지, 과외 선생이 아니다. 더군다나 고3이 되자 틈날 때마다 이것저것 물어보며 공부를 시켜 대는데, 공부나 잘하면 모르지만, 맨날 이렇게 망신만 당하고 마니…. 정말이지 머릿속에 주전자가 부글부글 끓다 넘칠 지경이다.

드림은 그냥 남들처럼 평범하게 사랑을 하고 싶을 뿐이다. 애틋하고 애달프고 가슴 시리도록 아름다운 사랑…. 그런 사랑을 하고 싶은데…. 남들 다 하는 그런 사랑을 하고 싶을 뿐인데….

자신의 남자친구는 정말 무심함의 극치다. 휴. 언제쯤 활활 타올라 부글부글 끓어 넘치는 활화산 같은 눈길로 자신을 봐 줄까? 어쩔 때 보면 가야가 자신에게 다가온 이유는 자신이 좋아서가 아니라, 멍청한 여고생을 개선시키기 위해서인 것 같다.

'멍청이 대학 보내기 프로젝트?'

혹시 이런 비밀단체 소속이라도 되는 걸까? 왜 자꾸 그가 자신을 아끼고 좋아해서 이런다는 것 보다는 다른 이유가 있다는 생각이 드는 걸까? 가야는 남자친구로서, 아주 훌륭하게 제 몫을 다했다. 시간 나면 틈틈이 공부도 가르쳐 주고 아주 가끔이지만 영화도 보여주고, 그녀가 갖고 싶다고 한

나이키 모자도 사주었으며 선물도 종종하고….
 서글픔이 밀려드는 통에 그녀는 풀이 죽었다.
 "싫어. 나도 나름대로 바쁘거든."
 "잔소리하지 말고, 가져와."
 "싫어요, 엄마한텐 뭐라 그래? 엄마, 오빠가 나 공부 가르쳐 준데. 히히히. 나 이렇게 하다간 대학 못 간데. 그래요?"
 "오라. 그래도 니가 나를 남자친구로 생각은 하나 보다?"
 "흥. 오빠야 말로 나를 여자 친구로 생각은 하는 거야?"
 얄미워. 더 이상 이렇게 얄미울 수가 없어. 드림은 할 수만 있다면 가야의 머리를 한 대 쥐어박고 싶었다. 것도 아주 세게.
 "그럼, 사랑스런 여자 친구지…."
 "아, 몰라. 엄마에게 말하기도 싫어."
 긴 다리를 나무 테이블 아래로 쭉 뻗어 있던 가야가 갑자기 벌떡 일어서며 드림이의 책들을 챙기기 시작했다.
 "아무튼, 그건 내가 알아서 할 테니, 걱정하지 말고, 제발 말 좀 들어라. 너 이대로 가단 대학 못가. 인마. 아무리 미술을 전공 한데도, 기본은 있어야 되잖아. 머리 텅텅 빈 애들 매력 없어."
 "뭐, 매력이 없어?"
 드림이는 발딱 일어서서 뒷걸음을 치며 소리쳤다.
 "씨, 그러는 지는 뭐 매력덩어린 줄 아나?"
 "뭐, 씨? 지는? 이게. 야! 강서드림! 너 일루와. 얼른 이리 안 와?"

가야가 낮은 목소리로 겁을 준다. 실실 웃음기를 흘리는 것이 어째 영 불안하다.

"싫어, 또 꿀밤 때리려고 그러지? 흥 메롱. 아얏…"

계속 뒷걸음을 치던 드림은 '쿵' 하고 자신에게로 다가오던 남자와 부딪치고야 말았다.

"아야."

머리를 감싸 쥐고 올려다보니 드림과 부딪친 현우가 가슴을 쓸어내리며 드림을 쳐다보고 있다. 곁에는 가야의 친구들인 진우, 유신이 다가오며 웃고 있었다. 유신이 가야를 보며 말했다.

"가야야. 드림이 좀 잡아서 나무에 꽁꽁 묶어 버리자."

"헉. 나를 왜?"

"인마, 도망 못 가게 묶어 놓고 그렇게라도 해서 공부를 시켜야지. 너 공부 시키느라 가야 얼굴 상한 것 좀 봐라."

"싫어. 오빠. 유신 오빠가 나 묶으려고 해."

그녀의 어리광에 돌아오는 가야의 차가운 한 마디.

"허…. 이럴 때만 오빠지? 나 힘없어."

"세상에…. 다들 봤지? 여자 친구가 백주 대낮에 나무에 묶이게 생겼는데도 모른 척 하고…. 남자친구가 뭐 저래. 완전 개떡이야."

이미 가야의 친구들과도 허물없이 지내 모두다 그녀를 귀여운 동생처럼 아끼고 보호해 주고 있다.

"드림아, 오빠가 지켜 줄게. 걱정 하지 마."

그들 중에서도 유달리 드림을 아끼는 현우가 드림이를 보호하듯, 그녀의 앞을 막아섰다.

"흑흑…. 역시 현우 오빠 밖에 없어. 고마워 현우 오빠."

"그래, 그래. 이리 와. 오빠가 안아 줄게."

현우가 드림이의 어깨에 손을 올리기도 전에 번개 같이 나타난 가야가 그의 손을 '탁' 하고 쳐 냈다.

"이 놈의 자식이 어디서…."

"잘 들 논다. 유치한 것들."

금방까지 드림이와 가야가 앉아 있던, 벤치에 음료수를 내려놓던 진우가 코웃음을 친다.

"너희 둘이 여기서 연애질 하는 거, 지금 교수님들에게 까지 소문이 좌악 퍼졌다. 가야 녀석 음흉하다고 소문 다 났어. 넌 끝장이야. 인마."

"들었지? 드림. 난 끝장이란다. 니가 공부 열심히 해서, 내 용돈 다 대라."

"공부 열심히 한다고 돈이 나와?"

"응. 장학금 타서 그거 나에게 다 가져와."

"치사한 새끼. 어린 것에게 그런 짐을 지어 주냐?"

유신도 진우를 거들었다.

"드림이. 너 조심해야 해."

"뭘요? 현우 오빠?"

"저 자식이 아주 음흉한 놈이야. 저 놈이 음대 퀸카, 미대 퀸카 다 마다하고, 우리랑 다니다 이상한 소문까지 났던 놈이거든."

현우가 의미심장하게 웃으며 말했다.

"뭐 소문요?"

금세 호기심에 가득한 표정으로 진우가 건네주는 음료수 캔을 받아 드는 드림이의 눈이 초롱초롱하게 반짝였다.

"이 놈들이…. 너희 안 가? 야, 짜리 몽땅, 넌 학문에나 신경 쓰지, 뭐가 그렇게 궁금해?"

가야가 붉어진 얼굴로 다급히 소리친다.

"아, 녀석 흥분 하긴. 하긴 찔리는 것이 있으니까. 그 소문이 궁금하지?"

"예. 몹시도…."

"저 녀석, 여자보다 남자를 좋아한다고 소문까지 났었지. 킥킥킥."

"네?"

드림이의 작은 눈이 놀라움에 한껏 떠졌다.

"야, 너희 순진한 애 앞에서 못하는 소리가 없어."

가야가 황급히 달려와 양손으로 드림이의 귀를 막으려 하자, 옆에 있던 유신마저 친구들을 거들었다.

"큭큭. 그래. 조심해 진우야. 요즘 고딩들이 얼마나 순. 진. 한데."

그러고는 뭐가 재미있는지 한참을 웃어 댄다.

"어휴 이런 것들을 친구라고."

"자식. 교수님들까지 다 알고…. 넌 이제 우리 학교에서 매장이야. 인마. 생긴 것부터가 제비처럼 생겨 먹어서는…."

유신이 가야에게 통보하듯 말했다. 남자친구가 일방적으로 당하고 있자, 드림은 남자친구에 대한 보호본능이 일어났다.

'그래, 내가 아니면 누가 오빠를 보살펴 주겠어?'

드림은 유신을 흘겨보며, 일침을 가했다.

"안 그런 여고생도 많거든요. 그리고 배울 만큼 배웠다는 사람이 고딩이 뭐예요. 고딩이. 요즘 각종 매체에서 바른 우리말 쓰자고 그렇게들 떠들어 대는데. 앞으로 조심하세요."

"풉…. 콜록, 콜록."

드림이의 말에 유신은 사레가 걸렸는지, 먹던 음료수를 분수처럼 쭉 내뿜었다.

"앗 드러. 새끼."

"우아, 드림아. 너도 말 잘한다. 1년 동안 그 말솜씨를 어떻게 숨기고 살았대? 새끼 고양이처럼 어리숭해보이더니. 하하하. 너 이렇게 보니까, 딱 연지 친구 맞네."

유신이 놀라운 눈길로 그녀를 바라보며 말을 이었다.

"서가야, 너 드림이랑 같이 다니려면 조심해야 할 게 많겠다. 에로점이 많겠어."

"뭐? 우리 드림이가 에로라고 이것들이."

"풋. 하하하."

드림이는 지난 1년 동안 또래의 여고생들이 누리지 못하는 많은 것들을 누리며 지내왔다. 그리고 그 모든 것이 자신의 옆에서 항상 지켜주고 이끌어 주는 가야의 힘이란 것을 그녀는 누구보다도 잘 알고 있다.

만나면 투정부리고 성질도 잘 내지만, 솔직히 그녀는 아직도 그를 만날 때 가슴이 두근거리는 자신을 발견한다. 열심히 방망이질 하는 자신의 심장이 정상은 아닌 것 같지만, 그래도 드림이는 그와 함께 하는 순간, 순간이 말할 수 없이 행복하고 좋았다.

물론 그와 의견이 맞지 않아 싸우고 섭섭해서 운적도 많았지만 그래도 항상 그가 먼저 찾아와 잘못을 빌었으며, 다시 그녀에게 웃음을 주기 위해 끊임없이 노력하였다.

왁자지껄한 그들의 목소리에 오고 가는 사람들이 그들을 쳐다보며 지나갔지만 그들 중, 그 누구도 주변 사람들의 눈길에 신경조차 쓰질 않았다.

가야는 오늘도 변함없이 드림이를 데려다 주기 위해 버스를 탔다.

그들이 차에 오르자 역시, 버스 안에 있던 드림이 또래의 여자아이들이 그들에게 관심을 보이며 쳐다본다. 처음에는 당황하던 드림이도 가야와 함께 다니다 보니, 이제는 너무나 익숙한 일이라 아무렇지 않게 주변 시선을 넘겨 버린다.

"앗, 자리 많다."

드림이는 차에 오르자마자 다람쥐처럼 쪼르르 달려가서는 맨 뒷좌석 바로 앞자리에 냉큼 앉아 버렸다. 뒤 따라 오던 가야는 오늘도 역시 빈자리가 많음에도 그녀가 앉은 자리 옆에 우뚝 서 있다.

"학생. 왜 서있어. 저기 빈자리 많아요."

마음씨 좋게 생긴 아줌마가 빈자리를 가리키며 말했지만, 가야는 가볍게 고개를 숙이고는 입가에 미소만 지을 뿐 그녀의 옆을 떠나지 않았다.

"그래. 오빠 어서 가서 앉아."

"됐어 인마, 자꾸 앉으면 너처럼 배나와."

뒷좌석에서 키득거리는 소리가 나는걸 보니 그의 말이 들렸나 보다.

"치."

그녀가 입을 삐죽거리지만 왠지 싫어하는 기색은 아니다.

"음, 근데 오빠 집은 남천동이라며, 남천동쪽 어디예요?"

"어, 황련산 근처."

가야가 무심히 대답하자 드림이의 작은 눈이 휘둥그레 졌다.

"와, 나, 거기 청소년 수련장 가다 봤는데. 거기 집들은 다 대궐 같던데."

작년에 학교에서 단체로 수련회를 다녀오면서 황련산 근처에 있는 집들을 보고 친구들과 놀라워했던 기억이 난다. 집들 하나하나가 어찌나 크고 멋진지… TV에서만 보던 대궐 같은 집들을 서로 쳐다보며 부러워했었다. 어떤 친구들은 휴대폰카메라로 찍어서 싸이에 올린다고 야단들이었다. 근데, 그런 집 속에 가야의 집이 있다니…. 드림은 새삼 말로만 들었던 가야의 집안 내력이, 놀라울 뿐이었다.

"뭔 대궐이냐, 21세기에."

가야는 아무것도 아니라는 듯 말하며 버스 밖을 쳐다봤다. 드림이도 따라 창밖을 보니 동래 시장이다. 이곳은 차들이 다니는 큰 도로에서 잎사귀처럼 쭉 뻗어져 나가는 곳이 다 시장이다. 폭은 좁아도 워낙 여기 저기 가지처럼 뻗어 있는 작은 골목들이 많고 상품도 다양해서 사람들이 언제나 복작

거린다.

 드림이도 이곳을 연지와 자주 들리는데, 이곳 시장 어귀에서 파는 호떡 때문이다.

 뚱땡이 할머니가 파는 꿀 호떡은 둘이 먹다 셋이 죽어도 모를 정도로 맛이 있다. 거기다가 할머니가 호떡을 건네시며 하는 욕설도 호떡만큼 깊은 맛이 난다.

 "자, 옛다. 이년들아, 쳐 먹어라."

 그 걸죽한 욕이 호떡에 배여 있어서 인지 아무튼 무지하게 맛있는 호떡이다.

 동래 시장 쪽에서 사람들이 많이 타자 가야와 드림이는 더 이상 대화 나누기가 불편해 졌다.

 "이거 들어."

 가야가 핸드폰에 이어폰을 꼽아 드림이의 귀에 갖다 댔다.

 귀에 꼽힌 가느다란 이어폰 줄에서는 낭낭 하고도 아름다운 멜로디가 흘러나온다.

 －yesterday~ all my troubles seemed so far away~ now it looks as though they're here to stay~

 "어, 예스터데이다. 이거 울 엄마가 좋아 하는데…."

 드림이가 빙그레 웃으며 가야의 손에 들린 이어폰에 자신의 귀를 좀 더 바짝 갖다 대었다. 둘 사이의 이런 다정스런 모습들이 얼마나 예쁘고 사랑스러워 보이는지, 뒷좌석에 앉아 그들을 바라보는 사람들의 눈에 부러움이 가득했지만 두 사람은 음악에 정신이 팔려있다.

 흔들리는 버스 안, 드림이의 귀엔 엄마가 좋아하는 예스터

데이가 흘러나오고, 옆에는 멋진 남자친구 가야가 서 있다. 이런 것이 행복일까…. 기분 좋게 맛있는 잠을 자고 난 배부른 느낌….

"내리자."

목적지를 한 정거장 앞두고 가야가 말했다.

언제나 한 정거장 앞에 내려서 걸어가는 것이 데이트 코스의 마지막이었기에 드림이도 별다른 생각 없이 순순히 가야의 제의를 따라 버스에서 내렸다. 두 사람은 누가 먼저랄 것도 없이 서로의 손을 잡았다. 여전히 가야는 새끼손가락을 내밀고, 그 손가락을 드림이가 쥐고는 걸어가기 시작한다.

이 순간은 모든 걱정근심이 날아가는 듯하다. 학교 걱정도, 성적 걱정도, 실기 걱정도 없이 그와 이렇게 거리를 걷다 보면 스트레스가 다 풀리는 것 같다.

거리의 가로수는 잔잔하게 제 가지를 흔들어 그들을 반겼고, 늘씬한 가로등은 등을 밝혀 그들을 축복해주는 듯하다.

"우리 진실게임 할래?"

평소에는 나지막한 목소리로 이런 저런 얘기를 들려주던 가야가 오늘은 뜻밖의 제안을 한다.

"음, 재밌겠다. 그럼 오빠 먼저 물어요."

드림이도 재미있어 하며 선뜻 나섰다.

"가족 관계는?"

"다 알면서…. 음… 돌아가신 아빠, 엄마 그리고 내 쌍둥이 동생. 근데, 지금 진실게임이예요? 호구조사예요?"

"하하하, 정말 궁금해서 물은 거야. 자, 그럼 니가 물어봐."

"오빠네 가족은요?"

평소 자신에 대해 별다른 이야기가 없던 그였기에 드림이도 냉큼 그의 가족에 대해 물어 본다.

"호구조사 하지 말라며. 아버지, 어머니, 형. 이렇게 살아."

"그렇군요."

"이번엔 내 차례다. 좋아하는 음식은? 아 이건 쓸데없는 질문이겠다. 넌 모든 음식을 다 좋아 하지."

"네. 없어서 못 먹죠. 보신탕도 좋아라 해요. 히히히."

"내 그럴 줄 알았다. 음… 그럼 돌아가신… 아버지는 어떤 분이셨어?"

"아, 우리 아빠요?"

"응…."

그의 목소리가 유난히 그윽해 진다. 아빠를 그리워하는 드림이의 마음을 헤아려서일까?

"아빠는… 아주… 멋진 분이었어요. 자상하고 다정하고, 든든하고 듬직한…. 바다 같이 깊고, 산 같이 높은 그런 아빠였어요."

"바다 같고… 산 같은 아빠?"

"네."

"그렇구나…. 바다 같은, 산 같은 아빠셨구나…."

드림이의 집까지 가는 10여분동안은 소중하고도 아름다운 시간이었다. 둘은 맞잡은 손을 통해 서로의 감정을 매일매일 조금씩 쌓아 갔다. 종종 느끼는 거지만, 아파트 입구까지의 십 분이 너무도 짧아 아쉬운 그런 시간이었다.

"잘 자라."

"네, 오빠도 잘 가시고 안녕히 주무세요."

"어서 가."

"오빠가 먼저 가요."

"피곤한데 어서 들어가. 너 안전하게 들어가는 거 보고 갈 게."

가야는 오늘은 먼저 가라는 드림이의 제안을 못 들은 체 하고, 기어코 드림이가 먼저 들어갈 때까지 그 자리에 서 있 다. 그런 그의 고집에 결국 먼저 뒤돌아서는 드림이의 표정 이 너무나 행복해 보인다.

모든 직장인들이 기다리고 기다리는 너무나 즐거운 토요 일. 비록 직장은 다니지 않지만 드림이는 이번 토요일을 무 척이나 기대했었다.

지난 번, 반항이 가야의 마음을 흔들었는지 모처럼 함께 영화를 보자고 했기 때문이다. 드림이는 연지에게 의리 없는 년이라는 욕을 먹어 가며, 가야와 접선이 약속되어 있는 곳 으로 열심히 뛰어갔다. 시간이 벌써 3시를 넘어서고 있다.

"이씨. 2시 30분까시인데…."

먼저 와서 기다리고 있던 가야가 보였다. 지하철 입구 한 쪽 편에 기대어 서서 잡지를 보고 있다. 주변에 여고생 두 명이 그의 옆에서 머뭇거리고 있었지만 그는 오직 잡지에만 집중을 하고 있었다.

"저기…. 오빠. 저 시간 있으세요?"

머뭇거리던 여학생 중 한 명이 용기를 내어 가야에게 말을 걸었다.

"누구?"

이맛살을 살짝 찌푸린 가야가 쳐다보며 묻자 여학생의 얼굴이 잘 익은 사과처럼 변해갔다.

"저기, 시간 있으시면…."

"시간 없어. 여자 친구가 오기로 했거든."

예쁘장한 여학생에게 냉정하게 말하는 가야를 보며 드림은 뿌듯함과 자랑스러움을 느꼈다.

'역시…. 오빤 나만 사랑하는 거야. 푸후후후'

"아, 네…."

여고생의 얼굴에 실망감이 떠오르는 것과 동시에 그가 다가오는 드림을 발견하였다.

"인마. 왜 이렇게 늦었어?"

"차가 막혀서…. 누구야?"

"글쎄, 나도 잘 몰라. 자, 어서 가자."

드림이의 어깨를 감싸며 가야가 그녀를 이끌었다.

두 명의 여고생이 황당한 표정으로 자신을 바라보는 것이 느껴진다.

'아. 자랑스러운 내 남자친구. 어쩌다 이런 사람이 나의 남자친구가 되었을까?'

곰곰이 생각하던 드림이 빙그레 웃음을 지었다.

생각났다. 어쩌면 자신이 유치원 다닐 때 한 기도 덕분이리라. 목사이신 원장 선생님이 생일잔치를 맞아 잔치를 치르는 당사자 친구들을 위해 기도해 주시겠다며 하나님께 빌고 싶은 소원을 말하라고 한 적이 있었다.
"훌륭한 박사님이 되고 싶어요."
"멋진 가수가 되고 싶어요."
유치원에서도 좀 성숙한 아이들은 앞으로의 직업에 대해 진지하게 이런 소릴 했었다. 또,
"엄마가 되고 싶어요."
"아빠가 되고 싶어요."
좋게 말해 좀 순진한, 아이들은 이런 소릴 했었다.
"우리 드림이는 하나님께 어떤 소원을 말하고 싶어요?"
원장님의 인자한 질문에 드림이는,
"원장 선생님. 하나님은 어떤 소원도 다 들어 주실 수 있죠?"
"그럼 하나님은 못하는 일이 없으시지."
"그럼요, 하나님께 키도 크고 춤도 잘 추고, 착하고 똑똑한 남자친구를 갖고 싶다고 좀 전해 주세요."
왜 웃으시는지, 모르겠지만, 모여 있던 선생님들과 원장님이 다 웃으시자, 아이들도 따라 웃었고, 자신도 기분이 좋아 막 웃었던 기억이 난다. 가야를 만난 건 아마 그때의 소원 덕분일 것이다.
"왜 웃어? 뭘 잘했다고."
"아니, 그냥. 히히히."
"늦은 주제에 웃기는…"
"난 일찍 나왔는데 차가 많이 막혀서…"
"니가 버스에서 내려서 잠시 뛰다가 다시 느릿느릿 걸어

오는 거 다 봤거든, 넌 교회 다닌 다는 애가 어쩜 얼굴색 하나 안 변하고 거짓말을 하냐? 니네 하나님도 아시니? 너 이러는 거."

가야의 집게손가락이 드림이의 이마를 튕겼다.

"헤헤, 봤어? 미안해. 너무 늦어서…."

드림이의 아양에 가야가 피식 웃었다. 그의 미소에서는 상큼한 비누 향기가 풍긴다. 신선한 여름 향기 같은 좋은 냄새.

"야, 2시 30분 까지 만나기로 한 놈이 3시 15분에 도착해서 여유부리면서 걸어 오냐? 어구 이걸 그냥. 오늘 유난히 예뻐서 봐 준다."

"아야."

그가 잡지를 말아 드림이의 머리를 한 대 치자, 드림이가 머리를 감싸 쥐며, 엄살을 부렸다.

"골고루 한다."

"뭘?"

"지각에다 엄살까지…."

"에이…. 진짜 아프단 말이야."

"과장은…. 내 손이 무지하게 아파온다."

"왜?"

"왜긴…. 종이로 바위를 내려쳤으니…. 이거야 원…."

"우씨…."

"씨? 이게…."

험악한 인상과는 달리 은근 슬쩍 드림이에게 새끼손가락을 내미는 그다. 드림이는 못 이기는 체 그의 손을 잡았다.

"어서 가자."

그가 새끼손가락에 드림이를 달고 앞장서서 걷기 시작한다.

'두근두근'

가야를 만난 지, 1년이라는 시간이 지났지만 아직도 이렇게 손을 잡고 길을 걸으면 가슴이 쉴 사이 없이, 방망이질을 해댄다. 학원주변이라 여학생들이 많이들 지나다니며 두 사람을 부러운 듯이 쳐다봤다.

'아, 이게 진정 삶의 행복이란 거구나. 하하하'

지하철의 빈자리에 두 사람이 사이좋게 앉았다.

"음악 들을래?"

"어."

자신의 MP3를 꺼내 드림이의 귀에 꽂아 주고는, 자신은 아까 열심히 읽던 잡지를 다시 들여다보는 가야를 흐뭇하게 바라보던 그녀의 눈에 영문 TIME 지가 들어 왔다.

"오빠, 영어 진짜 잘 하나 부네. 이거 다 해석돼?"

"초등학교까지 미국서 다녔어."

"잘난 척은."

"니가 영어 잘 하냐고 물었잖아. 인마."

"근데, 무슨 내용이야. 재밌어?"

"그렇지 않아도 네게 말해 주려고 했다. 잘 들어 봐. 미국 애리조나라는 곳에 에드워드라는 9살짜리 꼬맹이가 있었어. 근데, 이 꼬마가 뇌종양에 걸렸대. 에드워드는 학교도 못 가고 병원에서 항암치료를 받았어. 알지? 항암치료 받으면 머리가 빠져 버리는 거, 드디어 조금 나아진 에드워드는 학교로 갈 수 있게 됐어. 하지만 머리 때문에 너무 부끄러운 거야. 빡빡머리에 모자를 쓰고 학교로 간 에드워드는 교실에 들어서자마자, 같이 온 아빠랑 엄마 품에 안겨 울어 버렸데."

"불쌍해라. 왜 울었는데? 친구들이 빡빡머리라고 놀렸어?"

"교실에 들어서니 반 친구들이 모두 모자를 쓰고 있는 거야. 다 같이 '에드워드 환영해' 하며 모자를 벗는데, 친구들이 다들 머리를 빡빡 밀고 있는 거야."

"아이들이?"

"응."

"가슴이 찡하다."

감수성이 예민한 드림이는 가슴이 울컥 한 것이, 자신도 모르게 눈시울이 붉어지며 두 눈에 눈물이 그렁그렁 맺혔다.

"아이고, 우리 울보. 왜 또 울어?"

다정하게 눈가의 눈물을 닦아 주던 가야가 그녀에게 물었다.

"울보 드림아, 너 위로의 뜻이 뭔지 알지?"

"슬플 때 따뜻하게 느껴지는 말 같은 거 아닐까?"

"그래, 슬플 때 감싸 주는 거 맞아, 그게 위로야. 어느 책에서 읽었는데, 슬픈 일을 당한 사람 옆에 같이 있어 주는 게 가장 진정한 위로래. 물론 그 사람의 개인적인 견해겠지만 난 그 말이 참 와 닿더라."

두 사람은 그 날, 에드워드의 이야기를 통해, 영화보다 많은 감동을 받았다. 그리고 그 날 저녁 드림이가 잠자리에 들기 전 한통의 문자를 받았다. 바로 가야에게서 온 문자였다.

'내가 너의 위로 자가 되어 줄께'

문자를 읽는 순간 가슴이 뭉클하며 눈물이 핑 돌았다. 이런 것이 가야의 스타일이다. 짧지만 간단명료하고 강한 감동을 주는….

 그의 진심이 느껴지는 따뜻한 문자를 읽은 드림이는 침대에서 일어나, 책상서랍속의 일기장을 꺼내 이렇게 적었다.

 「이제 내겐 세상에서 제일 멋지고 든든한 위로 자가 생겼다. 슬픈 일을 당했을 때 옆에 같이 있어주는 사람. 나도 오빠에게 그런 사람이 되고 싶다.」

7. 커플링을 나누다

 오늘은 오늘의 해가 뜬다고 했던가? 어제 저녁의 다정한 러브 모드가 마치 천 년 전쯤에 일어난 일인 양, 가야의 태도는 180도로 방향전환이 되어 있다.
 어제 무슨 일이 있었나, 할 정도로 인정머리 없이 빡세게 1시간째 영어 과외를 받고 있는 불쌍한 청춘. 강서드림.

 드림이가 생각하기에, 가야와 자신이 하고 있는 것은, 연애가 아니라 개인 과외 같다는 생각이 종종, 아니 너무 자주 든다. 더욱이 기가 막히는 것은 특별 과외를 받는다니 깜짝 놀라실 줄 알았던 엄마가 가야의 전화 한 통화에 그만 걱정 근심이 봄날에 눈 녹은 듯 보였다는 거다. 자신이 무슨 학습 부진아도 아닌데, 이렇듯 천대받는 신세가 되어 버리다니….

그저 슬프기만 하다.

'행복은 성적순이 아니잖아요?'

오늘도 마찬가지다. 날은 너무 푸르고 산새들은 열심히 지지 배배 거리고, 오고 가는 학생들은 어찌나 즐거워 보이는지…. 자신만 혼자 핍박받고 설움 받는 사람이 되어 버린 듯, 해서 심기가 무척이나 불편하다.

'아. 공부하기 싫다'

"오빠…. 나 몸이 너무 허해."

"니 몸이 허해?"

"어. 막 어지러워."

"휴…. 지나가는 사람들 좀 잡고 물어보자. 니 얼굴이 허한 얼굴인지…. 드림. 지금 너의 얼굴은 터지기 일보 직전이야."

"씨. 못 먹어서, 허해서 부은 거야."

"휴. 좋다, 그럼 점심 먹고 공부 좀 더 하기다."

"어. 나 삼계탕 사줘."

드림이는 자신의 이마에 송골송골 맺힌 땀을 자연스레 그의 옷자락에 닦았다. 처음에는 깜짝 놀라 움찔하던 그도 이제는 많이 익숙해졌는지 아무런 미동도 없다.

"이 땀 좀 봐. 몸이 허하니까 이렇게 땀이 나네."

"제발 손수건 좀 갖고 댕기지? 내 옷이 수건이냐?"

"깔끔 떨기는. 어차피 빨 옷인데 뭐 어때?"

"댁이 빨 거야?"

"아니, 세탁기가…."

"어제 조물락거리던 정체불명의 빨간 천은 어쨌어?"

"잊어 먹었어."
"그럼 또 사."
"아휴. 엄마가 더 이상 손수건 안 사준데. 자꾸 잊어 먹는다고."
"내가 사줄게. 아주 박스채로 사주랴?"
"헤헤. 돈으로 주면 안 돼?"
"휴…. 내가 아주 도를 닦고 산다. 도를 닦아."
"가야야…"
티격태격 하고 있는 그들의 뒤편에서 조용하고 부드러운 음성이 들려왔다.
"어. 인마. 너 언제 왔어?"
"얼마 안 됐어. 안녕? 드림아."
가야가 벌떡 일어나 유난스럽게 아는 체를 한다. 드림이는 자꾸만 서늘해져오는 뒷덜미를 손으로 긁으며 마지못해 일어나 불청객에게 인사를 했다.
"안녕하세요?"
이수진….
네이비블루의 아름다운 미녀. 가야의 둘도 없는 친구. 우정인지 뭣인지 애매모호한 관계의 그녀. 이수진이 돌아 왔다.
'일 년만 더 있다 오면…. 그럼 나도 대학생이 되는데….'
아직은 불안하고 초조한…. 앞가림도 제대로 못하는 고3의 처지인 자신이 무척이나 한심스럽다.
"밥은? 먹었니?"
마치 큰 오빠같이 걱정스런 목소리로 물어보는 가야다. 물론 드림이가 아니라 수진에게….

"아니."

"잘 됐다. 우리 지금 삼계탕 먹으로 갈 건데 같이 가자."

가야가 스스럼없이 웃으며 수진에게 권유했다.

헉. 자신에게 물어보지도 않고 혼자 결정을 하다니….

"그래도 되겠어?"

가야와 달리 수진은 미안한 듯, 웃으며 드림을 쳐다보았다.

"네. 그럼요."

그녀의 대답이 채 끝나기도 전에… 그들이… 가야와 수진이 앞서 걷기 시작한다.

드림은 그의 뒷모습을 보며 약간의 충격을 받았다. 처음이다. 그녀에게 처음으로 등을 보인 가야. 일 년 만에 처음으로 그녀보다 앞서가는 가야의 모습에 드림은 묘한 상실감을 느꼈다.

무엇보다… 온 입안이 씁쓸하게 속상한 것은 그들의 뒷모습이 마치 한편의 영화처럼 너무나 잘 어울린다는 것이다.

'선남선녀'

아마도 그들 같은 사람들을 가리켜 하는 말이리라….

갑자기 목에서 쓴 물이 올라오는 듯, 입안에 쓴맛이 느껴진다.

"미안한데…. 삼계탕이 한 그릇밖에 안 되겠어…."

"왜요?"

"미안. 오늘 삼계탕이 너무 많이 나가서. 저녁 장보러 간 아저씨가 아직 안 왔어. 어째?"

점심을 늦게 먹은 가야를 빼고 드림과 수진이 같이 시킨 삼계탕의 재료가 1인분 밖에 없다고 주인아줌마가 미안한 듯이 말했다.

"아줌마, 그럼 전 된장국 주세요."

얼굴도 예쁜 수진이 착한 목소리로 말하자 주변이 온통 환해지는 것 같다.

"아냐. 수진아. 니가 삼계탕 먹고, 드림이 넌 그냥 된장국 먹어."

환해지던 주위가 다시 어두워졌다. 밥을 먹기도 전에 체할 것만 같다.

갑자기 그에 대한 자신이 없어진다. 그가 너무나 낯설고 멀게 느껴지는 것은 그녀만의 착각일까?

"싫어. 난 삼계탕 먹을 거야."

그녀는 낮고 차갑게 말했다.

그녀의 완강한 반항에 잠시 놀란 가야가 할 말을 잊은 채, 드림을 쳐다본다.

'볼 테면 보라지. 뭐? 이제 수진 언니가 돌아오니까 내가 귀찮아 진거야?'

"그래. 드림아, 난 삼계탕 별로야. 그러니까 니가 삼계탕 먹어. 난 된장이 더 좋아."

수진이 꼭 잘못을 한 사람처럼 재빨리 사태를 수습하려 한다.

이런 모습을 보니 더 화가 난다. 수진에 비해 소갈머리 없고 어리광만 심한 것 같은 자신의 모습이 점점 싫어진다.

"조심해서 들어가. 나중에 전화할게."
"어. 잘 가. 드림이 다음에 또 보자."
"안녕히 가세요."

한 폭의 그림 같은 그녀의 뒷모습을 가만히 바라보던 가야의 모습이 자꾸만 불안해 진다.

자신과는 너무나 다른 수진…. 수진을 바라보는 그의 애달픈 눈길….

'아. 공부하기 싫다'

좀 전의 수진 언니에게는 그렇게 다정하더니만….

먼 놈의 남자친구가 이러는지. 흡사 그녀를 괴롭히기로 작정을 한 피도 눈물도 없는 냉혈한 같다. 남들은 100일 기념에서 1주년 기념, 2주년 기념, 이런 것도 챙기고, 그 뭐시냐 뽀…뽀도 하고 커플링도 나누고 그런다는데. 그들은 만난 지, 일주일 기념으로 영어문제집 한 단락 떼고, 열흘 됐다고, 수학문제집 한 단락 떼고 하는 것이 전부다.

정말이지, 친구들의 연애사를 들어보면 한숨만 푹푹 나온다. 같은 나이의 학생들끼리 사귀어도 벌써 진도가 저 만치 멀리 나가 있는 경우기 대부분. 아니 전부다 인데, 유독 가야와 자신만이 아직도 제자리인 것 같아 불만이다. 어쩌다 지나가다 신체가 부딪친다던지 길을 걷다 가야의 팔꿈치가 드림이의 가슴을 우연히 스치면 즉시, 한 걸음 앞서거나 뒤로 쳐지는 가야의 태도가 자신을 무시하는 것 같기도 하고 아니면, 자신이 그렇게 여자로써의 매력이 없나 싶어 무척이나 못마땅하다.

'우리가 뭐 천연기념물들인가? 매일 손만 잡고 다니게…'
"너, 또 딴생각 중이지?"
"……."
"정말, 열심히 공부 안 할 거야?"
생각에 빠져 있는 그녀의 귓가에 가야의 목소리가 들려온다.
"흥. 웃기셔."
드림이는 입술을 앞으로 내밀어 퉁퉁 부어 있음을 굳이 숨기려 하지도 않는다.
"뭐가 또 불만이야? 또 몸이 허해? 약병아리의 효력이 벌써 떨어진 거야?"
그에게 욕구불만(?)이라고 말할 수는 없다.
"너무 더워."
그가 얇은 책을 들어 그녀에게 부쳐대기 시작한다.
"됐지?"
"목도 말라."
스킨십에 목이 마르다고 말할 수도 없다.
그는 또, 벌떡 일어나 5분 거리의 자판기까지 달려가 파란색의 이온 음료 캔을 내민다.
"자. 마셔."
벌컥벌컥. 쉬지 않고 음료수를 마셔댔지만 타는 목은 쉽게 가라앉질 않는다.
"됐어? 시원해? 이제 공부 할래?"
"싫어."
"야! 인마. 너…"

그가 옆에서 아무리 잘해줘도 그녀의 심통이 풀리질 않는다.
'하필이면 오늘 만날 게 뭐야… 오늘은 특별한 날인데…'
그도 그럴 것이 사실 오늘은 드림이가 세상에 태어난 특별한 날이기 때문이다. 하지만 작년에도 가야는… 연지가 알려줘서야 그나마 뒤늦게 꽃다발과 케이크로 얼버무려 버렸다.
'수진 언니에게도 그럴까?'
자꾸만 자신과 수진을 비교하게 된다. 사실… 엄밀히 따지면 비교거리조차 되지 않지만…. 그래도 자꾸만 수진이 연상이 된다. 그래서 드림이의 마음은 점심을 먹은 내내 서글픈 기운이 자꾸 치밀어 오르고 있는 중이다.
물론, 가야가 얼마나 바쁜지, 이렇게 틈을 내서 자신에게 공부를 가르쳐 주는 것이 얼마나 힘이 드는지 그녀도 잘 알고 있다. 하지만 오늘 같은 날은 그동안의 섭섭했던 마음들이 한꺼번에 치밀어 오르는 것 같은 기분이 된다.
'이런 바보. 대충 했으면 눈치 좀 채야 하는 거 아냐? 오늘은 내 생일이란 말이야. 치, 머슴이라면서 마님 생일도 모르고'
차마 입 밖으로 내지는 못한 채, 혼자 중얼거려 보는 드림이. 사실 본인의 입으로 본인의 생일이라고 말하기도 정말 쑥스럽다.
올해는 어찌된 연유인지 연지도 도통 말이 없다. 제일 친한 친구와 남자친구가 쌍으로 자신을 슬프게 한다. 거기다 더 억울한 것은 왜 자신이 이 땅에서, 그것도 대한민국이 들썩이는 국민 휴가철인 이 시퍼런 여름 방학에 태어나서, 친구들과 제대로 된 생일파티 한 번 못해 본 것인지. 드림이는 엄마 아빠가 너무도 원망스럽다.

 이왕이면 개학하고 나서인 9월 초 쯤에 낳아 주셨으면 얼마나 감사 했을까? 또 생각의 삼매경에 빠져 있는 드림이의 머리통에 드디어 가야의 꿀밤이 날아왔다.

 "휴, 나도 힘들다. 오늘은 여기까지 하자. 됐지?"

 드림이의 반항적인 태도로 인해 결국 가야도 오늘의 공부를 마감하고야 말았다. 하루 종일 퉁퉁 부어있는 드림이를 달래가며 여기까지 왔지만 더 이상은 그도 역부족이었다. 더구나 어제는 밤샘 스터디를 하는 바람에 지금 자신의 정신도 비몽사몽이다.

 "난, 집에 갈래. 오늘 엄마랑 더함이랑 저녁 먹기로 했어."

 드림이는 가야가 새삼스럽게 웬 저녁 약속이냐고 물어 주길 바래보았건만, 가야는 냉정하게도 앞장서서 걷기 시작한다.

 "알았어. 바래다줄게 가자."

 씨이.

 입이 댓 발이나 나와서는 쿵쿵거리며 가야의 뒤를 따라 걷기 시작했다. 오늘따라 그의 긴 다리가 싫다. 어찌나 성큼성큼 걷는지, 어서 빨리 자신을 집으로 돌려보내기 위해 그러는 것만 같아 더 섭섭해지는 그녀다.

 "아 학교 앞 카페에 책 놔둔 거 안 가져 왔다."

 버스정류장을 눈앞에 두고 그가 뒤돌아서서 말했다.

 "난, 가기 싫어. 여기 있을래."

 "인마, 따라와. 바늘 가는데 실이 안 가면 되냐?"

 "흥. 누가 바늘이고 누가 실이야?"

"내가 바늘. 니가 실."

"웃기셔. 아, 싫다니깐. 더워."

말은 그렇게 하면서도 잡힌 손 때문에 질질 끌려가다 시피 하는 드림이.

가야는 드림이의 손을 더 꽉 잡고는 왔던 길을 되돌아 가, 자신들이 평소 잘 가는 학교 근처 녹색 건물의 2층에 있는 카페 '올 댓 재즈'로 올라가는 계단으로 들어섰다.

"뭐야? 책을 여기다 둔거야?"

투덜거리는 드림이를 끌고, 문을 열고 들어서자마자,

'팡팡'

시끄럽게 터지는 폭죽과 함성소리.

"생일 축하해. 드림아!"

"Happy Birthday."

오늘 하루 종일 연락도 없던, 그래서 그녀를 섭섭하게 만들었던 드림이의 둘도 없는 단짝 연지와 유신, 진우가 풍선과 플랜카드, 그리고 화려한 꽃들과 함께 그녀를 기다리고 있다.

"어. 고마워요. 모두다…"

드림이는 오늘 섭섭했던 기분만큼 감동이 밀려와 자신도 모르게 눈물을 글썽거렸다.

"아이고, 우리 울보 또 운다. 얼른 와서 촛불 꺼, 인마."

그들의 등장과 함께 현우가 주방에서 들고 나오는 하트모양의 케이크를 보고 가야가 웃으며 말했다.

"오빠…"

하루 종일 심술부린 것이 미안해서, 드림이는 가야를 제대로 쳐다 볼 수도 없었다.

"오빠, 오늘 고생하셨죠? 드림이 쟤가 좀 유치해서, 지 생일 안 챙겨주면 하루 죙일 화내고 심술부리거든요. 제가 안 봐도 비디오예요."

사랑스러운 소릴 해대는 친구 연지. 하지만 드림이는 오늘, 너무나 기분이 좋아 그냥 무시하기로 했다.

"그래, 니가 나의 노고를 좀 아는 구나."

가야가 너털웃음으로 드림이의 머리를 '꽁'하고 쥐어박았지만, 드림이는 자신의 앞으로 오는 케이크에 정신이 팔려 웃고만 있을 뿐이었다.

"자, 오늘은 우리의 귀염둥이 드림이의 생일을 맞아 돈 많은 아버지를 둔 가야 군이 이 카페를 통째로 빌렸습니다. 오늘 하루 즐겁고 신나게 놀아 봅시다."

분위기를 돋우는 유신.

연지의 피아노 반주에 맞추어, 가야와 친구들이 다들 요술공주 세리(옛날 만화영화라는데 드림이는 잘 모른다. 하지만 음이 쉬워 쉽게 배웠었다)의 음률에 맞추어 생일 축하노래를 불렀다.

[지~구에서 드림이가 태어났어요. 우주에선 이티가 태어났어요. 똑같네! 똑같아! 어쩜 이리 똑같을까!!]

처음 현우의 생일 파티에 따라가서는 이 노랠 배웠는데, 그때는 너무 재미있어서 드림이와 연지는 웃으며 내내 따라 불렀었다. 헌데 본인의 생일날에 들으니, 좀 묘해진다.

"자, 이제 음식을 드시기 전에 선물 증정식이 있도록 하겠습니다."

연지가 드림이에게 잘 포장된 상자를 내밀었다.

"유신 오빠랑 같이 샀어. 마음에 들었으면 좋겠다."

의미심장하게 웃는 연지. 포장을 끌러보니 노란 상자 안에 고운 분홍색 레이스로 된 팬티와 브래지어 세트가 얌전히도 개켜져 있다.

"야, 이 음흉한 놈, 저걸 같이 샀단 말이야?"

흐뭇한 미소를 지으며 진우가 유신이에게 말했다.

"입에 침 좀 닦고 그런 소릴 하지."

가야가 진우를 노려보며 말하자 유신이 낄낄거린다.

"예쁘지? 연지보다는 내가 안목이 좀 높아."

"헤헤. 좀 부끄럽네요."

"부끄럽긴. 어디 한번 입어 볼래? 작으면 바꿔줄게."

"죽을래?"

느물거리는 유신이의 얼굴과 재밌어하는 친구들의 표정에 얼굴이 붉게 달아오르는 가야.

"저 봐라. 가야 저놈 혼자 오바하고 난리다. 뭔 상상을 하는 거야, 인마. 난 화장실에서 입어 보라는 거였어. 자식이. 음흉하기는…"

유신의 장난에 모두들 웃느라 바쁜 가운데 연지는 혼자 얼굴을 살짝 붉히고 있다. 요즘 들어 유신이와의 만남이 잦아진 연지는 점점 그와 함께 하는 시간들이 설레고 숨이 가빠지고 있는 중이다.

"자, 우린 이거."

큰 상자를 내미는 현우와 진우. 무척이나 무거워 보이는 라면상자를 호기심에 끌러보니, 열권으로 된 삼국지 전집과 작은 가방이다.

"세상에나…"

"우린 참 재미있게 읽었었는데, 넌 취향이 어떤지 모르겠다."

"가방은 세일을 하기에 하나 장만했어. 마음에 드니?"

머리를 긁적거리는 착한 현우와 진우.

"고마워요. 삼국지 꼭 읽을게요. 가방도 너무 예뻐요."

"너 꼭 독후감 써서 제출해. A4 용지에다 10포인트로 열 장 이상 써서. 알았지?"

"오빠들 하는 거 봐서요."

"흠흠. 드림아."

마지막으로 뒤로 감추었던 작은 선물상자를 내미는 가야.

"자, 여기."

"드림아. 어서 열어 봐. 원래 작은 게 제일로 비싸."

연지의 재촉에 떨리는 손으로 리본을 당겨 포장을 끌러보니, 남색의 벨벳으로 된 작은 상자가 나타났다.

"와."

떨린다. 무척이나 마음이 설렌다.

드림은 침을 꿀꺽 삼키며 떨리는 손으로 작은 상자를 열어보았다.

상자를 여는 순간 드림의 눈에 눈물이 다시 그렁그렁 고였다. 열린 상자 안에는 분홍색 천에 포근하게 잘 감싸인 예쁜 커플링이 얌전히도 들어 있었다. 디자인도 무척이나 세련되고 깔끔한 것이, 미술을 전공하는 드림이의 눈에도 딱 들어오는 예쁜 반지였다. 거기다 개미 눈곱 같이 작긴 하지만 반짝이는 유리 같은 것이 오른편에 살짝 박혀 있기까지 하다.
"오빠. 너무 예쁘다. 근데, 이거 다이아야?"
풋풋, 거리는 웃음소리와 자신을 바라보며 웃는 가야가 눈앞에 보인다. 세상이 다 자신의 것 같다.
"내가 끼워 줄께."
"어."
드림이의 손을 잡고 네 번째 손가락에 반지를 끼워 주는 가야, 그리고는 똑같은 모양의 조금 큰 반지를 드림이에게 내밀었다.
"나도 끼워줘."
드림이는 가야의 손에 반지를 끼워주었다. 손이 바르르 떨려 온다.
"우아…. 멋져. 멋져."
"그러게. 둘이 아들딸 낳고 행복하게 잘 살아."
"신혼여행은 어디로 갈 거야?"
친구들의 축하에 가야가 화답을 한다.
"축하를 해 줘서 고맙긴 하다만, 아직 날을 못 잡았거든, 너무 앞서 달리지 마라."
"아무튼 축하 한다. 인마!"
이렇게 드림이의 고3생일을 맞아 그들은 친구들 앞에서 커플링을 나누어 끼는 공식커플이 되었다.
그날 밤, 연지와 통화 중에 드림이는 새로운 사실들을 알게 되었다.

[부럽다. 부러워, 복도 많은 년. 가야 오빠가 며칠 전부터 너 생일 파티 한다고 다들 선물사라고 쪼고 다닌 거 너 모르지?]

"오빠가 그랬어?"

[암튼, 남자친구 하나는 진짜 잘 뒀단 말이야. 우리 엄마가 그러는데, 돌아가신 너희 아버지도 너희 어머니에게 그렇게 잘 했단다. 연애 시절에. 다들 부러워 할 정도의 닭살 커플이었데. 어쩜 딸은 엄마를 닮는 다더니, 그런 남자친굴 다 만나니. 암튼 불가사의야. 불가사의.]

"너도 요즘 유신 오빠랑 분위기가 심상치 않던데?"

[호호 그렇게 느꼈어? 안 그래도 요즘 그것 때문에 고민이야.]

"왜? 왜 고민이 되는 데?"

[오빠가 딱하니 대놓고 대시를 하는 것도 아니면서, 심심하면 전화하고 밥 사준다며 만나자고 그러거든. 나에게 관심 있는 거냐고 물어보니, 지금 나를 탐색중이래.]

"하하하. 탐색?"

[어. 탐색. 드림아, 나 이 오빨 계속 만나야 돼, 말아야 돼?]

"푸하하. 관심이 있는 거냐고 물었다고? 와 대단한 용기에 박수를 쳐 주마. 그리고 만나는 건 글쎄. 음. 헤헤헤."

드림이가 한참, 뜸을 들이니, 성질 급한 연지가 참지 못하고 소릴 질렀다.

[아, 됐다. 날 세겠다. 참…. 너 소식 들었어?]

"무슨 소식?"

[수진 언니….]

"수진 언니?"

[어. 유신 오빠가 그러는데, 수진 언니가 다시 돌아왔데. 이번엔 완전히 돌아온 거라는데….]

'쿵'하고 드림이의 심장이 발바닥 근처쯤으로 내려앉았다.

언니가 완전히 돌아 왔구나. 언니는 몸이 약해서 휴학을 여러 번 했다고 했다. 휴학을 할 때 마다 미국에 있는 부모님께 다녀오곤 했는데, 이젠 떠나지 않고 한국에 계속 머무를 예정인가 보다.

"오늘 만났었어."

[아, 그랬구나…]

"어. 같이 밥도 먹었어."

[응. 드림아. 저기…. 유신 오빠 말 들어 보니 언니도 좀 안 됐더라. 입학 전부터 가야 오빠랑 알고 있었던 사이였나 봐. 입학 때부터 둘이서 붙어 다니 길래 다들 사귀는 사이인줄 알았단다. 나중에는 아닌 걸 알았지만, 근데 가야 오빤 순수한 우정이었대도, 수진 언닌 아니었나봐. 미국에서 너랑 사귀는 거 알고는 많이 힘들어했다더라. 아마 이번에 한국에 계속 있기로 한 것도 어쩜 너의 존재 때문이지도 몰라.]

연지와의 통화를 끝낸 후, 드림은 수진을 생각해 보았다. 무엇 하나 빠질 것 없는 자신 만만하고 언세나 자신을 주눅 들게 했던 수진 언니를 생각하며 의기소침해진 드림이는 손가락에 끼워진, 반지를 보며 위로를 받았다.

'그래. 이 커플링을 끼고 있는 사람은 언니가 아니라 바로 나야'

8. 축제의 주인공

　겨울 방학 소집일.
　대부분의 아이들이 원하는 대학에 합격을 한, 교실 안은 한마디로 아수라장이다.
　불합격의 소식이 들리는 몇몇이 자리를 비운 것과는 달리 지금 자리를 지키고 있는 대부분은 하늘만큼 들떠 있는 중이다. 힘들었던 수능을 무사히 치러낸 기쁨과 무섭고 지루하고 지독했던 입시의 긴 터널을 빠져 나온 그들에게 있어 지금 이 순간은 더 할 수 없는 기쁨의 시간이었다.
　그리고 드림과 연지도 그 기쁨의 순간을 함께 누리고 있는 중이다.
　드림이가 수능을 치르고, 결과 발표가 나던 날 가야는 그 누구 보다 더 기뻐하며, 축하해 주었다.

솔직히 가야의 헌신적인(?) 노력이 없었다면 자신의 합격은 조금 무리였을 것이라고 드림은 생각하고 있다. 아무리 미술을 전공한다 하더라도, 반에서 중간 정도를 맴돌던 자신이 가야와 같은 캠퍼스의 학생이 된 것은 다들 기적에 가까운 일이라고 생각을 하고 있긴 하지만…. 주변에서 하도 가야의 덕이라고 말을 하는 통에 지금 그녀의 심통은 막바지에 달해 있는 상황이다.

여기저기서 시장바닥을 연상시키는 소릴 들으니 다시 한 번 남자친구의 도움을 받아 가까스로 합격을 한 자신의 극악한 구조의 머리통이 뼈에 사무친다.
"아. 천재이고 싶다."
드림이는 책상에 얼굴을 묻었다. 이런 심난한 드림이의 마음도 모른 채, 연지는 친구들과의 수다에 열심이다.
'무심한 것….'
"어이. 지영. 영어 공부 좀 했냐?"
서울에 있는 미대에 당당히 합격을 한 지영에게 연지가 물었다.
"어. 연지야. 나 미치겠다. 공불 너무 열심히 했더니 머리통이 뽀개질 것 같아. 나 이제 모르는 게 없다. 너흰 이제 다 죽었어. 음하하하하."
"미친년. 수경아. 저거 놔두고 우리 끼리 얘기하자."
"그래, 연지야. 그게 좋겠어."
"어이. 진경양. 그림은 좀 그렸어?"

지금은 연애중?! 157

"아. 연지. 말도 마. 울 그이가 어찌나 같이 놀자고 야단인지…. 큰일이야. 우리 그이는 나 없음 잠시도 혼자 못 있거든…. 후후후 내가 너무 좋은가봐."

"재수 없는 년. 너 저기 가서 혼자 놀아."

"미자. 방학 때 어디 갔다 왔어?"

"어. 호호호 프랑스 파리 좀 다녀왔어. 거기 와인이 좋다 그러데. 근데…. 넌 계속 집에만 쳐 박혀 있었겠다? 불쌍한 것. 그러게 좀 있는 집에 태어나지 그랬어."

"친구…. 살의가 막 솟구친다."

"호호호. 없는 것이 질투는 장난이 아니야…. 그나저나 미정인 남친이랑 헤어졌다메?"

"난 몰라."

"애들아. 나 좀 변한 거 같지 않아?"

"어 너, 눈 했구나. 코도 좀 하지. 이왕이면 턱도 좀 깎고, 계집애, 어쩌니? 손 봐야 할 데가 한두 군데가 아니다. 야."

"나 이번에 일본 댕겨 왔자녀. 아주 남자들이 내게서 눈을 못 떼더라니까…. 가이드 말로는 남자들이 나를 최지우라고 착각을 했다지 뭐야. 호호호."

"만고의 희망사항이겠지. 난? 나 살 좀 빠진 것 같지 않아? 나 살 빼러 다녔어."

'끝도 없이 떠들어 대는 구나. 어린 것들'

드림이는 군중 속에 고독을 느끼고는 창밖을 바라보며 깊은 한숨을 내쉬었다.

"야. 왜 그래?"

이제야, 드림이가 유난히 조용한 것을 눈치 챈 연지는 뒤돌아 신나게 떠들던 것을 멈추었다.

짝인 드림이의 풀죽은 모습을 보며 의아해 하는 눈치이다.

"암 것도 아냐. 수다나 계속 떠셔."

모두들 와자지껄 떠들고 있는데, 드르륵 교실 문이 열리며, 3학년 7반의 왕 재수이자 자칭 공주인 '이리사'가 들어왔다.

리사의 아빠는 우리나라 굴지의 제약회사 회장이라고 한다. 부자 아빠를 둔 것이 무슨 죄가 되겠냐 만은, 리사는 자신의 유리한 조건들을 내세워, 하늘 아래 자신 외에는 사람이 없는 줄 아는, 안하무인에다 도통 말이 통하지 않는 천상천하 유아독존의 꼴통이다.

무용을 해서 그런지 쭉쭉 빠진 몸매에다 하얗고 조막만한 얼굴로 다니는 곳 마다 자신의 추종자를 만들어 내곤 해서 여러 순진한 남자들을 울리고 다닌다는 소문도 있다.

얼굴에다 집안까지 받쳐주니 세상에 무서울 것이 뭐가 있겠는가?

"와, 리사야 이거 이번에 디올에서 새로 나온 가방이네. 정말 멋지다."

리사의 늘러리들이 그녀에게 몰려들며 환호성을 질러댔다.

"야, 저년, 또 시작이다. 당최 교복에 명품가방이 어울리기나 하니?"

연지가 드림이의 귀에 대고 속삭였다.

"그러게, 저 코 봐라. 한 2cm 쯤 더 세운 것 같지 않냐?"

드림이가 앞을 보며 대꾸했다.

"독한 것. 방학 때마다, 표 안 나게 코가 조금씩 자라서 와. 지가 무슨 피노키오라고…."

드림과 연지의 뒷담화에도 불구하고 리사의 얼굴은 정말 광택이 날 정도로 아름답고 예쁘기만 하다.

"꺅! 꺅! 얘들아. 리사에게 남친이 생겼데. 대학생이래."

리사의 열혈 팬 민지가 무슨 굉장한 소식이라도 되는 듯 소릴 질러 댔다.

그 소리를 들은 연지가 피식 웃으며, 작게 속삭였다.

"드림아, 나도 한번 해 주리?"

"뭘?"

"꺅. 꺅. 어쩜, 어쩜 얘들아!! 드림이에게 남친이 생겼데. 정말 잘생겼어. 걸어 다니는 조각이야!"

연지가 드림이의 귀에만 들릴 정도의 작은 소리로 소근거렸다.

"헤헤헤."

'드르르륵'

담임선생님의 등장과 함께 소란스럽던 교실이 일시에 조용해 졌다.

"자, 잡담 그만 하고."

3학년 7반 담임 김애심 여사, 별명이 '아네모네'다. 아네모네하면 다들 알겠지만 얼굴이 정말 각이 딱딱 잡힌 네모다. 현대 의학이 그렇게 발달 했건만, 도무지 의학의 힘을 빌리지 않으시려는 꿋꿋하신 선생님으로 불리는 아네모네선생님.

"자, 방학 동안 다들 열심히 공부 했겠지?"

"아뇨."

"우…. 너무해요. 시험도 끝났는데…. 웬 공부요."

"이런 겸손한 것들 같으니라고, 다들 부족했던 생활영어 공부 하느라고 팅팅 부은 얼굴들 좀 봐라. 감동적이야. 학생의 본분을 지키기 위해 여자의 몸매를 포기하다니. 대학 들어가면 장학금 받아서 들고 올 것이라고 특별히 기대 하마."

"우우!"

"고마워. 그리고 방학 끝나자마자 축제 열리는 거 알지? 다들 준비는 열심히 하고 있니?"

"네."

"이번 축제는 리사 아버님의 후원으로 특별히 더 성대하게 치러질 예정이다. 리사는 아버님께 꼭 감사의 인사 드려라. 각자 작품들 꼼꼼히 준비하고 반장은 가을 행사요원들 5명 추천 받도록 하고. 오늘도 정신 바짝 차리고"

담임의 말에 모두들 눈빛을 반짝이며 즐거이 대답했다.

"네."

아네모네 여사가 나가자 곧 교실은 시장판으로 다시 바뀌었다. 대부분의 아이들이 축제얘기로 정신이 없다.

드림이가 다니는 부산예고는 전통적으로 시험을 끝마친 고3을 위로하기 위해 매 년, 큰 전시회 겸 축제를 연다. 비록 고등학생들의 축제이지만 부산에서는 그래도 소문난 볼거리 중 하나이다. 무엇보다도 학교 무용부들의 공연이 환상적이라는 소문이 나있다. 무용 부에서 배출한 선배 중에서는 우리나라의 유명 프리마돈나, 현대 무용가, 한국 무용가에다 연예계로 진출하여서 이름을 날리는 분들이 많이 있었다. 그래서 인지 중학생에서 대학생까지의 인근 학교 남학생들이 무척이나 많이 구경을 오는 편이다.

이번에도 리사를 비롯한 몇몇 무용 부들의 미모는 인근 학교에 이미 파다하게 퍼져 있는 상태라서 아주 많은 손님들이 올 것으로 예상하고 있다.

비록 리사 일당이 학교를 휩쓸고 다니겠지만, 이젠 드림이와 연지도 부럽지 않다.

1, 2학년 때는 그저 3학년들의 축제의 들러리에 지나지 않았지만, 이제 축제의 주체인 3학년이 되지 않았는가? 그리고 무엇보다 그녀들에게는 초청할 남자친구들이 생겼다.

"축제가 기다려진다. 흐흐흐."

드림이의 웃음에 연지 또한,

"드림아, 우리 이번 축제엔 당당하게 어깨 펴고 다녀도 되겠다. 그치?"

싱글 벙글 거리며 드림이에게 귓속말을 했다.

드림이는 학교를 마치고 화실에 잠시 들러 축제에 내 놓을 작품을 손질 한 후, 가야와 만나기로 한 학교 앞 롯데리아로 향하였다.

매장 안을 들어서자마자 롯데리아에 있는 수많은 여고생들의 시선을 한 몸에 받는 잘생긴 가야.

"마님께서 어인 일로 호출을 하셨습니까?"

가야가 자리에 앉으며 기분 좋게 물었다.

"헤헤, 오빠, 우리 학교 축제 때문에…. 있지, 이번 축제는 3학년을 위해서 하는 위로 축제야. 1, 2학년 때랑 느낌이 다르거든, 오빠 작년에도 못 왔으니, 마지막 축제는 꼭 와줘. 나도 친구들에게 남자친구 자랑하고 싶단 말이야."

작년 이맘때는 사귄지도 얼마 되지 않았었고 의대 공부가 워낙 힘든 것인지 알고 있었기 때문이지만 올해는 사정이 다르다. 이제는 더 이상 물러 설 수 없는 것이 '고등학교의 마지막 축제' 가 아니던가, 드림이는 다시 한 번 이번 축제의 중요성을 강조하기 위해, 간드러진 목소리로 연신 눈웃음을 쳐댔다.

"드림아, 평소 하던 데로 하지, 안 어울리는데."
"우씨, 올 거예요, 말 거예요? 안 오심 딴 데서 알아보고."
"딴 데 어디? 나 말고 정신 나간 놈이 또 있을 까봐?"
"왜 이러실까? 나도 한 인기 하거든요."

피식거리며 웃는 그의 웃음이 기분에 기분이 나빠 온다.
"지금 나 무시하는 거야?"
"쬐끔한 게 성질은…. 조금 늦을 테니, 그때까지 기다리고 있던가."
"왜요? 왜 늦는데?"

그가 늦는다는 말에 드림이가 심통이 나서 따지듯 물어보자, 가야는 난처한 듯 웃기만 한다.

거리를 밝히고 있는 가로등의 불빛이 점점 약해지는 듯, 하더니 어느새 어둠이 온통 내려앉아 버렸다. 자꾸만 멀어져만 가는 것 같은 그의 마음이 그녀에게는 불이 꺼져 버린 가로등 같다.

학교가 들썩이는 가운데 드디어 축제의 날이 내일로 다가왔다.

미술 전시실에서 한창 준비 중인 드림이는 자신도 모르게 자꾸 힘이 빠져와 연신 한숨만 내 쉬고 있다.

"휴…. 찌그러진 깡통 같아."

"누가? 가야 오빠?"

"아니. 오빤 개떡 같고…. 내 처지는 찌그러진 깡통 같아."

그녀의 속내를 너무나 잘 아는 연지가 위로랍시고 한 마디 던지는 것이 드림이를 더 비참하게 만들었다.

"오빠들 시험기간 이라는데, 왜 그래. 사실, 의대생이 얼마나 바쁘냐? 솔직히 우리 만나주는 것도 신기하다. 야, 힘 내!!"

"우릴 만나주는 게 신기한 거야? 그런 거야?"

"아니…. 우릴 만나주는 게 그런 게 아니라 바쁜 가운데도 우릴 만나 주…. 아, 나도 모르겠어. 골치 아파. 아무튼 나도 섭섭하지만 오빠들 바쁜데… 축제에… 그것도 고등학교 축제에 와달라는 건 좀 미안한 일이야."

"안다. 알아, 나도 아는데, 그래도 물먹은 솜처럼 힘이 쫙 하고 빠지는 걸 어쩌란 말이니. 언제 올지 기약도 없는 오빠들을 어찌 기다리리."

오늘따라 무척이나 힘이 들고 피곤하기만 하다. 잘 생기고 잘 나가고 멋진 남자친구를 두면 모든 것이 행복하고 좋을 줄만 알았는데, 자신의 남자친구인 가야는 너무나 바쁘다. 방학 때를 이용해 그것도 자신이 직접 학교까지 찾아가서 과외를 받는 것이 데이트의 전부이다 보니 너무 쓸쓸하고 외롭다. 거기다 미국에서 돌아 온 수진 언니는 왜 이렇게 신경이 쓰이는 걸까….

"드디어, 내일이 고등학교 시절의 마지막 축제날이구나."
"그러게. 어서 가. 오늘 수고 많았어."
"어 드림아. 푹 쉬어. 그리고 힘내!"
"고마워."
늦은 밤, 축제준비를 마치고 돌아온 드림이는 피곤함에 외로움까지 겹쳐서는 탈진한 듯 힘이 없다.

'이제 다시 사랑 안 해.'
그다.
"오빠."
울컥 눈물이 나려고 한다. 왜 이렇게 불안하고 초초한 건지….
"준비 다 끝났어?"
오늘 따라 유난스레 다정하게 들리는 가야의 목소리.
"어, 오빤 스터디 잘 되고 있어요?"
서러운 마음과 반가운 마음이 교차되며 울컥 하고 치밀어 오른다.
"응, 근데 드림아, 오빠가 노력은 했는데…"
"왜? 시간이 안 돼?"
그녀의 두 눈에 눈물이 차 오르기 시작했다.

"어. 교수님이 허락을 안 하시네. 아무래도, 축제엔 못 갈 것 같아. 어떡하지? 고등학교 마지막 축젠데. 정말 미안하다."

미안해하는 그의 진심이 전화기를 타고 흘러 왔지만 그녀의 마음은 서러운 홍수로 급속히 번져갔다.

"어쩔 수 없지 뭐, 공부가 중요하지. 축제가 중요한가 뭐. 얼른 공부해요. 난 피곤해서 잘래."

"미안하다. 정말…."

"나 피곤해. 오빠."

"그래, 어서 자고…. 축제 잘 마쳐."

"네."

수진이 돌아온 뒤로 그와의 사이가 천 미터나 더 멀어진 듯한, 그런 느낌이 자꾸 든다.

불안하고 초조하고 뭔가 찜찜한 기분….

"아니야… 아닐 거야. 그럴 리가 없어."

그녀는 씩씩하게 외치며 눈물을 닦고 잠자리에 들었다.

드디어 화려한 축제의 날, 아침 일찍부터 학교는 여러 가지 용건을 가진 사람들로 복작거리고 있었다.

학교로 올라가는 길 양옆으로는 벌써 각종 군것질 거리와 꽃다발 장수들이 진을 치고 있고, 여기저기서 흥정을 하는 떠들썩한 소리들이 흥분한 아이들의 발걸음을 재촉한다.

드넓은 운동장에는 만국기가 화려하게 펄럭이고, 학교 구석구석에 오색풍선이 휘날리고 있었다.

더구나, 그 유명하다는 가수 'B'씨가 고등학교 축제에 온

다니, 부산의 여고생들이 자다가 벌떡 일어날 화려한 축제가 되지 싶다.

여기저기에서 몰려든 가수의 팬들은 벌써부터 자릴 잡고 플랜카드를 설치하고 있었다.

"야, 저 봐라. 역시 돈이 좋긴 좋구나. 인기 가수에다, 저 애드벌룬에다. 고등학교 축제에 너무 거창한 거 아냐?"

하늘을 날고 있는 애드벌룬을 바라보며 연지가 소리쳤다. 드림이가 보기에도 이번 축제는 정말 재미있을 것 같다.

오빠만 와 준다면 더 없이 좋으련만….

풀죽은 드림이를 바라보던 연지는, 친구의 어깨를 두드리며, 기운을 복 돋운다.

"에이, 힘내자. 오빠들 시험이 중요하지 우리 기분이 중요하냐? 드림, 우리 파이팅 한 번하고 가자. 응?"

저도 힘이 빠질 텐데 풀이 죽어 있는 자신을 위로하느라 바쁜 연지가 고맙고 기특하기만 하다.

학교 건물 2층에 있는 미술 전시실에서 여드름 송송 난 중학생들에게 자신의 그림에 대해 열심히 설명을 하고 있을 때였다. 갑자기 아이들이 웅성거리기 시작한다. 소란스러워진 분위기에 드림이도 덩달아 입구 쪽을 흘깃 보니 리사가 자신의 남자친구와 미술전시실에 들어서고 있다.

"안녕, 애들아."

남자친구가 좋긴 좋은 건지 리사가 평소에는 잘 하지도 않던 인사를 것도 지가 먼저 하고 있는 것을 보고는 드림이는 한숨을 푹푹 내쉬었다.

리사의 남자친구는 뭐가 그리 좋은지 실실거리며 리사를 쳐다보고 있었다.

드림이가 보기에 가야 오빠만큼은 아니지만 나름대로 개성 있게 잘 생긴 외모하며, 키도 크고 옷발도 받쳐 주는 것이 리사와는 정말 잘 어울리는 한 쌍이다 싶었다.

"휴, 좋겠다."

아이들의 한숨소리가 여기저기서 들린다.

"역시 리사는 뭐가 달라도 확실히 달라."

아이들의 소근 거리는 소리에 드림이는 기껏 다잡았던 마음이 다시 쓰려오기 시작했다.

"우리 오빠들이 더 멋진데."

그때 밖에서 갑자기 소란스러운 함성이 들려오기 시작했다.

리사가 등장할 때보다 더 큰 환호성과 휘파람 소리다.

"무슨 일이래?"

놀란 드림이가 복도로 나와 보니, 전시실 입구에 웬 꽃배달 직원 2명이 태어나서 처음 보는 정말로, 정말로 큰 장미바구니를 양쪽에서 낑낑대며, 들고 오고 있었다.

그들은 전시실을 확인 하더니 안으로 들어선다.

모두들 꽃바구니의 엄청난 크기에 놀라 쳐다만 보고 있는데, 직원 중 하나가 꽃 임자를 찾아 소리쳤다.

"강서드림 씨."

너무 놀라 그저 눈만 깜빡이고 있는 드림이에게,

"와, 정말 좋겠다. 드림아."

부러워하던 아이들의 시선이 리사 일행에게서 멀어지며 모두 그 장미 바구니와 드림이에게 집중되었다.

"네, 제가 드림인데요."

드림이가 놀라 다소 멍청하게 대답하자, 친구들이 웃어 댄다.

"아저씨, 이거 대체 몇 송이예요?"

꽃다발의 어마어마한 크기에 놀란 연지의 질문에, 꽃배달 직원이 웃으며 대답했다.

"천 송이요. 이거 만드느라 우리 어제 밤 꼴딱 세웠어요."

"누군지 모르지만, 이거 보내신 분, 정말 지독히 학생을 생각하시나 봐요. 저희가 바빠서 안 된다고 하니까 비용을 2배로 주시겠다고 어찌나 부탁을 하시던지."

여기저기서 탄성이 흘러 나왔다.

"와 백만 원도 넘겠다. 대체 누가 보낸 거야 드림아."

친구들이 궁금해 하며 드림이의 주위로 모여 들었다. 드림이도 너무 놀라 혹시 카드가 있나 하고 찾아보았으나 카드는 보이질 않는다.

그때, 모든 관심이 자신에게서 멀어져 기분이 나빠 있던 리사가, 얼굴에 파르르한 미소를 띠우며 드림이를 비웃듯이 흘겨봤다.

"드림아. 너네 엄마가 보내신 거 아냐? 너희 어머니 돈 좀 쓰셨겠다."

리사의 말이 끝나자, 여기저기서 아이들이 속닥거리는 소리가 들린다.

지금은 연애중?! 169

"어머, 어머 웬일이니."
"엄마래."
"얼마나 관심 끌고 싶었으면 엄말 동원해서."

자신들과 다를 바 없는 드림이의 꽃다발에 질투도 나고 샘도 나던 친구들이 근거 없는 리사의 말에 혹해서는 너도 나도 한 마디씩 거들어 댄다.

"아냐. 드림이 남자친구가 보낸 거야."

연지가 드림이를 대신해 리사에게 쏘아 붙였다.

"드림아 이거 가야 오빠가 보냈나보다. 그치?"

그렇지 않아도 큰 목소리의 연지가 일부러 더 큰 목소리로 말하자, 아이들의 속닥거림이 일시에 잦아들었다.

'고맙다. 흑흑'

드림이는 연지의 마음 씀씀이가 너무나 고마워 눈빛으로 고마움을 전한다.

"가야 오빠라니. 드림이 너 남친 생겼구나?"

리사가 아직도 못 믿겠다는 투로 물어왔다.

"어."

"오호…. 근데 여자 친구 축제에 오지도 않아? 달랑 꽃만 보내고?"

"꽃도 꽃 나름이지. 리사 넌 저런 꽃 받아 봤니?"

연지가 다시 드림이를 감싸고 돌았다.

"넌 드림이 대변인이니?"

리사가 연지의 아래위를 기분 나쁘게 훑었다.

"우리 오빤. 지금 바빠서 그래. 공부할 게 많거든…"

"핏. 강서드림 꿈 깨. 여자 친구 축제날에 오지도 않을 정도면 너에게 관심이 없는 거야. 게다가 공부할 게 많다면 재수생? 아니면 대학생이겠네…. 대학생들 지금 죄다 방학이야…. 방학 중에 공부하느라 여자 친구 축제에도 못 온다니…. 풋."

"그런 게 아니야. 가야 오빤…."

오빠의 사랑을 의심하는 리사의 말에 열이 오르기 시작한 드림이 두 주먹을 불끈 쥐었다.

감히, 오빠와 나의 사랑을 의심하다니…. 절대 아니라고 강력하게 대답을 하려는 데, 이번에는 진짜 전쟁이라도 났는지, 운동장 쪽에서 더 소란스러운 함성이 들려오기 시작했다.

"꺄아악. 오빠!"

"악. 악."

소란스러운 함성에 몇 몇 아이들이 창가 쪽으로 몰려들기 시작했다.

"아까 갔던 가수가 다시 왔나?"

"야!! 얘들아, 저길 봐."

같은 반 친구인 경애의 비명에 드림이와 리사를 둘러싸고 있던 아이들이 우르르 창가 쪽으로 몰려갔다.

"드림아. 가야 오빠 왔어. 저 BMW 오빠 거 맞지?"

창가에 있던 연지의 큰 목소리에…. 리사의 넓고 보기 좋은 이마가 찌푸려졌다.

"정말?"

후다닥 달려가 내다보니, 차량 통행 제한인 학교 운동장에 드림이와 연지에게는 무척이나 낯익은 BMW가 뽀얀 먼지를 일으키며 서 있다.

차에서 황급히 뛰어 내리는 가야와 유신. 빛을 발하는 오빠들의 자태에 드림이의 입가가 저절로 벌어졌다.

그리고 뒤이어 따라 내리는 현우와 진우.

4명이다. 마치 일본 만화, 꽃보다 남자에 나오는 F4와 같이. 갖은 폼을 잡는 그들이 조금은 유치하게도 느껴졌지만…. 그래도, 너무너무 반가운…. 눈물이 나도록 반가운 이들이다.

드림이와 연지는 열심히 뛰었다. 벌 떼 같이 몰려드는 아이들을 헤치고 자신의 머슴을 향해, 아니 오늘은 머슴보다는 왕자에 가까운 오빠를 맞이하기 위해서….

"어떻게 된 거야? 못 온다며…."

헉헉 거리며 그의 앞에 선 드림이 반가운 마음에 물어 봤다.

"마음에 걸려서, 많이 기다렸지? 늦어서 미안. 아, 꽃은 마음에 드니?"

드림이와 연지를 따라 나온 친구들이 옆에서 내지르는 함성소리에 그들의 귀가 멍멍 할 지경이다. 가야는 주위에서 뭐라 떠들던 상관없이 오직 드림이에게만 시선을 고정시킨 채, 뚫어져라 바라보고 있다.

"웬일이니."

"강서드림이랑 연지 남친들인가봐."

"아까 강서드림에게 온 꽃 봤어? 끝내 준다니깐."

"어휴 복도 많은 년들."

"아이고, 내가 죽어야지. 우리가 너무 오래 살았어. 못 볼 걸 본다. 에구, 부러워라."

여기저기서 들려오는 친구들의 목소리들.

드림이는 친구들의 소리에도 그저 웃음만 나온다. 이렇게 오빠가 자신의 학교에 와주니 정말 날아갈 것만 같다.

오늘 드림이는 자신이 마치 영화 속의 주인공이 된 것만 같다. 세상을 다 가진 듯한… 포만감.

드림이가 행복에 겨워 옆을 바라보니, 연지와 유신이도 뭐라고 얘길 하며 서로 눈길을 떼지 못하고 있다. 유신이는 연지를 위해 사람보다 더 큰 곰인형을 안고 왔다. 연지의 벌어진 입으로 파리 떼가 한꺼번에 100마리는 들어갈 수 있을 것 같다. 하하하.

외기러기 현우, 진우도 여고생들의 시선이 싫지 만은 않은 표정들이다. 고마운 오빠들!

드림이와 연지는 자랑스러운 남자친구들을 그녀들의 그림이 걸려 있는 전시실로 초대했다.

가야들은 이 그림, 저 그림을 보며 아이들에게 질문도 하고 질문도 받으며 얘길 나누고 있었다.

'저 세련된 매너…'

이제 전시실은 그림구경보다 멋진 남자들을 구경하러 몰려든 여고생들로 인해 다시없을 인산인해를 이루었다.

문득 장난기가 동한 가야가, 전에 없이 다정한 모습으로 드림이의 머리를 쓰다듬으며,

"우리 드림이 고생 많이 했네. 오빠가 맛있는 거 사줘야겠다. 친구들도 같이 데려갈까?"

로맨틱한 웃음을 띠우며 드림이의 귀에 대고, 나지막하며 로맨틱하게 소곤거린다.

곳곳에서 부러움의 탄성이 터졌다. 하지만 정작 귀에 대고 한 말은,

"야. 고등학교 때부터 비상금 모아둔거 다 날라 간 거 알지? 앞으로 1년 간 니가 밥 사."

"치사하기는…."

그래도 겉보기엔 그들의 모습이 얼마나 달콤하고 로맨틱하게 보였는지 다시금, 여기저기서 아이들의 부러워하는 소리가 들려왔다.

'그래, 남들이 보면 얼마나 다정스레 보이겠냐'

그때였다.

얌전히 때를 기다리던 리사가 회심의 미소를 지으며 그들에게 다가 온 것이….

"드림아. 누구?"

정작 이름을 부른 것은 드림이지만, 시선은 가야에게로 고정시킨 채로 물어본다. 자신의 남자친구는 뒤에 남겨둔 채.

"아, 가야 오빠. 아까, 말한 그 오빠야. 오빠. 우리 반 친구이 리사. 무용하는…."

가야의 눈길을 사로잡은 리사의 눈에서는 금세 초롱초롱 빛이 난다. 한밤에 빛을 밝히는 초롱불이 된 듯하다.

"안녕하세요? 전 이리사예요."

리사가 세련되게 손을 뻗으며 악수를 청했다. 자신감이 넘쳐서… 흘러나올 정도의 리사. 얄밉긴 하지만 그래도 예쁘긴 하다.

"이런. 우리 드림이에게 이런 예쁜 친구도 있었네. 난 드림이의 영원한 머슴, 돌쇠라고 해요."

가야가 손을 내밀어 살짝 흔들고는 부드럽고 매너 있게 자신을 드림이의 머슴으로 소개하자, 순간적으로 리사의 눈빛이 흔들렸다.

하…. 이렇게 짜릿한 쾌감이 있었구나…. 드림이는 리사의 흔들리는 눈빛을 보며 아주 기분이 좋아졌다. 리사는 환하게 웃는 드림이를 아주 짧은 순간에 강하게 째려 봤다.

'니 주제에 어찌 이런 킹카를….'

리사의 눈길에 강한 오기가 발동한 드림이 가야의 팔짱을 꼈다.

"아이 참, 오빤 의대 시험이 장난이야? 시험 끝나면 푹 쉬라니깐, 이렇게 와서는. 많이 피곤하지?"

드림이가 가야의 하얀 남방을 바로 잡아주는 척하며 전에 없이 다정하게 굴었다.

옆에서 드림이의 하는 짓을 지켜보던 가야는 드림이의 얼굴을, 사랑스러워 참을 수 없다는 듯 (사실 조금 아프게….) 꼬집으며 미소를 남발한다.

"피곤하긴, 하늘같은 마님의 축제날인데, 내가 안 오면 되겠어? 언제 마치니? 맛있는 거 먹으러 가자."

리사에게 훈훈한 미소를 살짝 날리고는, 다시 드림이의 귓가에서 속삭였다.

"물론, 돈은 니가 내고."

가야의 이런 다정한 행동에 리사는 약이 무지하게 오른 듯이 발을 한 번 구르더니, 홱 하고 돌아서 가버렸다.

"리사야…"

불쌍한 리사의 남자친구가 그녀의 뒤를 황급히 쫓아간다. 잘 어울리는 한 쌍들….

"하… 저런 버릇없는 것 같으니."

토라져 가는 리사의 뒷모습을 보며 가야의 한마디.

저렇게 예쁜 리사가 와도 눈빛하나 흔들리지 않는 가야가 너무나 자랑스럽고 고맙기만 하다.

고교시절의 마지막 축제의 주인공은 당연히, 드림이와 연지였다. 잘생기고 멋진 가야와 유신이 부산에서 제일 큰 병원 원장의 아들과, 유서 깊은 땅 부자 집안의 종손이라는 소문이 퍼지면서 그녀들의 주가가 날로 올라가기 시작했다.

드림이와 연지는 학교 내의 유명인사가 되어 버렸다. 선생님들까지 관심을 보이시며 가야들에 대해 물었고, 평소에는 그녀들에게 관심도 두지 않던 남 선배들의 예리한 (마치 그녀들의 어디에 그런 남자들을 사로잡는 매력이 숨겨져 있는지에 대해) 시선도 곳곳에서 느낄 수가 있었다.

학교 뒷동산, 이곳은 입학할 때부터 드림이와 연지가 점찍어둔 그녀들의 쉼터이다.

"휴, 사람들 시선 받는 게 이렇게 힘든 줄 미처 몰랐다. 리사 같은 애들은 무지 피곤하겠다. 그치?"

연지가 나뭇잎을 하나 쥐고 흔들며 무심히 말했다.

"그러게."

연지는 뭔가 다른 할 말이 있는 사람처럼 뜸을 들이더니, 어렵게 입을 연다.

"저기, 드림아."

"어, 말해."

"나, 있지, 유신 오빠랑 사귀기로 했어."

"정말? 헤헤. 내 그럴 줄 알았어. 너무 잘 됐다. 연지야."

그렇지 않아도 가야 오빠와의 만남 때문에 은근히 연지에게 소홀해 진 것 같아서 미안했었는데, 이렇게 연지에게도 남자친구가 생겼다니 정말 다행스럽고 기뻤다.

"아 하늘이 참 푸르다."

이렇게 말하며 뒤로 벌렁 누워 버리는 연지.

드림이는 자신의 친구 연지의 얼굴을 가만히 들여다보았다.

연지는 얼굴이 예쁘거나 여성스럽거나 날씬하거나, 귀엽지도 않다. 하지만 연지에게는 사람을 끌어당기는 묘한 매력이 있다. 누구나 연지와 같이 있으면 즐겁고 끊임없이 쏟아지는 그 박식함에 혀를 내두르게 된다. 드림이의 엄마는 연지의 그런 점이 꼭 지 엄마를 닮았다고 말씀하신 적이 있다. 돈을 주고도 살 수 없는 것이 진정한 친구라고 하셨는데, 엄마에게 있어서는 연지의 엄마가, 드림이에게 있어서는 연지가 그런 친구들인 것이다.

한번은 아주 어렸을 때 드림이가 더함이랑 동네 개울가에서 놀고 있는데, 옆 동네 아이들이 괜히 시비를 걸어왔다. 드림이는 무서워서 엉엉 울었고, 더함이는, 그런 드림이의 앞에 용감하게 서서 양손을 허리에 대고 그 아이들과 눈싸움을 벌이고 있었다. 하지만 인원수가 너무 많아 쌍둥이들이 절대적으로 불리 할 때, 우연히 지나가던 연지가 이 장면을 보게 되었다. 연지는 신발을 손에 쥐고 맨발로 얼른 집으로 뛰어가서 연희 오빠를 데리고 와서는 쌍둥이들을 구해주었었다.

쪼그만 것이 그 어린 나이에 슬리퍼를 들고 맨발로 오빠를 데리러 뛰어 가느라, 발을 유리에 찔려서 피가 나고, 넘어지는 바람에 무릎에서도 피가 흘렀지만, 연지는 그런 아픔쯤은 아무것도 아니라는 듯 신경도 쓰지 않고 무사히 귀환한 쌍둥이를 안고 엉엉 울었었다. 그때 얼마나 심하게 넘어졌었는지, 연지의 무릎에는 아직도 흉이 남아있다.

언젠가, 드림이가 가야에게 이런 얘길 했더니, 가야가 감동하며 나중에 공짜로 흉터 제거 수술을 해주겠다고 진지하게 말해서 그들은 한참이나 웃은 적도 있다.

이런 그녀들을 두고 귀한 우정이 2대에 걸쳐 대물림 됐다며 어머니들은 굉장히 흐뭇해하신다.

그녀들도 항상 서로를 웬수라고 부르지만 아마 연지가 없는 삶은 드림이에게 공허함 그 자체일 것이다. 아마 유신이도 그런 연지의 매력에 홀딱 빠졌을 것이라고 드림이는 생각한다.

'축하한다. 친구야!'

화려했던 축제가 끝이 나고 그들은 졸업을 준비했다.

재미있는 일은 학교 축제 이후로, 킹카 대학생을 남자친구로 둔 신비한 애라는 소문이 얼마 남지 않은 고등학교 시절 동안 꼬리표처럼 내내 그녀들을 따라 다녔다는 것이다.

가장 기막힌 소문 중에는 드림이가 재벌의 숨겨둔 딸이라서 가야처럼 멋진 킹카가 따라 붙었다는 이야기가 있었고, 또 유명연예기획사의 사장 딸이라서 연예인지망생인 킹카가 드림이를 따라다닌다는 소문 등도 있었다.

드림이와 연지가 배꼽 빠지게 웃었던 소문도 있는데, 드림이가 우리나라에서 3번째로 큰 조직의 보스 딸인데, 아빠 되시는 보스님께서 딸에게 고등학교 선물로 꽃미남을 보내 주셨다는, 그런 귀신 씨나락 까먹는 소리도 있었다.

아무튼, 본의 아니게 드림이는 유명인사가 되어 샘 많은 여고생들에게 부러움과 시기와 질투를 한 몸에 받는 사람이 되어 버렸다.

이렇듯 드림이의 인생에 다시 오지 않을 아름다운 여고시절은 가야와의 만남이라는 큰 사건으로 인해 따뜻하고 즐거운 기억들로 가득하게 되었다.

드림이는 가야를 돌아가신 아빠가 자신에게 주신 선물이라고 생각했다.

9. 여행

새내기 강서드림!

드림이를 아는 모두는 드림이의 실력으로 조금은 벅찬 이 학교에 적을 두게 된 것이 100% 가야의 공이라고들 하지만 드림이 스스로는 전혀 그렇게 생각하지 않는다. 자신이 얼마나 오빠의 독재에 시달렸는지는 아무도 모른다며 억울함을 호소하는 것이다.

아무튼, 자신이 재수를 하지 않고 산뜻한 새내기가 된 것은, 남들 말처럼 가야의 공이라고 하기 보다는, '다 내가 잘나서이다' 그렇게 공공연하게 떠들고 다니는 드림이에게 연지는 '개구리 올챙이 적 생각을 못한다'라고 일침을 놓았다.

가야는 드림이가 대학생이 된 것을 너무나 뿌듯해 했다.

마치 자신의 일처럼, 아니… 유신 오빠의 말을 빌리면 자신이 합격한 것보다 더 기뻐했다고 하는데…. 아무튼, 그녀의 입학을 자신의 일보다 더 기뻐하고 있는 가야는 드림이에게 특별한 입학 선물을 주겠다고 했다.

"뭔데?"

"기대해."

"난 보석도 좋고, 옷도 좋고, 명품 가방도 좋아."

"어린 것이 욕심은…. 그런 거 아냐. 인마."

가야는 하루 저녁 드림이의 집에 찾아와 1박2일의 여행을 허락받았다.

잠은 친척 어르신이 계신 집에서 따로 자겠다고 걱정하시지 말라고 당당하게 말하는, 가야에 비해 엄마가 되려 얼굴을 붉히며 승낙을 했다.

그렇게 결국, 가야와 드림이는 가야의 친척이 산다는 제주도로 여행을 가게 되었다.

"대체, 무슨 선물을 주려고 이러는 거야?"

"기다려."

함께 동행 하기로 했던 연지는 엄마의 새 작품을 위한 취재 여행에 유신이와 동행하기로 했다며 함께 가지 못하는 것을 아쉬워했다.

[야, 너 마음의 준비를 하고 가는 거니?]

"엥. 뭔 마음의 준비?"

[이런 미련 곰탱이를 봤나. 둘만 간다며? 밤엔 둘이서 뭐 할 거냐고?]

아무도 보는 사람이 없음에도 드림이의 얼굴에 갑자기 열이 확 오르며 붉어졌다.

"야, 넌 무슨 소리를. 아무리 내가 좀 밝히기로서니, 고등학교 졸업한 지가 며칠이나 됐다고. 오빠가 그럴 사람이니?"

[야, 고등학교 다니면서도 처녀 아닌 애들 무지 많아. 너희 오빤 남자 아니니?]

"......"

그리고 보니 연지의 말이 맞다. 남자친구가 있는 애들 중에 잠자리를 했다는 소문이 간혹 들려오기도 했기 때문이다. 하지만… 어릴 때부터 혼전 순결에 대해 엄마에게 귀가 따갑도록 교육을 받은 드림은 결혼하기 전에 남녀가 사랑을 나누는 것은 옳지 않다고 생각하며 자라왔다.

엄마는 그것이 얼굴도 모르는 그녀의 신랑에 대한 배려이며 신랑 또한 그녀를 배려한, 몸가짐이 깨끗한 사람을 만나야 한다고 했었다. 아무튼, 신랑이야 어찌 됐건 간에 그녀만은 몸가짐을 항상 깨끗하게 하고 살아야 한다며 당부하셨다.

[하긴….]

"하긴이라니? 뭐…?"

[내가 봐도 오빠보단 니가 덮칠 가능성이 더 많겠다고….]

"야, 너 자꾸 이상한 소리 할래?"

[이 바보야, 낯선 곳의 여행이니, 서로 들뜰 수도 있고, 혹 실수 할 수도 있잖아, 미리 마음의 준비를 하고 가란 말이야. 내가 아주 쌈박한 CD하나 구워 주랴?]

"됐거든. 오빤 그런 사람 아니야. 그러니 댁이나 잘 하셔."

[웃겨. 사랑하는 남녀 사이에 스킨십이 없는게 더 이상한 거 아니야?]
 "헉…. 그럼 연지… 너흰 설마?"
 [아니…. 아직 그런 관계 아니지만, 난 오빠가 원하면 응할 생각이야.]
 역시, 드림이 자신보다는 예리한 연지다. 드림이는 그런 생각을 꿈에도 못해 봤는데….
 "난… 난…."
 [알아. 너희 집 교육방식. 난 너희 집 교육방식이 고리 타분하다고 생각하진 않아. 오히려 훌륭하다고 생각하는 쪽이지. 하지만 둘만의 여행이라 하니까…]
 "둘만의 여행."
 '그래. 둘만의 여행이구나'
 가야 오빠가 자신이 원하지 않는 관계를 강요하진 않겠지만 밤이 주는 묘한 호기심을 뿌리치기에는 너무나 젊고 혈기 왕성한 나이일 것이다.
 영화나 드라마에서 보면 여행을 통해 아주 자연스럽게 사랑을 나누는 젊은 애인들을 흔하게 보아 왔었다.
 '오빠가 원히면? 어떠해하지…'
 혼자 고민하다 눈꺼풀의 무게를 이기지 못하고 서서히 잠에 빠져들었다. 잠이 든 그녀의 미간이 약하게 찌푸려져 있다.

 여행 당일 아침, 드림이를 데리러 온 가야는 엄마가 차려주신 아침을 맛있게도 잘 먹었다. 전날 밤 잠을 설친 드림이처럼 걱정한 흔적은 아예 보이질 않는다. 과일과 커피까지 챙겨 먹은 그는 씩씩하고 믿음직하게 인사를 했다.
"다녀오겠습니다."
"그래 조심해서 다녀오고, 가야네 친척집에선, 예의 바르고 조신하게 행동해라. 그리고 가야야, 드림이 잘 부탁할게."
"네, 선생님."
밝게 웃으며 드림이를 데리고 집을 나서는 가야를 엄마는 걱정과 흐뭇함이 뒤섞인 얼굴로 오랫동안 바라보았다.

김해 공항에서 비행기를 타고 약 1시간 쯤 걸려 도착한 제주국제공항.
"와, 우리나라에도 이런 곳이 있는 줄 몰랐어. 텔레비전에서 보던 다른 나라 같아."
공항을 나서자 펼쳐지는 이국적인 경치에 드림의 감탄이 절로 흘러나온다.
선이 굵은 야자나무들과 물감으로는 도저히 표현할 수 없을 정도의 푸르고 맑은 하늘.
"제주도는 정말 아름다워. 세계의 유명한 휴양지에 못지않은 것 같아. 아, 기분 좋다. 공부로 찌든 몸과 마음이 다 풀어지는 느낌이야."
"헤…. 다 내 덕분인거 알지?"
"그래. 하하하. 고맙다. 자, 가자."
가야는 드림의 손을 잡고 앞장서서 걷기 시작했다.
버스를 타고 1시간쯤 지났을까, '중문 해수욕장' 근처에 있는 가야네 친척집에 도착한 두 사람은, 인자하신 할아버지와 할머니께 인사를 드리고 짐을 풀었다.

"간단하게 뭐 좀 먹고, 드라이브 하자."

"응."

할아버지의 차를 빌려 타고 나간 제주의 자연은 텔레비전에서 보던 것 보다 훨씬 웅장하고 아름다웠다.

그날 오후 그들은 해변가에 있는 노천카페에서 음악을 즐기며 맥주를 마셨다.

유명관광지라 그런지 외국인들도 많았다. 음악에 맞추어 자연스럽게 몸을 흔들어 대던 몇몇의 연인들은 재즈곡 Kenny G의 Loving You의 리듬에 맞추어 가볍게 몸을 맞대고 블루스를 추기 시작했다.

감미로운 음악에 몸을 맡기고 흔들어 대는 그들이 신기하기만 한 드림이가 부러운 듯이 쳐다보자, 그가 멋있게 일어나더니, 한 손을 내밀며 춤을 청한다.

"한 곡 추시렵니까?"

"나 춤 못 춰."

그녀가 부끄러운 듯, 작은 소리로 속삭였다.

"나도 못 춰. 그냥 분위기에 맞춰서 가볍게 몸만 움직이면 돼. 발 밟아도 암말 안 할 테니 어서 일어나시죠."

가야가 다시 재촉을 했다. 그제야 드림이도 마지못해 일어나 가야의 손을 맞잡았다.

두 사람은 가볍게 껴안은 채 음악에 맞춰 몸을 움직이기 시작했다. 양손을 가야의 가슴에 대고 가야를 바라보던 드림이의 머리를 가야가 자신의 가슴으로 끌어당긴다. 두근두근, 가야의 심장 뛰는 소리가 자신의 것과 같이 들리자 드림이는 가야를 향해 고개를 들고 살포시 미소를 지어 보인다.

  할아버지네 집으로 돌아오는 길에 두 사람은 긴 산책로를 따라 왔다. 가로수가 은은히 비추어 오고, 거리의 스피커에서 조용한 음악소리도 들려온다. 갑자기 걷다 멈춘 가야가 드림이의 팔을 잡고 앞으로 끌어 당겼다. 드림이는 가야의 가슴에 코를 박고 달랑 그의 품안에 안기는 꼴이 되었다. 드림이가 당황해 하며 뒷걸음을 치다 뒤쪽에 있는 벤치에 앉아 버렸다. 가야도 같이 드림이와 벤치에 앉아 드림이의 얼굴을 가만히 쓰다듬었다. 두 사람의 눈이 마주 친 순간, 드림이가 먼저 자신의 눈앞에 있는 가야의 이마에 살짝 입을 맞추었다. '두근두근' 심장이 옷 밖으로 튀어 나올 것만 같았다. 가야는 순간 작은 한숨을 쉬었다. 잠시 후 가야가 드림이를 꼭 끌어안아 자신의 무릎위에 앉혔다. 가야의 두 눈엔 열기가 가득하고 몸엔 잔뜩 힘이 들어가 있었다. 드림이의 뺨을 다시 한 번 쓸던 손이 목 뒤로 옮겨 얼굴을 자신의 앞으로 바짝 끌어당겼다. 드림이의 몸에서 힘이 빠지며 두 사람의 얼굴만큼이나 가슴도 서로 맞닿게 되었다.

  "오빠."

  긴 잠에서 깨어난 듯한, 드림이의 목소리에 입 맞추고 싶은 것을 꾹 참는 듯한 가야는 드림이의 손을 잡고 드림이의 머리를 바로 만져 주었다.

  "어서 가자. 할아버지 기다리시겠다."

"…응."

드림이는 가야의 어깨에 얼굴을 묻으며 가야를 따라 걷기 시작했다.

"드림아. 짐 챙겨서 나와. 오빠랑 갈 데가 있어."
친척 집에 도착한 그가 뜻밖의 말을 했다.
"어? 여기서 자는 거 아냐?"
"응, 선물 받고 싶다며…."
가야가 드림이를 데려간 곳은 한적한 선착장이었다.
"어디를 가는데? 나 팔아 넘기는 거 아니지?"
"누가 너를 사니…. 걱정도 하지 마라."
"그래도 무섭단 말이야. 배타고 어딜 가?"
"드림. 오빨 믿고 좀 조용히 가자."
"씨…. 맨날 자기 맘이야."

함께 배를 타고 도착한 곳은 이름도 생소한 '차기도'라는 곳이었다. 차기도는 아주 조용하고 고요한 섬이었다.

인기척이 느껴지는 곳이라고는 몇 군데 되지 않는 숙박업소와 낚시꾼들을 상대하는 듯한, 식당이 전부였다.
"여기에 나에게 줄 선물이 있어?"
"그래."
"참내…. 얼마나 대단한 선물이 길래…. 이 섬에 보물 상자라도 있는 거야?"
"거참…. 보물에 대한 미련이 아직도 그렇게 있냐? 내 취직해서 월급타면 하나 사줄게."

"진짜지?"
"넵. 탐욕이 가득한 마님. 저녁 식사나 하시죠."
"그럽시다. 흠흠."
식당으로 들어가 저녁을 먹은 가야는 주인에게 2층에 있는 방까지 빌렸다.
"방을 왜 빌려?"
"오늘 여기서 자려고."
"……."

단출하고 깨끗한 방안에 들어서니 두근두근 심장이 갑자기 방망이질을 한다. 하지만 그녀와는 정 반대로 가야는 너무나 천덕스럽게 짐을 내려놓고 방안 이곳저곳을 둘러보고 있다.
'뭐야… 친척집에서 잔다고 해놓고서는…. 그럼… 아 심장이 왜 이렇게 벌렁거리지….'
"오… 오빠, 여기서 꼭 자고 가야 하는 거야?"
갑자기 심하게 갈증이 생긴다.
그녀의 타는 목마름도 모른 체, 가야는 아무 말 없이 이부자리만 열심히 펴고 있다.
"응."
"난… 난… 아직…."
"아직 뭐?"
그의 눈빛이 의아한 표정으로 변해간다.
"아직 뭐?"
"그러니까…. 그게… 난, 아직…. 아야!"

그녀의 머뭇거림을 눈치 챈 가야의 얼굴에 놀라움의 빛이 나타나더니, 곧바로 드림이의 머리에 꿀밤이 날아왔다.
"짜식이…. 꼭 앞서간단 말이야."
"왜 때려?"
"이 놈! 내가 아무리…. 이런 민박집에서 너랑…."
말을 차마 잇지 못하는 그의 얼굴에… 고운 복숭아가 그려지는 듯 발그레 달아올랐다.
"헤헤."
"웃지 마. 인마."
"알았어. 그럼 선물은 언제 주는 거야?"
"내일 아침에 줄게. 그리고 난, 옆방에 있을 테니 필요하면 불러. 피곤하겠다. 어서 자. 내일 새벽에 일어나야 해."
여전히 붉어진 얼굴을 한 가야는 황급히 방을 나가 버렸다.
'풀썩'
가야가 방을 나가자 긴장이 풀린 드림이는 그 자리에 그대로 주저앉아 버렸다. 피식 웃음이 난다.
"미쳤지. 미쳤어. 이럴 것을 괜히…. 연지 때문에 마음 졸인 생각을 하면…. 내 이것을 그냥…."
마음의 준비를 하고 가라고 한 연지의 충고 덕분에 얼마나 걱정을 했던지….
연지의 말을 듣고 혼자 앞서나간 것을 생각하면 절로 얼굴이 화끈거린다. 그러다 갑자기 심각해졌다.
'가만…. 내가 그렇게 매력이 없다는 건가?'
영화에서나 드라마에서 보면 젊은 남자들은 사랑하는 여

자의 매력에 넘어가는 경우가 태반이었다. 젊은 남자들의 혈기는 본능과도 같다고 하던데…. 연지조차…. 유신의 스킨십에 대해 얼굴을 붉히며 이야기를 하지 않았던가?

앞 뒷말을 맞추어 보면 자신에게는 그 본능을 끌어내는 그런 여성적인 매력이 없다는 결론이 된다. 그리고 보니…. 그에게 '사랑한다'던가, '좋아한다'는 그런 고백의 말조차 들어 본 적이 없다.

그저 머슴이 되고 싶다고 한 것이 다였다. 머슴이 되고 싶다…. 그저 그 말만으로도 황송하고 좋았었는데…. 그는 단지 그것뿐인 것일까?

"여자로서의 매력이 없는 게 틀림없어…."

드림은 조용히 일어나, 가야가 있다는 옆방으로 향했다. 그에게 진지하게 물어보고 싶었다. 대체, 왜 자신의 머슴이 되어 주겠다고 한 건지…. 왜 잘난 그가 자신같이 별 볼 것 없는 여자의 머슴이 되겠다고 한 건지…. 밤새 고민하며 뒤척이고 그를 의심하기 보다는 직접 물어보는 것이 나을 것이다.

문을 두드리기 위해 그의 방문 앞에 서자 작은 웅얼거림 같은 것이 들려온다.

"그럼…. 잘 도착했지. 넌 어때? 몸은 좀 괜찮은 거야?"

"감기 좀 걸리지 마라. 왜 그렇게 아프냐."

"어, 내일 올라 갈 거야. 그래, 내일 보자. 어… 어… 그래… 그래…."

"저기… 미안하다… 정말…."

노크를 하기 위해 뻗은 손을 그대로 거두며… 문 앞에 한참을 서 있었다.

 뭐가 미안하다는 거지…. 왜 저렇게 다정하게 이야기를 하는 거지. 갑자기, 아름다운 수진의 얼굴이 떠오르며 묘하게 슬퍼졌다.

 다음날 새벽녘, 드림이가 한참 꿈속을 헤매고 다닐 때였다.
 '똑똑'
 "드림아. 드림아. 어서 일어나봐."
 지난 밤, 제대로 잠을 자지 못한 드림은 비몽사몽한 가운데 가까스로 깨어났다.
 "잠시만."
 대충 차비를 마치고 나가니 전날 밤, 제대로 자지 못한 그녀와 달리 가야는 아주 달콤한 잠을 잔 사람처럼 말끔한 얼굴로 그녀를 기다리고 있었다.
 "잘 잤어?"
 "어…."
 "그런데 얼굴이 왜 그렇게 푸석푸석해? 밤새 못 잤어?"
 "어."
 "왜? 낯선 곳이라서 무서웠어?"
 "아니…. 내가 뭐 앤가? 그런데 지금 나가자고?"
 "응. 지금 나가야 해."
 "이 새벽에 어딜 가려고? 날이나 밝으면 가자."
 "날 밝으면 안 돼. 어서 준비하고 와라."
 그녀를 위해 등을 돌리고 서 있는 그를 보며 드림은 작게 한숨을 내 쉬었다. 예의바른 그가…. 좀 더 가깝게 다가와 주면 좋겠다. 그럼 이 불안감도 좀 덜해질 텐데…. 그의 밝은 모습에 혀끝이 씁쓸해진다.

"자, 어서 가자."
이른 새벽임에도 사람들의 움직임이 여기 저기 눈에 띠었다.
'이 사람들이 다 어디서 나온 사람들일까?'
어제만 해도 조용하던 작은 섬이 부산하게 깨어나기 시작했다.
그가 손을 잡고 데려간 곳은, 잘 가꾸어진 작은 등산로의 정상이었다. 그들 외에도 이미 많은 사람들이 자리를 잡고 바다를 향해 시선을 주고 있었다.
"뭐야? 보여 주려고 한 것이 일출이야? 그건 부산서도 볼 수 있잖아? 태종대도 좋은데. 굳이 제주도까지 안 와도 되는데, 그것도 배까지 타고 이곳까지 와서 봐야 하는 거야?"
"쉿."
드림이의 작은 쫑알거림에 가야가 드림이의 머리를 잡고는 바다 쪽으로 돌렸다.
"어…."
그가 돌려놓은 그녀의 시선 앞에 바다 저 넘어 세상이 보이기 시작했다. 불덩이를 머금고 있는 바다의 색이 살아 움직이는 듯 물결치기 시작하더니, 온 세상이 눈부시게 환해졌다. 그리고는 잠시 후, 순식간에 밝아진 세상의 시작인 수평선 쪽에서 불이 일어나는 듯 붉은 기운이 드러났다.

숭고하고 아름다운 그래서 더 경이로운 붉은 기운은 넓게 펼쳐진 푸른 융단 위를 서서히 뒤덮기 시작했다.

"아…"

그녀는 지금 숨이 멎는 기분이다.

이렇게 아름다운 새벽이 있었구나… 한 점 티끌 같은 인간의 작고 나약함을 몸소 느끼게 되는 엄청난 장관….

사람들의 억눌린 탄성이 여기저기서 쏟아져 나왔다. 큰 자연 앞에서 감히 소리를 내지 못하고 모두다 약속이라도 한 듯, 작은 감탄사가 흘러나올 뿐이었다.

이윽고 본격적인 해가 뜨기 시작했다. 드림은 세상을 품고 있는 크고 넉넉한 바다를 보며 들이킨 숨을 멈출 수밖에 없었다.

웅장하고 장엄하게까지 느껴지는 바다의 포효함…. 마치 산고의 고통 속에서 새 생명이 탄생하는 것처럼 바다는 서서히 불덩어리를 뱉어내기 시작했다. 세상으로 고개를 드민 불덩어리가 주변의 모든 사물들을 마치 자신의 몸처럼 붉게 물들이기 시작한다. 환하게 밝아 오는 하늘과 영원히 푸를 것만 같은 바다. 그리고 그 주변을 물들이는 불덩이의 잔해들.

"여길 보여 주고 싶었어. 여행 중 우연히 들른 곳인데, 저 일출이 항상 마음에 남아 있었거든."

가야가 속삭이듯이 조용히 말했다. 둘은 한참동안을 떠오른 해를 보며 서 있었다. 매스컴에 오르내리지 않아도 입소문을 듣고 온 사람들이 꽤 있었다. 매일 시작되는 새벽이지만 대자연의 장엄한 광경 앞에서 한 없이 작고 작은 인간임을 느끼는 그 순간은 아무도 움직이지 않고 자연의 경이로움에 감탄하며 그저 말을 잃을 뿐이었다.

짧은 1박 2일의 여행 이후로 드림은 그의 진심과 수진과의 관계에 대해 더 궁금해졌다. 하지만…. 차마 입 밖으로 꺼내 물어 볼 수는 없었다. 자신이 입 밖으로 내는 순간 이 행복이 깨질 것만 같은 무서운 생각이 들었기 때문이다. 그렇게 깨어질 것 같은 불안한 행복 속에서 드림이의 대학생활은 시작되었다.

드림이의 자랑스러운 쌍둥이 동생 더함이는 서울에 있는 대학으로, 둘도 없는 원수 같은 친구 연지는 유치원 때부터 이어져 온 질긴 인연을 지금도 같은 학교 같은 과에서 이어져 가고 있다. 연지는 한동안 국문학과 미대를 사이에 놓고 방황하다, 결국 국문학을 포기하고 미대 쪽을 선택했다. 글보다는 색이 좋다는 이유에서다.

더구나, 연지는 미술학도로써의 드높은 긍지를 만 천하에 펼치기 위해 별로 상관도 없어 보이는 학보사 기자가 되어 여기저기 팔랑거리며 쫓아 다니고 있다. 물론 여전히 드림이의 사정권 안에서지만.

그리고 가야는 4학년이 되면서 너무나 바빠져, 드림이와 서로 얼굴 보기가 꽤나 힘들어 졌다.

고작 점심식사나 같이 할 수 있을 정도다. 그것도 허겁지겁 밥만 먹고 커피 한잔 마시는 것이 다. 드림이가 대학 들어오고 나서는 마치 자기의 소임을 다 했다는 것처럼.

그러면서도 어찌나 정보망은 좋은지, 드림이가 있는 산디
과에 단체 미팅이나 소개팅 소식이 들리면 귀신같이 알아내
서는 유신이와 같이 번갈아 전화를 해대며, 소개팅이나 미팅
에 나가면 죽는다고 으름장을 놓았다.
 덕분에 산디과에서는 드림이와 연지에게 아무도 소개팅
제의를 하지 않았다. 물론 드림이와 가야의 새끼손가락 커플
이야기는 이미 알만한 사람은 다 아는 전설이 되어 버렸지
만. 그래도 학기 초에는 드림이의 처진 눈에 반했다며 과감
하게 가야에게 도전장을 던진 산디과의 동기도 있었다. 그런
신입생을 보며 너그럽게도 종목을 선택하라며 아량을 베풀
던 가야는, 그 친구가 선택한 바둑으로 접전을 벌이고 통쾌
하게 물리치고는, 의기양양하게 큰소리를 친 적도 있다.
 "봤지? 니가 어디 가서 이런 멋진 오빠를 만나겠냐? 넌,
평생 내게 감사하면서 살아야 해. 짜식."

 한번은 이런 일도 있었다.
 연지와 드림이 학교 식당에서 밥을 먹고 있을 때 과대표
인 인숙이가 울상이 되어 그녀들에게 다가왔다.
 "드림아, 연지야, 나 좀 살려주라."
 인숙은 다짜고짜 그녀들의 앞에 앉더니, 식당안의 노란 탁
자에 머리를 박으며 하소연을 하는 것이다.
 "왜, 뭔 일 났어?"
 "오늘 공대생들이랑 5:5 미팅이 있는데, 글쎄 한나랑 지민
이가 급한 일이 생겼다고 가버렸어. 나, 이제 어떻게 하니?"

"뭐, 그런 일로 울고 그러냐? 사정을 설명하면 되지."

"아냐, 지난번에도 이런 일이 생겨서 또 한 번만 이러면, 가만 안 두겠다고 그랬단 말이야."

인숙이 애처로운 눈빛으로 두 사람을 바라봤다. 허나 인숙이 또한 가야와 유신이를 잘 알고 있는 터라 쉽사리 말은 꺼내지 못하고 둘의 눈치만 보고 있다.

"야, 친구 좋다는 게 뭐니. 우리가 대신 나가 줄게. 대신…. 알지?"

인숙의 무언의 하소연을 알아차린, 연지가 시원스레 대답해버렸다. 그제야, 인숙의 얼굴에 화색이 돌기 시작했다.

"정말 고맙다. 애들아. 내가 절대 소문 내지 않을게. 글구 우리 과 애들에게도 말해서 입단속 철저히 할게."

인숙은 정말 살았다는 표정으로 초코 우유까지 사다 주며 감격해 한다. 인숙이 약속장소를 말하고 수선스럽게 떠나자, 드림이는 슬슬 걱정이 되었다.

"야, 오빠들 귀에 들어가면 어쩌려고 겁도 없이."

"걱정 하지 마, 애들이 말 안하면 몰라. 그리고 우리가 입학한지도 몇 개월이 흘렀는데, 여태 미팅 한 번 못 해 봤다는 게 말이 되니? 들켜도 난 할 말 있어. 오빠들은 1학년 때 소개팅이나 미팅 안 했겠니? 넌 나만 믿고 따라와."

연지의 호언장담에 드림이 또한 흔들리기는 마찬가지다.

하기야, 신입생들의 낙이라는 미팅 한 번 해 보지 않고 어찌, 학교를 다닌다 말할 수 있겠는가?

'그래, 눈 딱 감고 미팅자리에 한 번만 나가지 뭐'

드림이는 어렵게 그 자리에 나가기로 마음을 먹었다. 괜히 가슴이 두근거리며 설레는 기분이다.

미팅을 하기로 한 D-day.

'몰래하는 서방질이 더 재밌다'는 옛말처럼, 드림은 아침 일찍부터 목욕을 하고 드라이도 하면서 멋을 냈다.

약속한 장소에 가보니 연지 역시, 한껏 멋을 부리며 나와 있다.

"음흉한 년."

"너나 잘하서…"

둘은 서로를 보며 모종의 음모를 꾸미는 사람들처럼 그렇게 눈짓을 보내며, 즐거워했다.

하지만, 그녀들의 부푼 기대는 허황된 꿈인 것을…. 파트너들이 들어와 자리에 앉은 지 얼마 되지 않는 순간 바로 알아 버렸다.

그녀들이 '혹시나' 했던 기대는 '역시나'로 변했다.

"상당한 미인들이 나오신다고 들었는데…. 요즘 미의 기준이 좀 바뀌었나 봅니다. 하하."

연지의 앞에 앉은 고수머리의 남학생이 빈정거리며 말했다.

"헉. 어쩌면 제가 하고 싶었지만 예의상 하지 못하고 가슴에만 묻어두려고 했던 말씀을 그리 시원하게 해 주시니…"

연지의 반격에 얼굴이 굳어지는 것이, 지가 무척이나 잘난줄 알았나 보다.

"드림 씨는 이름이 참 특이하네요. 키와는 달리 무척이나 큰 꿈이라도 꾸시나 봐요."

키나 키우지 이런 자리는 왜 나왔니… 라는 투다.

"그러게요. 제가 키가 작아서 꿈이라도 좀 크게 꾸려고요. 그러는 수호 씨는 그렇게 약하게 생기셔서 조국은커녕 가정이나 수호하시겠어요?"

대학에 들어와 처음으로 한 미팅은 이렇게 쓸데없는 설전으로 끝나 버렸다.

돌아오는 전철 안에서 연지가 물었다.

"야. 드림아, 개들 하는 말이나 행동들이 너무 어려 보이지 않니?"

"그러게."

"아무래도 우리가 너무 오빠들이랑만 놀다 보니까, 우리 또래 남자들이 너무 어려 보이나 보다."

"큰일이네. 다양한 만남을 가져 봐야, 남자들의 속성도 알고, 연애의 기술인 밀고 당기기도 잘 하는데."

연지가 정말 큰 걱정이라는 듯이 말했다.

"뭐? 그럼 넌 이런 만남을 자주 할 거란 말이야?"

"응."

너무나 당연하다는 듯, 대답하는 연지의 당당함에 드림은 잠시 혼란을 느꼈다.

그녀에게 있어 가야는 남자의 전부였기 때문이다. 연지도 그런 줄 알았는데…. 연지는 그녀에 비해 너무나 큰마음을 품고 있는 듯하다.

혼자, 아파트의 입구를 들어서던 드림이는 가야의 마음은 어떨지…. 자신과 같은 것인지, 아니면 연지와 같은 생각인지, 그것도 아니면 또 다른 생각을 가지고 있는지 너무나 궁금했다.

다음날 드림이와 연지는 죄지은 사람들이 흔히 그렇듯 둘이서 소근 대며, 오빠들의 귀에 그녀들의 외도(?)가 들어가지 않기만을 빌었다. 그리고 점심시간이 되도록 오빠들에게 아무 연락이 없자 그제야, 마음을 놓으며, 점심 식사에 몰두할 수 있었다.
왁자지껄, 북새통을 이루는 학교 식당 안.
둘이서 반찬도 나눠 먹고 서로 열심히 먹기에 열중하고 있는데, 갑자기 스피커에서 흘러나오던 음악소리가 딱 하고 그치더니, 농촌 마을 동네 이장님의 음성 같은 것이 흘러 나왔다.
"에, 에 마이크 테스트, 하나 둘 셋, 마이크 테스트, 이제 됐어요. 시작 할까요?"
이건 분명히 낯익은 가야의 목소리다. 옆에 있는 누군가에게 시작해도 되냐고 물어보더니, 곧이어 분노에 떠는 목소리가 우렁차게 들려오기 시작한다. 소란스러웠던 식당이 순식간에 조용해지면서 여기저기서 어이없어 하는 웃음소리가 터져 나왔다.
"안녕하십니까? 학우 여러분. 저는 의과대학에 재학 중인 서가야라고 합니다. 여러분의 아름다운 점심시간을 방해한 점. 정중히 사과드리며…. 저의 사연을 소개하고 싶은 마음에 이렇게 교내 방송을 빌리게 되었습니다. 양해 바랍니다. 그럼, 저의 여자 친구인 산디과의 강서모양에게 드리는 시를 지금부터 낭독토록 하겠습니다."

아, 아, 강서 모양. 너 어제 뭐 했어. 너 어제 뭐 했어.
내가 미팅하면 죽는다고 했지? 죽는다고 했지?
나 외에 다른 남자 보면 눈동자가 썩는다고 그렇게 외쳤건만….

아, 아, 강서 모양. 너 어제 뭐 했어. 너 어제 뭐 했어.
니가 간뎅이가 부었구나. 부었구나.
나 외에 다른 남자 보면 간이 커져서 죽는다고 그렇게 말했건만….

아, 아, 강서 모양. 너 어제 뭐 했어. 너 어제 뭐 했어.
너 뛰어 봐야 부처님 손바닥이라 그랬지? 그랬지?
너 이제 죽었어. 너 이제 죽었어.

낭독 : 서가야

이상한 시 낭독이 끝이 나자, 식당 안은 잠시 어처구니없는 침묵이 감돌았다. 강서모양의 장본인인 드림의 얼굴은 새빨간 사과도 울고 갈 정도로 달아올랐다.
"……."
옆에서 중얼거리는 연지의 낮은 목소리도 귀에 들어오지 않는다.
"뭐? 뭐라고?"
"저 인간이 미치지 않고서야…. 헉…. 저건 또 뭐야…."
'달그락…. 달그락….'

곧이어 마이크를 유신에게 넘기는 지, 귀에 거슬리는 소리와 함께 가야만큼 익숙한 유신의 음성이 연이어 들려 왔다.

"야, 최 모양, 너도 죽었어. 너희 서면서 미팅 한 거, 다 밝혀졌어. 그리고 학교 내의 남자 교우 여러분, 여러분은 정녕 남의 여자를 탐 하시는 파렴치범이 되시렵니까? 미대 산디과의 최 모양와 강서 모양은 의예과 박유신과 서가야의 여자들입니다."

곧 이어 다시 가야의 목소리가 흘러 나왔다. 마치 독립 선언서를 낭독하는 듯, 장엄하고 위엄이 서린 목소리였다.

"친애하는 학우 여러분 혹, 마음이 끌리시더라도, 신의를 지키시어, 입술을 깨물고 참아 주시기 바랍니다. 그리고 미대 새내기 여러분들, 여러분들의 죄도 가볍지 않습니다. 그 철없는 것들에게 미팅이나 소개팅 등으로 부추기지 마십시오. 앞으로 한 번만 더 최 양과 강서 양을 미팅장소에 끌고 가는 사람이 있으면 거기에 상응하는 처절한 피의 복수가 돌아 올 것입니다. 명심하십시오. 이상 의예과의 서가야."

"박유신이었습니다."

그러고는 둘이 동시에 노래를 부르기 시작했다.

'사랑해. 당신을~ 징말로 사~랑해~

당신이 내 곁을 떠나간 뒤이이에 얼마나아아

눈물을 흘렸는지 모른다오~ 예예예 예예예예예~'

"감사합니다."

스피커에서 들려오는 음치들의 노래에 귀를 기울이느라 조용하던 식당 안은 노래가 끝나자마자 마치 콘서트 장처럼 시끄럽게 변하며 박수와 휘파람 소리가 흘러나오기 시작했다.
"내가 미쳐."
 주위의 환호성과 소음에, 연지가 식판에 얼굴을 파묻는다. 드림이 또한 얼른 고개를 숙여 혹시라도 있을지 모르는 아는 사람들의 시선을 피하기 위해 노력했다.
 둘은 먹던 밥을 다 먹지도 못한 채, 반납하고는 허둥지둥 식당을 빠져 나왔다. 밖으로 나오자마자 얼굴을 마주 보며 허리가 꺾어지도록 웃었다.
"하하하. 내가 미쳐. 미쳐."
"그러게. 저 인간들 갈수록 푼수가 되는 것 같아. 하하하."

"이것들이. 어디서 바람 질이야."
 유신이 탁자를 내리치며 성질을 부렸다. 옆에 가야도 곱지 않은 시선으로 드림이를 노려본다.
'지금 오빠가 질투를?'
 찔리는 감이 없지 않았지만 그가 자신에게 질투를 한다고 생각하니 은근히 기분이 좋아진다.
"웃어? 지금 웃음이 나지? 강서드림."
"아니…. 오빠를 보니 너무 좋아서…. 역시 오빠가 최고야."
 드림의 수줍은 고백에 가야의 얼굴이 조금씩 풀어지기 시작했다.
 드림이와 연지의 소개팅 사건으로 자극을 받았는지, 아니면 방학 내내 팽개쳐 둔 여자 친구들에게 미안했는지 가야와 유신이 그녀들에게 피서를 가자고 제안을 했다.

"드림아, 연지야, 우리 반나절 정도 시간을 낼 수 있을 것 같거든. 가까운 계곡에 가서 수영이나 하고 오자."
"정말? 우리야 너무 좋지."
"히히. 우리 넷이 가면 너무 재밌겠다."
소박하게 가서 서로의 정을 나누면 좋겠다는 드림이의 염원과는 달리…. 그들의 피서는 금방 퍼져 버린 소문덕분에 현우와 진우, 거기다 수진이까지 동행을 하게 되었다.
일행들이 도착한 곳은 내원사 계곡.
미리 준비해온 쌀을 씻고, 찌개도 뽀글뽀글 끓이는 중, 간을 보고 있던 수진이 국을 담은 숟가락을 자연스레 가야에게 내밀었다.
"간 좀 봐줘."
"어…."
숟가락을 내미는 가야와 그 앞에서 망설이는 두 사람의 모습이 사랑의 냄새가 물씬 풍기는 신혼부부들처럼 보여와 그 모양새를 보고 있던 드림이의 얼굴이 점점 굳어져 갔다.
"내가 보면 뭘 아나…. 그런 건 현우가 전문이지. 하하."
가야의 대답에 이번에는 수진의 얼굴에 어색한 미소가 번져간다.
"그렇쥐. 이 몸이 바로 살아있는 미각 그 자체 아니냐. 수진아, 이리 너의 솜씨를 보여 보아라. 흡. 앗, 뜨거."
현우가 급하게 삼키다 혀를 데였는지 과장되게 아파하자, 급격하게 드림이의 얼굴도 조금씩 풀리기 시작했다.
"흐흠…. 참으로 맛나구나…. 네 이름이 무엇이냐?"

"자, 자 밥 먹자."

현우의 너스레를 귓등으로 흘려들으며 밥을 재촉하는 유신의 말에 다들 현우에게 등을 돌리며 식사준비를 서둘렀다.

"이것들이…."

설거지 당번으로 남은 가야와 유신을 뺀 일행들은 시원한 계곡 물로 향했다.

"드림. 너 밥 먹고 바로 물에 들어가면 큰일 난다."
"알았어."

시원한 계곡의 차가운 물은 끈적거리게 남아있던 더위를 깨끗이 날려 주었다.

"야호!"
"신난다. 물이다."

첨벙첨벙 물로 뛰어들어 놀던 연지가 드림을 불렀다.

"드림아 나 쉬하고 싶어. 같이 가자."
"싫어. 옷 다 젖었단 말이야. 혼자 다녀와. 여기서 기다릴게."
"배신녀."

연지가 물을 한 번 끼얹고는 뒤돌아서 도망을 가기 시작했다.

"이쒸."

드림이는 혼자 수영연습을 하다 자신도 모르게 조금씩, 조금씩 깊은 곳으로 나가기 시작했다. 계곡의 물이 깊으면 얼마나 깊을 까 방심을 해서일까….

"어푸, 어푸."

앞으로 나가던 드림은 시원한 물에 몸을 맡기고는 잠시 물이 주는 평온함을 느끼고 있었다.

그때였다. 발밑에서 무엇인가가 자신의 발을 강하게 잡아당기는 것 같은 느낌에 드림이는 당황하기 시작했다. 가슴이 철렁 내려앉는 느낌에 발을 디디려 했으나 그저 헛걸음질만 할 뿐이었다.

왈칵 겁이 났다.

드림이는 물속에서 허우적거리며 주위를 둘러 봤으나 아무것도 눈에 들어오지 않았다.

"살려. 푸, 푸, 살려."

꼬르륵, 꼬르륵… 무수하게 생기는 물거품과 한 순간 숨을 죽이는 듯한, 고요함이 그녀의 공포를 더하게 만들었다.

자꾸만 힘이 빠져 오던 그녀는, 마지막 힘을 다해 눈을 크게 떴다. 시야에 비치던 물밑의 풍경이 점점 흑백으로 변해 간다.

허우적거리며 물 밖으로 고개가 나오기를 서너 번. 점점 의식을 잃어 물밑으로 가라앉으려 할 때, 누군가가 그녀의 목에 팔을 걸고 그녀를 끌어당겼다.

"힘내. 드림아. 힘내."

수진이었다.

"드림아!!"

설거지를 마치고 드림이를 찾던 가야는 무심코 저 멀리 물 쪽을 바라보다 드림이가 심상치 않은 상태임을 알게 되었다. '뭔가 잘못됐다' 가야는 미친 듯이 벌떡 일어나 미처 신발을 제대로 챙기지도 못한 채, 맨발로 길게 뻗어 있는 자갈

밭을 정신없이 뛰었다.
"어푸어푸."
수진이가 홀로 고군분투를 하고 있는 곳까지 정신없이 물을 내뱉으며 순식간에 다다른 가야는, 수진에게서 드림이를 넘겨받아 드림이의 목을 감고 물가로 나왔다.
드림이를 안고 있느라 지친 수진은 자신에게서 드림이를 냉큼 넘겨받아 뒤도 돌아보지 않고 나가는 가야의 뒷모습을 보고는 심장이 녹아내리는 아픔을 느꼈다.
'잘 된 거야. 다행이다. 정말'
위험한 장난이었다.
그저 가야의 사랑을 빼앗아 버린 드림에 대한 야속함으로 장난삼아 그녀의 발목을 잡아 당겼을 뿐이었다. 저렇게 쉽게 드림이가 물에 빠져 허우적거릴 줄은 미처 생각도 하지 못했다.
'정말 다행이야...'
수진은 비틀거리며 물 밖으로 나와 안도의 마음에 가슴을 쓰다듬으며 고개를 숙였다. 가야가 드림이에게 열심히 인공호흡을 하고 있다. 필사적인 그의 손짓과 눈빛만으로 그가 얼마나 드림이를 생각하고 있는지 알 수 있었다. 수진은 절망감에 눈을 내렸다. 그러다 문득 가야의 발을 보고 황급히 숨을 삼켰다.
지금 느끼는 아픔은 조금 전의 것에 비하면 아주 작은 것이다. 그가 드림이만 챙기고 나가버린 것은... 지금의 이 갈레갈레 찢어지는 아픔에 비하면 아주 작은 것처럼 느껴졌다.
수진은 무너지는 가슴을 다독이며 어렵게 입술을 떼었다.

"아. 가야야…"

"……."

가야가 멍한 눈으로 자신을 쳐다보자 수진의 가슴이 다시 녹아내렸다.

"가야야… 발. 너 발."

"어…. 응…."

자신의 발이 저렇게 되도록 그는 아무런 아픔도 없었는지 그저 멍한 눈으로 찢어진 발을 바라볼 뿐이다. 피가 흥건한 발은…. 살이 여기 저기 찢기어져 심하게 상해있음에도 그는 아무런 느낌이 없는 표정이다.

가야가 발을 디딘 자국마다 물이 아니라 핏자국이 남아 있다. 자갈밭을 맨발로 뛰어 가다 다친 것 치고는 너무나 많이 짓이겨지고 피범벅이 되어있다.

'유리라도 박힌 것일까'

자신의 발에 피가 나는 것도 모른 채, 드림이를 바라보고 있는 가야.

"드림아, 드림아 정신 차려. 정신 차려봐."

"으…. 음…. 쿨럭, 쿨럭."

드림이 단발의 신음과 함께 물을 토해내니, 가야는 그제야, 바닥에 털썩 주저앉아 버렸다.

잠깐 사이에 천국과 지옥을 오가는 느낌이다.

"내가 너 땜에 아무래도 제 명에 못 살지 싶다. 응?"

"오빠…."

몸을 일으키는 그녀를 부축하여 자신의 품안에 안은 가야는 드림의 머리를 부드럽게 쓰다듬었다. 물기로 젖은 그녀의 머리칼을 소중한 보물이라도 되는 양, 쓰다듬는 그의 손길에 드림은 안도감을 내 쉬었다.
"정말 괜찮아?"
"응."
"휴…. 강서드림. 너 정말 큰일 날 뻔했다. 그런데, 가야야 너 발."
유신의 말에 그제야 자신의 발에 통증을 느끼는 가야다.
"참. 눈물겨운 사랑이야. 응?"
"어지간하다. 너도."
유신과 현우가 가야의 발을 들여다보며 한 마디씩 거들었다.
언뜻 보기에도 상처가 너무나 깊어 보인다. 수진이의 염려처럼 정말 큰 유리 조각이 서너 군데 박혀 있다. 그것도 양쪽 발에 다 박혀있었다.
"아주 유리 조각을 두 발로 밟고 지나갔구나. 현우야 우리 응급 상자 가져 왔지. 좀 줘봐라. 이 새끼 지금 정신없다."
"……."
"아파도 참아라. 쯧쯧."
응급 상자에서 가져온 핀셋으로 유리 조각을 빼내고는 혀를 끌끌 찬다.
"야, 이건 하마터면…. 너, 정말 큰일 날 뻔했다. 이봐라. 이 정도면 신경을 끊어 놓을 수도 있었어. 인마, 넌 어째 애가 다른 곳에는 그렇게 냉정한 놈이 드림이 일에는 그렇게 앞 뒤 정신을 못 차리니?"

유신의 질책은 가야보다 수진이에게 더 아프게 들리는 말이었다. 그녀는 가야의 상처를 보다 쓸쓸히 뒤돌아섰다. 그녀는 온 몸으로 울었다. 뼈마디 마디에 설움이 쌓여 있는 듯, 그렇게 아팠다.

장이 토막토막 끊어져 단장의 아픔이라고 했던가….

수진은 그제야, 가야의 마음에 자신이 설 자리가 없음을 알 수 있었다. 그에게 있어 자신은 그저 생사의 고락을 함께 한 좋은 친구일 뿐이다.

주위 사람들의 소동은 모른 채, 혼자 평온하게 누워 있는 드림이의 옆에는 자신과 꼭 닮은 친구 연지가 드림이를 안타깝게 보살피고 있다.

드림이는 정말 복이 많은 아이인가 보다.

멋진 애인에…. 좋은 친구까지.

수진이는 얼른 자신의 얼굴에 흘러내리는 눈물을 닦고는 여전히 기진맥진해서 누워 있는 드림이에게 다가갔다.

"내가 아주 제명에 못 산다. 못 살아."

"오빠도 다쳤잖아."

병원에 들러서 다리를 꿰매고 나오는 그를 부축하며 미안한 마음에 드림이가 툴툴거렸다.

"이게 다, 누구 때문인데?"

"몰라. 난 몰라. 누가 내 발목을 잡아당긴 것 같았단 말이야."

"뭐?"

안 그래도 커다란 그의 눈이 엄청나게 커졌다.

"아니…. 뭐, 꼭 그랬다 이렇게 정확한 게 아니라…. 그냥 그런 느낌이었다고…."

"이게…. 니가 처음부터 조심했었어야지. 어디서…."

"헤헤. 오빠 내가 시원한 냉커피 사 줄까?"

"미안하긴 하지?"

"음."

"다음부터는 제발 조심 좀 하고 살자. 응?"

"어. 헤헤헤."

"웃음이 나오냐? 난 한 이십 년은 늙은 거 같다."

"오빠… 있지…."

"왜?"

"저기… 있지…."

"아, 왜…."

"저기… 그… 인공호흡… 할 때… 느낌이…. 아얏."

그가 느닷없이 그녀의 꿀밤을 때리자 그녀가 머리통을 쓰다듬으며 울상을 지었다.

"넌 그 위급한 순간에 내가 느꼈을 거라고 생각이 드냐?"

"아니…. 그게… 우리… 첫키스였잖아."

"……."

그의 얼굴이 급격히 붉어졌다. 전염이 된 듯…. 드림이의 얼굴도 심하게 물이 들어온다.

그러고 보니…. 오늘은 두 사람이 첫키스를 한 역사적인 날이다.

10. 의대 졸업 여행기

햇살이 너무도 뜨거운 오전.
2차선 도로의 한적한 거리에 오래된 가로수와 타이어 블록으로 잘 정돈된 인도가 도심 속의 정겨움을 느끼게 해주는 그런 동네의 도로를 끼고 '강서 한의원'이 오래전부터 자리를 잡고 있다. 강서 한의원은 젊은 부부 한의사인 강정민과 시하경의 한의원이다. 아니 한의원이었다.
지금은 아내인 서하경만이 지키고 있는 강서 한의원.

드림이의 엄마, 서하경을 따라 한의학을 전공한 강정민은 학교를 졸업하자마자 하경과 결혼을 하였다. 부부가 근면 성실하게 열심히 저축하고 모은 결과물로 이곳에 두 사람의 한의원을 개업하게 된 것이다. 부부가 어찌나 금슬이 좋고 사이가 다정한지, 온 동네에 소문이 자자했었다 한다.

두 사람이 출퇴근길에 같이 손을 잡고 다니면, 슈퍼 앞, 간이 테이블에 모여서 놀던 동네 아줌마들의 시기어린 농담과 질투를 받고는 했었다.

환자들 사이에서도 좋은 소문이 나고 좋은 영향을 끼쳤던 것이 한결같이 부인에게 성실하고 부인을 섬기는 정민의 모습에 감동한 많은 아줌마 환자들이 자신들의 신랑을 데려와서는 정민의 아내 사랑하는 마음을 보고 배우기를 원했기 때문이다.

그래서인지 한 번 진료를 받고 간 대다수의 아줌마 환자들은, 남편의 보약도 지어야 된다며, 꼭 남편을 데리고 와서는 진맥을 받게 하고, 약을 지어갔다.

그렇게 주위의 부러움을 사던 행복한 병원이었지만, 이제는 하경 혼자 이곳을 지키고 있다.

하경은 창밖으로 보이는 구름 한 점 없는 하늘을 바라보며, 막 뽑아낸 커피한 잔을 들고 약속한 손님이 오기를 기다리고 있었다.

"선생님, 어제 말씀하셨던 손님 오셨어요."

인터폰을 통해 들리는 김 간호사의 목소리가 왠지 들떠 있는 것 같다.

"들어오시라고 해요."

"손님, 들어오시랍니다."

얼굴을 붉히며 눈을 치켜뜬 간호사가 소파에 앉아 기다리고 있던 가야를 보며 말했다. 한의원에서 5년 째 일하며 많은 손님들을 맞이해 봤던 김 간호사는 이처럼 잘 생긴 손님이 찾아오자 자신도 모르게 연신 머리에 손이 올라가는 것이 아까 먹었던 김치가 혹 이 사이에 끼이지는 않았는지, 아까 양치를 대강 대강 한 것이 무척이나 신경이 쓰였다.

"네, 고맙습니다."

설레는 김 간호사의 마음을 모르는 가야는 무심히도 고개를 살짝 숙여 예를 표한 뒤, 뒤도 돌아보지 않고 원장실로 들어갔다.

고운 분홍색 가운을 입고 향기로운 커피 잔을 들고 자신을 담담히 맞는 하경을 보며 가야는 정중하게 인사를 했다.

"어서 와. 가야야. 오래 간만이네. 이리로."

하경은 감회에 젖은 얼굴로 자신을 찾아온 잘 생긴 젊은이에게 자리를 권했다.

"그간 안녕하셨어요?"

가야가 얼굴을 붉히며 하경이 가리키는 소파에 앉으며 그녀의 안부를 물었다.

"그럼. 난, 잘 지냈어. 가야도 잘 지냈지?"

"네. 선생님."

진지한 가야가 긴장된 얼굴로 말했다.

"우리 드림이 항상 잘 챙겨줘서 고마워. 정말 고맙게 생각해."

"아닙니다. 제가 해야 할 일을 했을 뿐이에요."

"가야가 해야 할 일 아니야. 그렇게 생각하지 마. 부담감 때문에."

"부담감 아닙니다. 정말 좋아서 한 일입니다."

"드림이에겐 아직 말하지 않았지?"

"네."

"말을 하는 것이 좋지 않을까?"

"전 가급적 드림이가 몰랐으면 좋겠습니다."

"난, 가야가 그러지 않았으면 좋겠어. 나중에 혹, 우리 드림이가 상처라도 받게 되면. 물론, 가야도 상처를 받게 될 거고."

걱정스러운 얼굴의 하경이 조심스레 말했다.

"그런 일 없을 겁니다."

굳은 결심을 한 듯 가야의 입매가 단단해졌다.

"사람 일은 그렇게 장담하는 거 아니야."

"선생님께서 걱정하시는 건 잘 알겠습니다. 하지만 드림인 제가 지킵니다."

조각 같은 얼굴에 떠오른 고집스러움이 가득한 가야의 얼굴을 바라보며 하경은 작은 한숨을 내쉬었다.

잘못된 인연으로 얽혀진 사이.

어쩌다 이런 악연으로 얽히게 되었을까…

처음 드림이가 남자친구라며 그를 데려왔을 때 놀랐던 가슴을 생각하면 아직도 심장이 벌렁거리며 이마에 땀이 솟아나는 그녀였다.

자신을, 딸들을, 아프게 한 가야지만 그도 너무나 가엽고 너무나 불쌍하기만 하다.

"참, 이번 졸업여행에 드림이도 같이 가자고 했다면서?"

무거운 분위기를 바꾸기 위해 그녀가 화제를 돌렸다.

"네."

"철딱서니 없는 것이 거기 끼어도 될까? 다른 친구들이 뭐라고 하지 않아?"
 "별말씀을요. 얼마 되지 않은 인원이라 되려, 고마워하고 있습니다. 다들 드림이와 연지를 좋아하고요."
 "괜히 하는 말 아니지?"
 "네."
 "그럼 다행이고."
 "저희가 더 좋습니다."
 "조심해서 잘 다녀와. 그리고 우리 드림이… 잘 부탁해."
 하경의 진심어린 부탁에 가야는 정중하게 머리를 숙여 답하였다.

 그리고 일주일 후,
 드림이는 지금 가야 옆에 나란히 앉아 있다.
 홍콩행 비행기에 몸을 싣고서….
 가야가 같이 가자고 해서 따라오기는 했지만, 1학년이 4학년의 졸업여행에 끼어도 되는지 눈치가 보이는 것은 사실이었다. 거기다 다른 과의 후배가 왜 끼냐며 곱지 않은 눈초리로 바라보는 주미.
 드림이를 싫어하는 가야의 여자 동기 주미는 드림이와 연지가 껄끄럽고 신경이 쓰였지만, 자신의 친구인 영어교육과의 수진과 같이 가고 싶어 반대하지 못했다.
 수진은 잦은 휴학으로 아직도 2학년 2학기의 과정을 밟고 있는 중이었다. 그래서 더 안쓰럽고 신경이 쓰이는 친구다.
 "그러니까. 수진이 언니랑 주미 언니가 서로 친구사이란 말이지?"
 옆에 앉은 연지가 개미처럼 작은 목소리로 소곤 거렸다.
"응. 그렇데."
"그렇군…. 그나저나, 넌 신경도 안 쓰이니?"
"뭐가?"
"수진 언니 말이야."
"음…. 완전히 신경이 안 쓰이는 건 아닌데…. 이젠 오빠 의심 않기로 했어. 내가 오빠를 믿어야지…. 누가 믿겠어."
"근데, 니 얼굴이 왜 그렇게 빨개지는 거야? 무슨 일이라도 있었던 거야?"
"아… 아… 니."
'지난 번 인공호흡을 생각하고 있었다고 절대 말 못하지'
 하기야…. 그때 그녀는 의식이 없었으니 기억을 못하는 것이 당연한 일이기도 했다. 거기다 갈기갈기 찢기어진 그의 발을 보며 그를 더 이상 의심한다는 것은 정말 미안한 일이기도 했다.
'정말 아깝다. 첫키스의 감촉을 모르다니…'
 자꾸만 붉어지는 얼굴덕분에 연신 손부채를 흔들며 혼자 안타까워하는 드림이를 연지는 의미심장한 눈길로 쳐다보고 있다.

"손님, 뭐 필요한 거 있으세요?"
 부르지도 않았는데, 벌써 3번째로 스튜어디스가 드림이 일행의 좌석으로 찾아왔다. 이유는 당연히 가야의 눈부신 외모 때문이다.

"비행기에서도 돋보이는 가야 오빠."

드림이의 혼자 말에,

"좋겠다. 니네 오빠 인기 많아 서리."

연지가 놀리듯이 드림이의 귓가에 살짝 말했다.

"잠시 만요. 너희 목마르지?"

가야가 두 사람을 바라보며 물었다.

"난, 오렌지 주스랑 땅콩이요. 울 엄마가 비행기에서 주는 땅콩 맛있다고 꼭 먹어 보랬어요."

연지가 생긴 것과는 전혀 어울리지 않게 귀엽게 말했다. 늘씬하고 멋진 스튜어디스는, 가야에게 작업이 분명한 미소를 지어 보인다.

"어쩜 이렇게 귀여울까? 동생 분들인가 봐요?"

가만히 스튜어디스의 하는 양을 바라보던 드림이는, 스튜어디스들의 눈부신 외모에 위기감이 절정에 달함을 느꼈다. '더 이상은 참을 수가 없어. 나의 존재를 알려야해' 하는 생각에, 조금 무리한 오버를 하기 시작했다.

"자갸. 난, 그냥 생수!!"

입가에 살짝 미소를 머금고 자신의 트레이드마크였던 조신과 교양이 섞인 목소리로 말했다.

"헉!!"

잘 생긴 남자 승객을 보며 환심을 사려고 했던 스튜어디스 정소영은 당돌한 여자 손님을 보며 놀라움을 감추지 못했다.

'이 어린 것이 지금 뭐라는 거야? 자갸? 애네들이 지금 사

귀는 사이란 말이야?'

이제 고등학생 티를 갓 벗어 던진 어린 것이 자신이 침을 발라 놓은 잘 생긴 남자의 한쪽 팔에 매달리며 머리를 비벼대고 있다. 남자는 뭐가 좋은지 흐뭇함을 감추지 못하고 사랑스런 눈길로 그녀를 바라보고 있다. 한 마디로 가관이다. 가관.

"아… 네, 생수 가져다 드리겠습니다. 손님."

정소영은 이 어울리지 않는 커플에게 직업적인 미소를 내보이며 뒤돌아섰다. 그녀의 얼굴에 요즘 애들이 좋아라한다는 썩소가 저절로 떠오른다.

'휭'하니 돌아가는 스튜어디스의 늘씬한 뒷모습에 '감히 누굴 넘봐. 내가 이렇게 두 눈 시퍼렇게 뜨고 살아 있는데' 하는 생각이 들며 고소한 미소를 짓던 드림이 옆에 앉은 가야의 표정을 살짝 살피니, 어이없어 하긴 하지만 싫지만은 않은 기색이다.

"나 귀여워?"

드림이는 지금 나름대로 최대한 귀여운 척 노력하고 있다.

"넌, 니가 귀엽다고 생각하니?"

순식간에 웃음이 사라진 채, 정색을 하며 대답하는 가야의 얼굴을 한 대 쥐어박고 싶다.

'더 이상 어쩌라고?'

자신이 생각할 때는 너무나 귀엽고 사랑스러운 표정이리라 짐작되는, 그런 느낌으로 가야의 어깨에 살포시 머리를 기대었는데…. 아무래도 아닌가 보다.

"킥킥."

"왜 웃어? 연지."
"호호호. 가야 오라방. 동생분이 정말 재미있으시다."
"드림아!"
가야가 은근한 목소리로 자신을 부르자 드림이는 새초롬한 표정으로 대답을 했다.
"응."
"머리 좀 들지. 어깨에 쥐 내린다."
"씨이."
여직 그의 어깨에 머리를 기대고 있다, 발딱 고개를 들었다.
'그래, 니 성깔머리가 어디 가겠냐'
"하하하."
"킥킥킥."
숨을 죽여 웃고 있는 일행들의 웃음소리가 그녀 귓가를 파고들었다.
드림이와 가야의 알콩달콩한 모습은 보는 사람들로 하여금 입가에 저절로 미소가 지어지게 만든다. 고개를 숙이는 수진과 그런 그녀를 안타깝게 바라보는 주미만 빼고 말이다.

비행기에서 보여주는 뮤직비디오도 보고, 영화도 보고 하는 사이에, 갑자기 비행기 안이 소란스러워지기 시작했다.
일용할 양식인 밥을 주는 시간임을 알리는 신호가 나기 시작했다. 여태껏, 비행기라고는 부산서 서울 가는 것만 타 본 드림이와 연지는 한 번도 비행기 안에서 밥을 먹어보지 못한 관계로 무척이나 설레어 했다.

웅성거리는 소리와 함께 드디어 맛있는 냄새가 드림이의 코를 솔솔 찌르기 시작했다.

"손님, 해산물과 닭요리가 있습니다. 어떤 걸로 드릴까요?"

처음 보는 스튜어디스가 트레이를 밀며 간이라도 빼줄 듯이 친절히 물었다.

"난 두 개 다요."

드림이가 천진난만하게 말하자, 가야는 '흠' 하며 눈을 지그시 감았고 연지는 그녀의 옆구리를 꾹 찔렀다.

"드림아 우리 다른 거 시켜서 나눠 먹자. 난 닭요리 할 테니 넌 해산물 시켜."

"응. 알았어. 오빠?"

"니가 먹고 싶은 걸로 해라. 여기 이 아가씨가 원하는 걸로 주세요."

"히히. 오빠 그럼 내가 두 개다 먹어도 돼? 언니 그럼요, 여기 해산물로 하나 더 주세요."

'아까 정소영이 말했던 이상한 커플이 이 사람들이구나…'

정소영의 고참인, 최미숙은 자신의 앞에 있는 커플을 보며 황당해 하던 소영이를 떠올렸다.

정말 재미있는 커플이긴 하네….

"호호 손님. 오빠분이 참 친절하시네요. 원래는 2인분을 제공하면 안 되지만 오늘은 특별히 제가 서비스 해드리겠습니다. 여기 해산물과 닭고기요리 두 개 다 드릴 테니 맛있게 드세요. 여기 있습니다."

스튜어디스가 미소를 지으며 닭고기와 해산물을 가아에게

건넸다.

"고맙습니다."

닭요리는 머스터드소스와 살사 소스로 맛을 낸 것이 아주 달콤하면서도 부드럽게 맛있었고, 해산물은 매콤한 고추기름이 들어가 있는 것이 깔끔하면서도 고소하게 아주 맛이 좋았다.

친절한(?) 스튜어디스 덕분에 닭고기와 해산물을 두 개다 먹게 된 드림이와 연지는 배가 부른 것도 아랑곳 하지 않고 너무나 행복하게 맛있게 먹었다. 더구나 디저트로 나온 미니 초콜릿 케이크는 두 사람의 기쁨에 큰 몫을 더하였다. 미니 케이크는 맛도 모양도 일품이었다. 자신의 접시가 깨끗하게 비어있는 것을 만족스럽게 바라보던 드림이의 눈이 다시 반짝인다.

"오빠 이거 다 먹은 거야? 아깝게 시리."

은근슬쩍 웃으며 가야가 남긴 빵을 가져와, 접시에 남은 소스를 쓱 훑어 내며 먹었다.

"휴…."

"웬 한숨? 많이 먹는 거 다 알면서…. 히히히."

"부끄럽신 하가보다?"

"잘 먹는 게 뭐가 부끄러워. 넌 부끄럽니? 연지?"

"아니, 절대, 전혀…. 부끄럽긴. 소중한 음식을 버리고 낭비하는 사람들이 진정으로 부끄러워해야지."

"멋진 친구들이야. 부라보. 부라보."

'짝짝'

천천히 박수를 치는 그의 얼굴 또한…. 어처구니없다는 듯, 일그러져 있다.

난생처음 비행기 안에서 주는 밥도 먹고, 장난도 치고, 살짝 졸기도 하면서 그렇게 3시간 50분의 시간이 흘러 드디어 홍콩 첵랍콕 국제공항에 도착했음을 알리는 기내 방송이 흘러 나왔다.

들뜬 마음으로 주변을 정리하던 일행은 뜻밖의 잊지 못할 추억을 하나 더 추가하게 되었다.

그들 여행의 처음을 멋지게 장식해주는 이가 있었으니, 그는 바로 20년을 경북 문경의 시골마을에서 살아온 대한민국의 우직한 청년. 박현우 군이었다.

기장의 도착 방송에 다들 제자리에서 안전벨트를 매고 착륙 준비를 하고 있는데, 유독 현우만은 여태껏 매고 있던 벨트를 풀더니 벌떡, 자리에서 일어나 짐칸에 있던 배낭을 내려서 어깨에 메더니, 보무도 당당하게 복도를 성큼 성큼 걸어 나가기 시작한 것이다.

놀란 스튜어디스가 급히 다가 왔다.

"손님 이러시면 위험합니다. 얼른 자리에 앉으세요."

"저, 이번에 내리거든요…."

수줍게 미소를 짓는 현우.

여태껏 버스만 타오던 현우였으니, 비행기도 내리기전에 미리 나와 있어야 하는 줄 알았나 보다.

"야, 그래도 벨을 안 눌려서 참 다행이다."

그의 하는 양을 지켜보던 가야가 드림이의 귀에 대고 속삭였다. 어리둥절해 하는 현우를 진정시키고 자리에 앉히자마자 비행기는 바로 착륙을 하였다.

까칠 가야, 듬직 유신, 사각 현우, 범생 진우, 열공 주미 등등의 의대졸업반 8명과 섹시 수진, 입담 연지, 그리고 어리 드림이까지 포함한 일행11명은 드디어 첵랍콕 국제공항에 도착을 하게 되었다.
"으흠. 역시 한국과는 달라. 흐흐흐 드디어 드림이가 해외여행을 해 보는 구나…"
공항에 첫 발을 디디며 드림이가 혼잣말을 중얼거렸다.
"뭐가 그렇게 다른데?"
"공기 맛이… 달라."
"니가 공기 맛을 알긴 아냐?"
"그럼, 공기가 얼마나 시원한 맛인데…. 사람들은 공짜로 주어지는 공기와 햇빛, 물과 흙 등을 너무 소홀하게 대해…. 그런 것들이 얼마나 고마운 것들인데…. 오빠도 너무 삭막하게 살지 말고 자연이 주는 고마움과 넉넉함에 한 번 빠져 보라고."
눈빛을 빛내며 말하는 드림의 모습이 가야의 눈을 부시게 만든다.
빛나는 그녀를 보며 그는 꼭, 드림이를 행복하게 세상에서 가장 행복하고, 또 행복하게 만들 것이라는 자신의 다짐을 다시 되새겨 보았다.

홍콩의 날씨는 후덥지근했지만 처음 해보는 해외여행이라 그런지 일행들에겐 날씨 따윈 중요하지 않았다.

"자, 다들 고생했지…? 인원파악하고 몇 가지 주의 사항 얘길 할 테니 잘 들어."

여행의 리더인 유신이 일행에게 말했다.

"요즘 홍콩에 중국인들이 많이 들어와서 단속이 꽤 심해졌데. 거리에 절대 휴지나 쓰레기 버리면 안 돼. 벌금이 엄청 나거든, 그리고 우린 가이드 없이 지하철과 버스로 다녀야 하니까 일행이랑 떨어지면 절대, 절대, 안 돼. 알겠지? 혹시 일행이랑 떨어지면, 어깨 견장 밑에 붉은 패찰을 달고 있는 경찰에게 도움을 요청하면 돼. 홍콩은 광동어가 일반적으로 통용되는데 붉은 패찰을 달고 있는 경찰들은 영어를 할 수 있는 사람들이야. 자, 오늘 우리가 갈 곳은 해양공원이랑, 홍콩 섬의 해안을 바라볼 수 있는 케이블카를 탑승 후, 영화 중경상림의 촬영장소인 225m 길이의 에스컬레이터를 탈거고 저녁 식사 후 픽트 램과 높이 554m의 빅토리아 픽크로 가서 홍콩 야경 감상이야. 자 이상. 질문? 참 연지와 드림이는 나와 가야랑 항상 행동을 같이 하도록 하고, 절대 오빠들이랑 떨어지면 안 돼."

"와. 유신이 이 자식 공부 열나 했네."

아까의 실수를 금방 잊은 사람 좋은 현우가 웃으며 말했다.

"혹시, 무슨 일 있으면, 가야랑 수진이가 영어가 좀 되니까 얘기하고."

'수진 언닌 미국에 갔다 왔다고 하더니 영어도 잘하는 구

나. 우린 외모에서 부터 비교도 안 되는데. 이젠 외국어 까지. 비참하다. 흑흑흑'

혼자 생각하던 드림이는 또 다시 심장 저 깊은 곳에서부터 스멀스멀 또아리를 트는 불치의 병. '단순과 특유의 낙천성'에 금방 미소를 짓는다.

'그래 부산 돌아가면 이제부터라도 영어 공부 열심히 하면 돼. 뭐. 언니라고 태어날 때부터 잘 했겠어'

이런 드림이와는 관계없이 연지는 유신의 이야기를 귀가 뚫어져라 듣고 있다.

"드림아. 유신 오빠 너무 멋지지 않니?"

드림이가 보니 연지의 눈동자가 조금씩 하트모양으로 변하기 시작한다. 초롱초롱 빛나는, 꿈꾸는 듯한, 눈동자. 드림이가 익히 알고 있는 눈동자이다. 가야를 처음 만났을 때, 아니 지금까지도 매일 아침 거울에서 가야 생각으로 변하는 자신의 눈동자와 같은 빛이 나고 있었기 때문이다.

'친구…. 보기 좋소'

드림이가 연지를 바라보며 다 안다는 듯, 고개를 앞뒤로 끄덕여 댔다.

"뭐야? 그 눈초리는?"

"아냐, 아냐. 멋진 너의 오라버니 말씀 하시는 거나 듣자꾸나 친구."

연지가 자신을 뚫어져라 쳐다보는 지도 모른 채, 유신은 또다시 앞장서서 관광안내소를 찾아가기 시작했다.

-Excuse me.

I'm looking for Ocean Park.(홍콩 해양공원 공식명칭)

실례합니다. 해양공원 가려면 어디로 가야 합니까?-

일행이 홍콩에서 가장 먼저 둘러 볼 곳은 홍콩 해양공원이었다.

"여기가 그 유명한 왕가위 감독의 '중경상림'의 촬영 장소란 말이지? 어때. 드림아. 나 영화 속 주인공 같지 않니?"

유신이와 같이 앞서 가던 연지가 뒤를 돌아보며 드림이에게 물었다.

"대꾸할 가치를 못 느낀다."

"인정머리 없는 년."

연지는 친구의 매몰찬 대답을 듣고는 옆에 있는 유신에서 수줍은 미소를 날리며 조신하게 물었다.

"오빠… 중경상림에 나온 임청하가 예뻐? 내가 예뻐."

"당연히 연지가 예쁘지."

"들었지? 드림."

연지가 뭐라 떠들던 이 곳 저 곳을 둘러보느라 정신이 없는 드림이는 곳곳에 심겨진 나무와 주변에서 정신없이 '쏼라쏼라' 떠들어 대는 중국말을 신기해하며 관람에만 신경을 쓰고 있었다.

지금 그들은 영화에 나온 225m나 되는 무지하게 긴 길이의 에스컬레이터를 타고 있는 중이다. 여기 저기 펼쳐진 또 다른 세상의 색다름에 일행들은 신기해하며 즐거워했다.

연지는 에스컬레이터를 올라가는 틈을 이용해 여기 저기

흩어져 있는 유신이의 마음을 잡기 위해 자신이 먼저 그의 손을 살며시 잡았다.

"어?"

자신의 손을 잡은 연지의 손을 가만히 내려다보던 유신이 씽긋 웃으며 그녀의 손을 따뜻하게 마주 감싸 잡았다.

연지는 그의 다정함과 배려심, 남자다움과 해박함이 나날이 좋아지고 있는 중이다.

뒤에 서서 연지와 유신의 분위기를 가만히 살펴보던 드림은 부러움과 연지의 대담함에 자극을 받았다. 드림이는 연지의 용기에 감탄하며 자신도 살짝 가야의 어깨에 머리를 기대며, 지긋한 눈으로 그를 쳐다보았다.

그리고는 자신의 전매특허인 혼자만의 상상의 나래를 펴기 시작한다.

"오빠앙."

간드러지는 애교.

"드림아, 너 오늘 정말 멋져. 영화 속의 임청하 보다 더 근사해 보인다."

초콜릿처럼 달콤하게 속삭이며 고개를 숙여 오는 그.

가야의 매력적인 입술이 자신의 앵두 같이 수줍은 입술위로 점점 다가온다.

드림이는 눈을 살포시 감고 입술을 내밀어 가야의 그림 같은 입술의 감촉을 기다렸다. 점점 다가오는 그의 숨결. 그리고 드디어 운명의 순간. 닿는다. 닿는다. 그의 입술이 가까이 다가온다….

띵!!

"강서드림. 너 입술 내밀고 뭐하냐?"

드림이의 상상을 깨는 가야의 잔인한 한 마디.

'아 쪽팔려'

드림인 붉어진 얼굴로 이마를 연신 닦아 내는 시늉을 하며 재빨리 둘러댔다.

"하하, 그냥 너무 더워서 시원한 공기를 먹는 상상을 좀 했어."

"음…. 자연이 주는 혜택을 충분히 맛보고 있구나. 그런데, 어찌 공기를 먹는 모양새가 너무 탐스럽더라. 이젠 공기까지 그렇게 탐욕스럽게 먹어 대냐? 내 식탐 있는 사람들, 여럿을 봐왔지만, 그중에서 니가 아주 제일이다. 제일."

드림이의 마음도 모르는 가야는 이렇게 무정한 말들을 쏟아내며 그녀의 머리를 쥐어박았다.

'사귄지가 언젠데…. 대체 그 무의식 속의 키스 한 번이 고작이란 말인가….'

달콤한 키스의 상상에서 무참히 현실로 돌아와 구박까지 당한 자신이 생각할수록 화가 난다. 이제 자신도 어엿한 성년이 되었건만…. 무심한 그가 오늘 따라 더 야속하기만 하다.

그렇게 그들은 앞에서 분위기를 잡고 있는 연지와 유신이를 바라보며 냉랭하게, 225m길이의 에스컬레이터를 타고 내려왔다.

'이, 무드라고는 약에 쓸래도 없는 건조하다 못해 말라비

틀어진 감성의 소유자 같으니라고'

드림이는 연지의 머리를 자신의 어깨에다 잡아당기는 유신을 보며, 가야에게 원망을 쏟아 냈다.

그런 드림이의 마음을 아는지, 모르는지 가야는 로맨틱한 분위기 연출 보다는 여기 저기 드림이를 끌고 다니며, 구경하느라 정말 정신이 없을 지경이다.

거기다 자신이 좋아하는 홍콩 느와르 영화의 설명까지 덧붙여 가며 신나하는 모습을 보니 드림이는 이래저래 한숨만 푹푹 나올 뿐이다.

"이게 그 유명한 보이차래. 살 빼는 데 아주 탁월하단다."
가야가 차 주전자를 드림의 앞으로 내밀며 말했다.
"뭐? 나더러 지금 뚱뚱하단 말이야?"

발끈하며 대드는 드림이의 모습이 통통 튀는 탁구공 같아서 그녀를 놀려 먹는 재미가 나날이 더해 가는 가야는 자신의 속내를 드러내지 않고 그저 고개만 끄덕일 뿐이다.

해양 공원을 다 둘러 본 후, 지하철을 이용해 여기저기 시내를 다니며 구경도 하고, 유명 명품 숍에 들러 이것저것을 둘러 본 일행은, 홍콩이 자랑하는 유명한 음식을 저녁 메뉴로 먹기로 하였다. 그리고 들어온 곳이 갖가지 모양의 딤섬을 파는 이 곳이었다.

"와, 정말 예쁘다. 이거 아까워서 어떻게 먹어?"

새우와 버섯, 고기 등을 다져서 대나무 통에 푹 쪘다는 딤섬은 속이 흐릿하게 비칠 정도로 얇은 껍질에 소는 주황색으로 보이는 것이 너무나 예뻐 보였다. 여러 가지 재료를 한데 섞은 만두보다는 하나하나 재료의 맛을 살린 것이 특징이었다.

"먹어봐. 입에 맞을 거야."

여러 종류의 딤섬을 들어 드림이의 앞 접시에 놔 주는 가야의 자상함에 행복한 미소를 지었다.

주미는 이 모든 것이 너무나 어이가 없고 웃기기만 하다. 모두들 저 꼬맹이들을 데려오자고 찬성을 하는 바람에 반대를 하지는 못했지만, 정말 보기 싫은 아이들이다. 저 아이가 행복한 미소를 지을 때마다 친구 수진이의 가슴이 얼마나 아파올까를 생각하니 갈수록 얄미워진다. 드림이라는 저 꼬맹이….

수진이가… 너무나 불쌍한 수진이가 자신의 앞에서 눈물을 흘리며 가야를 포기해야겠다고 했을 때 주미도 같이 울었었다. 두 사람이 어떤 사이인가…. 수진이가 누구 때문에 이렇게 잘 살고 있는데…. 또 가야는 누구 때문에 목숨을 부지하고 있는 것인데…. 저 꼬맹이가, 저 별 볼일 없는 꼬맹이가 수진이가 차지해야할 자리에 앉아있는 것이 너무나 못 마땅하고 속이 상해온다.

"많이 먹어. 수진아."

수진의 앞에다 접시를 밀어 보지만 친구는 싱거운 미소만 짓고 있다. 이럴 줄 알았으면 같이 가자고 하지 말았을 것을….

"같이 가자. 수진아."

"싫어. 내가 너희 과 졸업여행에 왜 따라가니?"

"너 다 아는 애들이잖아. 애들 공부하느라 몇 명 가지도 않아. 가야도 간단 말이야. 그러니 같이 가자. 응? 가서 서로 간에 못 했던 이야기도 나누고 그럼 좋잖아. 응? 응?"

이렇게 졸라서 어렵게 따라온 수진이었다. 수진이를 보면 볼수록 자꾸만 미안해졌다.

딤섬과 여러 가지 홍콩 음식으로 배를 불린 일행은 몸 안을 깨끗하게 해 준다는 보이차를 마시고 다시 관광길에 올랐다.

"이제 어디로 가요?"

"응, 유람선을 타고 홍콩의 야경을 보러 갈 거야."

유람선을 타고 강가의 빌딩들을 구경하는 것은 생각했던 것보다 훨씬 낭만적이었다. 이미 어둠이 드리워진 강변과 나란히 서 있는 고층 빌딩들은 모두 제각각의 개성적인 조명을 빛내고 있었다.

갑판위에 커다란 용 모양의 조명을 달고 있는 유람선을 타고 바람을 맡고 있으려니 영화 속의 주인공이 된 것 같은 기분이 든다.

"빨강, 노랑, 파랑, 초록, 주황, 분홍, 보라."

"뭐 하냐?"

"빌딩들이 가지고 있는 불빛들이 다 제각각이야. 너무 아름다워."

"흠…. 정말 멋지다."

"그러게…. 이래서 사람들이 홍콩의 야경이 아름답다고 하나 봐."

"너도…. 너도 아름다워."

"오… 빠."

믿어지지 않는 말이다. 태어나서 처음으로 들어보는 찬사.

'너도 아름다워…'

머리위에 폭죽이 팡팡 터지는 느낌이다.

남자에게서, 사랑하는 남자에게서 홍콩의 야경처럼 아름답다는 말을 들었다.

이 보다 더 좋을 수는 없다.

유람선에서 내리자, 이번에는 산 정상에서 홍콩의 야경을 한 눈에 볼 수 있다는 빅토리아 픽크로 가는 2층 버스가 그들을 기다리고 있다.

"오빠, 이게 꿈은 아니지?"

강가에서의 흥분이 아직 가라앉지 않은 드림이 옆에 앉아 있는 가야를 보니, 그의 눈빛이 초롱초롱 빛나고 있다.

"오빠? 아얏!"

드림이 비명을 질렀다. 그가 두 손으로 그녀의 얼굴을 잡고 늘였기 때문이다.

"아프지? 꿈 아냐."

정신없이 터지던 폭죽이 픽픽 불발탄으로 꺼져 버린다.

'그럼 그렇지…. 이런 무드라고는 약에 쓸래도 없는 인간 같으니'

약 40분가량을 달렸을까? 드디어, 그 유명한 홍콩의 밤거리를 한 눈에 볼 수 있다는 빅토리아 픽크의 정상으로 향하는 길에 들어섰다.

드림은 공원 정상에서 크게 숨을 들어 마셨다.

산 위에서 바라본 홍콩의 밤을 뭐라고 표현해야 할까? 아름다웠다? 내지는 멋지다? 아님, 환상적이었다?

형형색색의 아름다운 빛으로 물든 빌딩들과 저 멀리 보이는 바다. 거기다 동양적인 친근함까지 덧붙인 편안함이 그녀를 매료시켰다.

홍콩의 건물들은 정말 옛날 유행가 가사에서처럼 별들이 반짝이는 것 같은 황홀한 풍경이었다.

시시때때로 색이 변하는 빌딩도 있었고 하트 모양으로 빛나는 빌딩도 있었다.

건물 자체도 무척이나 높게 세워져 있었으며 일률적으로 네모난 빌딩보다는 여러 가지 모양의 건물들이 눈에 띄었다.

무엇보다, 사랑하는 사람과 함께 이곳에 있다는 것이 그녀를 행복하게 만들었다. 그때였다.

"드림아!"

그가 그녀의 이름을 부르더니, 확하고 끌어당겼다.

"어. 어."

허리가 휘며 그에게 안긴 드림이는 너무 놀라 그저 눈만 깜빡일 뿐이었다.

그의 얼굴이 점점 다가왔다.

따스한 그의 숨결 따스한 그의 눈빛. 그리고… 따뜻하게 느껴지는 그의 입술.

스르르 감겨지는 그녀의 눈꺼풀.

상상 속에서 느꼈던 것 보다 훨씬, 훨씬, 더 좋은 첫키스.

그와의 첫키스.

소설 속에서 키스할 때 들린다는 종소리는 들리지 않았지만, 아니 솔직히 울렸는지 안 울렸는지도 모르게 기분 좋은 느낌이었다. 몽롱한 가운데서도 확실한 것은 이 밤의 분위기보다, 아름다운 홍콩의 밤 풍경보다, 그와의 키스가 훨씬 더 좋다는 것이다.

드림은 축 늘어져 있던 자신의 두 손을 들어 그의 목에 감았다. 마주 닿은 두 사람의 가슴을 통해 서로의 심장 박동소리가 하나로 어우러져 갔다.

키스가 좀 더 깊어지면서 드림이의 달콤한 혀가 느껴지자 가야는 자신의 피가 난로위의 주전자처럼 뜨겁게 달아오르는 것을 느꼈다. 곧이어 드림이 부끄러운 듯 수줍게 혀를 내밀어 그의 입안을 침범해 오자 가야는 다리의 힘이 급속히 빠져갔다.

아…. 행복하다. 너무나 참고 참아 왔었다. 젊은 혈기. 자신만을 바라보는 사랑스러운 드림의 입술과 촉촉한 눈망울을 볼 때 마다 얼마나 그녀를 안고 싶었던가…. 하지만 아버지를 꼭 닮은 그녀의 눈은 자신이 처한 상황, 보호자의 입장을 다시 생각하게 만들었다. 그는 단순히 그의 애인이기 보다는 아버지이자, 보호자가 되어야 했기 때문이다. 그랬기에… 그는 참고 또 참았다. 하지만 지금 찬란한 불빛 보다, 더 아름다운 그녀의 눈빛이 그를 미치게 만들어 버렸다. 마주 닿은 입술과 함께 뛰는 심장 박동소리. 촉촉한 그녀의 입술은 그를 너무나 행복하게 만들었다.

"음… 음…."

누구의 입에서 나는 신음 소리일까? 드림이의 귀에는 그저 가야와 자신의 심장 소리만이 들려 올 뿐이었다.

주변에서는 일행들이 그들을 감싸며, 휘파람을 불어 대고 있었고, 다른 나라 관광객들은 박수를 쳐댔으며, 그 와중에, 수진이가 돌아서고 주미가 가방을 집어 던지며 수진의 뒤를 따라 걸어가고 있었다.

사람보다 큰 판다가 입구를 떡하니 지키고 있는 호텔로비의 사람들은 한국과 일본의 관광객이 전부였다. 드림이와 가야가 로비에 들어서서, 일본인 관광객들의 무리를 지나는데, 그들이 두 사람을 가리키며 웃는다. 뭐라고 하는 지 알아 들을 수는 없지만, 아무래도 빅토리아 픽크에 있었던 사람들인가 보다.

드림이는 부끄러움에 가야에게 인사를 하는 둥 마는 둥 하고 얼른 연지와 방으로 들어 왔다.

"어…. 드림아… 왔니?"

붉어진 얼굴로 자신을 바라보는 연지를 보니… 뭐라고 말을 해야 할지, 그저 얼굴만 더 달아오른다.

드림은 숨을 가다듬고 자신을 자세히 바라보고 있는 연지를 피해, 또, 욕실로 달려갔다.

'첫키스…. 엄밀하게 말하면 두 번째 키스'

첫키스를 회상하며 다시 얼굴이 붉어진 드림이는 애꿎은 샤워기로 머릴 톡톡 쥐어박으며, 미친년처럼 헤헤거리며 웃었다. 한국의 집도 아니고, 낯선 홍콩의 한 호텔에서 발가벗고 샤워기로 머리 쥐어박는 드림이의 모습이 거울에 고스란히 비치고 있었다.

'이제 샤워기에서 피만 쏟아지면 마치 호러 영화의 한 장면 같을 텐데. ㅎㅎㅎ'

이렇게 혼자 히죽거리고 있는 자신의 모습을 거울을 통해 바라보고 있을 때, '똑똑'하고 밖에서 문을 두드리는 소리가 들린다. 드림이는 푼수 같은 자신의 모습이 밖에서 비치기라도 하나 싶어, 철렁 가슴이 내려앉는 것처럼 놀랐다.

"어, 왜?"

"드림아, 얼른 나와 봐. 손님 오셨어. 수진 언니."

늦은 시간이라 프론트의 담당자를 제외하고는 아무도 없는 호텔 로비의 한 구석 소파에 앉아 있는 드림이는, 죄 지은 사람처럼 고갤 들지 못하고 수진이와 마주보고 있다.

'아이. 잘못한 것도 없는 데 고개가 왜 이리 무거운 걸까?'

"드림아."

"네."

"나, 네게 부탁이 있어."

"부탁이요?"

설마… 오빠를 양보하라는 그런 신파조이 말은 아니겠지? 그럴 리가 없다. 무슨 3류 아침 드라마도 아닌데…. 그럴 리가 없다.

하지만 그녀의 기우는 현실로 나타나고야 말았다.

"제발…. 가야를… 가야를…."

"언니…"

빅토리아 피크의 키스 때문이리라….

수진 언니의 감정을 익히 알고 있으므로 조심했어야 했는데….

수진의 두 눈에 눈물이 고였다. 자신감 넘쳐 보이는 수진에게 이런 면이 있었다는 것이 놀라울 뿐이다. 이렇게 약한 모습으로 자신에게 부탁까지 할 줄은 미처 상상도 하지 못했다. 뭐라고 해야 할까? 어떻게 위로를 해야 할까….

"포기 하려고 했었어. 그때 계곡에서… 발이 그렇게 되기까지 너를 안고 달리던 가야의 모습을 보면서 포기하려고 했었어."

가야에 대한 서글픈 사랑으로 그녀의 목소리가 파르르 떨렸다. 수진은 쓰라린 가슴을 안고 속삭이듯 말했다.

"정말 미안해. 미안해. 드림아, 그런데 내가 미쳐버릴 것만 같아. 미쳐버릴 것만 같아. 가야가 없는 삶을 살아야 한다고 생각하니 정말 미쳐버릴 것 같아."

"언니…"

그녀의 아픔이 드림의 마음까지 전해져 왔다. 라이벌인데… 연적인데… 수진이 너무나 가엾고 안쓰럽기만 드림이다. 같이 펑펑 울 수 있으면 마음이 훨씬 더 편할 텐데….

"너희 이 늦은 밤에 뭐하냐? 안자고?"

그때였다. 약속이라도 한 것처럼 가야가 로비에서 그녀들 쪽으로 걸어오고 있었다.

"오빠!"
"가야야!"
드림이와 수진이가 동시에 가야를 불렀다.
"어이, 꼬맹이. 너 얼른 얼른 들어가서 자야지 키가 쑥쑥 크지. 얼른 들어가서 자."
그가 그녀의 머리를 쓰다듬으며 말했다. 그의 이런 다정함이 수진에게 얼마나 아픔이 될지 아는 터라 드림은 난처한 기색으로 그를 바라만 보았다.
"그래. 피곤 할 텐데 내가 괜히 불러냈나 보다. 어서 들어가서 자."
수진이 미소를 지으며 말했다. 자꾸, 자꾸만 그녀가 가엾어 진다. 그렇다고 사랑을 양보할 수도 없고….
"왜? 가기 싫어? 업어줄까?"
아무것도 모르는 가야가 또다시 아무렇지도 않게 말하자 마음을 단단히 먹고 있던 수진의 미소가 흔들렸다.
'눈치 없기는….'
이래서 남자들이 애란 말이 나왔을 것이다.
"또 왜 이러실까?"
"자. 인심 썼다. 어서 업혀."
"됐어. 어서 일어나."
드림이 수진의 눈치를 보며 말했다.
"드림아…. 어서 업혀."
가야의 재촉에 드림이 할 수 없이 그의 등에 업혔다.
"어. 야 너 쌀 한 가마니 보다 더 무거운 거 아냐? 몸무게에 신경 써라."

가야가 끙끙거리며 한 걸음 한 걸음 내딛더니 힘겨운 듯이 말했다. 그리곤 뒤를 보며, 무심한 한마디를 던진다.

"수진아 너도 피곤할 텐데 어서 자. 잘 자라."

가야는 드림이를 업고 호텔 정원으로 천천히 걸어 나오며 살갑게 물었다.

"괜찮아?"

"그럼, 이렇게 오빠에게 업혀 있는데, 아주 괜찮지."

"기분은 좋으냐?

"응, 아주 좋아."

"그럼 다행이구, 바람 좀 쐬고 들어가리?"

"응."

가야는 드림이를 등에 업고 호텔 정원을 걷기 시작했다.

넓은 정원의 테두리를 이루고 있는 동그란 나무들과 은은한 조명이 멋지게 어우러져 있었다.

정원 한 가운데 있는 분수대에서 하늘을 향해 용감하게 쏘아 올리는 물줄기가 보기에도 시원한 느낌을 주었다.

이미 정원에 나와 바람을 쐬고 있던 사람들 몇몇이 그들을 보며 웃는다.

"오빠, 수진 언니…"

"드림아, 수진이… 많이 힘든 시기를 지나왔었어. 나랑 같이. 혹시 네게 안 좋게 대하더라도 니가 좀 이해해줘라."

"그럴 리가…. 언니가 얼마나 잘해 주는데…."

드림이 정색을 하며 대답했다. 수진은 정말 멋지고 착한 언니였다.

"그래. 그럼 다행이고. 니가 힘이 세니까 수진이 많이 도와줘."

"나, 힘없어. 연약해."

"인마, 네겐 내가 있잖아. 이렇게 씩씩하고 듬직한 머슴이 있는 니가 더 힘이 세지."

단순한 드림이는 가야의 말에 금세 기분이 풀어지기 시작했다.

"피, 알았어. 근데, 오빠, 우리, 진실게임 하자."

"어, 진실게임. 하하하 진실게임?"

"나, 오빠에게 물어 보고 싶은 거 너무 많아. 어, 얼른 해."

"그러시죠. 마님."

가야의 시원한 대답.

"오빠, 솔직히 대답해줘."

"뭔 얘긴데 이렇게 뜸을 들이냐?"

"사실 내가 좀 매력적이고 조신하고 귀엽기는 해도 오빠 같은 킹카가 나를 이렇게 좋아라 해주는 게 나도 이해가 좀 안 돼. 오빤 얼굴도 잘 생기고 집안도 좋고 공부도 잘하고."

"하하, 이제야 너도 내가 킹카라는 걸 인정하는구나? 사실 내가 좀 아깝기는 해."

가야가 웃으며 장난스럽게 말했다.

"아이참 난 장난 아니란 말이야."

가야의 등에 업힌 채, 드림이가 몸을 흔들자, 가야는 더 크게 웃었다. 그의 웃음소리가 참 듣기 좋은 그녀다.

"인마 너 떨어진다. 조심해. 꼭 새끼 곰 한마리가 움직이는 거 같단 말이야."

"거짓말 하지 마. 오빠가 언제 곰 업어 보기라도 했어? 우리 아빠가 나더러 솜털처럼 가볍다고 했다고."

드림이의 말이 끝나자마자 갑자기 굳어 버린 듯 걸음을 멈추는 가야.

"드림아, 아빠가 많이 업어 주셨어?"

한참 후 조용한 말투로 가야가 물었다.

"그럼 많이 업어주셨지."

그리운 아빠를 생각하며 드림이도 조용히 말했다.

"많이 보고 싶지?"

"응. 첨에 하고 많은 사람 중에 왜 착하고 멋진 우리 아빠가 돌아가셨나, 하고 많이 울었어, 하나님 원망도 많이 하고. 근데, 아빠 무덤가에서 엄마가 나랑 더함이에게 이러시는 거야.

'사랑하는 딸들, 아빠 보고 싶지?'

우리는 그렇다고 울면서 고개를 끄덕였어. 그랬더니 엄마가 '하나님이 많이 원망스럽지?' 하고 물으시는 거야. 그래서 '응, 엄마 하나님이 원망스러워' 하고 눈물 콧물 흘려가며 울었어. 근데 엄마는 뜬금없이 청어얘기를 꺼내시는 거야."

그때를 생각하며 눈시울이 또 붉어지는 드림이다.

"청어…?"

"응, 청어. 엄마가 그러셨어. '영국 사람들은 청어를 너무 좋아하거든, 근데 이 청어란 놈들이 어찌나 성미가 급한지 먼 바다에서 잡아다 영국으로 돌아오면 하나 같이 다 죽어 있는 거야. 그런데, 딱 한 척의 배만은 싱싱하게 살아 있는 청어를 가지고 항구로 돌아왔대. 왜 그런지 아니? 바로 청어의 천적인 메기를 청어들이 있는 물속에 놓아 주는 거야. 그럼 이 메기들은 청어들을 잡아먹기 위해 열심히 잡으러 다니고, 이 청어들은 천적인 메기에게서 벗어나기 위해 열심히 헤엄쳐서 도망 다니고. 이 메기 덕분에 청어들은 싱싱하게 영국까지 올 수가 있었던 거래. 아마 이런 고난들이 우리에게는 메기와 같은 녀석 일거야. 메기 덕분에 우리가 하루하루를 방심하지 않고 열심히 헤엄쳐 다니며 살고 있다고 우리 그렇게 생각하자' 라고 말씀하셨고 그 날 우린 참 많이 울었어. 엄마의 말이 다 이해가 되는 건 아니지만 어렴풋이 조금은 알겠더라고. 고난이란 것을. 누군가 그랬잖아, 하나님은 우리에게 감당할 만큼의 시련만 주신다고."

드림이는 긴 이야기를 마친 후 눈물을 훔쳤다.

"드림아, 미안해."

"오빠가 왜 미안해?"

"그냥, 그때 옆에 없어서…. 혼자 아프게 해서 미안해. 이제부터 내가 메기를 쫓아 줄께. 그리고 돌아가신 아버님 대신, 내가 많이 업어 줄게, 네가 싫다고 할 때까지, 지겨울 때까지."

가야의 목소리가 울먹이는 듯 들리는 것은 드림이만의 생각일까.

"히히 감동이다. 오빠."

"내가 그랬잖아, 넌 황금 거위를 얻었다고."

"그래 오빠 내게 황금 거위 맞아. 머슴에다 황금 거위."

그날 밤 가야는 이제 됐다는 드림이를 한참동안이나 업고 정원을 산책했다.

그땐 자신을 왜 좋아하는지에 대한 물음을, 가야의 농담 때문에 잃어버렸음을 알지 못했다.

늦은 밤 가야는 드림이를 객실 앞까지 업어다 주었고 드림이가 자신의 등에서 내려오자 드림이의 이마에 입을 맞추며 말했다.

"피곤하겠다. 잘 자."

"오빠도 잘 자."

드림이가 돌아서자, 가야가 다시 드림이를 불렀다.

"드림아."

"응?"

드림이가 돌아보자 가야는 드림이를 다시 꼭 껴안았다. 그녀의 온 몸이 부서질 듯이 껴안고는 다시 그녀의 입술에 입을 맞추었다. 조금은 과격해진 가야의 힘에 한참을 그의 품에 안겨 있던 드림이가 그를 살짝 밀어 냈다.

"너무 늦었어. 오빠 피곤할 텐데 어서 가서 자요."

"그래. 어서 들어가 자라. 피곤하겠다."

"웅, 나 진짜 들어간다."

드림이가 손을 살짝 흔들어 주며 방으로 들어섰다. 방에 들어서자마자 다리에 힘이 풀려 문에 등을 기대고 서 있기를 5분쯤 됐을까.

"드림아, 끝까지… 세상 끝까지 내가 지켜 줄께."

문을 통해 속삭임처럼 들려오는 가야의 목소리에 드림이

는 자신도 모르게 저절로 눈물이 흘러 나왔다.
"사랑해. 오빠."
그날 밤 드림이는 정말 지독한 사랑에 빠져 버렸다.

이튿날 아침은 무척이나 곤혹스러웠다.
"그 많은 사람들 앞에서 키스한 기분이 어떻디?"
연지는 일어나자마자 드림이를 잡고 어젯밤 키스에 대한 감상을 끊임없이 물었다.

연지가 보기에도 드림이는 남다른 매력을 가진 그런 아이다. 같이 있으면 사람을 참 편안하게 해주고 항상 유쾌하게 만드는 그런 힘을 가졌다.

그런 드림이여서일까. 정말 멋진 남자친구를 가지게 되고 또 드림이 덕분에 자신 또한 좋아하는 사람이 생겼다. 더구나 이렇게 홍콩까지 와서 이처럼 멋진 구경을 하는 것이 잘 따져 보면 드림이의 덕이 아니겠는가.

판다호텔 5805호, 처음 방을 배정 받았을 때, 두 사람은 깜짝 놀랐다. 58층이라니…

약간의 고소공포증이 있는 연지는 이렇게 높은 곳에서 잠이 오냐며, 무서워했지만, 어젯밤 드림이와 가야가 정원을 산책하고 들어 왔을 때는 쌔근쌔근 거리며 누가 업어 가도 모를 정도로 깊은 잠이 들어 있었다.

"기분이 어땠냐니깐?"
"아, 몰라. 나 씻어야 돼."
드림이는 빨개진 얼굴을 감추기 위해, 수건으로 괜히 얼굴을 닦는 척 하며, 목욕탕으로 황급히 들어갔다.

"드림아, 무지 부럽다. 네가 어릴 때부터 걷는 거, 말하는 거 심지어 생리도 나 보다 한참 늦되더니, 어쩌다가 키스는 나보다 더 빨리하게 됐단 말이냐. 흑흑흑."

드림이는 등 뒤로 들려오는 연지의 하소연을 못들은 척, 얼른 문을 닫아 혼자만의 공간을 만들어 버렸다.

"계집애. 부끄러워하기는…."

문틈을 타고 연지의 부러움에 찬 격려가 들려왔다. 한참을 미적거리다 나가니, 연지는 혼자 끙끙 앓고 있었는지, 배를 감싸 안으며 얼른 화장실로 들어가 버렸다.

"왜 이렇게 늦게 나와. 바지에 쌀 뻔했다."

이럴 땐 연지의 변비가 참으로 고맙기도 하다. '제발 오래 오래 싸라'

드림이는 머리를 빗으며 혼자 중얼거렸다.

잠시 후, 화장실 문이 열리며 연지가 하는 말,

"이럴 때 보면 정말 사람도 동물인 걸 실감한다니까, 이렇게 홍콩까지 와서 영역 표시를 하니 맘이 얼마나 뿌듯한지."

정말 얼굴도 뿌듯해 보이는 것이 제법 만족스레 보인다.

"너, 지금 굉장히 쑥스럽지? 알았어. 내가 모른 체 해준다. 굉장히 부럽기도 하지만 나도 스스로 느껴 보고 싶으니 내가 이쯤해서 참아주지. 종이 울리는지 안 울리는지는 내가 스스로 알아내도록 하마."

방을 나서던 연지의 말에 드림이는 고마움과 안도감을 느꼈다.

"헤헤. 고마워."

두 사람이 엘리베이터를 타고 내려가니 일행들은 먼저 로비에 모여 그녀들을 기다리고 있었다.

"오늘도 홍콩의 관광지를 둘러보고, 오후에는 자유 시간을 갖기로 하자."

유신의 인솔에 일행들은 기대에 부풀어 호텔을 나섰다.

"홍콩이 아무리 작은 나라 하더라도 2박 3일의 일정은 너무나 짧은 것 같아."

"그러게. 시간을 넉넉히 가지고 느긋하게 둘러보면 좋겠는데…"

연지의 말처럼 짧은 시간에 이곳을 다 둘러보기는 무리가 있었다.

일행들은 시간을 아껴가며 디즈니랜드, 스텐리 마켓, 리펄스베이 등등의 관광 명소를 둘러 본 후, 홍콩의 재래시장에서 점심을 먹었다.

자유 시간으로 주어진 저녁 무렵에는 구룡공원이 있는 도로가를 걸었다.

"와…. 이 나무들 좀 봐. 정말 멋지다."

구룡공원이 있는 도로는 어른 세 명이 둘러서야 닿을 정도로 큰 나무들이 길가에 늘어서 있는 인상적인 거리였다. 세월의 흔적을 가지고 있는 나무들의 넓은 두께와 무성한 잎들은 보는 이들로 하여금 저절로 감탄이 일게 할 정도였다. 여기저기 젊은 남녀들이 데이트를 하고 있는 분위기로 봐서는 우리나라의 대학가를 연상시키는 곳이었다.

"이 나무들은 100년이 넘은 고목들이야. 홍콩정부에서 여기에 길을 내려다가 나무들 때문에 옆으로 길을 냈어."

"와. 오빠 어떻게 그런 것까지 알아?"

드림이가 경이로운 눈으로 가야를 바라보았다. 장난꾸러기처럼 하늘색 모자를 거꾸로 쓴 가야는 홍콩에서도 여전히 돋보이는 존재였다.

낯선 곳에서 그녀의 손을 꼭 쥐고, 그녀를 이끄는 그에게서 드림은 포근함과 든든함을 느꼈다. 세상 어느 곳에서 오빠만 있다면 무서울 것이 없는, 그런 든든함.

"오빠 나 구룡공원 구경하고 싶어."

"이런 6시까지 모이기로 되어 있잖아. 시간 다 되어 가는데…."

"오빠. 딱 30분만…. 응? 딱 30분만 보자?"

그녀의 애교에 가야가 결국 포기를 하며 미소를 지었다.

"알았어. 그럼 여기 잠시만 있어. 애들에게 식당으로 먼저 가라고 말하고 올 테니, 너 여기 있어. 딴 데 가지마."

"응. 얼른 와."

가야는 누누이 당부를 하며, 뒤쪽으로 불이 나게 뛰어 갔다.

"참, 내가 어린 애가?"

드림이는 뛰어가는 가야를 보며 혼자 중얼거렸다.

어엿한 성인인 자신에게 아직도 어린 아이 취급하는 그가 못 마땅했지만 그래도 기분이 나쁘진 않았다. 자신을 걱정해 주고 염려해준다는 것은 그만큼 그의 애정이 깊다는 증거가 아니겠는가?

"너, 여기서 뭐하니?"

한 오 분 정도 지났을 까, 와야 할 가야는 오지 않고 전혀 반갑지 않은 주미가 드림이에게 오고 있었다. 드림이를 노골적으로 기분 나쁘게 쳐다보는 주미. 그녀의 날카로운 눈이 매섭다.

"네. 언니. 오빠 기다려요."

"가야?"

대답을 기다리는 주미의 눈가에 야릇한 미소가 번득였다.

"네."

"아까 너랑 구룡공원 간다고 그러던데?"

"네. 일행에게 저희 조금 늦는다고 말하러 갔어요. 근처에 맥도날드에서 6시까지 만나기로 했잖아요. 저흰 조금 늦을 거라고요, 기다리실 까봐…"

"그래? 구룡공원? 나도 가보고 싶었는데…. 우리 같이 움직일까?"

주미와 같이? 전혀 반갑지 않지만 면전에 대고 싫다고 할 수도 없다.

"예…."

마지 못해 대답하는 드림이와는 달리 주미의 눈가에 환한 미소가 번져가고 있다.

등 뒤로 낯선 느낌이 스멀거리고 다가왔지만 드림이도 마지못해 주미를 따라 웃음을 지었다.

"그래, 그럼, 우리 여기서 이러고 있지 말고, 먼저 들어가 있자. 너무 늦으면 공원 문 닫을 거 아냐."

"오빠가 여기서 꼼짝 말고 기다리라고 했는데요…."

"내가 있는 데 무슨 걱정이니? 같이 들어가 있으면 뒤 따라 오겠지."

"그래도…."

"나만 믿고 와. 걱정하지 말고…."

공원 안으로 들어서자, 폐장 시간이 다 되었는지 밖으로 쏟아져 나오는 중국인 관광객들 때문에 정신이 없었다. 왁자지껄한 소음과 무례하게 밀치고 다가오는 사람들 틈에 밀리다가 겨우 정신을 차리고 보니, 주미가 보이지 않는다.

"언니?"

여기저기를 둘러보아도 낯선 사람들뿐이다. 갑자기 무서움이 밀려왔다.

이럴 줄 알았으면 아까 그 자리에 그대로 서 있을 걸…. 때늦은 후회였다.

"언니?"

소리쳐 불러 보아도 주미는 보이지 않는다.

1시간쯤 지났을까….

한참을 둘러보고 찾아보아도, 주미가 보이지 않자 드림이는 점점 겁이 나기 시작했다.

더구나 아까부터, 자신을 유심히 쳐다보던 불량스럽게 생긴 홍콩 남자 둘이 계속 신경이 쓰인다.

주변에 가족 단위의 관광객들이나, 연인들로 보이는 몇몇 사람들이 있는 것을 보고 안심이 되었으나, 그래도 낯선 곳, 낯선 사람들 틈에 있으려니 긴장되고 무서워졌다.

"오빠, 가야 오빠."

혹시나 가야가 들어 와 자신을 찾지 않을까, 하는 실낱같은 희망을 가져보며 두리번거렸다.

"안녕하십니까?"

조금 전에 자신을 유심히 지켜보던 그 사람들이다. 그들이 다가와 그녀에게 서툰 한국말로 말을 걸었다. 번득이는 그들의 눈초리가 마음에 들지 않아, 드림이는 아무런 대꾸도 하지 않고 그들을 피해 앞으로 계속 나아갔다. 알아듣지도 못하는 중국말을 하던 둘은 히죽거리며 그녀를 따라왔다.

온 몸에 소름이 돋는다. 그녀의 가쁜 숨소리가 공기를 갈랐다.

여전히 낄낄 거리며 따라오는 그들을 느끼며, 주위에 도움이 될 만한 사람을 열심히 찾아보았다.

"저기, 한국 분 안 계세요? 좀 도와주세요."

다급하게 드림이가 소리를 지르자, 주변의 사람들이 드림이를 쳐다보며 뭐라고 말을 했다. 그러자 그녀를 따라 오던 두 남자는 웃으며 그들에게 대답했다.

남자들의 말이 끝나자 주위 사람들은 드림이와 두 남자를 보며 막 웃어댔다.

그리고는 다들 별일 아니라는 듯, 드림이와 그 남자들에게 관심을 거두어 들였다.

"헉. 헉."

그녀의 발걸음이 빨라질수록 낯설고 인적이 드문 곳이 나타난다. 방향을 돌려 보고 싶었지만 뒤를 바짝 쫓고 있는 남자들 때문에 여의치가 않았다.
"악. 왜 이래요. 이거 놔!"
발걸음을 빨리 한 두 남자가 갑자기 앞으로 튀어 나와 양쪽으로 드림이를 꽉 붙잡고는 성큼 성큼 걷기 시작했다.
"살려 주세요. 도와주세요. help me! help me!"
그녀는 발을 뻗대며, 소리를 질렀다.
열심히 발길질을 하고 반항을 했지만 두 사람을 당해내는 것은 무리가 있었다.
"도와주세요. 오빠. 가야 오빠. 도와 주세요."
드림이가 아무리 소리쳐도 누구 하나 나서서 도와주는 사람이 없었다.
점점, 힘이 빠져가는 드림이는 그들에게 끌려가면서, 아득한 것이 무섭고 떨리며 눈물도 쏟아지기 시작했다. 이렇게 길이 어긋날지 알았다면 그 자리에 그냥 가만히 있을 걸.
"오빠, 가야 오빠, 살려 줘, 엄마, 엄마."
그때였다. 그들의 뒤 쪽에서 낯익고 반가운 말소리가 들려왔다.
"한국 분이세요?"
엄미의 나이 쯤 되어 보이는 아주머니와 건장한 남자들 서넛이 함께 서있었다.
'살았구나…'
눈물이 앞을 가려왔다. 일순간에 다리에 힘이 빠졌다.
"네, 아주머니. 제발 살려주세요."
두 명의 무례한 들은 이미 전의를 상실 한 채 그녀를 놓고 뒷걸음 쳐서 달아나 버렸고, 그들에게 풀려난 드림이는 바닥에 철퍼덕 주저앉아 버렸다. 다리에 힘이 풀려 더 이상 서 있을 기력도 없었다.

친절한 한국아줌마는 그녀를 근처 벤치로 데려가 물수건으로 얼굴을 닦아 주었다.

얼굴에 와 닿는 찬 기운에, 정신을 차린 드림이는 포근한 엄마와도 같은 아줌마의 얼굴을 보며 눈물만 펑펑 흘릴 뿐이었다.

"이런 학생, 어쩌다가 혼자…. 중국어도 못하는 거 같은데, 일행을 잃어 버렸어요? 정말 큰일 날 뻔했네."

다정한 목소리의 아줌마는 드림이를 안아 일으켜 주었다.

"드림아! 드림아!"

없어진 드림이를 찾아, 구룡공원 일대를 미친 듯이 헤매고 다니던 가야는 드림이가 무사히 도착했다는 연락을 호텔 측으로부터 받고 숨 돌릴 틈도 없이 호텔로 들이 닥쳤다. 심장이 터질 것만 같은 고통 속에서 숨을 몰아쉬며 그녀의 앞에 섰다. 얼마나 울었는지 온 얼굴이 퉁퉁 부어 있는 드림이를 확인하는 순간, 가야도 목 놓아 울고 싶었다. 심장이 멎는 듯, 가슴이 아파왔다. 얼마나 무섭고 겁이 났을까? 이 모든 것이 잠시나마 그녀를 혼자 둔 자신의 과실이었다.

그녀를 아프게 했다…. 그것이 그를 더 아프고 힘들게 만들었다.

"드림…. 드림아, 괜찮아? 어디 다친 덴 없어? 인마, 심장이 멎는 줄 알았다."

"오빠…. 엉엉엉."

가야를 보자 한동안 멈추었던 눈물이 다시 쏟아져 내렸다.

안도의 한숨을 쉬며, 가야는 드림이를 꼭 껴안아 주었고 그녀는 포근한 그의 품에서 또 다시 엉엉 울었다.

홍콩에 살고 있는 박 여사는 모델처럼 근사한 남자가 헐레벌떡 호텔 로비로 들어와서는 그들에게 곧장 뛰어오자 드림 양이 찾는 그 오빠라는 사람이 그일 것이라 짐작을 했다.

번듯하게 아주 잘 생긴 청년의 얼굴은 하얗게 질려 있었다. 그녀를 꼭 껴안아 주는 남자의 얼굴이 금방이라도 울음을 터뜨릴 듯하다. 보고만 있어도 얼마나 서로를 생각하고 사랑하는 커플인지 알 수 있을 것 같았다. 그녀는 자신의 덧없는 젊은 시절을 되짚어 보며 부드러운 미소를 지었다.

"애인되시나 봐요?"

그들을 흐뭇하게 바라보고 있던 아줌마가 가야의 어깨를 두드려 주며 아는 체를 한다.

드림이와의 재회에 정신을 놓고 있던 가야는 급히 마음을 가다듬고 자신들을 바라보고 있는 박 여사를 바라보았다. 인지히고 따뜻하게 생긴 한국여인이 그를 보며 선한 미소를 짓고 있었다.

"네. 아, 도와주신 분이시군요. 감사합니다. 감사합니다."

엎드려 절이라도 하고 싶은 심정이었다.

"아니에요. 운이 좋았지요. 그렇지만 다음부터는 조심해야 합니다."

"네. 네. 잘 알겠습니다. 그런데 어떻게 된 건지?"

가야는 드림이를 로비에 있는 소파에 앉히고 난 후, 그녀의 옆에 앉아 아직도 떨고 있는 드림의 손을 꼭 쥐어 주었다.

"일행이랑 떨어졌나 봐요. 공원에서 불량해 보이는 남자들이 집나간 여동생인데, 자꾸 도망가려해서, 잡아 가는 중이라고 하더라고요. 다들 이상하다고 눈치는 챘는데, 겁이 나서 선뜻, 나서지는 못하는 것 같았어요. 중국 사람들이 원래 남의 일에 간섭을 잘 하지 않아요. 길거리에서 강간이나 살인이 나도 잘 나서질 않아. 근데, 이 학생이, 도와달라고, 한국말을 하는 거야, 내가 옆에 사람 몇몇을 간신히 설득해서 따라갔지. 다행히 험한 일 당하기 전에 찾았으니 얼마나 다행이에요. 우리 남편이 경찰인데 연락 했다고 얼른 가지 않으면 남편에게 말해서 잡아넣겠다고 했더니 그 불량배들이 도망가 버렸어요. 난 이곳에서 8년째 살고 있어요. 이렇게 한국 청년들을 만나니 너무 반갑네. 근데 다음부터는 애인 잘 챙겨요."

사례를 하겠다는 가야의 말을 극구 사양하며 박여사가 떠나자, 가야는 화가 난 표정으로 드림이를 바라보며 소리쳤다.

"내가 그 자리에 가만히 있으랬잖아, 왜 혼자 공원엘 갔어."

"난, 흑흑, 난 주미 언니가 같이 가자고…. 오빠 금방 올 거라고… 해서…. 흑흑흑. 그런데… 사람들이 너무 많아서 언니를 잃어 버렸어. 흑흑흑."

"미안해 드림아, 너무 놀랐지? 정말 미안하다."

뒤늦게 일행과 함께 나타난 주미가 미안해하며 사과를 했다.

"어떻게 된 거야?"

가야가 다소 격앙된 목소리로 물어보자, 주미가 얼굴을 붉히며 말했다.

"사람들이 너무 많았어. 드림이를 놓치고 나서 나도 한참 찾아 다녔는데…. 애가 보이질 않아서…. 나도 여태 찾다가 온 거야. 그러다 혹시 너를 만나서 일행과 합류 했나 싶어서 저녁 먹기로 한 식당에 들렀더니 둘 다 안 보이길래…."

"그래, 우리도 주미 말 듣고는 밥 먹다 말고 바로 뛰어 왔잖아."

가야의 얼굴이 심상치 않음을 느낀 현우가 주미를 감싸며 거들었다.

"됐어. 찾았으니 다행이지 뭐."

"그래. 가야야 화 풀어, 우리도 미안하다."

다들 한 마디씩 거들었다.

"어디 아픈데 없어? 넌, 괜찮아?"

주미가 다시 기가 죽은 목소리로 드림이에게 물었다.

"네, 괜찮아요. 제가 잘못한 건데요, 뭐."

드림이의 실종사건은 이렇게 해서 일단락이 났다. 하지만 고의로 드림이를 놓치고 돌아와 버린 주미에게는 가슴이 덜컥했던, 잊지 못할 사건이었다.

그녀를 놓친 것처럼 해서 겁만 조금 주고 골탕을 먹여서 눈물을 쏙 빼고는, 데려 오려고 마음을 먹었는데…. 정말 드림이를 잃어버릴 줄은 생각도 못했다. 일이 이렇게 커질 줄은 꿈에도 상상 하지 못했었다. 순간적으로 놓친 드림이를 찾지 못하고 혼자 헤매고 돌아오는데 얼마나 겁이 나고 무서웠던지…. 수진이에게서 가야를 빼앗아 가버린 얄미운 드림이에게 복수를 하고 싶었다. 하지만 도리어 자신이 식겁을 당한 경우였다. 아무튼, 무사히 돌아와서 얼마나 다행인지 모른다.

앞으로 다시는 이런 장난을 치지 않을 것이다. 더불어 이제는 사람을 미워하지 않기로 굳게 다짐을 한 주미였다.

그날 밤 일행들이 다 잠들어 있는 늦은 시간, 가야는 아무도 모르게 수진이와 둘이서 호텔 근처의 벤치에서 만났다. 한참을 얘기하던 그들은 언성을 높이며 다투었다. 잠시 후, 두 사람은 침묵을 했고, 울며 일어서는 수진의 뒷모습을 가야는 가슴 아프게 바라보았다.

홍콩에서 드림이가 잠시 물의를 일으킨 후로 가야는 잠잘 때 빼고는 항상, 드림이의 곁에서 한시도 떨어지지 않았고 정말 자기가 말한 대로 머슴의 직분을 충실히 수행했다. 덕분에 드림이는 진정한 마님이 되어 홍콩에서의 여행을 즐길 수가 있었다. 때때로 수진의 빈자리가 느껴져 죄책감 비슷한 것이 느껴지곤 했으나, 든든한 가야와 수선스러운 연지가 항상 옆에 있었기에 재빨리 떨쳐 낼 수가 있었다.

여행을 다녀온 다음날, 드림이는 엄마와 더함이를 식탁에 앉혀 놓고 맛난 저녁을 준비 중이다. 자기 혼자 여행 다녀온 것이 미안해서 시장에서 잡채도 사고 과일 샐러드도 해 놓고, 오이냉국도 준비해 놓았다.

"와! 이게 우리 딸이 차린 거야? 너, 가끔 여행 보내야겠다. 완전히 감동이 밀려오는데. 어쩜!"

엄마의 기쁜 함성소리에 힘을 얻은 드림이는 의기양양하게 말했다.

"응, 내가 다 차렸어. 잠시만, 엄마. 계란 프라이만 하면 돼."

"야. 너 솔직히 말해 여행가서 먼일 있었던 거 아냐? 애가 왜 안하던 짓을 하고 이러실까?"

더함이의 말에 드림이는 빅토리아 픽크에서의 키스와 구룡공원의 일이 생각나 얼굴을 잠시 붉혔다.

"저 봐라. 얼굴 빨개지는 거, 너 수상해."

태클의 1인자 강서더함.

"아냐. 불 앞에 있어서 그래, 너, 조용해."

당황해 하던 드림이가 뒤돌아서서 기름을 두르고 달걀을 깨자 엄마와 더함이가 동시에 소릴 질렀다.

"드림아!!"

"야!!"

"아, 왜?"

"너."

더함이가 가리키는 대로 자신의 손을 본 드림이는 깜짝 놀라, 자신이 식용유라고 생각하고 들고 있던 노란 통을 떨어트렸다.

드림이의 손에는 식용유 대신, 노란 트리오가 들려 있었기 때문이다.

11. 또 다른 상처

"으흠. 그러니까, 이번 주말, 농촌 의료 봉사 가는데, 나도 가자고?"

드림이와 가야는 정말 오랜 만에 점심시간을 이용해서 짧은 데이트를 즐기고 있다.

시냇물이 졸졸 흐르는 이곳은, 그들만의 추억이 묻어있는 아지트이다.

드림이의 입장에서 보면, 가야에게 영어와 수학의 고문을 당한 바로 그 추억의 장소이다.

"근데 오빠, 나 궁금한 거 있는데…."
"뭐야?"
"수진 언니랑은 언제부터 그렇게 친했었어?"

가야의 얼굴색이 잠시 어두워졌다.

"어. 옛날부터 좋은 친구 사이야."
"그냥 친구?"
"응."
"알았어. 믿어주지."
'쪽'
"어…. 오빠?"

드림이의 말이 끝나자마자 드림이의 입술에 쪽하고 입을 맞추는 가야. 그녀의 눈 흘김이 귀여워 자신도 모르게 해 버린 행동이었다.

매일이 요즘만 같으면 얼마나 행복할까… 공부가 조금 힘에 부치기는 하지만, 그녀의 얼굴을 이렇게 잠시 보는 것만으로도 피로가 다 날아 가버리는 그였다.

주말이 되자 드림이는 아침부터, 짐을 싸느라 정신이 없다. 엄마가 챙겨주시는 시골 어르신들 드릴 환도 넣고, 먹을 것, 입을 것, 아이들과 놀아줄 준비물 등을 큰 가방 가득 차곡차곡 싸서 넣었다.

시간 맞춰 데리러 온 가야와 같이 학교에 도착하니 미리 도착한 일행들이 그들을 기다리고 있었다.

연지와 유신, 오래간만에 보는 현우, 진우, 주미 등 홍콩에 같이 다녀왔던 그 멤버들이 그대로 모였다. 수진은 이번 농활에는 참석을 하지 않았다. 조금 섭섭하기는 했으나, 한편으로는 다행이라는 생각이 들기도 한다.

드림이는 버스를 타고 가는 내내, 가야와의 러브모드를 조성하고 싶었으나, 봉사활동의 총책임을 맡고 있는 가야는 너무나 바빠만 보인다.

  드디어, 봉사활동을 위해 도착한 곳은 경북에 있는, 사과가 유명한 청송이라는 곳이다.

  이곳에 있는 교도소에서 죄수 한 명이 탈주를 해서 온 나라가 떠들썩 한 적도 있었다고 한다.

  차에서 내린 드림이가 주위를 둘러보니, 다 논과 밭이고, 조그만 마을을 중심으로 아담한 벽돌 교회와 회관이 있다.

  일행은 교회에 짐을 풀고, 인심 좋으신 마을 어르신들과 목사님이 준비해주신 국시('할머님들이 국시 묵으라'고 해서)를 맛있게 먹었다.

"할머니 국시 더 주세요."

  드림이가 씩씩하게 한 그릇을 비우며 말하자, 후덕하게 생기신 할머니께서 얼굴에 화색이 돌며 반기신다.

"아따, 요즘 학생들은 눈곱 찌기만큼 먹는다는데, 학생은 잘 먹네."

"네."

  드림이는 어디 가서나 잘 먹는 자신이 무척이나 자랑스러운지 부끄러움도 없이 턱턱 주는 대로 잘 받아먹는다.

"자, 여기 짐치도 나서 먹으요."

  인심 좋게 생긴 할머니께서 김치도 송송 썰어 대접에 담아주셨다.

"아, 역시 이런 게, 농촌 인심이야. 이렇게 뭐든지, 듬뿍 듬뿍 것도, 대접에다, 딱, 내 스타일이야."

드림이가 옆에 있는 가야를 바라보며 행복한 듯 말했다. 하지만 가야는 식욕이 없어 보인다. 그러고 보니 얼굴도 많이 상해 있는 것이 요즘 공부가 너무 힘이 드나 보다. 그런데 이렇게 봉사 활동까지 왔으니 얼마나 힘이 들까….

"왜, 오빠 맛이 없어? 난 맛있는데. 왜 이렇게 못 먹어?"

"소화가 잘 안 돼. 아침을 너희 집에서 너무 잘 먹었나 보다."

드림이는 고개를 갸우뚱거리면서 그저 흘려들을 뿐이었다.

드림이 일행은 참을 맛있게 먹고, 본격적인 활동을 준비했다. 부산대학교 의예과라고 검정색으로 크게 써진 하얀 천막도 세우고, 마을 어귀에 플랜카드도 달고, 여러 어르신들이 계신 곳에 찾아다니며, 홍보도 하고 동사무소 가서 협조 요청도 하니 금세 진료 시간이 다가왔다.

"자, 우리가 진찰하는 동안 드림이와 연지는 옆에서 안내와 기록을 맡아줘."

연지와 드림이는 할아버지 할머니께 번호표도 나눠 드리고, 안내도 해드리고, 또 기록도 하면서 훌륭한 조수의 직분을 다 하였다.

"저기 학생."

정신없이 일을 하고 있는데 목사님 사모님이 부르신다.

"네, 사모님."

"우리가 저녁을 준비 중인데, 손이 좀 모자라네. 좀 도와주실래요?"

"아. 네, 당연히 도와 드려야죠."

"고마워요. 안 그래도 저기 책임을 맡고 있는 가야 학생에게 물어보니, 학생에게 도와달라고 하더라고."

사모님을 따라 가니, 엄청 큰 가마솥이 2개 놓여 있고, 옆에는 큰 찜통에다 고길 삶는지, 연기를 마구 뿜어내며 끓고 있다.

"자, 학생은 여기 시래기를 다듬어서 좀 씻어 주면 돼. 난, 쌀 씻어서 밥을 할게. 가마솥 밥 먹어 봤어요?"

"아뇨. 근데, 맛있다는 얘긴 들어 봤어요."

"누구에게? 어른들?"

"아뇨. 오빠가, 저 여기 올 때 가마솥 밥 맛있다고 같이 가자고 해서요."

"오빠? 친오빠 따라 왔어?"

"아뇨. 아까 그 책임자 오빠가 남자친구예요."

"아이고, 학생 진짜 재주도 좋네. 그 가야 학생 여기, 저기서 탐내는 사람들이 얼마나 많은데. 여기 이장님 따님이 대구서 초등학교 선생님하고 있는데, 이장님이 그 학생 사위 삼으려고 벼르고 있었어. 호호호 이장님 헛물 켰네."

사모님이 웃으시며 말씀하셨다.

"예."

드림이는 조신하게 웃으며, 야무진 척, 잘 하지도 못하는 시래기 다듬기를 능숙하게 척척 다듬어 내기 시작했다.

'이걸로 시래기 된장국을 끓인다. 맛있겠다. 호호'

제 딴에는 '양념에 뭘 넣을까' 하는 생각까지 하며 앞서간다. 그리고는 우물가에서 다듬은 시래기들을 깨끗이 씻고, 팔팔 끓는 가마솥에 집어넣었다. 사모님이 시키시는 대로, 멸치도 넣고, 된장도 넣고 청량고추랑 마늘, 고추 가루, 파도 넣고 푹푹 삶았다. 드디어 저녁 시간. 드림이가 끓인 시래기 된장국의 인기는 하늘을 찌를 듯하다.

"호호, 이렇게 솜씨가 좋으니, 가야 학생이 반했구나. 목사님 여기 학생이 가야 학생 여자친구라네요."

사모님이 웃으며 말하자 목사님도 드림이를 보며 호탕하게 웃었다.

"하하, 주님 안에서 건전하고 아름다운 사랑 만들어 가세요."

'보통 이런 말은 남자들에게 하는데. 왜 나를 보고. 흑흑, 내가 불건전하게 생겼나'

이런 생각을 하면서도 맛있게 밥을 먹고 있는 드림이.

모두들 정신없이 시골 정취에 젖어 밥을 먹고 있는데, 갑자기 등골이 서늘할 만큼의 비명 소리가 들려온다. 깜짝 놀라 소리 나는 곳을 쳐다보니, 범인은 연지다. 국을 푸다 말고 소리를 지른 것이었다.

"이게 뭐야?"

그녀가 국자로 긴져 올린 것을 보니 조금 큰 시래기 뭉텅이다.

"시래기가 뭉쳐 있네. 풀어서 먹어."

드림이가 말을 끝내기가 무섭게, 연지가 말했다.

"드림아. 이거 수세미야. 설거지 하는 수세미. 아주 푹 삶겼다."

순간, 다들 약속이라도 한 듯 국을 쳐다보며 욱욱, 거리기 시작했다. 그런데, 사모님 말씀이 더 가관이다.
"학생 저 시래기 우물에서 씻었어?"
"네."
"이걸 어째? 우물 옆에서 들어 갔나보다. 그거 요강 씻을 때 쓰는 건데."
"욱."

드림이 일행은 그날 밤, 서로 손 따주고, 소화제 챙겨 먹고. 어르신들 나눠 주려던 소화제를 의료봉사팀이 다 먹고 왔다는 전설이 후로도 계속 의대 안에서는 전해지게 됐다고 한다.
드림이는 푹 고아져서 너덜너덜해진 수세미국을 끓인 죄로, 봉사활동을 마치고 돌아오는 내내, 쏟아지는 눈총들 때문에 고개를 들 수가 없었다.
"어쩜, 저리 칠칠맞지 못하고 눈썰미가 없을꼬. 오빠, 나 손가락 좀 봐. 구멍이 송송해. 얼마나 바늘로 땄는지. 흑흑, 내가 좀 예민하잖아. 당최 소화가 되질 않아. 다 드림이 때문이야. 흑흑흑."
그래도 명색이 가장 친하다는 소꿉친구 연지의 엄살이 귓가에 앵앵거려도 앞에 앉은 드림이는 대꾸 한 번 못하고 있다.
'저게 어릴 땐, 흙도 퍼먹고 개미도 뜯어 먹던 게. 얼마나 연약한 척을 해대는지. 이참에 저 흉악한 것의 과거를 다 까발려 버려?'

"드림아, 넌 속 괜찮니…?"
가야가 연지의 엄살을 듣고 피식 웃으며 드림이에게 물었다.
"응. 오빠?"
"나야, 옛날부터 단련을 많이 해서. 까딱없어."
드림이의 인생에 가야가 없으면, 어디 가서 기를 펴고 살까.
"내가 이말 했던가?"
가야가 창밖을 보며 얼굴엔 살짝 미소를 띠고 말했다.
"뭔 말?"
"니가 해준 건 다 맛있다고, 말 했었나?"
"히히히."
얼굴이 복숭아처럼 볼그스레해진 드림이가 흡사 웰컴 투 동막 골에 나오는 머리에 꽃을 꼽은 강 양처럼 웃자, 가야는 그런 드림이의 볼에다 살짝 입을 맞추어 주었다.

"잘한다. 잘해. 뭘 잘했다고 버스 안에서 애정행각을 벌이고 있냐. 응?"

남 잘되는 꼴을 보지 못하는 연지가 눈알을 아래, 위로 굴리며 말했다.

"연지야. 우리가 참자. 쟤들이 사회에 적응도 좀 못하고 그러잖아."

유신이 연지를 달래며 가야와 드림이를 째려봤.
'이것들 그냥'

하늘에서 비가 온다. 그리고 그녀의 마음에서도 구슬프게 비가 내린다.

지금은 연애중?! 265

의대 농촌 봉사활동에 드림이와 연지가 따라갔다는 이야기를 들었다.

비를 많이 맞으면 감기에 걸린 텐데…. 우비를 입기 싫어하는 가야는 아마도 흠뻑 젖을 것이다.

드림이는…. 드림이는 아마도… 그녀를 끔찍이 생각하는 가야가 지켜 줄 것이다. 자신은 비를 몇 톤을 맞아도 드림이에게는 한 방울도 튀지 않게 보호를 할 것이다.

가야는 그렇게 자신의 전부를 바쳐서 드림이를 사랑한다.

"나도 널 사랑해. 내가… 내가 어떻게 살아 왔는지 알면서…. 어떻게 살아 왔는지 옆에서 다 봤으면서…. 나에게 어떻게 그렇게 잔인할 수가 있니…. 응, 내게 어떻게 이렇게 잔인하니…."

"이렇게 하는 것이 너를 위하는 길이야."

차갑고 냉정한 가야의 모습…. 그의 차가운 눈동자는 드림이에게 향할 때만은 따뜻한, 세상에서 제일로 따뜻한 모습으로 변한다.

그들의 행복한 모습이 떠오르자 수진은 극심한 외로움을 느꼈다.

그녀는 요즘 종종 죽음을 생각해 본다. 그럼 이 고통이 끝나는 걸까?

부담스럽다고 했다. 가야가… 자신이 부담스럽다고… 그렇게 말했다.

그저 옆에서 보는 것만으로도 만족하려고 했는데….

냉정하게 말하는 그를 보며 수진은 가슴이 무너지는 것을 느꼈다.

자신의 아픔을 뻔히 알면서. 그녀에게는 가야밖에 없음을 뻔히 알고 있으면서 어떻게 그렇게 차갑고도 냉정하게 나오는지. 그녀는 그날 너무나 놀랐다.

자신의 아픔과 상처를 다 알고 있는 가야가 아니던가, 세상 그 누구보다도 자신을 잘 아는 가야의 냉정한 모습에 수진은 깊은 상처를 받았다. 그리고 수진의 오래 된 상처 또한 새롭게 태어나는 것만 같았다. 기억하기 싫은 무서운 악몽.

수진은 드림이가 좋았다. 비록 나이는 어리지만 마치 옛날 자신을 돌봐주던 정신과 전문의 이한일 박사 앞에 있는 것 같은 기분이 들었었다. 그래서 더 가슴이 아프다.

그녀는 끓어오르는 서글픔을 참으며 아파트 주차장에 차를 주차시킨 후, 나이 많은 경비아저씨에게 도도하게 까딱 고개를 숙여 주고는 엘리베이터에 올라 그녀만의 공간으로 들어섰다.

혼자 살기에는 넓은 아파트는 평생 쓰고도 모자람이 없는 부모님의 재력을 말해 주고 있다.

곳곳에 설치된 최첨단 기기와 유명 인테리어 작가의 작품인 거실의 전경은 그녀의 분위기와 흡사하다. 부모님이 아깝지 않게 돈을 쏟아 부어 주신 곳이지만, 언제나 그렇듯이 싸늘한 냉기가 도는 곳, 그녀의 유일한 친구 곰돌이만이 포근히 웃으며 그녀를 조용히 맞아 주었다.

"잘 있었어? 심심하진 않았지?"

수진은 여느 때와 다름없이 곰돌이에게 인사를 하곤 껴안고 머리를 쓰다듬어 주었다.

수진이 미국에 들어가기 전에는 부모님들과 떨어져 혼자 생활하고 있었던 곳이다. 부모님들은 그녀가 고3때 다들 이민을 가셨건만 그녀는 홀로 한국에 남겠다고 고집을 부렸다. 바로 가야와 헤어지기 싫어서이다.

수진은 유명한 조경 전문가의 작품인 작은 소나무와 연못이 있는 아파트 베란다에서 뜨거운 커피를 담은 머그잔을 두 손으로 감싸 쥐며, 창밖의 불빛들을 잠시 쳐다봤다. 가야와의 첫 만남을 떠올리며.

수진의 집은 어마어마한 부자이다. 아빠가 국내에서 손꼽힐 정도의 큰 IT사업을 하시며, 엄마 또한 대대로 내려오는 법조인 집안의 외동딸이었다. 엄마는 음대시절 전문 맞선 재비의 소개로 아빠를 만나 졸업과 동시에 결혼을 하였다. 바이올린을 전공한 엄마와 촉망받는 젊은 기업인의 결혼은 사람들의 부러움 속에 성대하게 치러졌고 엄마는 친정에서 데려온 나이어린 경이 이모를 데리고 강남의 아파트에서 신혼살림을 시작하셨다.

신혼 기간을 채 만끽하기도 전에 수진이 태어나자 엄마는 수진을 경이 이모에게 맡겨놓고는, 자신은 사업가의 아내로써, 또 유명 바이올리니스트로써의 책임을 다하기 위해 남편과 더불어 전 세계로 날아 다녔고, 어린 수진은 자연히 엄마와 아빠보다는 경이를 더 따르며 좋아했다.

나이도 어린 경이는 자신의 결혼도 포기한 채, 수진을 정말 사랑으로 길렀고, 불쌍히 여겼었다.

"아이, 불쌍한 것, 내가, 엄마가 되어 줄께."

목욕을 마친 아가에게서 나는 냄새를 코로 한껏, 맡으며 다정하게 속삭이는 경이 이모.

수진은 바쁜 엄마대신 유치원 재롱 잔치 때도, 초등학교 운동회에도, 졸업식에도 참석하여준 경이를 정말 친 이모처럼 대했다.

수진이 고1이 되던 해, 그날도 외국에 나가 있는 부모님을 대신해 수진의 생일파티를 차려 주기 위해 분주하던, 경이 이모는 깜빡하고 미역국에 넣을 소고기를 사오지 않은 것을 알아차렸다.

연한 안심 미역국을 특히 좋아하는 수진을 위해 급히 나간다는 것이 그만, 슬리퍼가 문에 끼여 문이 꼭 닫히지 않은 상태인 것도 모르고 급히 엘리베이터에 올랐다.

엘리베이터에서 마주 나오던, 중국집 배달원이 열려 있는 문을 발견하고는 앞집에서 내 놓은 빈 그릇을 챙긴 후, 슬쩍 수진의 집을 기웃거려 보았으나, 아무도 없는 것을 확인하고는 재빨리 집안으로 들어갔다.

배달원은 그저 안방에서 돈이 되는 물건 몇 가지만 가져 나오려고 했으나, 인기척 소리에 놀라 얼른 안방 장롱 속에 숨어 버렸다.

"이모, 나 왔어."

잠시 후, 문이 열리는 소리와 함께, 부스럭거리는 소리가 난다. 장롱 속에 숨어 빗살무늬 틈사이로 방안을 바라보니

선녀 같이 예쁜 아이가 옷을 갈아입고 있는 것이 보였다.
 교복을 벗고 블라우스와 팬티만 입은 채. 머리 방울을 푸는 것이 정말 사람을 환장하게 한다.
 주위를 둘러보니, 안방을 이 예쁜이가 쓰고 있나 보다. 책상이며 침대가 다 분홍색의 아이 취향인 걸 보니. 그럼 남자 어른은 없단 건데….

 순간, 자신도 모르게 침을 꿀꺽 삼킨 배달원은 앞뒤 잴 것도 없이 장롱 문을 열고 나가 깜짝 놀라 소리도 지르지 못하는 수진을 덮쳤다.
 "악!"
 뿌지직.
 블라우스를 손쉽게 찢어 버리고 브래지어를 잡아당기자 흰 속살을 드러내놓은 채 기겁을 하는 수진. 너무 놀라 반항도 하지 못하고 그저 눈물만 흘리는 수진을 배달원은 거칠게 침대로 밀쳐 눕힌 채 헉헉 거리는 숨소리를 내며 여린 수진의 몸을 유린하기 시작했다.
 "조용히만 하면 살려 줄 테니, 입 꼭 다물고 있어."
 비열한 미소를 지으며, 한손으로 수진의 입을 막고, 한 손으로는 수진의 가슴을 거칠게 움켜잡으며 자신의 입을 수진의 가슴에 갖다 대었다. 혼자 흥에 겨워 열심히 수진의 가슴에서 입술을 놀리고 있을 때, 밖에서 들려오는 여자의 소리.
 "수진이 왔니?"
 배달원은 화들짝 놀라 벌떡 몸을 일으키며, 넋이 나간 채,

바들바들 떨고 있는 수진을 이불에 둘둘 말아 놓고 급히 옷을 주섬주섬 챙겨 입은 채,
"소리 내거나 신고하면 죽는다."
하며 밖으로 나가버렸다.
경이는 안방에서 낯선 남자가 튀어 나오자 깜짝 놀라며, 소리를 질렀다.
"강…강도야. 살려 주세요."
경이의 외침은 철저한 방음을 자랑하는 고급 아파트의 벽에 의해 묻혀 버렸고 당황한 배달원은 식탁 위, 잡채에 들어갈 시금치를 다듬기 위해 놓여 있던 부엌칼을 들고 경이에게로 다가갔다.

안방 침대 위, 이불 안에서 바들바들 떨고만 있던, 수진은 한참을 지나도 아무 인기척이 없자, 그제야, 조심조심하며 이불을 걷어 내고 남방을 걸친 채, 살짝 안방 문을 열어 보았다.
수진은 방문을 열고 자신의 눈앞에 펼쳐져 있는 광경에 그만 한순간 굳어 버린 사람처럼 움직일 수가 없었다. 이런 일은 뉴스나 드라마에서만 나타나는 것이라 생각했다. 거실 장판 위를 덮고 있는 검붉은 액체와 비릿한 냄새. 그리고 그 옆에 짐짝처럼 쓰러져 있는 검은 물체.
수진은 그 자리에 주저앉아 버렸다. 잠시 후, 떨리는 마음으로 기다시피 해서 그 검은 물체에게 다가가며 조심스럽게 이모를 불러 보았다.

"이…모?"

설마하며 불러본 자신의 거실에 짐짝처럼 쓰러져 있던 사람은 강도의 칼에 찔려 의식을 잃어 가던 경이 이모가 맞았다.

"아… 악… 악…. 이모, 이모, 이모."

피를 흘리며 쓰러져 있는 경이 이모를 흔들던 수진은 다시 한 번 자지러질듯 놀랐다.

의식을 잃은 줄 알았던 경이 이모가, 갑자기 손을 뻗어 자신의 팔목을 움켜지듯 꼭 잡아 버린 것이다. 수진은 자신의 팔을 빼어 내지도 못한 채, 그렇게 앉아서 이모를 바라만 보고 있었다.

경이 이모는 복부와 가슴을 여러 차례 찔린 채, 피를 쏟으며, 숨을 헐떡이고 있었다.

"이모, 이모, 제발 정신 좀 차려봐. 제발."

하며 흔들어 보았으나, 경이 이모는 이미 정신을 놓아 버린 듯 했다. 두 눈을 부릅뜬 채, 수진의 하얀 팔목을 꼭 쥐고. 수진은 여러 번 잡힌 팔목을 빼 내려 했으나, 죽어 가던 경이 이모는 그 손을 풀지 않았다. 마치 살고 싶은 욕망을 그 손에 다 담은 듯.

다음날 아침, 아이를 유치원차에 태워 주고 집으로 들어가려던 앞집 미경이 엄마는 수진이네 집의 문이 열려 있는 것이 이상해 살짝 들여다보고는 기겁을 하며 바로 119에 신고를 했다.

119대원들은 신고를 접수하고 재빨리 출동했다. 5분 뒤에 수진이의 집을 119대원들과 경찰이 함께 들어섰을 때 그들은 깜짝 놀라고 말았다.

예쁘장한 소녀가 핏기 없는 얼굴로 싸늘하게 식어버린 시체에게 손목이 잡혀, 그렇게 앉아 있었기 때문이었다. 한밤이 새도록 눈을 부릅뜬 시체와 마주앉아서.

외국에 계신 수진의 엄마와 아빠가 한국으로 돌아와 병원을 찾았을 때, 수진은 정신과 상담을 받고 있었다. 담당의를 만난 수진의 아빠 리처드 이는 명함을 내밀며 침착하게 물었다.

"딸아인, 좀 어떻습니까?"

수진의 상태를 보며 가슴 아파 했던 신경 정신과 전문의 이한일 박사는 너무나 침착한 아빠의 태도에 도리어 놀라고 있었다. 허나 연륜 있는 베테랑 의사답게 표정을 감추며 천천히 설명해 나갔다.

"네, 수진 양이 여러 가지 좋지 않은 상황들을 하룻밤사이에 너무나 많이 겪었습니다. 먼저 폭행의 후유증을…"

이 박사의 말이 채 끝나기도 전에 수진의 엄마, 한나 김이 흥분하며 끼어들었다.

"선생님, 듣기 안 좋습니다. 폭행이라뇨. 경찰에서도 가벼운 추행 정도였다고 들었습니다만, 저희 딸은 그저 이불속에 숨어 있었다고 들었습니다. 아이 장래도 있는데 좀 신중하게 말해 주시겠어요."

수진모의 말에 경험 많은 이 박사는 대략 이들 부부의 문제점이 무엇인지 금방 알아차렸다. 불쌍한 인간들…. 딸의 안

전이나 상태보다는 세상의 이목을 더 무서워하는 부류들이다. 이 박사는 수진에게 한층 더 깊은 연민을 느꼈다.

"좋습니다. 일단, 추행이라고 해두죠. 아무튼, 수진이는 추행을 당한 뒤 곧바로 이불속에 갇혀 있었습니다. 이런 경우 밀실 공포증이나 반대로 광장 공포증의 원인이 되기도 하죠. 그리고 죽은 이모와 밤새도록 한 공간에서 죽은 이모에게 손목이 잡힌 채 있었습니다. 상당한 정신적인 충격이었을 겁니다. 부모님이 바쁘셔서 거의 키워 주신 이모라고요?"

"아니요. 그냥 일하는 아이였어요. 수진이가 워낙 정이 많아서 친 이모처럼 대했어요. 그 아인 그럴 거예요. 그래서 그 충격 때문에 우리 수진이가 말을 하지 않고 있는 건가요?"

한 층 진정된 목소리로 한나 김이 말했다.

"큰 사고 뒤의 있을 수 있는 증상 중에 하나이기도 하죠. 때로는 다시는 기억하고 싶지 않은 부분을 모조리 잊어버리는 부분 기억상실증에 걸리기도 합니다. 수진양은 큰 충격으로 인해 현재 우울증과 외상 후 스트레스 장애, 실어증 등이 의심됩니다. 입원 후 지속적인 치료가 필요할 것 같습니다."

이 박사의 말에 한나 김은 머리를 짚으며, 눈을 감아 버렸고 잠시 후, 재빨리 정신을 수습한 수진의 아버지, 리처드 이는 자신들의 사회적인 지위와 딸아이의 장래를 생각해 아무도 모르는 곳에서 치료를 하는 것이 낫겠다 싶었다.

"선생님 죄송합니다만, 수진이를 미국으로 데려 가겠습니다. 소견서를 써 주실 수 있겠습니까?"

"안 됩니다. 지금도 상당한 충격으로 인해 힘들어하는 아이에게 낯선 땅, 낯선 언어 속에서 지내게 하는 것은 너무 가혹합니다. 차라리 지방으로 내려가시는 건 어떻습니까?"

소문이 날까 두려운 수진 부모들의 걱정을 잘 알고 있는 이 박사의 속 깊은 권유였다.

"그럼, 지방에 추천할 만한 분이 계시면 알려 주세요."

이 박사가 소개 해 준 곳은 부산에 있는 대종병원이었다. 지방에 내려간 처음 6개월간, 수진이는 입원 치료를 받았고, 그 후로는 통원 치료를 받게 되었다. 입원 후 안정된 환경 속에서 말을 다시 찾은 수진은 1년이 지난 후에는 한 달에 한 번 정도의 상담치료만 받아도 일상생활을 하는데 지장이 없게 되었다. 그 1년 동안이 수진에게 있어서는, 엄마와 함께 보낸 가장 긴 시간이었을 것이다.

수진이 통원 치료를 시작하면서부터 점점 웃기도 잘하고 밝아지는 것을 느낀 한나 김은 수진에게 같이 미국으로 나가자고 하였으나 수진은 완강히 거절을 하였다. 수진에게 강요하는 것은 좋지 않다고 생각한 그녀는 수진을 친척집에 맡긴 후, 다시 남편이 있는 외국으로 나갔다. 1년 동안 그녀는 딸아이를 위해 나름대로 최선을 다 했다. 자신의 연주를 생각하면 1분 1초도 제자리에 머무르면 안 되었지만 그래도 수진이는 자신의 사랑하는 딸이었다. 자신의 마음 같아서는 정말 수진이도 데리고 떠나고 싶었지만 수진이의 고집은 완강했다. 한나 김은 다시 활발해진 수진이에게 낯선 곳으로 가자고 강요하다 딸아이의 심기가 흐려져 다시 우울증이 찾아

올까 무서웠다. 무엇보다 수진이가 미국에 가지 않고 남아 있기를 원한 것은 그 무렵 병원에서 마주친 남자 아이 때문이기도 했다.

서가야라는 그 아이는 수진이와 동갑내기였는데, 그 아이 역시 심한 외상 후 스트레스장애를 앓고 있었다. 자신이 보기에는 딸아이가 다시 웃음을 찾아 가는 것이 그 남자아이의 공이 큰 것 같았다.

그래서 그녀는 딸의 의견을 존중해서 혼자 다시 떠나기로 결심을 했다. 어차피 인생은 혼자 가는 것이다.

정말 엄마의 생각처럼 수진은 가야로 인해 다시 웃음을 찾고 있었다. 가야의 정확한 사연은 모르겠으나, 아니 굳이 알고 싶지도 않았다. 왜냐하면 자신도 누군가가 자신의 아픔을 아는 것을 원하지 않으니까. 아무리 가슴을 치며 말해도 그들이 어떻게 알 수 있겠는가. 겪어 보지 않은 사람은 모른다. 아무도….

동질의 아픔 때문인지 가야도 수진이에게 반응을 보이기 시작했다. 나중에 알고 보니 가야는 이 병원의 원장님의 아들이었다. 수진이는 잘생기고 똑똑하고 자신과 같은 아픔이 있는 가야가 너무나 좋아졌다.

함께 바람을 쐬러 동해 바다를 다녀온 다음 날, 수진은 이상한 기분에 새벽녘에 잠에서 깨어났다. 서늘한 기분이 등골을 타고 흘러 내렸다. 그녀는 가야의 병실로 달려가 보았지만 그의 침대는 비어 있었다. 등줄기로 식은땀이 흘러내렸다. 아무런 생각도 하지 못하고 곧장 계단으로 뛰어갔다. 그가 어디에 있을지 짐작이 갔다. 자신도 새벽녘이면 종종 찾던 곳이기 때문이다. 그리고 옥상 난간에 서 있는 가야에게 달려가 조용히 그를 불렀다.

"가야야…."

그는 뒤돌아보지 않았다.

"너 가면 나도 따라가. 나도 너랑 같이 갈꺼야."

조용한 새벽 그녀의 흐느낌에 그가 비로소 그녀에게로 돌아왔다.

그때부터 그녀는 그를 자신의 것이라 생각하며 그렇게 살았었다.

그 후로, 수진은 게으르게 받던 치료와 약도 꼭꼭 챙겨 먹기 시작했다. 그녀에겐 가야라는 목표가 생겼기 때문이다. 그리고 그 목표는 지금까지 변함없이 이어져 왔다.

하지만 지금은 너무나 절망스럽다.

아니…. 죽고만 싶다.

그녀는 내일 미국으로 떠날 것이다. 가기 전에 한 번만 더 그를 만나 부탁해 볼 예정이다.

이번에도 거절당한다면… 그렇다면… 이제 그녀는 더 이상 살아갈 이유가 없게 되는 것이다.

12. 비밀을 알게 되다

 요즈음 드림이는 너무나 심심해서 미칠 것만 같다. 왜냐하면, 가야는 정신없이 너무나 바쁘기 때문이다.
 드림이가 보기에 새벽부터 밤까지 학교에서 살다시피 하는 것 같다. 심심한 것도 그렇지만 가야의 얼굴이 점점 상해 가는 것이 속상하고 걱정스러웠다. 물론, 가야의 아버지랑 형도 의사라고 했으니, 자신보다 가족들이 더 잘 돌봐 주시겠지만.

 오늘은 몰래 야식이라도 들고 찾아가서 용기라도 주고 와야겠다고 생각한 드림이는, 엄마에게 탄 용돈을 들고 마트로 갔다.
 "오빠가 좋아하는 김밥과 유부초밥의 재료를 사고 과일도 사고 아, 양면 팬에 닭도 구워서가야겠다. 오빠가 무지 좋아하니까."

장을 보고 돌아온 드림이는 서툰 솜씨로 이것저것을 만들며, 한참을 행복감에 젖어 있었다.

'음, 이래서 엄마들이 음식을 만들 때 콧노래가 나오는구나'

사랑하는 사람을 위해 음식을 만드는 것이 얼마나 기쁜 일인지에 대한 감상을 스스로 하고 있다.

반나절을 씨름해 가며 어렵게 만든 음식들을 들고 오빠들이 모여 살다시피 하는 공부방에 가니 마침, 가야가 없다.

드림이의 갑작스런 방문이 당황스러운지, 진우가 나와 더듬거리며 말을 한다.

"가야. 아까 형이 왔던데. 연못 쪽으로 가봐. 저, 드림아, 근데, 전화 먼저 한 번 해보고 가라."

공부에 지쳐서 거의 폐인이 되어가는 진우가 드림이의 손에 든 음식들을 보며 눈빛을 반짝이더니, 그녀의 양손에서 먹을거리들을 낚아채었다.

"오빠, 가야 오빠 꺼 남겨 놓고 먹어요."

드림이는 아쉽게 외치며 급히 연못 쪽으로 발걸음을 옮겼다.

'무서운 형이 왔구나'

작년 수능을 마치고 가야 오빠 따라서 형이 근무하는 대학병원에 한 번 간적이 있었다. 잘생긴 건 집안 내력인지, 하얀 가운을 입고 있는 모습에 헤롱, 헤롱 넘어갈 여자들이 한 둘이 아니지 싶었다.

근데, 어찌나 무뚝뚝하고 차가운지 오빠랑은 많이 달라 보였다. 하긴, 더함이와 드림이가 다른 것처럼 형제라고 해서 똑같을 순 없지.

드림이는 가야의 형인 유에 대해 생각하며 걸어가는데, 왠지 기분이 좋질 않다.

연못 쪽으로 발걸음을 옮기며 왠지 조심스러워 지는 자신을 발견하며, 혼자 피식 웃었다.

'어, 저기 있군. 이제 유에게 대학생으로써의 성숙한 모습을 보여 주리라'

결심하고 자신이 온 것을 알리려 하는데, 두런두런 말소리가 들려온다. 절대 엿들으려고 한 건 아닌데, 드림이는 자신의 이름이 나오는 바람에 그만 발걸음을 우뚝 멈출 수 밖에 없었다.

"드림이란 애. 이제 그만 하면 됐어. 가야야 니 할 도린 다 했다고 본다."

차갑게 들리는 가야의 형, 유의 목소리.

"왜 자꾸 그런 소릴 해. 난 지금 충분히 만족스러워. 형."

"그럼 앞으로도 계속 이렇게 갈 생각이냐? 너, 개랑 니가 정말 어울린다고 생각하니?"

"응. 그러니까 더 이상 걱정 하지 마."

"난, 니가 빨리 그 사건에서 벗어나길 바란다. 그래. 드림이란 애 참 귀엽고 착해 보이더라. 근데, 아직도 가끔 악몽을 꾸는 널 보면서 난, 맘이 편치를 않아. 난 니가 개를 완전히 잊고 사는 것이 너에게 바람직하다고 생각한다. 니가 아저씰 그렇게 만든 죄책감을 벗어나는 것은, 그 집안과 완전히 관계를 끝내는 거야. 그리고 나중에 혹시라도 개가 알아봐라. 너를 얼마나 원망하겠니. 이건, 개한테도, 옳지 않다는 생각이 들어. 이제 죄책감을 떨쳐 버리고 그만 잊어. 아저씨도 딸도."

'이게 무슨 소리지'

드림이는 도대체 저 두 형제가 무슨 소리를 하는지 알아들을 수가 없다.

"아니야. 형 그건 누가 봐도 내 잘못이야. 내가 그때 겁만 집어 먹지 않았어도, 비겁하게 혼자 도망가지만 않았어도, 아저씬 살 수 있었어."

가야가 다시 가슴에서부터 쥐어짜는 듯한, 목소리로 대답했다.

"넌 그때 겨우 고2였어. 니가 뭘 할 수 있었겠니?"

"그만하자 형. 드림인 내가 있어야 돼. 아저씨가 드림이에게 해 주지 못하고 가신 것 내가 다 해 줄 거야. 내가 아빠도 되고 오빠도 되고 연인도 되어서. 아저씨가 돌아가시면서 까지 눈을 감지 못하고 부르던 드림이. 더함이."

점점 작아지면서 잠시 침묵하던 가야의 목소리가 이제는 물기에 젖어 있다.

"자꾸 아저씨의 목소리가 지워지질 않아. 형. 더함인 강하고 영리해서 잘 살아갈 수 있지만, 드림인 내가 지켜야 돼. 형, 이제 우리 이런 얘기 그만 하자."

가야는 마지막 말을 던지고는 뭐라 말하는 유에게 더 이상 대꾸도 하지 않는다.

드림이는 그 자리에 얼어붙은 채 오빠들의 말을 듣고 생각에 잠겼다.

'이게 무슨 소리지. 우리 아빠 오빠가 어떻게, 가만, 고2라면. 예전에 경주에 갔을 때 진우 오빠가 얘기하던 그 새우잡이 배'

드림이는 예전에 진우가 얘기하던 새우잡이 배를 급히 떠올렸다. 그리고는 누구에게 쫓기듯 발걸음을 황급히 돌려 돌아오는 내내, 낚시하러 갔다 배가 뒤집어 져서 돌아가셨다던 아빠의 사고 소식이 그것이 다가 아니었다는 생각을 했다.

*****

서울대 기숙사.

띠리리리. 띠리리리.

휴대폰 벨 소리에 깜짝 놀라 벽에 있는 시계를 보니, 시계 바늘이 벌써 2시를 넘어서고 있다.

스터디와 토익 준비로 늦게까지 공부를 하다 잠이 든 더함이는, 잠결에 더듬거리며 핸드폰을 찾았다.

"이 늦은 시간에 웬일이람."

액정을 보니 부산집이다. 무슨 일이라도 생긴 것일까?

그녀는 독하단 소릴 들으면서도 집에 가고 싶은 마음을 꾹꾹 내리 누르며, 서울에 남았다.

방학 중 있는 스터디를 놓치고 싶지 않아서다.

"어, 엄마 웬일이에요? 안 주무셨어요?"

[더함아! 더함아!]

숨넘어갈 것만 같은 엄마의 목소리. 심상치가 않다.

"어, 왜 엄마, 무슨 일 있어요?"

엄마의 목소리에 이런 일이 없었던 지라 더함이는 덜컥, 하고 겁이 났다. 아버지가 사고 당하시던 날, 그때도 엄마는 오늘처럼 그렇게 심상치 않은 목소리로 그녀를 찾았었다.

[더함아! 드림이가, 드림이가 없어졌어. 동창모임 갖다 왔더니, 잠시 바람 좀 쐬고 오겠다고, 너무 걱정하지 말라는 쪽지만 있어.]

"전화? 전화는 해 봤어요?"

언제나 차분한 더함이가 엄마를 안심시키듯 다시 말했다.

[안 받아. 안 받아. 애, 드림이 무슨 일 없겠지? 애가 왜 이러니?]

"엄마, 일단 진정 좀 해. 쪽지 있다며. 그럼, 제 발로 나간 거잖아. 일단, 납치 같은 건 아니니까, 숨 좀 돌려요. 참, 그 자식은? 그 자식이랑 어디 간 거 아냐?"

더함이 가야를 들먹이며 말했다.

엄마는 냉정하고 차분한 더함의 목소리에 자신도 숨을 들이키며, 다시금 조금은 진정된 목소리로 말한다.

[이까 드림이가 전활 안 받는다고 집으로 전화 왔더라. 지금 드림이 찾아 헤매 다니고 있어.]

"열부 났다. 열부 났어."

더함이가 비꼬듯 말하자,

[강서더함 너, 내가 그러지 말랬지? 아냐, 아냐, 지금 드림이가 없는데, 딴 거 신경 쓸 여지가 어딨니?]

엄마는 다시 정신이 없는지, 이리 저리 헤매고 있는 것 같다.
"엄마, 일단 진정하고, 내가 날 밝는 대로 내려갈게."
[아냐, 혹 드림이가 너에게로 갈지 모르니, 거기 있어봐.]
"그래요. 엄마, 드림이 다 컸잖아. 너무 걱정하지 마. 걔가 허튼 짓은 안 할 거야. 어쩌면, 기도원 같은 데 갔는지도 모르고. 글고, 그 자식이 찾으러 다닌다며. 아마, 그 자식 보고 싶어서라도 금방 올 거야."
전화를 끊으며 더함은 심각한 얼굴로 휴대폰을 한참이나 들여다봤다.

더함이는 엄마를 안심시키기 위해 말은 그렇게 했지만, 심히 불안하다. 드림이가 워낙 단순해서, 교우 관계도 단조롭고, 어디 갈 데도 없는데. 더군다나, 그 자식 때문에 고등학교 내내 공주처럼 보호만 받고 살았으니.

엄마와 자신은 드림이의 남자친구라는 그 자식을 처음 볼 때부터 그 놈이 누구였는지 알아 봤는데, 멍청한 드림이는 끝내, 그 녀석을 알아보질 못했다.
하기야, 장례식 내내 그렇게 울다 기절하다 울다 기절하다 했으니, 문상 와서는 그녀들보다 더 서럽게 울며 한쪽 구석에서 눈도 못 마주치던 그 자식을 어찌 알아 봤겠는가.
아무것도 모르는 사람들은 아빠의 숨겨둔 아들이 아닌가 하는 의심까지 했단다.
그 자식 서가야를.

더함이는 아직도 잊혀 지지 않는 그날을 떠올려 본다.

낚시를 유난히 좋아하시던 아빠는 쌍둥이가 중1이 되던 해, 외삼촌이랑 낚시를 가셨다.

이상하게 엄마가 그날따라 유독 말리셨던 게 기억난다. 하지만 아빤 사람 좋은 웃음을 지으시며, 잡아온 고기로 회도 떠먹고, 매운탕도 해 먹자며 껄껄거리고 나가셨다.

전라도 어느 섬에서 아빠와 외삼촌을 내려놓고 떠난 배는 해질 무렵에나 돌아오기로 하고 떠나갔다.

그날따라 파도가 어찌 그리 센지 낚시를 마치시고 배를 기다리는 아빠의 눈에 허름하고 낡은 배가 위태롭게 섬으로 들어오는 게 보였다.

배 위에는 고등학생쯤으로 보이는 남자 아이가 한 손으로 붉어진 얼굴을 감싸고 있었고, 금방 그 아이를 향해 주먹을 날린 사람은 아빠 또래쯤 되어 보이는 40대의 굵고 억센 어부로 보였다.

그 아이의 얼굴을 뚫어져라 바라보던 아빠. 옆에 계신 삼촌도 이상했는지,

"매제. 저기 좀 이상해 보이지 않아? 저 아이, 피부도 뽀얗고 귀티가 나는 것이, 이런 일 하는 애로는 안 보이는데."

"형님, 제가 여기 있을 테니, 섬에 들어가서 인가가 있는지 좀 봐주세요. 없으면, 핸드폰으로 아까 배 선주나 112로 신고 좀 해주시구요."

"아무리, 신고씩이나. 혹시 진짜 아들일수도 있고 친척이거나, 그래, 친척. 방학동안 일 도와주러 온 착한 친척일 수

도 있잖아."

외삼촌은 아빠가 안색까지 변하며 심각해 하시자, 그냥 생각 없이 꺼낸 자신의 말에 과민반응을 한다 생각하고 당황하셨단다.

"형님, 저, 저 아이 알아요. 우리 한의원에 와서 약 지어 간적 있어요. 부산 대종병원 원장 아들이에요. '병원장 아들이 한약 지으러 와서 의외다' 하며 애들 엄마랑 막 웃었어요. 거기다 얼굴도 너무 잘 생겨서, 애 엄마가 귀여워했었어요."

아빠의 진지한 말에 외삼촌의 얼굴도 급격히 굳어 갔다.

"뭐, 뭐라고? 정말인가? 혹시 잘못 본건 아닌가?"

"틀림없습니다. 저 애 실종 사건 때문에 경찰도 한의원으로 찾아 왔었어요. 저 애 납치 된 것이 분명합니다."

외삼촌은 아빠의 말을 듣고 황급히 일어서서 핸드폰을 찾음과 동시에 섬 뒤쪽으로 뛰어 가셨다.

그리고 아빤, 외삼촌이 뛰어 가시는 걸 확인한 뒤, 낚시꾼들을 위한 임시 선착장에 세워진 배로 뛰어갔다.

"애!! 너 이곳에서 뭐하니? 너 가야 맞지?"

느닷없이 나타난 아빠의 물음에 구세주를 만난 것 같은 가야와 날 벼락을 만난 것 같은 어부는 당황하기 시작했다.

"당신 뭐야?"

험악한 기세로 아빠를 밀치셨고, 아빠는 황급히, 그 어부를 막아서며 외쳤다.

"가야야!! 얼른 도망가!!"

어부는 아빠를 향해 주먹을 날렸고, 오랜 세월 물고기를 잡고 그물질을 하느라, 팔 힘이 넘쳐나는 어부의 주먹에 그래도 운동깨나 했다는 아빠는 턱도 없이 나가떨어졌다.

아빠와 어부가 엎치락뒤치락 하는 사이, 그 자식은 저를 위해 억센 어부의 손에 멱살을 잡힌 채, 맞고 있는 아빠를 보고서도 도와줄 엄두를 내기는커녕 그냥 도망만 갔다.

한참을 가다, 뒤돌아보니 저 멀리서 아빠는 바닥에 쓰러진 채로, 두 팔을 뻗어 어부의 한쪽 발을 잡고 있었고, 나머지 한쪽 발길에 이리 채이고, 저리 채이며 처참하게 밟히고 계셨다.

가야는 울며 도망쳤다.

그리고 모퉁이를 돌았을 때, 신고를 하고는 뛰어 오는, 외삼촌과 만나 다시 돌아와 보니, 아빠는 머리에 피를 흘리며 쓰러져, 이미 의식을 잃어 가는 상태였고 그 몹쓸 어부는 이미 도망가고 없었다.

경찰이 출동해 사태를 수습하고 급히 119에 실려 가는 아빠를 따라, 같이 구급차에 탄, 가야는… 아빠의 마지막을 외삼촌과 둘이서 지켜봤다고 한다.

부산 대종병원의 후문 쪽에 있는 꽃길을 따라 도보로 10분 정도를 걸어가면, 장례식장이 나온다.

비가 서럽게 내리던 날, 이곳에서 특별한 추도 예배가 드려지기로 되어있다. 핑계 없는 무덤 없다고, 어느 죽음인들 다 사연이 있고 가슴 아프기는 매 한가지이지만, 그날의 장례식이 다른 날과 조금 다른 것은 모든 절차를 병원장이 직접 지시하고 있다는 것이다.

전에 없이 원장이 직접 하얀 국화가 촘촘히 박힌 화환을 세우고, 모든 절차와 순서가 차질이 없도록 지시를 하였다. 병원직원들도 원장이 이렇게 나서자 원장집안의 대단한 분이 돌아가셨나 보다 하고 긴장하며 모든 일에 주의를 기울이고 있었다.

"김 선생, 원장님이 당부 하신 거 잊지 않았지? 음식이며, 손님들 쉬실 공간이랑 다 일일이 신경 써."

영안실을 담당하는 직원에게 총무과에서 파견된 김 과장이 다시 한 번 당부를 하고 있었다.

"그럼요. 실수 없도록 하겠습니다. 근데, 원장님이랑 무슨 사이래요? 우리도 부조금을 드려야 하는 거 아닌가 모르겠네."

"글쎄, 원장님께서 일체 말씀이 없으셔서. 난들 알 수가 있나. 아무튼, 불편함이 없도록 신경 써 주세요."

다시 한 번 당부를 한 김 과장은 영안실 안을 한 번 더 둘러 본 후, 남은 가족들의 애통함에 혀를 차며 뒤돌아섰다.

'상복이 저리도 처량하고 아파 보이는 모녀는 처음이네. 꽃 같은 마누라와 두 딸들은 어쩌라고. 에고, 하늘도 무심하시지'

떨어지지 않는 발걸음을 억지로 떼어 내며 생각에 잠기는 김 과장.

그도 그럴 것이 누런 삼베옷을 입은 상주는 채 마흔이 되어 보이지 않는 아직은 젊다면 젊은 여인이었고, 그 옆에 있는 두 딸들은 자상한 부모 밑에서 세상 험한 것 모르고 곱디

곱게 자란 티가 역력히 났기 때문이었다.

"아빠, 아빠, 난 몰라. 난 몰라, 우리 이제 어떻게 살아요. 엄마, 이거 꿈이지? 우리 아빠가 왜 저기 있어? 아빠, 아빠."

중학생쯤으로 보이는 한 소녀가 실신을 한 채 영안실 한 쪽, 방석위에 누워 있다가, 정신을 차리고는 다시 영정사진 앞으로 다가가서는 울부짖었다. 장녀인 이 소녀는 통곡하다 쓰러져 정신을 잃기를 수차례 반복하고 있었다. 병원에서는 입원실을 내어 주며, 안정을 취하도록 배려를 했으나 소녀는 끝끝내 마다하고 계속 빈소를 지키고 있었다.

이런 소란을 아는지 모르는지 액자 안에는 이 세상을 떠나기에는 너무나 젊어 보이는 인자한 인상의 남자가 따스한 미소를 지으며 그런 소녀를 바라보고 있었다. 그리고 그 옆에는 너무나 젊은 엄마와 또 다른 딸 하나가 울다 지쳐 덩그라니 앉아 있다가, 소녀가 엄마 쪽으로 다가오자 엄마는 퉁퉁 부은 눈으로 미소를 지으며, 소녀를 안아 가만히 등을 두드려 준다. 자매인 듯한, 또 다른 소녀가 다가와 엄마와 그 소녀를 안았다. 그렇게 꼭 껴안은, 세 모녀는 한참을 서럽게 흐느끼고 있었다.

조문객들은 그런 그들의 모습에 눈시울을 붉혔고, 다들 너무나 젊은 한 아빠의 죽음에 가슴아파하며 눈물을 글썽였다. 그런데, 그런 사람들의 틈을 벗어나 한쪽 구석에서 쉼 없이 울어대는 한 남자 고교생이 유난히 눈에 띈다.

검은색 양복에 넥타이까지 메고서는 어찌나 슬프게도 울어대는지 마치 온 몸이 울어대고 있는 것 같은 녀석이었다.

이들의 마음을 아는지 하늘에서도 쉬지 않고 빗줄기가 쏟아졌고, 밤이 깊어 갈수록 더욱 심해졌다.

그날 밤, 그렇게 더러는 쓰러져 통곡을 해대고, 더러는 눈물을 글썽이며 아파하는데, 세상의 눈물과 아픔을 뒤로 한 채 밤은 그렇게 조금씩 흐르고 있었고, 영정 앞에는 두개의 촛대와 촛불 그리고 성경책이 무심하게도 쓸쓸히 놓여 있을 뿐이었다.

의대를 권유하는 부모에게 반항하는 의미로 여행을 떠났던 녀석이 재수를 하면서까지 의대에 들어간 건, 아마 죽어가는 아빠를 지켜보며 아무것도 할 수 없었던 자괴지심 때문이었을 것이다.

그리고 몇 년의 시간이 지난 후, 엄마와 나의 기억 속에서 그 원망스럽지만, 결코 미워 할 수 없었던 녀석이 지워져 갈 때 쯤, 우린 그 녀석을 다시 보게 되었다. 드림이의 남자친구라는 새 이름으로.

그나저나 이 멍청인 도대체 어디서 헤매고 있는 걸까?

*****

온 세상이 회색으로 변해버렸다. 분명 분홍빛이던 그녀의 세상이 어느 순간에 칙칙한 회색으로 변해버렸다.

이런… 일도 생기는 구나.

세상에… 이런 일도 있는 거구나.

그녀는 떨리는 심장을 품고 외삼촌이 계시는 김해로 향했다. 그날 밤의 진실을 아는 사람은 외삼촌일 테니 가서 진실을 물어볼 참이다.

걱정하실 엄마를 생각해서 짧은 쪽지하나를 남긴 채.

밤늦은 시간 찾아온 드림이를 놀라면서도, 반갑게 반기는 외삼촌을 만나, 지난 이야기를 듣게 된 드림이는 흐르는 눈물을 감출수가 없었다.

모든 것이 자신이 들은 그대로였기 때문이었다. 오는 내내 잘못 들은 것이기를 바랬건만, 모두다 사실이었다.

외삼촌의 한 마디, 한 마디가 가슴을 후벼 파헤치는 것처럼 아파왔지만, 외숙모와 사촌들을 의식하고는 그저, 눈물만 흘릴 뿐이었다.

외삼촌의 집에서 거의 뜬 눈으로, 밤을 새운 드림이는 아침이라도 먹고 가라며, 붙잡는 외삼촌과 숙모에게 급히 가야 할 곳이 있다며, 집을 나섰다.

엄마와 가야가 밤새 얼마나 걱정을 했는지도 모른 채, 구미로 향하는 새벽 기차를 탔다. 너무 이른 시간이었지만, 어디론가 떠나지 않고는 이 갑갑함을 도저히 참아 낼 수 있을 것 같지가 않았기 때문이다.

처음부터 이상했었다. 모든 것이 이상했었다.

그가… 꿈속의 왕자님 같기만 하던 서가야가… 자신을… 아무것도 없고 예쁘지도 않고, 잘난 것도 없는 자신에게 관심을 표하고 머슴을 자청하는 것이 정상적인 일은 아니었다.

"바보. 이 바보 같으니라고…"

이제야 앞뒤가 척척 들어맞는 것 같다. 아빠에 대한 죄책감 때문에… 사랑이 아니라 죄책감 때문에 그가 그녀의 옆에 있었던 것이다.

사랑이 아니라 죄책감 때문이었다.

"그럼 그렇지…."

그녀의 목에서 자조적인 목소리가 흘러 나왔다.

그가… 그가 사랑하는 아버지를 죽게 한 장본인이라니….

아버지가 그렇게 돌아가신 거구나…. 그렇게… 돌아가신 거구나.

사랑하는 아버지가 그렇게 처참하게 돌아가신 거구나….

가슴이 갈기갈기 찢기어 나가고, 심장이 터져버릴 것만 같았다.

무엇보다 그녀를 황당하게 만드는 것은 그가 그녀에게 접근을 한 이유였다.

돌아가신 아빠가 하지 못한 일들을 자신이 해 주고 싶었다는 어처구니없는 말들….

그렇다면 그것이 사랑이라고 믿고 살아온 자신은 무엇이 되는 것일까?

그는 결국 아빠에 대한 죄책감 때문에 자신에게 접근을 한 것이다.

용서가 되질 않는다. 아니…. 용서 하고 싶지가 않았다.

그녀의 모든 사랑이 다 허무하게 날아가 버렸다. 타고 남은 재처럼 훨훨 날아가 버리는 것 같았다.

그럼에도….

그럼에도… 그가 그리운 것은… 어찌된 연유일까?

"엄마."

기차 안에서 엄마에게 전화를 했다. 다정한 엄마의 목소리에 눈물이 저절로 쏟아진다. 전화기 저편에서 엄마의 울음소리도 들려온다.

"드림아. 드림아. 너 어디야? 엄마가 얼마나 걱정했는지 알아?"

"피, 안 그래도 엄마 걱정하실까봐 가출도 못 하겠다."

드림이의 맑은 두 눈에 갑자기 눈물이 핑하고 돌았다.

"너, 어디야? 너 혹시 가야 땜에 그러니? 가야랑 무슨 문제 있었어?"

"엄마, 서가야 알고 있었지? 내 남자친구 말고 그냥 서가야. 아빠랑 관계있는 서가야. 나 이제 다 알아. 어제 김해 외삼촌댁에 찾아 갔었어. 엄마에게 연락하시겠단 걸 내가 전화하지 말아 달라고 부탁드렸었어. 내가 직접 한다고. 나, 지금 구미 가는 길이야. 선미 언니에게."

드림이가 눈물을 훔쳐 닦고는 울먹이며 말했다.

"드림아, 가야일 알게 됐니? 외삼촌이 말했어?"

서 여사는 자신이 걱정했었던 일이 드디어 터지자, 어찌할 수 없음에 그저 마음만 아플 뿐이었다.

"응, 우연찮게 알게 됐어."

"드림아. 일단 만나서, 우리 만나서 얘기하자."

"아냐. 엄마. 나 괜찮아. 그냥 생각을 좀 정리하고 싶어."

"가야 잘못 아니야. 드림아. 그냥 사고였어."

"응. 엄마, 나 오빠 원망 안 해, 오빠도 어쩔 수 없었잖아,

겨우, 고2짜리가 뭘 할 수 있었겠어."

엄마의 걱정과는 달리 드림이가 차분한 목소리로 말했다.

"그래 드림아, 그렇게 생각하면 됐어. 맞아. 가야 잘못 아니야."

"응, 나도 알아. 근데, 엄마, 내가 지금은 오빠 얼굴을 못 보겠어. 좀더, 좀더, 시간이 지나서, 한참 뒤에 내가 강해지면 그때 오빠 얼굴 볼 수 있을 것 같아."

드림이의 말을 이해하는 엄마는 벌써 이렇게나 자란 딸이 그저 기특할 뿐이었다.

"그래. 드림아 엄마는 니 마음 이해해. 그래도 드림아, 가야, 지금 니 걱정 때문에 잠도 제대로 못자고 밥도 못 먹고 있을 거야. 니가, 전화라도 해 줘."

"아니, 오빠 목소릴 들으면 자꾸, 맘이 약해질 것 같아. 엄마, 나 잠시 선미 언니 집에서 좀 쉬다 올께. 자주 전화 드릴테니 걱정하지 마세요. 당분간 낯선 곳에서 마음을 좀 진정시키고 생각도 좀 정리해 보고 그러고 올게요."

"드림아."

드림이의 마음을 잘 아는 엄마는 더 이상 딸을 잡지 못했다.

13. 그의 사랑

"그 아이를 진심으로 사랑하는 거니?"
"응."
찰나의 망설임도 없는 그의 대답에 수진의 두 눈에 눈물이 고여 왔다.
"왜? 왜 내가 아닌 지 물어도 돼?"
그녀의 목소리가 흔들리기 시작한다.
"수진아…"
"우리…"
그녀가 눈물을 훔치며, 떨리는 입술과는 달리 다부지게 말을 이었다.
"우리 둘이서… 그 아픈 시간들을… 우리 둘이서 견뎌냈었잖아. 나에게 넌… 전부야. 가야야. 난 니가 없었으면 미쳐서 발가벗고 거리로 뛰어다녔을 거야. 것도 아님 옥상에서 뛰어내려서 벌써 이 세상 사람이 아닐 거야. 가야야… 제발…"

수진의 아픔을 그도 잘 알 수 있었다. 함께 견뎌온 힘든 시간들과 고통들을 누구보다 잘 알고 있기 때문이다. 가장 잘 아는 친구의 아픔을 그가 왜 모르겠는가? 하지만 지금 약하게 마음을 먹는 것이 그녀에게는 더 큰 아픔이 될 것이다.

"난 드림이 없으면 안 돼. 수진아…. 드림이 때문에 깊은 숨을 쉴 수가 있게 되었어. 가슴 깊은 곳에서 우러나는 그런 편안한 숨."

"난 니가 없으면 안 돼. 난 너 때문에 숨을 쉬고 살아간단 말이야."

그녀에게 그의 마음을 확실히 알려야 했다. 그래서 그는 어렵게 입을 열었다.

"수진아…. 드림이… 가 바로 선생님 딸이야…"

"……."

"선생님 몫까지 내가 지켜 줘야 해…"

'쨍그랑'

수진의 손에 위태하게 들려 있던 유리컵이 떨어져 박살이 났다. 심한 오한이 나 온 몸이 부르르 떨려 왔다. 두 손은 마치 마약장이처럼 흔들린다.

"그… 그 선생님 딸?"

"응. 난 절대 드림이 못 떠나."

실낱처럼 믿어 왔던 그녀의 마지막 희망이 다 사라져 버렸다.

수진이를 그냥 떠나보내는 그의 마음이 몹시도 무거웠다. 하지만 잡을 수는 없는 노릇이다. 우정과 사랑은 엄연히 별개니까…. 드림이를 위해서 수진이를 잊어야 한다면 그는 기꺼이 그렇게 할 것이다.

드림이를 만나기 전까지 그의 삶은 그저 그냥 그렇게 살아가는 것이었다.

의대가 싫은 것도, 특별히 무엇을 공부하고 싶었던 것도 아니었다. 그저 정해진 절차처럼 의대를 가야하는 자신의 처지가 그냥 싫었었다. 모두가 그러려니 하는 현실이 싫었었다. 그래서 그는 소년다운 꿈을 가지고 여행을 계획했었다. 친구들은 감히 꿈도 꾸어보지 못하는 일탈을 혼자 감행할 생각으로 밖으로 나갔다. 밖으로 나가 많은 사람을 만나고, 많은 사람들과 이야기를 나누면서 자신이 해야 할 일과 가야할 길에 대한 확신을 가지고 싶었다. 그저 그것뿐이었다.

답답해서… 가슴이 터질 것만 같아서… 그렇게 하지 않으면 미쳐 버릴 것 같았다. 그리고 그의 그런 철없는 행동의 결과는 실로 엄청나게 그의 삶을 변화시켜 버렸다.

생각 없는 행동으로 그는 한 달 동안이나 짐승 같은 생활을 했었다. 비참하게 얻어맞고 굶주리고 힘든 노동의 시간들…. 불결한 환경과 감시자의 눈초리 아래 지내야 하는 시간들…. 악몽 같은 나날들이었다. 아니… 그런 것쯤은… 자신이 당한 그런 고통쯤은 아무것도 아니다. 만약 그가 십 년 동안을 짐승처럼 사는 대가로 선생님이 다시 살아오신다면 그는 십 년을 짐승처럼 살아갈 수 있을 것이다.

선생님만 다시 살아 날 수가 있다면….

그가 자유를 찾은 그 날…. 그 기쁜 날…. 한 남자가 죽어 버렸다.

강정민 선생님은 훌륭한 한의사였고, 화목한 집안의 가장이었으며, 착하고 영리한 쌍둥이들의 자랑스러운 아빠였다.

자신을 살리고 대신 가신 선생님의 장례식에서 그는 보았다. 처절하게 고통스러워하는 가족들의 모습을…. 그 모습이 아직도 생생하다. 그 모습이 그의 뇌리에 각인이 되어 버렸다.

작고 여린 장녀…. 한 줌도 안 될 것 같은 온 몸으로 울어대고 있었다. 평생 잊지 못할 가슴 아픈 광경이었다.

장례를 치루고 난 뒤, 그는 선생님의 몫까지 열심히 살아갈 것을 혼자 다짐했었다.

아내 되는 서하경 선생님은 아무 말 없이 그를 안아주었었다. 그래서 더 가슴이 아팠다.

"학생 잘못 아니야. 사고였어."

"선생님…. 흐흐흑."

"열심히 살아. 그이 몫까지."

"흑흑흑…."

이를 악물고 공부했다. 선생님처럼 훌륭한 의사가 되기 위해 이를 악물었었다.

그러다… 드림일 만났다. 꿈에서도 잊혀 지지 않던 작고 여린 선생님의 장녀….

아주 우연히… 서점에서 그녀를 만나게 되었다.

"저기요."

자신을 부르는 목소리를 들은 가야는 소리의 근원지가 드림이라는 것을 알게 된 순간…. 온 세상이 하얗게 변해 가는 것을 느꼈다. 순간적으로 손발의 힘이 풀리는 것을 그는 불굴의 의지로 참아냈었다.

책꽂이를 가리키며 책을 내려 달라고 하는 그녀는 너무나 작고 연약해 보였다.

아마도 그때부터였을 것이다. 그의 심장이 속절없이 달리기를 하게 된 것이….

"저기요. 책이 너무 높이 있어서요. 책 좀…."

"야. 내가 직원처럼 보이니?"

떨리는 마음을 감추려고 일부러 퉁명스럽게 대꾸를 했었다.

"네?"

"나, 직원 아니거든, 직원 불러."

"에? 네?"

"이 놈의 인기는 정말…. 좋아. 폰 번호 주면 내려 줄게."

불량배처럼 굴었다. 그렇게 자신이 아닌 것처럼 굴어야지만, 철저하게 연기를 하고 있어야지만 그 떨리는 시간을 버텨낼 수 있을 것 같았다.

선생님 대신에 자신이 그녀를 지켜주고 싶었다.

아빠도 되고, 친구도 되고, 오빠도 되어 선생님이 그녀에게 해 주지 못한 것들을 그가 대신 해주고 싶었다.

더함은…. 그를 알아보았지만 드림이에게는 아무 말도 하지 않은 듯 했다.

그녀를 만나고 나서야, 그는 비로소 깊은 잠에 빠져들 수 있었으며 자신이 살아있음을 느낄 수가 있었다. 그녀가 웃으면 그도 기뻤고, 그녀가 슬프면 그도 슬펐다.

때때로 죄책감이 들기도 했지만, 그는 절대 그녀를 잃을 수도 있는 위험한 짓은 하지 않을 생각이었다.

그렇게…. 그녀의 옆에서 오늘까지 그녀를 지켜왔었다.

하늘만 허락한다면…. 앞으로도 지금처럼 이렇게 그녀를 지켜 갈 것이다.

휴학신청서를 제출한 수진이 미국으로 떠나버린 뒤 보름이 흘렀다.

드림이는 요즘 뭘 하고 다니는지 통 연락도 없다. 어제 저녁에도 스터디가 너무 늦게 끝나는 바람에 전화도 못 했는데…. 오늘은 꼭 찾아가 만나봐야겠다고 다짐하며 서둘러 책을 훑어보고 있다.

degenerative OA(퇴행성 골관절염) 환자의 TKR(슬관절 전치환술)에서 TKR 또는 THR op 환자는 embolism이 발생할 수 있는 경우에 대한 사례를 공부하고 있을 때, 서 선생님에게서 연락이 왔다.

"네, 선생님. 가얍니다."

[가야야….]

"네. 선생님."

[지금 이리로… 이리로… 와 줄 수 있어?]

"무슨 일이라도…?"

[일단 이리로 와서… 와서… 우리 이야기해.]
서 선생님의 전화를 받는 순간부터 가슴이 철렁하며 떨어지는 서늘한 느낌을 받았었다.
애써 감추려고 했지만 스멀스멀 자신에게로 다가오는 불안감과 두려움을 온 몸으로 느끼고 있었다.

오랜만에 만난 선생님의 얼굴은 많이 상해 있었다. 그녀의 어두운 얼굴이 그의 두려움을 더하게 만들었다. 제발…. 최악의 상황만은 면해야 할 텐데…. 그래야 할 텐데….
커피가 다 식을 때까지 애꿎은 머그잔만 달그락 거리던 서하경 선생이 드디어 침묵을 깨고 입을 열었다.
"다 알아 버렸어…."
그것으로 충분했다.
그의 살얼음판 같던 위태한 행복이 깨져 버리기에는… 그 말 한마디로 충분했다.
"선생님."
"드림이가 다 알아 버렸어."
발밑이 꺼져 버려 깊이를 알 수 없는 구덩이에 빠져 버린 느낌이다.

일단 드림이를 만나야 했다. 두렵고 떨렸지만 그녀에게 그의 진심을 고백해야만 했다.
순간순간 미쳐버릴 것 같은 공포가 그를 휘감았다 물러가고는 했다. 그의 몸 전체가 자신의 어리석음과 무능함에…

스스로를 괴롭히고 있었다.
 '따르릉. 따르릉'
 기차역에 도착하기 전 그의 핸드폰이 불길하게도 울려댔다.
 "네."
 [나 수진 애빌세.]
 수진이 아버님?
 "네…. 안녕하십니까?"
 [자네 미국으로 잠시 와 줄 수 있는가?]
 "네?"
 뜬금없는 이 회장의 말에 가야가 어리둥절해 하자, 그가 다시 말을 이었다.
 [수진이가 좀 아프네.]
 "저 회장님. 죄송하지만 제가… 좀…."
 [수진이가… 수진이가… 목을 맸네. 자네가 와 줘야겠어.]
 뒤통수를 세게 쳐 대는 것 같은 충격이 밀려왔다. 온 몸에 소름이 돋아 온다.
 "수진이…. 수진이는 괜찮습니까?"
 [다행히 일찍 발견을 했네. 다행히 목숨은 건졌어. 지금 병원이야. 상태가 많이 안 좋네. 자네가 와서 좀 도와주게.]
 그는 절망감에 몸을 떨었다. 드림이에게 가야하지만…. 그의 오랜 친구를 죽게 내버려 둘 수는 없었다.

14. 그 없이 살아가는 연습

"반갑네요. 우리 너무 자주 만나는데 통성명이라도 합시다. 전 허웅입니다."
"강서드림입니다."
"아무래도 우리 보통 인연이 아닌 것 같네요. 앞으로 잘 부탁드립니다."
쩌렁쩌렁한 그의 목소리가 로비를 울릴 지경이다.
'음 이런 사람이 성악을 전공했으면 멋졌을 텐데'
시원시원한 그의 목소리에 잠시 딴 생각을 하던 드림이는 허웅 대리가 내민 손을 마주 잡았다. 잡은 손을 힘차게 흔드는 그에게서 따뜻한 온기가 느껴진다.
"제가 오히려 잘 보여야죠. 앞으로 잘 부탁드립니다."
"하하하, 그럼 우리 서로 잘 부탁해봅시다."

인사를 나눈 뒤, 성큼 성큼 걸어가는 그의 뒷모습이 유달리 씩씩해 보인다.

오늘부터 새로 일하게 된 협력업체 관리팀의 허 대리는 드림이가 함께 일해야 할 상사였다. 그는 자신 같은 계약직 사원들의 근무점수를 책정하는 아주 중요한 위치(?)의 사람이다.

"인연이 깊다니? 그게 무슨 말이야?"

"아…. 그럴 일이 있어."

같은 아르바이트생인 미성이의 궁금증에 웃음을 지으며, 드림 또한 그를 따라 걸음을 옮기기 시작했다. 사실, 그의 말처럼 그와는 구미에 오는 첫날부터 기차에서 만났던 사이였다.

"여기 제 자리예요. 아저씨."

쓰린 마음과 엉클어진 머릿속에 가뜩이나 자신의 자리까지 차지하고 앉은 곰 같은 남자에게 드림이 곱지 않은 시선을 보냈다.

"아가씨 티켓 좀 보여 줘요."

"여기요."

그녀의 티켓을 보던 그가 씩 웃으며 말했다.

"아가씨가 칸을 잘못 탔네. 아가씬 12호 칸이고, 여긴 2호 칸인데…."

남자의 목소리가 너무 커서인지 몇 안 되는 사람들이 다 쳐다보며 실실거린다.

"이런…. 정말 죄송합니다."

드림이는 얼른 자리를 피하고 싶은 마음에 급히 자리를 떠났다.

"뭘, 그런 걸 갖고, 아가씨, 여기 자리 많으니깐 아무데나 앉아요."

그렇게 시작된 인연이 우연히 일하게 된 회사 안에서 종종 마주치면서 계속 이어져 왔다.

그리고 오늘 드디어 그와 같이 일을 하게 된 것이다.

"오늘 드림 씨 환영 파티 할 예정이니까, 다들 시간 비워요."

퇴근시간이 가까워질 무렵, 그의 느닷없는 선언에 다들 기쁜 내색을 보였다. 정작 주인공인 드림은 별로 내키지도 않는데 말이다.

자신의 환영파티라는 말에 선배들이 베푸는 호의를 차마 거절하지 못하고 한잔, 두잔 마신 것이 실수였나 보다. 노래방 테이블 위에서 황금박쥐를 목청껏 부르며 뛰어내린 것까지 기억이 나는데, 그 뒤론 테이프가 끊어져 버렸다.

그리고 그 다음날 아침, 드림이는 처음으로 술 때문에 머리가 뽀개질 수도 있다는 것을 알게 되었다. 그리고 더불어 자신의 엄청난 술주정도 알 수 있었다.

"에고, 에고 머리야. 언니야. 나 물 좀."

"사람을 잡아라, 잡아. 어쩜 맥주 2병에 사람이 그리 가니. 엉? 내 허 대리를 그냥."

"살살. 살살 말해 머리 울려."

"잘 한다. 작은 엄마 보심 뭐라 그러시것어. 엉. 그리고 너 니가 어제 무슨 짓을 했는지 알아?"

"무슨 짓이라니? 내가 술 먹고 주정이라도 했단 말이야?"

"술주정? 술수정은 그냥 애교 수준이지. 아주 가관이었다더라. 가관."

"내가? 내가 뭐라고 했는데?"

"니가 황금박쥐라며? 원래 황금박쥐였는데, 인간으로 잠깐 변신 했다면서. 그럼 우리 작은 아버지랑 작은 엄마가 황금박쥐냐?"

"내가 그랬나?"

서슬 퍼런 선미의 말에 기가 죽은 드림이가 되물었다.

"야. 니가 허 대리 잠바 뺏어서 목에다 망토처럼 걸치고 노래방 테이블에서 황금박쥐하면서 뛰어내리길 열 번은 넘게 했다더라. 암튼, 너 땜에 내가 못살아."

그러고 보니 어렴풋이 기억이 나는 것도 같다.

"언니, 나 몰라. 회사 안 갈래."

드림이가 베개에 얼굴을 파묻으며 처량하게 말했다.

"이게 진짜, 얼른 씻고 나와. 너 이러면 나까지 도매 급으로 넘어간다. 그만 둘 때 그만두더라도, 책임은 다 하고 마쳐야지."

"흑흑흑. 몰라. 나 술병 나서 죽었다 그래."

오늘 아침 선미 언니에게서 어제 자신이 저지른 만행을 들은 터라, 사무실에 선뜻 들어가지 못한 채, 문 앞에서 한참을 망설였다.

"설마… 쫓아내기야 하겠어?"

큰 숨을 한 번 내 쉰 뒤, 살짝, 문을 열고 고개를 들이밀자 조용하던 사무실에 작은 웃음의 물결이 번지기 시작했다.

"어이 황금박쥐님 오시는데."
"어구, 오늘도 사람으로 변신하시느라 얼마나 힘드셨을까."
"드림 씨 어제 히트였어. 어서와."
"우리 사무실에 명물이 하나 들어 온 것 같아. 앞으로 잘 해 봐요."

어제의 실수가 전화위복이었을까? 다행스럽게도 낯선 근무지의 어색함이 없어져 버렸다. 그녀는 배시시 어색한 웃음을 지으며 자리로 가 하루의 업무에 파묻히기 시작했다.

점심시간, 코를 식판에 박고, 콩나물국을 달게 먹고 있는데, 달그락거리는 식판의 소리와 함께 허 대리가 나타났다.

"어제 강탈해간 잠바 줘요."
"아. 네."
'콩나물국에 코를 박고 죽을 수도 있을까?'

미안한 마음에 콩나물국에 죽을 생각을 하고 있는데 이 인간. 가뜩이나 큰 목소리를 더 크게 내며 웃어댄다.

"푸하하하. 황금박쥐. 황금박쥐."
"그만 좀 하시죠?"
"하하하. 마치고 시간 좀 내봐요."

밥을 먹다 사무실에서 호출을 받은 허 대리가 일어서며 말했다.

"왜요?"
"공짜 영화표가 생겼는데, 보러 갑시다."

영화는 재미있었다. 혼자서 계속 딴 생각에 사로잡혀있지만 않았어도 아주 재미있는 영화였을 것이다. 언제부터인가… 그녀는 영화에 집중을 할 수가 없다.

"남자친구 없죠?"

"네."

"왜 없을까? 이 정도면 썩 훌륭한데."

"그러게요."

"하하하. 오늘 영화 어땠어요? 나름 괜찮죠?"

"아뇨. 별로였어요."

"그래요?"

"네."

"뭐 하나만 물어도 되요?"

"네."

"왜 나랑 영화 보러 왔어요?"

생뚱맞은 질문에 드림이는 그를 빤히 쳐다보았다.

"와… 드림 씨. 나를 똑바로 바라보는 거 처음인거 알아요?"

"네?"

"왜 있잖아요. 눈동자는 분명히 나를 보고 있는데도, 초점은 없는 눈, 드림 씨 그런 눈을 가졌어요."

"보고 있어도 초점이 없는 눈? 제가 동태 눈깔이에요?"

"어허. 이 아가씨 걸쭉한 입담 좀 보게…."

"동태의 눈알은 눈깔로 불러도 돼요."

"아하. 그렇군요."

"아무튼 기분은 나쁘네요. 제 눈이 동태눈깔을 닮았다니."

그의 얼굴에 웃음기가 잦아들었다. 저런 눈은 그녀를 긴장되게 한다. 거북한 눈빛.

"드림 씨의 눈은 나를 보는데, 생각은 항상 다른 곳에 있는 것 같아요."

"그럴리가요."

"정말이에요. 난 내가 그렇게 존재감이 없는 사람인가 하고 혼자 고민했었어요. 사람을 유령처럼 만들어 버려요. 드림 씨가."

자다가 남의 다리를 긁는 듯한, 그의 말에도 그녀는 아무런 대꾸를 할 수가 없었다. 애당초 왜 이 사람을 따라서 영화를 보러 왔을까? 외로움? 맞다. 아마도 외로움 때문일 것이다. 뼈를 저리게 하는 외로움이 그녀를 갉아먹고 있다.

"드림 씨와 내가 공식적으로 사귀면, 어떨까?"

그는 오늘도 실없는 농담을 아무렇지도 않게 해댄다.

"농담하지 마세요."

"농담 아냐, 난, 드림 씨 맘에 있어. 드림 씨만 오케이 하면 진지하게 사겨보고 싶어."

정말이지 정색을 하고 말하는 허 대리의 눈빛에 진심이 담겨 있다.

"엇그제 매섬 김 양에게도 그러셨죠? 다 봤답니다."

"이런 젠장. 그것 때문에 삐진 거야? 내 사랑?"

"세상이… 말세라는 게 실감이 나요."

"아직도 못 잊는 거야?"

"네?"

"오빠 말이야."

"오빠?"

그녀의 얼굴이 하얀 스케치북 같이 변해버렸다. 허 대리는 자신이 그녀의 아킬레스건을 건드렸음을 알아차렸다. 하기야… 그렇게 까지 울어댔으니…. 여직 마음에 상처가 남아 있는 것이리라.

"드림 씨, 우리 회식하던 날 기억 안 나지? 황금박쥐로 변해서는, 내 등에 업혀 오면서 내내 울었어. 오빠를 그렇게나 찾으면서, 왜 헤어졌어?"

"그냥요."

그녀의 얼굴에서 다 사라져 버렸던 핏기가 조금씩 돌아오기 시작했다.

"그냥?"

"그냥…. 뭐, 다 그렇고 그런 얘기 있잖아요. 뭐, 남녀가 만났다 헤어진 얘긴 뻔하잖아요."

"그 뻔한 얘기 궁금해지는데?"

"뭐. 별 것도 없어요. 난 오빨 좋아하는데, 아니 사랑하는데, 오빤, 의무감 때문에 나를 만났어요."

"의무감 때문에?"

"네."

"저런 나쁜 놈이네."

"그러게요."

"그런데 누가 그래? 의무감 때문에 만났다고. 그 오빠가 직접 그래?"

"오빠가 그런 말 한건 아니지만…."

"그렇구나. 그럼 확실한 건 아니네."
"아뇨. 거의 확실해요."
아무렇지도 않은 듯 말하는 그녀가 무척이나 아파 보인다.
"직접 물어 보지 그랬어."
"네?"
"하하하. 드림 씨…. 남자들은 말이지. 속마음을 잘 비치질 않아. 혼자 상상하고 고민하고 그러는 것 보다는 차라리 속시원하게 직접적으로 물어보는 것이 훨씬 현명한 일이야."
"직접적으로 묻는 다고요?"
"응. 남자들에겐 차라리 그게 더 나아. 단순해서 묻는 건 잘 대답하거든…."
허 대리의 사람 좋은 웃음소리에 드림은 가야의 웃음을 생각했다. 그의 밝은 웃음…. 그의 해맑은 미소도 다 거짓이었을까? 허 대리의 말처럼 차라리 물어 보는 것이 옳았을까? 아니 솔직히 묻는 것이 무슨 소용인가…. 그가 떠나 버린 마당에…. 지금은 그 기회마저 다 사라져 버렸다.

"무심한 년."
구미역에서 그녀를 세게 껴안아 주던 연지가 포옹을 하며 욕지거리를 해댔다.
"미안. 미안해. 연지야. 너무 보고 싶었어."
"어떻게 그렇게 독할 수가 있어? 어떻게…."
연지의 두 눈에 눈물이 고였다. 친구의 눈물은 그녀를 아프게 한다. 그녀의 눈물도 연지를 아프게 할 것이다. 울지 않으려 했지만 눈물은 어느새 전염이 되어 그녀의 볼을 타고 흘러내리고 있었다.

"천하의 무심한 년."

'어디에 있느냐'고 그렇게 물어대는 연지에게 이곳에 있다는 이야기를 하지 않았었다.

그냥 잘 있다고 잘 살고 있다고만 했었다.

"미안해. 미안해."

"다들 너 궁금해서 죽는단 말이야."

"응."

눈물이 흘러 연지의 얼굴을 마주 바라볼 수가 없었다. 한참을 그렇게 울고 있다 정신을 차려보니 주변의 사람들이 그들을 이상하다는 듯이 바라보았다. 사람들의 시선이 조금 버겁게 느껴졌다.

"그 인간은…"

"연지야. 오빠 애긴…"

"아니…. 들어. 서가야. 그 인간은 잊어. 이제 서가야는 너와는 상관없는 사람이야. 힘들고 어렵겠지만 독하게 마음 다잡고 잊어."

가슴이 철렁 내려앉았다.

서가야! 지난 3개월 동안 입 밖으로 내어 보지 못한 말이다. 입 밖으로 내면…. 입안에서 그의 이름을 부르기만 해도 그와의 아름다운 시간들이 다 사라져 버릴 것만 같아서, 그와의 시린 추억들이 다 깨어질 것 같아서 혼자 마음속에 꼭꼭 싸두고 있었던 말이었다.

"그게 좋아. 3개월이야. 한 마디 설명도 없이 수진 언니 따라 미국으로 들어 간지가 벌써 3개월이라고. 그러니 너도 깨끗하게 잊어서 복수해."

"응."

연신 고개만 끄덕이는 드림을 연지는 아프게 바라보았다. 말하지 않아도 다 아는 친구의 아픔을 왜 모르겠는가…. 하지만 이것이 최선이었다. 드림이를 또 아프게 할 수는 없었다.

"그러고 가서는 아직도 연락이 없다니…. 정말 몹쓸 인간이야."

"응."

"밤에 잠은 잘 자고?"

"응."

친구의 거짓말이 눈에 보였지만 연지는 고개를 끄덕여 주었다.

모두가 고요히 잠든 밤은 드림이에겐 힘든 시간이었을 것이다. 환하게 빛나던 그녀의 얼굴에서는 그 빛이 사라져버렸으며, 맑게 반짝이던 눈빛 역시 처량하게 보였다. 친구의 아픔을 왜 모르겠는가? 그렇게 사랑하고 믿었던 사람인데….

자신의 속에 들어 앉아 있는 친구 연지에게 뻔히 드러나 보이는 거짓말을 했다. 연지는 고맙게도 속는 체를 해 준다. 옛 상처를 들추어내는 것은 그녀에게 있어 여전히 아물지 않는 상처에 소금을 뿌려대는 짓이었기 때문이다.

사실 드림이는 구미에 도착한 첫날부터 긴긴밤을 양을 세며 보내었다. 갈수록 생기를 잃어 가는 드림이에게 친척인 선미가 자신이 일하는 회사에 아르바이트자리를 구해 주었다.

일을 하니 조금은 살 것 같았다. 정신없이 바쁘게 뛰어다니고 움직이다 보니 밥도 먹어지고 잠도 자게 되었다.

그렇다고 가야가 생각나지 않는 것은 더더욱 아니었다. 길을 걷다가, 밥을 먹다가, 샤워를 하다가 불쑥 불쑥 생각나는 가야의 얼굴, 자꾸만 귓가에 들리는 그의 목소리.

'오빠는 이제 내게서 자유로워 졌을까. 이젠 더 이상 의무감에 나를 만날 필요가 없어져서 기뻐하고 있을까?'

이것이 오늘 아침도 눈을 뜨자마자, 드림이의 머리에 떠오른 생각이었다.

"일은 재밌어? 할 만해?"

그녀의 자조 섞인 회상을 연지가 깨어버렸다. 그녀는 공허한 미소를 지으며 친구를 바라보았다.

"어. 재밌어. 지금까지는 불량품이 있나 없나 검사하는 일을 주로 했었는데 며칠 전부터는 협력업체 관리팀에서 일해. 그래서 여기 저기 돌아다니게 될 거야."

"그렇구나. 얼굴이 밝아져서 정말 다행이야."

"응."

연지는 웃고 있는 친구의 얼굴을 쳐다보았다. 혈육 같은 친구 드림이. 스쳐가는 바람에도 흔들릴 듯이 작아져 있다.

이게 다 그 인간 때문이다.

무책임하고 못돼 쳐 먹은 그 인간. 용서가 안 되는 나쁜 인간.

구미에 온지 3개월이라는 시간이 흘렀다.

그동안 드림이는 학교를 휴학하고, 이곳에서 아르바이트를 하며 하루하루를 치열하게 살아가고 있는 중이다.

연지는 요즘 학교 다닐 낙이 없다며 슬퍼하고 있다.

하지만 그녀는 지금 학교로 돌아가고 싶지가 않다. 아직도 해결하지 못한 일들이 산재해 있는 이 마당에…. 아직도 가슴에 아픔이 남아 있는 이 상태로는 도저히 돌아갈 수가 없었다.

그렇게 그와 연락이 끊어진지 3개월이 되었다.

차라리 나타나지나 말지….

차라리…. 처음부터 모른 척을 하지….

상처에 딱지가 앉았던 그녀의 심장이 이제는 피를 흘려대고 있다.

심장에서 피를 흘리며 살아 온지 그렇게 3개월이 되었다.

연지가 다녀가고 난 뒤 그녀의 일상은 더 외로워졌다. 똑같은 일상의 반복 속에 유일하게 그녀를 웃게 하는 사람은 직장상사인 허 대리였다.

진솔하고 털털한 그의 인간됨이 그녀를 편하게 만들었고 그의 유머감각이 그녀를 가끔 아무 생각 없이 웃게 만들었다.

"드림 씨. 공짜 영화표가 생겼는데, 보러 갑시다."

"오늘은…"

드림이가 미처 대답할 사이도 없이 뒤쪽에서 낯익은 남자의 목소리가 들려 왔다.

"안 되는데요. 드림인 바쁩니다."

순간 드림이의 눈이 휘둥그레 졌다. 이럴 수가…. 그가 나타났다.

"오빠!"

가야가 몰라보게 초췌한 얼굴로 드림이의 앞에 나타났다.

3개월 만에…. 그녀를 떠난 지 3개월하고도 이틀 만에, 그가 나타났다.

수진을 따라 미국으로 떠난 그가… 서가야가… 나타났다.

"왜 왔어?"

"……."

차가운 목소리로 그녀가 말했다. 그녀의 얼굴이 너무 상해 있어서… 그의 가슴이 아프게 저려왔다.

"왜 왔냐고. 우리 이제 더 이상 볼 일 없잖아?"

"그동안 잘 지냈어? 얼굴이 많이 상했다."

영혼 깊은 곳에서부터 흘러나오는 듯, 그의 목소리는 진심이 담겨 있었다.

아무 생각 없이, 아무 말 없이 그저 그녀를 껴안고 마음껏 울고 싶다. 목청 놓아 엉엉 울고 나면 이 그리움이 없어질까?

어떻게 해야 그녀의 아픔이 조금이라도 덜해질까? 지난 3개월 동안 그의 마음은 온통 그녀의 것이었다고 어떻게 말을 해야 할까….

"오빠가 그런 말 하니까 웃긴다. 정말 웃겨."

"드림아."

그는 입술을 꽉 깨물며 하고 싶은 말을 삼켰다. 어떠한 말도 지금 그녀에게는 변명으로 들릴 것이다. 자신이 그녀에게 얼마나 큰 상처를 주었는지 너무나 잘 알고 있다. 아버지를 죽게 한 장본인에다, 그녀를 속였으며, 그녀를 무려 3개월이나 기다리게 했다.

  자신이 그녀에게 저지른 엄청난 짓들을 떠올리자, 그의 무릎이 후들거리며 떨려오기 시작했다.

  그녀에게 씻을 수 없는 큰 상처를 준 그를 그녀가 다시 받아들여 줄까?

  겁이 난다. 너무나 겁이 나서 미칠 것만 같다. 그녀 앞에 무릎이라도 꿇고 빌고 싶은 심정이다.

  그가 자꾸만 그녀의 이름을 부른다. 이 와중에도…. 그의 얼굴이 몹시 상해 있는 것이 맘이 아파온다.

  그의 얼굴이 왜 이렇게 상했을까? 어디가 아팠던 것은 아닐까? 그도 자신처럼 너무 많이 힘이 들었을까? 미쳤나보다. 아빠를 죽게 하고 자신을 기만한 그에게 이런 마음이 들다니….

  그녀는 일부러 더 차갑게 그를 쳐다보았다.

  "이제 다 알아. 그러니까 이런 연극 더 이상 하지 않아도 돼."

  "미안해."

  "이제 와서 그런 말 하는 거 좀 우습잖아?"

  자신을 속이고, 또 3개월 동안 소식도 없이 그녀를 혼자 아프게 한 그의 행동 때문에 가슴속에는 눈물이 터져서 폭포수처럼 흘러내리는데, 쏟아내지 못한 울분이 차고 차서 터져 버릴 것 같은데, 놀랍게도 그녀의 목소리에서는 차갑고 서늘한 얼음 같은 냉기가 흘러 나왔다.

"미안해."

그는 계속 미안하단 말만 한다. 칼칼한 그의 목소리가 생경스럽게 들려온다.

처음 그의 목소리를 듣고 그를 보는 순간 온 몸의 힘이 스르르 빠져 버려 쓰러질 것만 같았던 그녀였다. 버튼 하나만 누르면 활동이 정지되는 그런 로버트가 되어버린 느낌이다.

"미안해. 오지 못할 이유가 있었어."

그가 낮은 목소리로 머뭇거리며 말했다.

"이제 됐어. 별로 관심도 없거든…"

뻗으려던 그의 손이 순간 동작을 멈춘 것처럼 어색하게 멈춰졌다.

"미안해…. 드림아. 나를 용서해. 하지만 너를 향한 내 마음은 정말 진심이었어."

"미안해? 뭐가? 우리 아빠 그렇게 된 거? 아니면 나를 3년 동안이나 속인 거? 것도 아니면 이렇게 시간이 지나서 찾아온 거?"

"드림아…"

"아빠 일은 마음 아프지만, 정말 마음 아프지만."

여기까지 말하니 드림이의 눈에 눈물이 고여 오기 시작했다. 눈물을 손으로 훔쳐 내며 계속 말을 이어 갔다.

"오빠도 어쩔 수 없는 사고였어. 그래 사고였다고 쳐. 하지만 그 뒤가 옳지 못 했어. 나 사랑하지도 않으면서 죄책감 때문에 나를 사랑하는 척한 건 정말 용서 받지 못 할 큰 잘못이야. 내가 오빠에게 빠져서 해롱대는 거, 그거 보면서 어떤 생각 들었어? 앤 정말 불쌍한 애니까 내가 보살펴 줘야 돼. 이런 마음이었어? 오빠에게 빠져서 정신없는 나 보니까 좋다? 아님, 불쌍했어? 좋다고 챙겨주니 정신 못 차리고 넘어온다고 막 웃었겠다? 그날 연못에서 오빠 형 말 듣고 보니까 여태껏 이상하던 거 다 이해가 되더라. 그럼 그렇지, 연지가 그랬어, 저런 킹카가 널 왜 좋아 하는지 이해가 안 된다고. 홍콩에서 내가 물었을 때, 딴청 피우더니, 다 이유가 있었네. 사람감정 가지고 그러는 거 아냐. 오빠는 의무감 때문이었는지 몰라도 난 진심이었단 말이야, 난 그게 더 비참해. 내가 얼마나 진심으로 대했는데, 내가 얼마나 오빠를 믿고 의지했었는데, 아빠대신, 오빨 얻게 되서 참 다행이다 그랬는데. 오빠가 의무감 때문에 날 선택 했다는 거. 좋아하지도 않는 사람 옆에서 얼마나 힘들었니? 이제 됐어, 다 됐으니까, 이러지 말고 오빠 갈 길 가."

말을 마친 드림이는 두 손이 떨려와, 주먹을 꽉 쥐었다. 손톱이 손바닥의 여린 살을 파고드는 것이 느껴진다. 그녀는 자리에서 일어났다. 그에게 하고 싶은 말을 다 쏟아 붓고 나니 더 이상 그와 마주할 이유가 없었기 때문이다.

'와락'

뒤도 보지 않고 걸어가는 그녀를 그가 뒤에서 껴안았다. 등 뒤로 느껴지는 그의 가슴이 들썩이고 있었다. 숨쉬기가 힘들 정도로 세게 껴안은 그가 머리에 얼굴을 묻으며 말했다.

"강서드림, 처음부터 솔직하게 말하지 못한 거. 그거 잘못했어. 하지만, 죄책감 때문만은 아니야. 서점에서 너 보고, 계속, 니 옆에 있고 싶었어. 그래서 자꾸 인연을 만든 거야. 처음 경주 가는 것부터 다, 연희 형에게 부탁해서 연지랑 너랑 어딜 가고 뭘 좋아하는지, 다 알아 냈었어. 너랑 함께 시간을 보내는 것이 얼마나 마음이 설레고 기뻤는지 몰라. 그리고 만약 내가 억지로 니 옆에 있었다면 이렇게 너 찾아오지도 않았을 거야."

"이거 놔."

"드림아…. 나를 용서해 줘."

그의 품이 따뜻했다. 이대로 다 용서하고 없었던 일로 하고 싶었다. 그러고 싶다. 그때 그녀의 귓가에 그의 작은 속삭임이 들려온다. 들릴 듯 말 듯한 소리.

"사랑해…. 사랑해…."

그녀의 가슴이 또 한 번 무너졌다. 그렇게도 듣고 싶었던 말…. 사랑해. 사랑해….

모든 것이 끝나버린 마당에 하는 저 의미 없는 말에 그녀의 가슴이 또다시 무너져 내려 버렸다.

드림이는 가야에게 그대로 안겨 있고 싶은 유혹을 뿌리치며, 그를 벗어나기 위해 몸을 비틀어 댔다.

그가, 이제야 그런 말을 하는 그가 원망스럽고 두 사람을 이렇게 만들어 놓은 악연도 몸서리쳐졌다.

"오빠에게서 사랑한다는 그 소리 언제 들어보나 했는데…. 그 말을 이제야 듣네."

흐르는 눈물을 손등으로 훔쳐내며 그녀가 다시 말을 이었다.
"근데 어쩌지? 난 이제 오빠에게 관심 없어."
그녀의 냉소에 그의 눈빛이 흔들렸다.
"드림아."
"우리 너무 늦은 거 같아."
그녀의 차가움이 그의 심장에 비수가 되어 박히는 듯했다.
"안 돼. 안 돼. 이대로 너를 그냥 보낼 수는 없어. 드림아. 드림아."
그가 흐느끼듯 그녀를 불렀다. 그녀를 꼭 껴안은 손에 힘이 더 해 갔다.
"왜? 왜…. 이제야…"
냉정하던 그녀의 목소리가 흔들리기 시작했다. 그녀의 감정이 차가운 얼음표면을 깨뜨리듯 폭발해 버렸다.
"왜, 왜, 내게 왜 그런 거야? 왜 나를 아프게 한 거야?"
'쾅쾅….'
그녀는 주먹을 쥐고 자신을 안고 있는 그의 가슴을 쳤다. 그녀의 움직임에 따라 그의 몸이 휘청거렸지만 그는 여전히 그녀를 안고 있었다.
"왜. 왜. 처음부터 솔직하게 말하지 못했어. 아니… 사귀는 내내 시간이 많았잖아? 진실을 말 해 줄 수 있었잖아. 왜 그러지 않았어?"
그녀의 원망이 점점 가슴 아픈 울부짖음으로 변해 갔다.
"왜 이제야, 왜…. 여기 까지 와서야… 사랑한다고 하는 거야? 왜 그때는 말해 주지 않았어?"

그녀의 아픔이… 그녀의 절망이 그에게로 고스란히 전달되었다.

그녀가 아픈 만큼 그도 아팠다. 아니 어쩌면 그녀보다 그가 더 아픈 것인지도 몰랐다.

"처음에는… 네게 그냥 잘 해주고 싶었어. 겁도 많고 상처도 잘 받는 니가 안쓰러웠어. 그러다 널 사랑하게 되었어. 널 사랑하게 된 뒤로는 겁이 났어. 니가 내 곁을 떠날까 봐, 그리고 다시는 날 안 볼까봐. 아빠를 버려두고 혼자 살겠다고 도망 간 나를 원망하고 미워 할까봐. 그게 겁이 났어. 드림아."

심장 밑바닥에 꼭꼭 숨겨 두었던 두려운 진실….

그녀를 잃을까 봐, 겁이 났던 진실을 그가 어렵게 토해냈다.

"웃기지마. 오빤 거짓말쟁이야. 나를 속였어. 나를 정말 사랑했다면 나중이라도 말을 했어야 옳았어."

간절하게 자신을 바라보는 그를 버려두고 드림이는 혼자, 휴게실을 나와 버렸다. 그 자리에 더 있다가는 다시 그를 믿어버리고 싶어질 것 같았다.

그녀는 마음을 다잡았다. 등 뒤로 그의 아픈 시선이 느껴졌지만 결코 뒤돌아보지 않았다.

"무슨 일이야? 드림 씨."

사무실에 들어오니 선배인 선영이 걱정스레 물어온다.

"아무것도 아니에요."

드림은 무표정한 얼굴로 자신의 자리로 돌아가 말없이 일을 하기 시작했다. 직원들이 이상하다는 듯 서로 쳐다보며 눈길을 교환했지만, 그녀는 아무것도 모르는 채 그저 고개

숙여 일할 수밖에 없었다.

　그날 가야는 하루 종일 회사 밖에서 드림이를 기다렸다. 퇴근하는 드림이 허 대리의 차를 얻어 타고 회사의 정문을 나가다, 그 모습을 봤지만, 그녀는 아는 체 하지 않았다.
　구미의 겨울은 부산의 겨울과 달랐다. 따스한 부산과는 달리 차가운 칼바람이 그의 온 몸을 파고들었다. 거기다… 설상가상으로 비까지 내리기 시작했다.
　선미는 퇴근 후, 계속 창밖만 바라보고 있는 드림이를 걱정스레 바라보았다.
　비가 오는 그날 가야는 드림의 집 앞에서 밤을 새웠다. 한기가 온 몸을 사납게 파고들었지만, 혹은 온 몸에 힘이 다 빠져 나가 버린 듯, 무기력 했지만 그는 그 자리를 지키고 있었다. 자신이 쓰러지는 한이 있더라고 그녀에게 용서를 구하고 싶었다.
　미국에 있는 동안 얼마나 그녀가 그리웠는지…. 얼마나 그녀가 보고 싶었는지…. 인간의 언어가 얼마나 부질없고 허무한 것인지…. 말해 주고 싶었다. 그녀가 그를 용서해 줄때까지…. 이 자리에서 죽는 힌이 있더라도 그녀를 다시 얻고 싶었다. 이렇게 밖에 할 수 없는 자신의 처지가 원망스러웠지만 이렇게라도 해서 그녀를 다시 얻고 싶었다.
　그는 일주일 동안을 매일 같이 드림이의 회사 앞을 지켰다. 겨울바람이 정말 대단하기만 했다. 그런 차가운 바람을 고스란히 맞으며 가야는 움직일 줄을 모른다. 그녀가 들어가서 나올 때까지 장승처럼 서 있기만 한다.

"드림 씨, 사람이 해도 해도 너무 한다. 벌써 일주일째야. 이 추위에 사람을 어찌 저리 세워 놓냐? 아무리 큰 죄를 지었어도, 그러는 거 아냐."

보다 못한 선영이가 드림이를 나무라며 말했다.

"네."

그녀 또한 하루하루 변해가는 가야의 얼굴이 마음에 걸렸다. 이러다 큰 병이라도 걸리는 것이 아닐까 염려스러웠지만…. 그녀는 다시 마음을 다잡았다.

지난 시간에 비하면 이 일주일은 아무것도 아니다.

자신이 얼마나 아프고 힘들었는데….

이제야 나타나서는… 이제야 나타나서 미안하다 그러면 모든 문제가 다 해결 될 줄 알았다면 그의 큰 오산이다.

퇴근을 하기 위해 정문을 나서는 그녀의 앞을 그가 또 가로 막았다.

일주일 만에 많이 상하고 초췌해진 모습이었다.

"드림아."

"비켜. 나 바빠."

'끽' 자동차 한 대가 그들의 곁에 와 멈춰 섰지만 두 사람 모두 신경조차 쓰지 않았다.

"드림아! 가야야!"

자동차에서 내린 여인이 천천히 다가와 그들을 불렀다.

"어…. 언니."

"수진아."

수진은 드림이에게 시간을 내 달라고 부탁을 했다. 내키진 않았지만 가야처럼, 자신처럼 초췌해 보이는 수진의 모습을 보니 다시 마음이 흔들렸다.
"가야. 나랑 같이 있었어. 드림아."
"네. 알고 있어요."
"가야… 어쩔 수가 없었어. 내가 놔 주지 않았거든."
"언니…"
"내가…. 드림아…. 내가 목을 맸었어. 너무 힘들고 무서워서…. 내가 그렇게 어리석은 짓을 했어. 눈을 떠보니 병원이더라. 살아 있는 것이 너무 고맙고 기쁘고 그랬는데…. 내가 바보같이 가야만 찾았어. 가야만 찾았어."
수진의 눈에 눈물이 고였다. 맑고 투명한 눈물이 하염없이 흐르기 시작했다. 자신도 어쩔 수 없는 사랑이라는 고통스러운 감정에 휩싸여 극단적인 방법밖에 선택할 수 없었던 지독한 사랑을 한 그녀는 너무나 아파 보였다. 그녀의 말에 숨을 삼킬 수밖에 없었던 드림이는 그녀에 대한 연민과 그에 대한 연민, 그리고 스스로에 대한 연민으로 같이 울었다. 우리는 왜 이렇게 아픈 사랑을 해야만 하는 걸까….
"언니…"
"오랫동안 정신과 치료를 받았어. 예전에도 병력이 있어서 이번엔 좀 더 오래 걸렸어. 내가 부탁했어. 잠시만, 치료가 끝날 때까지만 있어 달라고…. 가야는 너에게 하루 빨리 돌아가고 싶어 했는데…. 내가 붙잡았어. 우리 오랜 우정에 그 정도는 해 줄 수 있지 않냐고…. 내 탓이야. 드림아."

그녀의 눈물이…. 그녀의 아픔이 고스란히 드림이에게 전해져왔다. 결코 미워할 수 없는 연적인 그녀들의 손이 서로를 찾았다. 서로의 손을 통해 따스한 온기가 전해진다.

"언…니…."

"가야는 내게 빚이 있었어. 예전에… 예전에… 우리 병원에서 처음 만났을 때, 그도 나처럼 삶을 포기하려 했었던 적이 있었거든…. 옥상에서 뛰어 내리려는 가야를 내가 잡았었어. 나중에 가야가 그 때의 빚을 꼭 갚겠다고 했어. 미국에서… 얼른 한국으로 나가려는 가야에게 그때의 빚을 갚으라고 내가 떼를 썼어."

그랬었구나…. 그래서 그가 수진을 따라 미국으로 갔었구나…. 그가 가엾고 수진이 가여웠다.

"언니…."

"지금은 괜찮아. 지금은 평안해. 내 것이 아닌 것에 욕심을 부린 고약한 심술꾸러기가 된 듯한, 기분이 들더라고. 지금은 마음이 편해. 그래서 가야를 놔 줬어. 드림아. 가야를 용서해줘. 가야에게는 너 밖에 없어."

그녀에게 수진이 작은 다이어리 하나를 내밀었다.

"이게…?"

"우리 처음 만났을 때 기억해?"

"서점이요…?"

"응. 그때 즈음에 쓴 가야의 일기야."

"언니가 이걸 어떻게…?"

"후후, 이번에 미국에서 훔쳐 온 거야…. 그의 마음이 담긴 것을 하나 갖고 싶었거든…. 그런데 이건 내가 가지면 안 되는 거더라고. 주인이 따로 있더라. 읽어 봐. 아주 예전부터 가야의 마음은 너의 것이었어."

수진의 재촉에 드림은 책장을 넘겼다. 낯익은 그의 글씨가 눈에 보였다.

8월. 목요일. 맑음

오늘 처음으로 그 아이와 말을 나누었다. 짧은 커트머리에 아저씨를 닮은 선한 눈을 가진 아이. 이름이 드림이라고 했었지.

수진이가 하도 졸라대기에 내키지 않는 서점을 따라갔지만, 그곳에서 뜻밖에 그 아이를 만나게 될 줄이야.

그 아이가 내게 먼저 말을 걸어왔다. 아마도 나를 서점의 직원으로 착각을 했나보다.

아저씨가 도와 주셨나? 언제나 주변에서 맴돌기만 했었는데, 그런데 뒤돌아서서 드림이가 원하는 책을 뽑는 사이 그만 바람처럼 사라지고 없어져 버렸다. 이런 바보 같으니. 기회가 왔으면 확실히 잡았어야지. 넌 정말 바보로구나. 서가야.

드림이의 눈에 눈물이 고이기 시작했다. 드림이는 눈물을 닦으며 또 다른 장을 넘겨보았다.

#8월. 화요일 구름 조금.

연희 형에게 어렵게 부탁을 해서 드림이의 경주 여행계획을 알아냈다. 어떻게 해야 가장 자연스러울까? 우연히 기차 안에서 만나야 하나? 하고 밤새 고민 했는데 정말 아저씨가 도와주시는 건지, 지하철에서 지영이라는 아이를 만나게 되었다. 제발, 제발 그 애가 내게 관심을 가지게 해달라고 여행 내내 마음속으로 빌었다. 그리고 '아저씨 내게 왜 이러세요?' 하고 새침하게 물어 오는 드림이에게 그만 나의 속마음을 말해 버렸다. "난 니가 맘에 들어." 하고.

흐르는 눈물 때문에 글이 잘 보이지 않았다. 일기장을 넘겨 그녀가 대학교에 들어올 즈음의 글을 읽어 보았다.

#2월. 월요일. 맑고 바람이 많이 붊.
언젠가 읽은 장기려 박사의 회고록에서, 자신의 아내에 대한 애틋한 사랑에 대해 감동한 적이 있었다. 빨래를 하는 자신의 아내를 툇마루에서 지켜보던 장기려 박사는 가슴이 벅차오르며 정말 인간이 느낄 수 있는 최대의 감정, 말로는 표현하지 못할 사랑을 느꼈다고 했다. 내게는 드림이가 그런 존재이다. 감히 말로는 이 사랑을 표현 할 수가 없다. 그리움이 자꾸만 부풀어 올라 가슴이 터져 버릴 것만 같다. 세상이 이렇게 아름다운 것이었는지 처음으로 느껴본다.

'탁'
가야의 일기장을 읽던 드림이 일기장을 덮어 버렸다.
"드림아. 가야가 네게 어떤 사람이었니? 잘 생각해봐. 너 고등학교 다닐 때 없는 시간 쪼개서 너 공부 가르치고 축제 때 네게 장미꽃 보내주느라 일 년치 용돈을 탁탁 털면서도 기뻐서 어쩔 줄을 몰라 하던 사람이야. 너 수능 칠 때는 그렇게 추운 날, 교문 앞에서 한 발자국도 안 움직이고 널 기다렸던 가야잖아. 아무도, 그렇게 하지 못해. 가야만이 할 수 있는 일이야. 널 사랑하니까…"

거기까지 말하던 수진이 말을 그쳤다. 이미 드림은 그녀의 말을 더 이상 듣고 있지 않았기 때문이다. 수진은 눈물을 글썽이는 눈으로 그를 향해 뛰어가는 드림이의 뒷모습을 바라보았다.

이제야 정리가 되는 기분이다. 이제야 모든 것이 제자리로 돌아온 느낌이다.

그를 향해 뛰어 가던 드림이의 눈에 눈물겨운 가야의 모습이 보였다. 물결치던 바다가 잔잔해지는 것 같은 느낌이 들었다.

"오빠."

눈물이 흘러나와 그를 부르는, 목이 메어 온다.

"드림아."

가야가 비틀거리는 눈으로 드림이를 바라보더니 그녀를 잡아 당겼다.

드림이는 말없이 그를 꼭 끌어안았다. 거칠고 뾰족한 그녀의 상처가 그의 가슴으로 파고들었다. 그의 무수한 상처의 가시들도 그녀의 가슴으로 파고들었다.

서로의 상처와 고독과 아픔들이 그대로 서로의 아픔이 되어 느껴져 왔다. 사랑하는 사람의 상처에 너무도 가슴이 아파와 두 사람은 서로를 끌어 앉은 채 엉엉 울기 시작했다.

드림이의 흐느낌과 눈을 감고 숨을 죽여 흐느끼는 가야.
그가 띄엄띄엄 울먹이며 말했다.

"오래 전부터 널 사랑해 왔어. 그런데 널 사랑하면 할수록 무서웠어. 네가 진실을 알게 될까봐. 혼자서 깊은 구덩이에 빠진 기분이었어. 너에게 내려와 달라고 말하고 싶었지만 네가 진실을 알고 달아나면 더 괴로울 것 같아서 혼자 무서워하며 아파했어."

"오빠. 미안해. 오빠의 아픔을 진작 알아보지 못해서 너무 미안해."

가야가 드림이를 한층 더 강하게 끌어안았다.

두 사람에게는 서로의 상처가 찔러대는 아픔쯤은 아무것도 아니었다. 그들에게 있어 아픔은 자신의 상처에 대한 아픔이 아니라 상대가 얼마나 힘들고 아팠을까 하는 상대의 아픔이 정말로 큰 아픔이었다. 그들은 한참 동안 그렇게 있었다. 얼마 후 가야가 드림이에게 물었다.

"내가 밉지 않아?"

"미워. 하지만 미워하는 마음보다 사랑하는 마음이 더 커서…. 이제는 나도 어쩔 수가 없어. 오빠."

"사랑해. 드림아."

두 사람의 얼굴이 천천히 다가와 서로의 입술을 찾았다.
그의 입술이 닿는 순간,
그녀의 입술이 닿는 순간,
두 사람의 모든 아픔이 눈 녹듯이 사라져 버렸다.

15. 가슴에서 흐르는 눈물

"잘 생각했다. 그래, 니 자리로 돌아가. 작은 엄마 얼마나 맘고생 하셨을까? 가야 씨, 그동안 고생하셨어요. 우리 드림이 잘 부탁해요."

드림이는 선미와 아쉬운 작별을 하고 회사에 양해를 구한 뒤, 아쉬움을 뒤로 하고 가야와 다시 부산행 기차에 몸을 실었다.

떠나기 전 허 대리는 그녀에게 아수를 청하며 한동안 그녀의 손을 놓지 않았다. 가야의 헛기침 소리를 듣고서야 겨우 손을 풀은 그는 드림에게 따뜻한 미소를 지어보였다.

"드림 씨, 꼭 행복하세요."

"네. 허 대리님도요. 그동안 감사했습니다."

"나야 말로 드림 씨 때문에 행복했었어요. 잘 사세요."

드림이는 제자리로 돌아가기 위해 눈물겨운, 그러나 행복한 이별을 했다.

"그 사람이랑 많이 친했었어?"
"어라? 지금 질투하는 거야?"
"질투는…. 그냥 궁금 해서지…."
"헤헤헤. 기분 좋다."

새마을 기차 안에서 가야는 그동안의 체력 소모 때문인지, 새근새근 깊이 잠이 들었다. 드림이도 긴장이 풀어져서인지, 살포시 잠이 온다.

화장실에 가기 위해 일어나서 오가던 사람들이 가야와 드림이의 모습에 잠시 발길을 멈추고 슬며시 미소를 지었다. 조각처럼 잘 생긴 남자가, 하얗고 조그만 여자의 어깨에 머릴 기대고 잠이 들어 있었고, 그 머리위에 다시 여자의 머리가 기대어 잠이 들어 있었다.

두 손은 서로 깍지 끼어 쥔 채로.

"잘 됐다. 내가 얼마나 걱정한지 알아?"
집에 도착하자마자 연지에게 전화 했더니, 돌아오는 고함 소리. 더함이도 걱정이 되어서인지 집에 내려와 있었다.
"고생했지? 고생 많았어요. 미련퉁이 땜에…."
더함이가 언니인 드림이에게 미련퉁이라고 아무렇지도 않게 말하는데도 가야는 웃고만 있다.
연락 받은 엄마도 헐레벌떡 뛰어 오시고, 연지도 좀 있다

유신이와 현우, 진우를 거느리고 집으로 쳐들어 왔다.
그들은 정말 오래간만에 시끌벅적하고 정신없이 즐거운 가운데 저녁을 먹었다.
다음날, 가야는 병원에 들러 검사를 받을 일이 있다며 만날 수가 없다고 했다.
좀 섭섭했지만 그래도 오랜만에 연지와 둘이 함께 보낼 수 있는 시간인지라 드림이는 연지와 둘이서 쇼핑을 하기로 했다.
"잘 생각했어. 솔직히 너, 가야 오빠에게 많이 처지는 거 알지? 또, 인상 쓴다. 내가 친구니까 진심으로 말하는 거야. 아버님 일은 정말 가슴 아프지만, 그건 사고였잖아. 울 엄마가 그러는데, 니네 아빠가 너를 너무 사랑하셔서, 널 위해 가야 오빨 보내주신 거래. 당신은 딸 옆에 있을 수 없지만, 딸을 위해 넘치도록 괜찮은 사람을 안배해 주신 거지."
눈으로는 열심히 가판에 나와 있는 옷을 뒤지면서도 입으로는 쉴 새 없이 떠들어 대는 연지다.
"연지야. 니 말이 다 맞는 거 같은데, 왜 일케 얄미울까?"
"헤헤헤. 야, 저 옷 예쁘다."
사람들이 복직기리는 남포동 거리에서 드림이와 연지는 정신없이 돌아다녔다. 먹자골목에서 쭈그리고 앉아, 순대를 먹었다.
"아줌마 간요. 간 많이 주세요. 빈혈이 심해서."
애교도 부리고, 긴 포장마차 행렬에 서서 파전이랑 오징어 초무침도 먹고, 아이스크림 쪽쪽 빨아 먹으며 여기 저기 구

지금은 연애중?! 333

경도 했다.

그날 저녁, 드림이는 하루만 더 있다 가라는 엄마를 뿌리치고 스터디에 빠질 수 없다며 다시 서울로 올라간 더함이와 통화를 했다.

"야, 엄마, 많이 늙은 거 다 너 때문인 거 알지? 좀 잘해라."
"어, 알았어. 너도 몸조심 하고, 밥 잘 먹고, 밤길도 조심해."
"풋, 댁이나 잘하셔. 아무튼, 돌아와서 고맙다. 알지? 청어와 메기."
"그럼. 청어와 메기. 히히히."

그렇게 혼란스러웠던 여름이 지나가고 가야와 드림이는 다시금 서로의 뜨거운 사랑(?)을 확인 할 수 있었다.

아, 그리고 둘은 서로 약속을 했다. 이제부터는 서로에게 비밀을 가지지 않기로. 좋은 일이건 나쁜 일이건, 가슴 아픈 일이건 꼭 서로에게 알리기로.

겨울은 사람을 서글프게 만드는 힘이 있다.

드림이는 길 옆 벤치에 앉아, 가야를 기다리며 정신없이 불어 닥치는 바람을 느끼고 있었다.

"드림아!"

누군가 다가와 아는 체를 한다.

"수진 언니."

수진은 여전히 너무나 아름다웠다. 변함없이 긴 생머리에 감색 정장바지와 하얀 블라우스, 상처를 감추기 위해 목을 감싼 스카프와 한쪽 손엔 버버리를 걸쳐들고 반대쪽 어깨엔

가방을 멘 모습이 흡사 '섹스 엔 시티'에 나오는 뉴요커들 같았다.
 "언닌, 변함없이 예쁘시네요."
 "풋, 고맙다. 가야 만나기로 한 거니?"
 "네, 오빠 여기서 만나기로 했는데, 조금 기다리시면 올 거예요…."
 "아냐 나중에 인사 할래. 그럼 나 먼저 갈께."
 "네, 언니 안녕히 가세요."
 이제는 수진과도 밝게 웃으며 인사를 나눌 수가 있어 드림은 너무나 좋았다.
 그녀 혼자 흐뭇해하고 있는데 가야에게서 전화가 왔다.
 "뭐야. 약속시간이 다 되어 가는데 올 생각은 않고 웬 전화?"
 [어이. 드림. 나 오늘 못 나가겠어.]
 "왜?"
 [어. 갑자기 일이 좀 생겼어. 미안하다.]
 "아이씨. 나 20분이나 기다렸단 말이야."
 [하하하. 웬일이냐? 니가….]
 "몰라. 왜 무슨 일인데?"
 [응, 별건 아니고… 몸살기가 조금 있어서….]
 "몸살기?"
 [어.]
 "얼마나 아프기에 나오질 못해?"
 [복학 준비하느라 조금 무리를 했나 보다. 며칠 지나면 괜찮아 질 거야.]

"어. 알았어. 몸조리 해."

전화를 끊으면서도 드림이는 자꾸 걱정이 된다. 문병이라도 가야 하나.

'그래, 오빠가 집 얘기 하는 거 하도 꺼려서 한 번도 못가 봤잖아. 이참에 가서 오빠 사는 모양새도 보고 미리 준비도 하고…. 흐흐흐'

결정을 내린 드림이는 장래 시집이 어찌 사나 궁금하던 차에 사전 조사라도 해보자 하는 생각에 가야의 집을 가기 위한 준비를 시작했다.

먼저, 정성스레 끓인 전복죽을 (물론, 직접 끓이진 않고 죽 집에서 산) 예쁜 보온병에다 담고, 엄마에게 부탁해서 감기에 특효인 한약을 정성스레 달이진 못하고… 그냥 환으로 된 약을 얻어 가야의 집으로 쫄랑쫄랑 찾아 갔다.

말로만 듣던 대궐 같은 가야의 집은 실로 엄청났다. 겉에서 보기만 해도 위화감이 꽉꽉 조성되는 것이 담 높이부터 일반 집과는 달리 저 높이 까마득하게 있었고, 경비업체에서 지켜준다는 그, 볼그스레한 딱지가 따닥따닥 붙어 있으며, CCTV까지 곳곳에 배치되어 있었다.

딩동. 딩동.
-누구세요?
-예, 가야 오빠 학교 후배 드림인데요.

덜컥, 열린 대문을 밀어 살짝 집안으로 들어서니, 이런, 뭐 이런 집이 다 있담. 대문에서 현관까지, 쬐금 과장해서 30분 쯤은 걸어가야 되지 싶다.

"우리나라가 이래서 안 돼. 이렇게 빈부 격차가 심해서. 쯧쯧. 아, 다리 아파."

혼자 중얼 거리며 가는데 이런 인심 야박한 집이 있나? 손님이 왔다는데 아무도 현관 밖으로 나와 보지도 않는다. 앞만 보고 걷느라 정신없이 왔는데, 현관문에 다다라 뒤를 돌아보니, 정말 '멋지다'라는 말이 저절로 떠올랐다. 넓은 정원을 둘러싸고 있는 아름드리나무며, 드넓은 잔디 오른쪽엔 외국영화에 나옴직한 곡선으로 된 수영장, 수영장 뒤쪽으론 인공으로 만든 바위 조각과 그 조각을 타고 내려오는 작은 폭포수. 폭포 밑으로 조그만 웨이브 연못에는 알록달록 물고기들이 요리 저리 헤엄을 치고 있었다.

"좋군. 돈이 좋긴 좋아."

이렇게 중얼거리며 현관문을 두드리자, 도우미 아줌마가 문을 열어주었다.

"어서 오세요. 학생. 이쪽으로."

아줌마가 안내하는 쪽으로 들어가니, TV에서만 보던 댄스장 같은 홀이 나왔다. 갑자기 더함이의 책장에서 빼내 읽었던 '땐스 홀을 허물라' 라는 책이 생각이 난다. 아무튼, 이런 곳이 허물리면 무지 아깝기는 하겠다.

에구 에구 무신 생각을 혼자.

천장중앙에는 다이아몬드처럼 반짝이는 작은 샹들리에들이 큰 사각형을 이루며 매달려 있고, 벽면에는 고풍스런 벽지, 바닥에는 대리석으로 보이는 검푸른 돌들이 바둑판무늬처럼 깔려 있다.

두리번거리며 뒤따라가는데, 아줌마가 클래식한 꽃무늬 양문 앞에 서서 들어가라고 눈짓을 한다.

살짝 문을 두드리고 들어가니, 우아하게 꾸며진 거실이다. 그리고 거기에 딱 맞게 우아하게 생긴 귀부인이 중앙 소파에 앉아 있다.

"어서 와요. 드림 학생, 어머님은 안녕하시지?"

가야의 어머니라 짐작되시는 분이 그녀를 맞으며 말했다. 차가운 느낌의 어머니는 곱게 화장한 얼굴에 자연스레 진 눈가의 주름을 빼고는 도무지 나이를 짐작하기 어려운 얼굴이다. 아들이 아파서일까? 그녀의 얼굴에 그늘이 져 있었다.

"네, 처음 뵙겠습니다. 여기 전복죽."

드림이가 손에 든 보온병을 내밀자, 가야의 엄마는 약간 놀란 듯, 전복죽을 받았다.

"이런, 우리 집에는 제주도에서 자연산 전복이 정기적으로 올라오는데, 괜히 수고를 끼쳤네. 어쩌나. 이걸 직접 쑨 거야? 고생했네. 나중에 먹이든지 할 게. 아줌마, 이 학생 데리고 가야 방에 좀."

정말 그녀의 전복죽에 감동을 한 것인지, 아니면 인사치레인지 모르지만 아무튼 그녀는 고맙게 보온병을 받으며 도우미 아줌마를 부른다.

가야의 방은 3층에 있었다. 드림이는 태어나서 가정집이 3층인 경우를 지금 처음 보고 있다.

가야의 방문 앞까지 드림이를 데려다준 도우미 아줌마가 다시 내려가자, 드림이는 가야의 방문 앞에 서서 잠시 기다리다, 곧 '똑똑'하고 두드려 본다.

가만히 문에 귀를 대어 보아도 들려오는 대답이 없기에 살짝 문을 열고 들어갔더니, 단정하고 정리가 잘된 방에 책장과 책상이 커다랗게 눈에 들어왔다.

가야는 넓은 침대위에서 깊이 잠들어 있다. 자신이 온 것도 모른 채, 자고 있는 가야를 보니 드림이는 울컥 눈물이 났다.

"오빠, 내가 자꾸 속 썩여서 아픈 거지? 미안해."

혼자 말을 중얼거리며, 자고 있는 가야의 머리를 가만히 쓸어 주었다.

가야는 자신의 이마와 머리에 다정스레 부드러운 손길이 닿자, 몸을 움찔 하더니, 눈을 감은 채로 손을 올려 드림이의 손을 잡는다.

"드림이니?"

쉬어 있는 가야의 목소리.

"응. 오빠 많이 아파?"

드림이의 목소리도 잠겨있다.

"아니, 몸살인가 부다. 많이 기다렸지? 오늘 영화 보러 가기로 했는데. 지금이라도 갈까?"

말할 힘도 없는지 가야가 작은 소리로 물었다.

"피, 환자 들쳐 업고 운동할 일 있냐?"

아프면서도 자신과의 약속을 신경 쓰는 가야가 너무나 고맙기만 하다.

"훗 미안하다. 나 낫고 나면 꼭 가자. 드림아, 사랑해."

가야가 눈을 감은 채, 속삭이더니 얼마 후, 약 기운 때문인지 다시 잠이 들어 버렸다.

얼마나 아프면 이럴까. 드림이의 마음도 아파온다.

옛날 같았으면, 혀라도 깨물어서 피라도 나눠 주련만, 이 시대에, 하물며 이집에서 그랬다간 분명히 미친년 소릴 들을 것이 불을 보듯 뻔하다.

[오빠는 좀 어때?]
"요 며칠 계속 저래. 뭐, 자기 말로는 워낙 스트레스가 많이 쌓여 있다 일시에 풀어져서 그런 거라니까 지켜봐야지."
[니가 속을 작작 썩였어야지. 쯧쯧. 듣자하니 이 혹한에 일주일이나 세워났다면서?]
"야. 그런 인간 잊으라고 당부하던 연지 양 맞소?"
[헤헤헤. 내가 언제…]
"이런 사악한 인간 같으니라고…. 얼른 끊어. 나 잘래."
[그래. 푹 쉬고 낼 보자.]

모든 것이 제자리로 돌아왔다. 연지와의 수다도 엄마가 차려주는 맛있는 아침상도 모든 것이 예전과 같았다.

같이 휴학계를 냈던 드림이와 가야가 다음 학기 복학을 준비 하는 것 외에는 모든 것이 다 정상적이었다. 아니, 정상적이라고 드림이는 생각을 했었다.

연지와 통화를 끝내고 살포시 잠이 들려고 할 때, 핸드폰이 울려 대기 시작했다.

"네."

"드림 씨? 나, 가야 형이야."

전화기에서 들려오는 낯선 목소리에 그녀의 심장이 쿵 하고 내려앉는 기분이 들었다.

'무슨 일이 생긴 걸까?'

그녀는 점오를 받는 군인처럼 침대에서 재빨리 일어나 전화를 받았다.

"예? 아… 예. 이 늦은 시간에 어쩐 일로…?"

"일단, 놀라지 말고 지금 대학병원으로 좀 와요."

냉정하고 차가운 그의 목소리가 젖어 있는 것처럼 들린다.

"왜…요?"

불길한 기운이 온몸을 휘감아왔다. 등줄기에 소름이 돋는 것이 불기한 기운이 감돌았다.

"가야 지금 병원에 있어요. 드림 씨에게는 끝까지 말하지 말라고 했는데. 아무래도 알아야 할 것 같아서. 이리 좀 와 줄 수 있어요?"

전화를 끊은 드림이는 정신없이 카디건을 몸에 걸친 후, 밖으로 뛰쳐나왔다.

"아저씨, 대학병원이요."

택시를 내리사마자 드림이는 미친 여자처럼 병원으로 뛰어들었다. 가야의 형인 유가 말한 중환자실 앞에 서니, 손발이 다시 떨려오기 시작했다. 면회사절이라고 쓰여 진 경고를 무시하고 병실 안으로 들어서자, 침대 위, 가야가 누워있었다.

"억… 억…"

그녀는 흐느낌이 터져 나오는 자신의 입을 두 손으로 막았다. 상상조차 하지 못했던 일이 현실이 되어 그녀의 눈앞에 펼쳐져 있다. 이런 일이… 이렇게 무서운 일이… 그녀에게 일어나다니….

꿈이라면, 이 모든 것이 꿈이라면 얼마나 좋을까…. 하지만 이 모든 것은 현실이었다. 냉혹한 현실이 되어 그녀의 숨통을 죄고 있다. 그가… 그가… 그녀의 숨통을 죄고 있다.

가야가…. 그녀의 가야가 산소 호흡기를 낀 채, 의식도 없이 그렇게 누워있었다.

드림이는 다리의 힘이 풀려 그만 바닥에 털썩 주저앉아 버렸다.

침대 옆에 있는 가야의 엄마와 하얀 가운을 입은 형이 얼른 달려와 그녀를 부축해 주었다.

"어, 어떻게, 어떻게 된 일이예요?"

온몸이 사시나무 떨리듯 떨리는 것도 모자라 목소리마저 덜덜덜 떨려 나온다.

"드림이 왔구나. 놀랐지?"

병실을 지키던 그의 어머니가 그녀의 흐트러진 머리를 뒤로 가지런히 넘겨주셨다.

"어머니, 오빠 왜 저래요? 왜 저래요?"

드림이의 물음에 대답 없이 고개를 돌리는 어머니를 대신해서 가야의 형, 유가 드림이에게 말했다.

"드림 씨. 잠시 나 좀 볼까?"

직원 휴게실.

커피를 쥐어주는 유의 손이 무척이나 따뜻하다.

"자 이것 마시고, 앉아요."

유는 겁먹은 사슴처럼 떨고 있는 동생의 여자 친구를 자리에 앉혔다. 하얀 얼굴이 충격으로 핏기하나 없이 창백해져 있으며, 온몸은 쇼크로 인해 보기에도 안쓰러울 정도로 떨어대고 있다.

유는 자신들이 쓰는 담요를 꺼내 그녀의 몸에 둘러 주었다. 드림이는 아무 감각이 없는 지 그저, 말 잘 듣는 아이처럼 그의 말에 고분고분 따랐다.

언제나 가야가 지켜 줘야만 한다고 해서 동생의 과장이라고만 생각했었는데, 어린 사슴 같은 그녀를 보니 가야가 왜 그리 유난스러웠는지 알 듯도 했다. 보호 본능.

드림이는 남자들로 하여금 보호 본능을 일으키는 스타일이었다. 유는 자신도 드림이를 보호하기 위해, 그녀가 충격을 받지 않도록 하기 위해서 나름대로 조심스레 말을 꺼냈다.

"많이 놀랐지? 가야가 드림 씨는 모르게 해 달라고 했는데, 내 생각엔 제일 먼저 알아야 되지 싶어서 불렀어요. 가야, 지금 좀 좋지 않아."

유가 그의 상태를 최소한으로 표현 했건만, 그 말을 들은 드림이는 두 손으로 꼭 쥐고 있던 커피 잔을 그만 놓쳐 버렸다. 유는 얼른 가운에서 손수건을 꺼내 드림이의 손을 닦아 주었다. 손가락 끝까지 바들바들 떨고 있는 그녀다. 가야의 상태가 위중한 걸 알면 지금 그녀는 어떻게 나올까? 유는, 꺼려지던 드림이가 어느덧 동생의 여자 친구로 인정이 되기 시작했다.
"이런, 괜찮아요? 데지 않았어?"
'이렇게 따뜻한 사람인데. 왜 몰랐을까?'
정신이 없는 가운데에서도, 유가 다시 보인다.
"네, 전, 전 괜찮아요. 오빠 애기 어서."
그녀의 말에 그는 긴 숨을 크게 한번 내쉬고는 그녀에게 가야의 상태를 설명하기 시작했다.
"집안 내력으로 신장 쪽이 약해. 지금 가야의 신장이 많이 망가졌어. 낭포신장이라고, 선천적으로 크고 작은 많은 낭포가 신장에 형성이 되어 있었어. 폐나 간 쪽에 낭포가 합병이 돼 있지 않아 다행이긴 하지만 그래도 많이 악화 되서 계속 인공 투석 중이었어. 드림 씨에겐 말하지 않았다며. 친구들에게도 단단히 부탁을 한 모양이에요. 드림 씨 걱정할까봐."
그녀는 긴 절벽에서 떨어지는 것만 같은 기분이 들었다.
"왜 저는 아무것도 몰랐을까요? 왜 아무것도 느낄 수가 없었을까요?"
캄캄한 어둠이 자신을 둘러싸는 것 같은 기분이 들었다.
이런 바보.
자신을 찾아온 그의 얼굴이 심하게 상해 있는 것을 보았을 때 알아챘어야 했다.
참으려 해도 자꾸만 목이 메여왔다.
"오빠는 괜찮겠죠?"
"드림 씨 우리 집에 온 다음날부터 중환자실이야."
"아… 흑흑흑."

그녀는 여태껏, 참아왔던 오열을 터뜨렸다.

유는 울고 있는 드림이를 꼭 안아주며 등을 토닥토닥 두드려 주었다.

"울지 말아요. 드림 씨가 이러면 가야 더 힘들어 해. 녀석이 의식은 없어도 다 알아. 가야가 드림 씨를 얼마나 사랑했는데. 힘든 투석 중에도 드림 씨 얘기만 나오면 화색이 돌면서 얼굴빛이 달라지던 녀석이야. 언젠가 그러더라. 아무래도 저랑 드림 씨는 소울 메이트인 것 같다고. 만나서 너무나 감사하다고. 돌아가신 아저씨께 죄송하지만 드림 씨를 만나게 해주신 하나님께는 영혼이라도 바치고 싶다고 그랬어요."

유의 말을 듣고서는 더 슬프게 울던 드림이가 약간 진정이 된 채 물었다.

"오빠, 오빠는 이제 어떻게 해요?"

"이식을 하는 방법밖엔 없어. 어제 저녁부터 호흡곤란 증세가 왔어. 이미 신장의 기능이 많이 상실되어 있는 상태야. 작년 여름부터 이식을 받기 위해 기증자를 기다리고 있었어요. 마침 얼마 전에 기회가 왔었는데 녀석이 굳이 구미먼저 들리겠다고 고집을 피워대는 바람에…. 대기자가 많아서 차례가 돌아 왔을 때 부재중이면 바로 다음 순서로 넘어가 버리거든. 좋은 기회를 놓쳤어. 난 ABO 혈액형은 맞지만 HLA 형질이 달라. 신장은 HLA계의 조직의 합치가 중요한데 같은 형제라도 부모에게서 반씩 유전 받기 때문에 친자간도 50%만 공통적인데, 녀석과 내가 다른 50%를 가진 경우야."

수술을 포기하고 구미로 왔다니…. 그런 사람을 일주일이나 혹한에 세워놓았다.

이 모든 것이 또 자신 때문이다. 자신 때문에. 숨이 막혀왔다. 누군가 목을 조르는 것처럼 그렇게 숨이 막혀왔다.

"나 때문이에요. 제가 조금만 일찍 용서를 했어도, 오빠는 수술 받을 수 있었는데…. 나 때문이에요. 나 때문에…."

그녀가 절망하며 외쳤다.

"이렇게 나올까봐 가야가 드림 씨에게 알리기 싫어했어. 가슴아플까봐."

"오빠에게 미안해서 어떻게 해요. 그럼 오빠는, 오빠랑 맞는 기증자가 나오기를 기다려야 하는 거예요? 오빠 아버지나 어머니는요?"

"집안 유전이라, 이미 어머니의 콩팥을 아버지께 나누어 드렸었어. 다행히 어머니의 HLA형질과 아버지의 HLA형질이 같아서."

"남도 같을 수 있는 거예요? 그럼 저도 검사해볼래요. 제꺼 나눠 주면 되잖아요. 네? 저도 해볼래요. 전, 오빠랑 혈액형도 같아요."

창밖으로 안타까이 시선을 주고 있던 유의 몸이 드림이의 말이 끝나자마자 휙 하고 돌아섰다. 그의 눈에 희망의 불씨까지 번져 있다.

"그럼, 드림 씨도 Rh- 형?"

유는 창밖의 흔들리는 나뭇잎들을 바라보며 잠시 생각에 빠졌다.

고교시절 심한 방황에서 돌아온 가야는 너무나 많이 변해 있었다. 저돌적이며 반항적이던 눈빛이 한풀 꺾여 있었다. 또한 경찰을 통해 들은 얘기로는 도무지 믿어지지 않는 상황 일색이었다. 하늘 아래 무서운 것이 없던 동생이 폭력에 의해 한 달 동안이나 노동과 감금의 상태를 지내야 했었다니.

더구나, 동생은 자신을 구해준 한의사 선생님을 배신하고 달아났다는 죄책감에 정신과 치료까지 받게 되었다. 그렇게 힘들어하던 녀석이 어느 순간 남다른 각오로 공부해서 대학을 들어가고, 의사의 꿈을 가지게 되었다. 그리고 은인의 유가족 곁을 아무도 몰래 맴돌았다.

그는 아직도 기억하고 있다. 처음으로 선생님의 딸과 말을 하게 되었다며 좋아하던 동생의 모습을.

또 그 딸과 사랑에 빠져 행복해 하던 모습들을. 자신의 오해로 인해 동생이 큰 아픔을 겪게 되었던 때를.

간신히 다시 찾은 자신의 사랑에게 아픔을 주기 싫다며, 자신의 병을 숨긴 채, 고통스러워하던 동생의 모습을. 자신은 그런 동생을 위해 해 줄 수 있는 것이 아무것도 없이 그저 투석의 고통만을 바라봐 줬을 뿐이다. 그런데 이 작은 동생의 사랑이, 동생에게 희망의 빛을 보게 해줄 수 있다, 말하고 있다.

"아무래도 두 사람은 하늘이 맺어준 커플인가 보네요."

깊은 생각에 빠져 있던 그가 한마디, 한마디를 조심스레 내 뱉었다.

"Rh- 형이 한국에서는 드문 혈액형이에요. 확률적으로 혈액형을 찾기조차 힘이 들었는데. 간신히 찾은 기회마저 놓쳐 버리고 무작정 기다리기만 해야 했어요. 그런데 드림 씨가 혈액형이 같구나. 우선 검사부터 해봐요."

"검사 결과가 같으면 바로 수술 받을 수 있는 거예요? 성공 확률은요?"

희망을 얻은 그녀가 다시 물었다.

"음, 성공확률은 60% 정도에요. 하지만, 그보다 더 무서운 건, 수술 후, 나타나는 부작용이에요. 새로운 신장이 적응을 하지 못하면 정말 위험해져요."

"저흰 괜찮을 거예요. 해 주세요."

확신에 찬 목소리로 드림이가 말했다.

드림이와 함께 검사실로 가던 유가 그녀를 돌아보며 말했다.

"고마워요. 드림 씨. 고마워요. 정말."

"아니요, 제가 오빠에게 받은 것에 비하면 이런 것쯤은 아무것도 아니에요."

결심을 굳힌 드림이는 여러 가지 검사를 마친 후, 가야의 병실을 다시 찾았다. 여전히 의식 없이 산소 호흡기를 끼고 있는 가야. 약간은 부은 듯한, 얼굴과 피곤해 보이는 입매. 가만히 그의 팔소매를 걷어 본 드림이는, 다시 울음을 터뜨렸다.

"흑흑, 오빠."

그의 하얀 팔위에 무수히 나있는 주사바늘 자국들. 퍼렇게 멍들어 있는 부분, 이미 멍 자국이 사라지고 있는 붉은 부분, 거무스름하게 변해 있는 부분들. 자신에게 알리기를 거부하고 혼자 아파했을 가야의 마음이 느껴지는 상처들이다.

미국에서부터 재발을 했다고 했다 혼자서 얼마나 외롭고 아팠을까? 그런 그의 병을 그녀가 더 키운 셈이 되어 버렸다.

가야의 모친은 그런 드림이의 등을 다정하게 쓸어 주었다. 처음에는 가야가 만난다는 이 아이가 무척이나 미웠었다. 아들의 목숨을 구해줬다는 은인의 딸이지만, 자신의 아들에 비해 턱없이 부족한 아이가 자신의 아들을 쥐고 흔들어 대는 것이 싫었었다.

은인의 딸이라는 자리를 이용해서 잘난 자신의 아들을 조종한다 생각했었다. 하지만 큰 아들에게서 들은 드림이의 진실은 그녀를 부끄럽게 만들었다.

그녀는 미안한 마음을 담아 더 다정스럽게 드림이의 등을 어루만져 주었다.

드림이는 가야의 엄마를 억지로 댁으로 보내고는 자신이 남아 그의 간호를 했다. 간호라고 해봐야 가끔 얼굴이나 닦아주고 하는 것이 전부였지만, 그의 얼굴과 손, 발을 닦아 주면서, 드림이는 가야의 발바닥을 유심히 바라봤다. 그의 양 발바닥에는 자신으로 인하여 생긴 유리조각에 베인 흉터가 아식도 크게 나있다. 드림이는 자신의 손가락으로 그의 상처 자국을 따라가 보았다. 간지럼을 많이 타던 그가 깨어나기를 바라면서.

왜 자신은 그렇게 멍청할까? 사랑하는 사람의 변화도 눈치 채지 못하고….

그는 드림이에게 조금의 이상만 있어도 금방 알아차린다.

감기기운이 돌만하면 어느 샌가 약국에 가서 감기약을 지어 오고, 그녀의 기침 소리 하나에도 걱정스레, 따뜻한 물을 챙기곤 했었다.

식당에 가서 주문한 음식이 나오면, 가장 맛있는 부분은 언제나 그녀의 차지였다. 접시에 담아 그녀 앞에 내밀고는 그녀가 맛있게 먹는 모습을 보고서야 젓가락을 들던 그였다.

둘이서 가건 여럿이 가건 언제나 맛있는 부분은 항상 드림이의 것이었고, 그녀가 맛있게 먹는 모습을 보고 흐뭇해했다.

비가 오는 날이면 새벽녘에 전화해서는, 잠결에 전활 받는 그녀에게 자다 깬 목소리로 속삭이기도 했었다.

"드림아, 사랑해."

용돈을 모아 샀다며 예쁜 화장품을 사와 그녀를 기쁘게 했던 그.

'내게 이런 사람이 또 있을까…'

그녀는 가만히 그의 입술에 입을 맞추었다.

"오빠 사랑해. 내가, 내가 꼭 오빠 낫게 해줄게. 아무 걱정하지 말고 푹 자."

이틀 후, 드림이는 수술실로 향하는 이동식 침대에 누워 하나님께 기도를 드리고 있다.

"하나님 전, 지금껏 오빠에게 너무 받기만 했어요. 이젠 제가 줄 수 있는 기회가 생겼어요. 저희 둘을 지켜 주세요."

걱정스레 바라보시는 엄마와 가야의 어머니, 그리고 형인유와 연지를 뒤로하고 수술실의 문이 닫혔다. 여러가지 의료 기구들과 드림이의 주위를 빙 둘러싼 푸른 가운의 사람들.

눈이 부시게 내리쬐는 조명들. 어디선가 들려오는 웅성거림. 드림이는 모든 것이 두렵고 낯설기만 하다.

"자, 드림 씨, 마취 주사를 놓을 거예요. 편안하게 마음먹어요. 다 잘 될 겁니다."

푸른 가운의 의사선생님의 말씀을 듣고 드림이는 서서히 잠에 빠졌다. 잠에서 깨면 모든 것이 다 잘 돼 있을 거야. 다 잘 돼 있을 거야. 다 잘 돼…있을…거야.

긴 잠에 빠져 있던 가야는 자신의 몸에 어떤 변화가 생겼는지, 긴 수술 동안 자신이 어떻게 견뎌 냈는지, 자신의 병든 신장이 없어지고 대신 그곳에 건강하고 새로운 신장이 자리 잡은 것도 모른 채, 꿈속을 헤매고 있었다.

가야는 긴 꿈을 꾸었다. 사방이 어두컴컴하며, 나무들로 뒤 엉켜 있는 숲 속을 헤매고 있다.

'빨리 벗어나야 되는데'

저기 멀리서 드림이가 나를 부르며 애타게 우는 울음소리와 어머니, 형의 울음소리도 들린다.

사랑하는 사람들의 울음소리를 듣는 건 너무 힘이 든다. 드림이의 우는 소리에 자신의 가슴이 찢어 질것만 같다. 제발 울지 마, 제발.

빨리 이곳을 벗어나서, 그녀의 눈물을 닦아 주고 싶지만, 몸이 너무 무겁다. 발걸음이 떼어지질 않는다. 갈수록 험한 길에, 나무들이 뻗쳐 있어 길이라곤 보이지 않는다. 도무지 빠져 나갈 방법이 없어 보인다.

바람에 나뭇잎들이 부딪치는 것이, 검은 옷을 입은 음산하고 무서운 세력들이 위험을 숨긴 채 달콤하게 속삭이는 소리로 들린다.

"아무리 해도 넌 벗어날 수 없어, 이제 그만 쉬렴. 이 숲에서 너의 지친 몸을 푹 쉬어. 우리가 너를 돌봐 줄께."

"그래, 이제 그만 쉬고 싶어. 너무 힘들다."

포기하려 할 때마다 들려오는 그녀의 울음소리.

"사랑해. 사랑해."

나도 너를 사랑해. 너무 사랑해서 가슴이 터져 버릴 것만 같아.

드림이가 안심할 수 있도록 꼭 안고 입 맞추어 주고 싶다. 하지만 마음뿐, 입 밖으로는 아무소리도 나오지가 않는다.

갑자기 검은 구름이 하늘을 뒤덮으며, 천둥과 번개가 친다.

"이 새끼 너, 여기 있었구나? 내가 널 놓칠 줄 알아?"

어디선가 들려오는 무시무시한 목소리. 소름끼치는 저 목소리. 가야는 목소리만 들어도 그가 누구인지 금방 알 수 있었다. 덥수룩한 수염에, 찌든 술 냄새에, 벽돌만한 억센 손을 가지고 있던, 그.

"이 새끼야, 너 도망가면 끝까지 쫓아가서 죽여 버릴 테다. 내 손에 죽어서 고기밥이 된 놈이 얼마나 많은지, 알아? 너도 그렇게 되고 싶지 않으면 말 잘 들어."

자신을 감금하고 폭력을 행사하던 선주다. 낮엔 일을 시키고 밤엔 주먹질에다, 밥도 제대로 주질 않았다. 드림이의 아버지도 죽게 만든 사람, 분명히 감옥에 있었는데, 언제 나왔지.

'잡히면 안 돼. 어서 가서 드림이를 지켜 줘야해'

가야는 젖 먹던 힘까지 짜내어 억지로 도망을 가기 시작했다. 하지만 앞을 가로 막고 있는 나뭇가지들 때문에 쉽지가 않다. 한참을 그렇게 고전하던 가야는 문득, 부드럽고 다정한 한 목소리를 듣게 되었다.

"가야야. 가야야."

그리운 목소리.

"선생님?"

주위를 둘러보니 모습은 보이지 않으나 분명히 선생님의 목소리다. 아무리 시간이 흘러도, 잊지 못할 목소리.

"힘을 내. 넌 할 수 있어. 어서 여기를 벗어나렴. 넌 아직 해야 할 일들이 너무나 많아. 난 너를 믿고 있단다."

"네, 선생님."

이상하게도 선생님의 목소리가 들린 후론 발걸음이 한결 가벼워졌다. 한참을 그러다 보니 어느 순간 그 무시무시한 검은 숲을 벗어 나와 넓게 펼쳐진 잔디밭으로 나올 수 있게 되었다.

눈이 부실정도의 아름다운 잔디에 발을 딛는 순간 어디선가, 익숙한 냄새가 바람을 타고 진해졌다.

드림이의 샴푸 냄새….

드림이가 머릴 감았나보다.

"드림아, 너 머리 감았네."

부어 있던 목이 오랜 시간 잠겨 있어 생각처럼 목소리가 잘 나오지 않는다. 어렵게 눈을 떠보니 드림이가 침대 옆에서 잠이 들어 있다. 손을 뻗어 그녀를 만지고 싶지만, 손이 움직여지질 않는다.

생명이 위태로운 지경이었던 가야에 비해 남달리 건강했던 드림이는 가야 보다 먼저 자리를 털고 일어날 수 있었다. 가야는 드림이보다 무려 일주일이라는 시간을 더 잔 뒤, 사람의 애간장을 끓일 데로 끓여 놓고선,

"드림아, 너 머리 감았네."

란 말로 자신이 잠에서 깨어났음을 알렸다. 침대 옆에 엎드려 자고 있던 드림이가 가야의 목소리에 깜짝 놀라 그를 바라보았고 가야는 통통 부은 손을 억지로 끌어 올려 드림이 눈에서 흘려 내리는 눈물을 닦아 주었다.

16. 결혼식

"자, 신부님. 부케를 뒤로 던지실 때, 너무 세게 던지지 마시구요. 힘이 너무 좋으시면 신랑이 부담스러워 합니다. 자, 지금 던지세요."

사진사의 말이 끝나자마자 벌써 3번째로 부케를 날리는 씩씩한 신부. 첫 번째는 저 멀리 피아노를 향해, 두 번째는 홈런처럼 긴 곡선을 그으며 신부어머니가 앉아 있는 의자를 향해. 3번째가 되어서야 겨우 부케를 받기 위해 기다리고 있던 연지에게로 날아갔다.

"니가 받아. 니가 아니면 누가 받니?"
"싫어. 부케 받으면 6개월 안에 결혼해야 된단 말이야."
"연지. 나의 베스트 프렌드. 연지."
"더함이 줘."

"더함이가? 너도 더함이 성격 알잖아. 걔가 잘도 받겠다. 그러니 그냥 니가 받아. 사랑하는 친구야."

"이게 꼭 이럴 때만 사랑하는 친구래. 음흉한 년."

"난, 내 부케는 니가 꼭 받아 줬으면 해. 그래야지 내가 신혼여행가서도 잊지 못할 선물을 해주지 않겠니? 부케를 받은 친구와 그렇지 않은 친구의 선물이 같을 수는 없는 법이잖아. 안 그래?"

"잊지 못할 선물?"

연지는 드림이의 진심어린 간청보다는 신혼여행에서 돌아오는 길에, 양손 가득히 선물을 쥐어 주겠다는 가야의 감언이설에 속아 결국 부케를 받기로 허락했다.

왁자지껄한 웃음과 축하의 메시지들이 곳곳에서 쏟아지는 가운데, 부케를 던진 씩씩한 신부인 드림이는 신랑의 품에 안겨 너무도 환하고 밝은 미소를 지었다.

"딸, 정말 축하한다."

엄마는 눈물을 글썽이며 사랑하는 큰 딸을 꼭 안아 주었다.

드림이는 엄마의 포옹을 받으며 좀 전, 축가를 들을 때, 돌아가신 아빠 생각에 흘렸던 눈물이 다시 흐르기 시작했다.

"우리 예쁜 딸 화장 지워지겠다. 그만 울어."

"엄마, 고마워, 내가 많이 사랑하는 거 알지?"

"그럼, 엄마도 우리 딸 너무 사랑해. 가야야, 우리 드림이 잘 부탁해."

서 서방이라 부르기가 이상하다며 고민하시던 엄마를 위

해 가야는 아들이 되어 드리겠다며 이름을 불러달라고 했다.
새신랑은 장모님을 꼭 껴안으며, 안심을 시켜 드린다.
"어머니, 전 이 집안의 영원한 포로예요. 걱정하지 마세요."

오늘 이들은 예쁜 결혼식을 올렸다.
드림이는 개나리가 채 피기도 전 졸업과 함께 3월의 신부가 되었다.
신랑과 신부의 공동 입장부터 성혼서약을 하는 내내 떨리고 긴장되는 그녀를 신랑은 든든히 지켜 주었고 목사님의 축도에 앞서는 신부의 귀에 대고, 그녀의 아름다움을 칭찬했다.
"너 오늘 너무 아름답다."
교회 출입문에서부터 강대상까지 꽃으로 길을 만들고, 강대상 앞에도 온통 꽃으로 화려하게 장식이 되어 있다. 마주 보는 입구에는 꽃으로 만든 아치가 두 사람의 앞날을 축복하듯 곱게 놓여 있다. 교회를 가득 메운 하객들의 축하 속에 지금 그들은 결혼식을 마치고 인사를 나누는 중이다.
가야는 튼튼한 드림이의 신장을 이식받음으로 그녀보다 더 선긴한 신랑이 되어 지금 그녀의 옆에 서있다.
드림이의 신장을 받아 그녀에게 미안해하는 가야에게 드림은 '사랑은 일방적인 것이 아니라 서로 나누며 주고받는 것이라며' 어른스러운 소리를 해 가야를 감동시켰다.
서울에서 PD시험을 준비 중인 더함이도 내려와, 쌍둥이로써의 도리를 다하고 있고 드림이의 분신과도 같은 친구 연지도 그들을 축복해 주고 있다.

드림이가 보기에 더함이를 좋아하는 것 같은 지섭이는, 지금 신인가수로써 한창 바쁠 때 임에도 불구하고 더함이를 위해 결혼식 축가를 너무도 기쁘게 불러줬다.
 "누나 너무 예뻐요. 형 땡 잡았어요. 두 분 잘 사세요. 부럽다."
 "고마워."
 더함이와 더 있고 싶어 아쉬워하는 지섭을 눈치 없는 매니저는 다음 스케줄이 있다며 끌고 가 버렸다. 모든 절차가 끝이 나고 양가 어른들께 인사도 마치고, 친구들의 배웅을 받으며, 드디어 두 사람은 신혼여행지인 괌으로 향하는 비행기에 올랐다.

 괌 공항은 청바지와 커플티를 입은 많은 신혼부부들과 세계 각국의 관광객들이 대부분이었다.
 "오빠, 나 실감이 안 나. 우리 정말 결혼한 거 맞지?"
 "어, 나도 실감이 안 나긴 해."
 가이드의 안내를 받으며 도착한 호텔은 해변을 끼고 있어 아름다운 경치가 돋보였다. 객실에서도 바다가 한눈에 보이는 것이 정말 아름다웠다. 잔잔한 바다물결은 마치 큰 호수를 연상시키듯 그렇게 고요하고 평화로워 보였다.
 "와 멋지다. 오빠 좋다. 그치?"
 "그러네. 우리 바닷가 산책하러 갈까?"
 "응."
 두 사람은 손을 잡고 바닷길을 걸었다. 초록색의 투명한 바다 속에는 작은 열대 고기들이 이리저리 춤을 추고 있었고, 지는 햇빛을 받은 하얀 모래사장에는 긴 발자국이 그들을 졸졸 따라 왔다.

그들은 앞으로의 계획을 세우며, 미래를 꿈꾸었고, 그런 그들을 축복이라도 하듯, 부드럽고 달콤한 바람이 꽃향기를 머금고 이리 저리로 불어 줬다.

아름다운 경치에 감탄하고, 이 드넓은 세상에서 하나뿐인 서로가 곁에 있음을 감사하며, 그렇게 해변을 거닐었다. 해가 뉘엿뉘엿 지자 이번에는 멋진 석양이 그들을 축복해 주었다.

그들은 레스토랑에서 근사한 해산물 요리로 저녁을 먹은 후 괌 원주민들의 민속춤과 쇼를 감상했다.

늦은 저녁 객실로 돌아온 그들은 어색함에 헛기침도 하고 괜히 정리도 하며 시간을 보냈다.

"드림아, 먼저 샤워 할래?"

"아니, 오빠가 먼저 해."

물소리가 요란하게 나더니, 조금 후에 하얀 가운을 걸친 가야가 나왔다. 가운 틈으로 보이는 그의 다부진 가슴과 젖은 머릿결을 보니 절로 긴장이 되었다.

"드림아, 욕조에 몸 푹 담 궈. 긴장이 좀 풀릴 거야. 따뜻한 물 받아놨어."

"어, 고마워 오빠."

드림이는 따뜻한 물에 몸을 담그고 있으려니, 긴장도 되고 떨림도 있었지만 사랑하는 가야와 진정한 부부가 된다는 생각에 은근히 기대가 되기도 했다.

목욕을 마치고 젖은 머리를 수건으로 감싼 채 목욕 가운을 입고 욕실을 나오니 그녀의 새신랑은 어느새 와인과 과일을 세팅해 놓고 새신부를 기다리고 있었다.

"자, 우리의 첫날밤을 위하여."

"우리 오래 오래 행복하게 잘 살자."

건배를 한 그들은 밤바다를 바라보며 천천히 와인을 마셨다. 가야가 틀어놓은 감미로운 음악과 은은한 조명등, 와인으로 인해 취기가 어느 정도 오르자, 가야는 드림이를 안고 침대로 향했다.

서서히 가운이 벗겨지고 드러나는 그녀의 어깨에 신랑이 입을 맞추었다. 그리고 부끄럽게 드러난 가슴에도 입을 맞추었다.

"오…빠…"

그의 입술이 가슴에 와 닿자 화들짝 놀라던 드림은 그의 다정한 입술과 부드러운 손이 주는 달콤함에 곧 익숙해졌다.

드림은 손을 뻗어 그의 듬직한 어깨와 부드러운 머리를 쓸어 주었다.

그녀의 부드러운 손길에 그가 낮은 신음을 흘리며 그녀에게 더 깊은 키스를 퍼부었다. 태초의 아름다움으로 돌아간 두 사람은 서로를 기쁘게 느끼며 사랑하기에 여념이 없었다.

그리고 그들이 마침내 하나가 되었을 때, 세상이 정지되며 온 신경이 이 시간, 이 자리에만 집중되는 듯한, 강렬한 느낌 속에서 두 사람은 깊은 환희와 만족을 맛보았다.

길고도 긴 그들의 사랑얘기를 이제 접으려 한다. 앞으로도 그들에겐 많은 시련과 환란이 오겠지만, 그때마다 서로의 아름다운 사랑으로 헤쳐 나갈 것이다. 바람이 불고 태풍이 와도 서로의 버팀목이 되어주며 항구가 되어 서로를 지켜 나갈 것이다.

 가야는 잠이 들었는지 새근새근 고른 숨소리를 낸다. 품안의 드림도 스르르 눈이 감기어져 간다.

 달콤한 꿈속으로 빠져들면서….

에필로그
드림이의 신혼일기

"강서드림!"

거실에서 나를 부르는 남편의 소리에 달게 자던 낮잠에서 깨어났다. 제주도에 세미나를 떠났던 오빠가 돌아왔나 보다.

"어. 나 여기 있어. 잘 댕겨 왔어?"

"너 이리 와봐."

이틀 만에 보면 반가워서 신나게 들떠 있을 터인데…. 오늘, 그의 목소리에는 힘이 들어가 있다.

"왜? 무슨 일 있어?"

내가 또 뭘 잘못했나? 무슨 일 때문에 저렇게 화가 났을까….

"왜?"

"얼른 안 와?"

"아이씨. 나, 작업한다고 늦게 잠들었단 말이야. 왜?"

침대에서 힘겹게 일어나 한 손은 머리를 긁적이며, 한 손은 배꼽을 간질이며 나오는 나의 모습에 오빠는 굳어져 있던 얼굴을 조금 풀었다. 오빠의 표현을 빌리자면 막 잠에서 깨어난 나의 모습은 흐트러져 있는 아이스크림 같다고 했다. 얼른 스푼으로 퍼 먹어야만 할 것 같은 흐트러진 아이스크림. 하지만 지금 그의 눈은 나를 아이스크림으로 보고 있지 않은 듯하다.

"내 참, 이 잠탱아. 너 이거 뭐야?"

그가 눈을 빛내며, 한 손에 들고 대롱 대롱 흔들어 대는 것은 어제 버려 두었던 화상용 붕대였다. 나는 재빨리 머리를 긁적이고 있던 오른손을 등 뒤로 감추었다.

"몰라. 그게 뭐야?"

"글쎄요. 이게 뭘까요?"

"하하하. 요상하게 생긴 붕대가 왜 거기 있지?"

"이게. 야. 너 손 안 내놔?"

"아니, 그게…. 내가 말하려고 했는데…."

"조용히 해."

화가 난 목소리와는 달리 나의 팔목을 잡고 살피는 오빠의 행동은 조심스러웠다.

"……."

"그냥 조금 다친 거야."

상처는 벌써 물집이 터져 있어 별다른 것도 없었다. 하지만 그의 눈은 고약하게 찌푸려졌다.

"흉이 질것 같은데…."
"그래? 하나도 안 아픈데…."
"이 미련 곰탱이. 이 정도면 2도 화상이야. 상처가 이렇게 큰데 치료도 안하고 화상용 붕대만 발랐니?"
"정말이야. 하나도 안 아파."
나는 열심히 변명을 했다.
"휴…."
그가 깊은 한숨을 내쉰다.
"야! 내가 너 불 만질 때 조심하라 그랬어? 안 그랬어?"
"그랬어."
풀이 죽은 채 말하자, 오빠는 한숨을 내쉬며 나를 이끌고는 소파에 가서 앉혔다.
약 상자를 가져와 소독하고 화상용 연고를 바르고는 붕대로 잘 감싸 반창고까지 완벽하게 발라 주는 그의 손길이 다정하고 부드러웠다.
"서방, 정말 잘 한다. 붕대도 참 예쁘게 감네."
"이게 의사를 물로 보고 있었구만. 그나저나 이 상처는 또 왜 생긴 거야?"
"어제, 쪽자가 해 먹고 싶어서. 설탕을 국자에 녹였거든, 잘 녹아서 소다도 넣고, 쟁반에 '탁'하고 얹고는 들었는데 쪽자가 팔목에 확하고 들이대더라고."
쪽자를 먹고 싶은 나의 염원이 눈에 선하게 보이는 듯, 그가 허허거리며 웃어댔다.
"이런 철딱서니 없는 아내 같으니라고…. 너 몇 살이야?

니가 애냐? 내가 못 산다. 제발 좀 조심해라. 엉?"
"어. 헤헤. 오빠 나 된장찌개 먹고 싶은데?"

개나리가 피기 전, 결혼을 한 우리의 신혼 생활은 2년하고도 8개월이 흘러버렸다.
기대하던 아이는 아직 생기지 않았지만 행복하고 소중한 하루하루였다. 깨소금 맛이라는 옛말이 피부에 와 닿는다. 오빠는 6년 동안의 의대 과정을 무사히 마치고 시아버님의 병원에서 수련의 과정을 밟고 있는 중이다.
우리의 결혼 생활은 정말 환상적이다. 오빠의 사랑은 빛이 났으며 하루하루 날이 가는 만큼 더 깊어지는 듯 했다.
결혼 후 전공인 산업디자인을 살리지 못한 나는 본격적으로 그림을 그리기 시작했다. 요즈음은 올해 있을 국선에 대비해 작품을 준비 중이다.
그래서 요즈음 주방일은 오빠가 거의 도맡아 하고 있는 실정이다. 뭐, 국선 준비가 아니더라도 나보다는 오빠가 훨씬 주방일에 뛰어나기는 하지만 말이다.
시부모님들께서는 살림에 별로 소질이 없어 보이는 며느리를 위해 일주일에 두 번 정도 일하는 아주머니를 보내주셔서 밑반찬이며 빨래 등에 대한 스트레스에서 벗어나게 해 주셨다.
거기다 아파트도 병원 근처에 얻어 주셔서 특별한 일이 없는 점심 시간이면 오빠는 집으로 와 나와 같이 밥을 먹는다.
그렇게 하지 않으며 컵라면이나, 자장면으로 끼니를 대충

때워 버리는 나의 성격을 알기 때문이다.

"역시…. 오빠가 해주는 된장찌개는 예술이야. 맛있어. 어이 서 조리장…. 한 그릇 추가!!"

"발칙한 우리 마누라가 아주 간이 배 밖으로 나오고 있어. 하늘 같은 서방님을 기사에다, 요리사에다, 청소부로 생각을 하지?"

"어. 헤헤."

"그래. 그래. 마님. 오늘 저녁에 시간 되는 데, 머슴이랑 영화 보러갈까?"

"어. 난 좋아. 헤헤."

웃느라 흘린 밥풀을 자연스레 주워 먹는 나를 보며 오빠가 질색을 한다.

"또, 또, 흘린 거 주워 먹지 말라 그랬지? 보이지 않는 세균이 얼마나 많은 줄 알아?"

"괜찮아. 이날 이때까지 주워 먹은 거 다 합치면 큰 찜통은 넘어 갈 거야. 그래도 한 번도 안 아팠어."

"자랑이다. 밥통 튼튼한 것도 자랑이야."

"어. 자랑이야."

결혼 후 나에게는 새로운 별명이 생겼다.

'방글이. 싱글이'

별명처럼 나는 요즘 틈만 나면 웃는다. 오빠는 나의 웃음소리를 들을 때마다 행복이 파도처럼 밀려오는 것을 느낀다고 했다. 사람의 행복이 이렇게 작은 곳에 있다는 것을 오빠는 예전에는 이렇게 실감하지 못했었다고 했다.

날이 지고 하루를 마감하는 시간은 우리 두 사람이 가장 행복한 시간이었다.

신이 주신 아름다운 성(性)을 부부로써 용감하고 대담하게 탐험해 가며 새로운 세계에 대해 알아가는 기쁨은 두 사람만이 느끼는 황홀하고 아름다운 비밀이었다.

좀 전까지 황홀한 아름다움에 젖어 있던 나는 그의 품을 파고들며 사랑을 속삭였다.

"사랑해. 오빠. 나날이 좋아지고 있어."
"지금 그걸 칭찬이라고 하냐?"
"어."
"그럼 처음에는 아주 엉망이었니?"
"아니…. 처음에도 좋았는데 나날이 더 좋아진다고."
"오호…. 자신감이 막 생기는 구나."
"헤헤."
"참. 드림아. 너, 내일은 작업 잠시 쉬어라."
"왜?"
"같이 여행이나 다녀 오자고."
"어디?"
"사랑도."
"사랑도? 어? 나 거기 가봤는데. 나 거기서 죽다 살았잖아."
"이 멍청이, 그날 일기예보에서 비 온다고 그랬는데 겁도 없이 배를 타냐?"
"그러게. 그날 정말 날씨가 그렇게 될 줄… 어?"
나는 놀라 누워있던 침대에서 벌떡 일어나 앉았다.

"오빠가 그걸 어떻게 알아?"
"어떻게 알긴? 누가 신고했는데."
"어, 그럼 그 아무개가?"
나는 기쁨과 감사가 가득한 마음으로 나의 생명의 은인인 신랑을 꼭 껴안아 주었다.
"그랬구나…. 오빠가 나를 살린 거구나…"
나의 품안에 안긴 오빠의 눈이 은근해졌다. 귀여운 오빠. 사랑스러운 나의 신랑!
"알았으면 좀 잘 해보지?"
"알았어. 내 오늘 충성으로 봉사해 줄게."
나는 큰 숨을 들이키며 신랑의 입술을 덮쳤다.
남편의 행복한 신음이 나를 더 용감하게 만든다.

휴가를 맞아 다시 찾은 사랑도는 여전히 평화로웠다.
아침 산책을 나선 우리의 곁으로 따스한 봄 바람이 불어왔다. 나풀거리는 나비처럼 살랑 거리며 다가와 정답게 걸어가고 있는 우리의 얼굴을 부드럽게 어루만지며 지나간다.
발밑에 밟히는 보드라운 흙은 기분 좋게 푹신푹신 했으며 길가에 빽빽이 들어 차 있는 대나무의 잎들이 서로 부딪쳐가며 사각거리는 소리를 내어 힘든 길을 지나온 우리에게 소리 없는 박수를 보내주고 있는 듯 했다. 코 끝을 스치는 바다의 냄새는 청량함 마저 풍겨댄다. 바다의 청량함을 가득 담은 미소를 지닌 오빠가 나에게 물었다.
"우리 사랑에 깔린 밑바탕?"

오빠의 물음에 나는 고개를 갸웃거렸다. 사랑의 밑바탕이라…. 우리 사랑의 밑바탕은 과연 뭐가 있을까….

"응."

"그게 뭔 말이야?"

"기본 말이야. 사랑이란 감정의 기본기. 사랑의 감정 밑에 자박하게 깔려 있는 무게 중심."

"뭐야? 어려워. 어려워. 그냥 그런 거 생각하지 않고 막 좋아하면 안 돼?"

복잡하고 골치 아픈 것은 질색이다.

"하하하. 그래도 돼."

"난 그냥 막 좋아 할 테니 오빤 기본기까지 꽉꽉 갖추어서 날 좋아해줘야 해."

"알았어. 난 너에 대해 기본기가 충실한 그런 사랑을 줄 거야. 평생."

"히히. 멋지다."

"난 진실 된 신뢰를 가지고 널 사랑할거야. 너에 대한 확실한 믿음 말이야. 세상이 변해도 흔들리지 않는 믿음. 두 번째로는 진실과 정성된 마음으로 널 사랑할거야."

"정성? 오, 좋아."

"세 번째로는 버티기지."

"버티기?"

"응. 온갖 바람이나 갖은 시련에도 너의 옆에서 꿋꿋하게 버텨온 나의 필살기. 버티기!"

"푸하하. 멋지다. 버티기!"

"이 세 가지가 너에 대한 나의 사랑의 바탕이야."

"기본기와 진실 된 신뢰. 그리고 기본기? 오빠…. 정말 멋져."

그의 사랑의 밑바탕에 나는 감격을 했다. 세상에 어느 누가 나를 이렇게 사랑해 주겠는가?

순간적으로 불타오르는 맹렬한 사랑도 좋지만 나에게는 오빠의 사랑이 최고였다.

"드림아, 사랑해!"

오빠의 근사한 사랑고백에 나의 눈가가 다시 촉촉해 졌다. 아름다운 오빠의 입술을 맛보기 위해 얼굴을 점점 가까이 가져가는 나에게 오빠가 꽃과 같은 화사한 미소를 지으며 말했다.

"사랑해. 드림아!"

"너무 감동적이다. 그런 의미로다가 오늘 저녁은 오빠가 하면 안 돼? 난 골뱅이 무침에다 해물 된장 먹고 싶은데."

"헉…."

가야의 신혼 일기

'보글보글'
구수한 냄새와 맛있는 소리가 나를 행복하게 만들었다.
"음, 이 정도면 됐어."
라면이 꼬들꼬들 알맞게 익었다. 아내는 약간 덜 익은 라면을 좋아한다. 국물은 짜지 않게 조금 흥건해야 했고, 계란은 넣지 않는다. 계란을 넣으면 국물의 참맛을 느낄 수가 없다고 했다. 대신 청량고추를 하나 썰어 넣어서 먹는다. 그럼 국물이 깔끔하다나…

매운 것을 싫어하는 나는 아내 때문에 어쩔 수 없이 청량고추의 맛을 배워가고 있다. 그래도 몸이 따라가 주지 않으니 조심을 해야 한다. 오래오래 건강하게 살아야지 아내를 수발하고 보살필 것이 아닌가?

"마누라. 라면 됐어!"

"어. 나갈게."

아내는 졸업 후, 새로운 도전거리를 찾아냈다. 전공이던 산업 디자인과는 약간 거리가 있는 유화에 심취하기 시작했다. 일단 국선에 도전을 한 뒤, 자신이 꼭 해 보고 싶었던 일을 하겠단다. 꼭 해보고 싶었던 일이 무엇이냐고 물어보니, 아이들을 위한 동화를 그리고 싶다고 한다. 아이들을 위한 동화라… 아내에게 꼭 맞는 일인 것 같아 나는 혼자 웃었다.

"오우, 맛있겠다."

"이리 내."

물감이 묻은 손으로 젓가락을 쥐는 아내를 위해 준비해 두었던 물수건을 꺼내 손을 닦아 주었다.

"헤헤. 여기도 닦아 줘."

볼에 묻은 물감을 닦아 달라며 얼굴을 들이미는 아내의 얼굴을 보니 자꾸 웃음이 난다.

"야, 우리 집에 보름달이 떴다. 보름달이…"

"그거 칭찬이지? 서방, 사랑해. 그런 의미로다가 저녁은 된장국으로…"

"서방님을 아주 가사도우미로 만들어라."

"고마워. 이거 진짜 맛나다. 우아, 환상이야. 서방도 한 젓가락 줄까?"

후루룩 라면을 씹어 삼키는 아내를 보니, 열심히 일해서 돈을 부지런히 벌어야 할 것 같다. 저렇게 먹어 대는데, 식비를 감당하려면 얼마를 벌어야 할까?

아내는 된장찌개를 그렇게 좋아한다. 장모님이 해 주시는 된장찌개면 아침밥도 거뜬히 2그릇씩은 비웠다고 했다. 남들은 반 공기도 벅찬 아침밥을 2그릇씩이나 먹을 정도로 된장을 좋아한다는 말을 듣고, 결혼하자마자 장모님표 된장찌개 만드는 법을 배웠다.

"멸치와 다시마로 다시를 낸 후, 감자, 호박, 조개를 넣고 끓인 뒤에, 된장을 한 숟갈 풀어 한 번 더 끓여. 팔팔 끓으면 두부랑 청량고추, 파를 넣어서 먹으면 돼. 그런데 자네가 왜 이걸 물어 보나?"

"아, 예. 드림이가 요즘 입맛이 없어 해서요."

이십년이 넘도록 데리고 산 딸의 왕성한 식욕을 모를 리 없건만 장모님은 기가 막힌 듯, 웃으며 그냥 넘어가 주셨다. 요즘 나는 장모님의 탁월한 가르침 덕분에 지금은 아주 된장찌개 가게를 차려도 될 정도로 솜씨가 출중하다.

솔직히 장모님도 알고, 나도 알고, 아내도 아는 것처럼 아내는 굳이 된장찌개가 아니더라도 아침밥 한 그릇은 아주 게 눈 감추듯 먹어치운다. 그래도 내가 끓여 주는 된장찌개가 제일 맛있다며 기뻐하는 아내를 보면 된장찌개 끓이기를 평생 멈출 수는 없을 것 같다.

"서방, 요즘 좀 수척해진 것 같아. 병원일이 힘들어?"

국물을 마시다 내 얼굴을 들여다보던 드림이가 걱정스레 물었다. 그리고 보니 요즘 통 입맛이 없는 것이 끼니를 좀 소홀히 한 것 같기도 하다.

"그래? 그러고 보니 요즘 입맛도 없더라. 마누라, 나 계절

타나 봐."

"에고, 이런 내가 요즘 신경을 못 썼더니 이런 불행한 사태가… 오늘 서방이 좋아하는 랍스터 먹으러 갈까?"

랍스터.

랍스터는 입맛이 까다로운 내가 비교적 좋아하는 음식이다.

"그 비싼 것을…. 그거 1인분이면 고기가 몇 근이야? 거, 비싸기만 하고 먹을 것도 별로 없더만, 그냥 통째로 삶아 주면 좋잖아. 꼭 요리 한다고 살을 파내가지고는, 아깝게 만들더라."

고급 음식을 좋아한다며 잔소리하던 드림이 때문에 자주 가지는 못했지만, A급 호텔에서 먹는 랍스터 요리는 가끔 생각이 났다.

"오빠. 속은 괜찮아?"
"응."
"몸이 안 좋은 거 아냐? 검사 해봐."
"내가 의사거든…."
"참 내, 스님이 제 머리 못 깎는다는 말도 못 들어봤어?"
"열이 좀 나고, 나른 한 거 빼고는 괜찮아."
"정말 계절 타나보다. 비싼 거 먹고 토해서 아깝지?"
"넌 신랑이 걱정되는 게 아니라 음식이 아깝냐?"
"아니. 신랑이 걱정 되지."

동그랗게 눈을 뜨고는 부정하는 드림이의 머리를 쓸어 주고는 침대에 누웠다. 그러고 보니 요즘 들어 온 몸이 나른하고 피곤하기만 하다. 비위도 약해졌는지 후각도 예민해져서는 속도 자주 메스껍다. 아무래도 간이 안 좋아 졌나? 내일은 피 검사라도 해 봐야겠다.

"오늘은 집에 가서 점심 안 먹어?"
"점심 약속 있다고 나갔어."
"버림받았구만."
유신이 식판을 놓으며 불쌍하다는 듯이 쳐다본다. 미친놈. 너도 결혼해봐라. 연지랑 한 시도 떨어지기 싫을 것이다.
"참, 몸이 또 안 좋다며…. 검사는 해 봤냐?"
"응, 아무 이상 없다는데…."
"속이 메스껍다고? 몸도 나른하고 잠이 오고?"
"응."
"딱 임신 증상인데 말이야."
콩나물국을 시원하게 들이키던 유신이 말했다.
"미친놈!"
"그러게."

요즈음 나는 된장찌개만 먹고 산다. 다른 음식 냄새는 맡기만 해도 속이 메스꺼워진다. 미친놈이라 욕했던 유신이의 말은 정확하게 들어맞았다.
임신! 아이를 가진 것이다. 단, 아이를 가진 사람은 내가 아니라 드림이건만 입덧은 내가 고스란히 하고 있다. 입덧이라는 것이 이렇게 힘이 드는데, 여자들은 정말 위대한 것 같다. 이 느물거리고 불쾌한 감정으로 어떻게 버텨내는지. 멀쩡하던 소화기관의 고장으로 내내 꺽꺽거리며 화장실로 달려가야 하는 이 아픔. 신물은 끊임없이 올라오고, 머리는 어지럽고, 식도는 헐었는지 아주 따갑기 까지 하다. 하지만 이 작은 아픔이 장차 있을 큰 기쁨과 어찌 비교가 되겠는가.

3년 만에 결실을 가지게 된 우리는 감사하는 마음으로 하루하루를 살고 있는 중이다. 드림이는 이 와중에도 국선 준비에 여념이 없었으며, 태어날 아기가 읽을 수 있는 멋진 동화책을 만들겠다며 꿈에 부풀어 있다. 우리는 모두 다 행복하다.

드림이와 주변 사람들은, 특히 나의 어머니와 장모님은 나의 입덧을 아주 재미있어하지만 당사자인 나는 정말 죽을 맛이다. 하지만 위안이 되는 것도 있다. 이런 고통을 아내가 겪었다면 얼마나 힘이 들었겠는가?

"오빠. 힘들어? 주스 좀 가져다줄까?"

소파에 힘없이 기대있는 나에게 아내가 걱정스레 묻는다.

"아니. 그냥 물!"

"응. 미안해. 오빠, 내가 해야 하는데. 오빠가 하게 돼서."

"이게 인력으로 되는 일이냐? 그리고 아주 드물게 남편이 아내 대신에 입덧을 하는 경우가 있대. 그러니 너무 걱정하지 마."

"그래도 오빠 하루종일 일하고, 이렇게 파김치가 되는데 내가 아무 도움이 못 돼서 정말 미안해."

"이리 와봐."

아내가 나의 품에 안겼다. 허리가 약간 굵어진 드림이는 요즘 점점 보름달을 닮아간다. 농담처럼 말했던 보름달이 정말 우리 집 거실에 두둥실 떠다니고 있다.
"사랑스런 보름달."
"그거 욕이야? 칭찬이야?"
"칭찬."
사랑하는 아내가 나의 가슴속으로 파고들었다.
"정말 미안해."
"미안해하지마. 난 너 대신 내가 입덧을 해서 참 다행이다 싶어. 너처럼 먹는 거 좋아하는 애가 입덧 하느라고 못 먹어 봐라. 얼마나 승질을 부리겠냐? 그러면 옆에서 보는 사람이 더 힘들어. 인마."
"헤헤."
나는 아내의 배에 손을 갖다 대었다. 3개월이 된 우리의 분신이 조금씩 자라나고 있는 아내의 배.
"마누라. 사랑해!"
"서방님. 나도 사랑해! 우리 사랑의 무게 중심이 잘 잡혀 있어서 그런가? 헤헤."

사랑의 무게 중심!
나는 지금까지 아내에게 한 약속. 우리 사랑의 기본기를 지키기 위해 열심히 노력중이다. 그리고 이 기본기는 이제 나의 몸에 자연스레 스며들어 또 다른 내가 되어 버렸다.
신뢰!
진실과 정성된 마음!
바람이 불거나 비가 오거나 태풍이 몰아쳐도 그녀의 옆에 있어 주는 버티기!

　머슴인 서가야는 이 세 가지의 기본기를 밑바탕으로 나의 마님이자 나의 전부인 드림을 평생 사랑할 것이다.

첫 번째 번외
- 수 진 -

　장마 비가 온다. 오늘 수진은 고전영화 감상실을 찾았다. 이곳은 고전영화를 틀어주는 극장식 카페이다. 창가에 자리를 잡은 그녀의 눈에 오늘 상영될 영화 제목이 들어왔다.
　'자이언트'
　아, 잘생긴 제임스 딘을 볼 수 있겠구나…. 조각 같은 얼굴과 어딘지 모르게 외로워 보이는 눈빛을 가진 제임스 딘.
　"비가 많이 오죠?"
　주인의 인사에 그녀도 웃음으로 화답을 했다. 달콤한 카페모카를 시킨 후, 그녀는 소파에 편히 기대어 앉았다. 이렇게 비가 오는 날은 이곳에 들러 달콤한 커피와 오래된 영화를 보는 것이 습관처럼 되어 버렸다.
　스크린속의 텍사스 벌판은 목이 말라 보였다. 긴 가뭄으로 힘들어하는 사람들이 보인다. 여기는 이렇게 비가 오는데….

"나는 빗속에 있는데, 빅과 레슬리(자이언트의 주인공)는 가뭄에 허덕이고 있네요."

검정색 앞치마를 한 주인이 그녀의 앞에 달콤한 모카커피를 내려놓으며 말했다.

자신의 마음과 같은 생각을 하고 있다니 정말 신기하다. 수진은 그를 자세히 쳐다보았다. 그러고 보니 여러 번 드나들면서도 그를 유심히 바라본 적이 없는 것 같다.

"우리 삶이 참 우습죠? 내게는 지긋지긋하게 느껴지는 이 빗줄기가 다른 어느 누구에게는 목마르게 기다렸던 단비일 수도 있는 것이 참 서글퍼요."

커피와 함께 내온 비스킷을 그녀에게 권하며 그가 말했다. 반듯하게 잘 생긴 얼굴과 칠흑 같은 검정색의 머리를 뒤로 넘겨 묶었다. 아주 단정한 느낌이 든다. 그러고 보니 그의 눈빛이 제임스 딘의 것과 닮아 있다.

'혼혈이구나….'

"꼬맹이 때 부모님과 함께 저 영화를 봤어요. 그때는 무슨 내용인지 잘 모르겠더라고요. 저렇게 끝없이 펼쳐진 목장이 과연 세상에 있을 수 있는지…. 남의 아내를 사랑하는 잘 생긴 배우가 왜 저러는 지, 도무지 이해가 되지 않는 내용이었어요."

"……."

"그러다 아버지의 고향을 방문하게 되었지요. 텍사스는 정말 넓던데요. 하하하."

그녀의 반응과는 상관없이 넉살좋게 아버지의 고향이야기를 꺼내는 그의 입 모양을 바라보며 수진은 미소를 지었다. 정말 오랜만에 마음이 편안해지는 친구를 만난 것처럼….

두 번째 번외
오래전의 만남 (서하경과 강정민)

한의학과 2학년이었던 서하경은 '여름 성경학교' 준비를 위해 친구인 인희와 교회 문을 열고 들어섰다. 두 사람은 이번 행사 기간 내에 반주와 율동을 담당하기로 되어 있었다.

"아, 내 정신 좀 봐. 악보! 내가 연습하려고 집에 가져다 놓고는 놔두고 왔네. 하경아, 내가 가서 악보 가져올게."

"어. 빨리 와."

인희는 급하게 교회 근처에 있는 자신의 집으로 뛰어 갔다.

혼자 남겨진 하경은 뒤뜰 쪽으로 발걸음을 옮겼다. 등나무로 엮어 짠 그늘 좋은 평상이 있는 곳이기 때문이다. 걸음을 옮기던 그녀는 어디선가 들려오는 아름다운 기타소리에 발걸음을 멈추었다.

"어. 'yesterday' 다."

Yesterday~ all my troubles seemed so far away~ now it looks as though they're here to stay~

하경은 자신이 좋아하는 노래가 은은히 기타반주에 맞춰 들려오자 자신도 모르게 발걸음을 재촉해 교회 건물 뒤쪽으로 다가갔다. 그러나 벤치에 앉아 기타를 치며 노래를 부르는 남학생을 발견한 하경은 걸음을 멈추었다.

강정민이다.

여러 여자들과 사귄다는 소문이 자자한 바람둥이 후배, 강정민.

평소, 자신의 스타일과는 너무나 다른, 한 마디로 노는 아이인 정민을 본 하경의 얼굴에 난처한 기색이 떠올랐다. 그래, 이럴 때는 피하는 것이 상책이다. 하경은 조용히 발걸음을 돌려 뒤돌아섰다.

"서하경."

자신을 부르는 정민의 목소리에 우뚝 멈춰 서버린 하경.

'저게 미쳤나. 하늘 같은 선배에게 서하경이라니'

"너, 지금 뭐라고 했니?"

뒤돌아서서 앙칼지게 되묻는 하경이 귀엽다는 듯이, 정민은 피식 웃으며 일어났다.

"서하경 누우나. 한국말은 끝까지 들으셔야죠. 저 배고픈데, 밥 좀 사줘요."

'저런 싸가지'

"나, 돈 없어."

어린 후배에게 놀림을 받았다고 생각하니 얼굴이 달아오

른다. 붉어진 그녀의 얼굴을 바라보며 정민이 천천히 다가왔다. 그의 반듯한 눈과 코와 입이 바로 앞에서 보인다. 대학생인 하경은 고등학생인 정민을 올려다보며 심한 가슴 떨림에 황당함마저 느끼고 있는 중이다.

"그럼 제가 사 드릴게요."

그는 하경의 손을 잡고 억지고 끌고 가기 시작했다.

"야, 너 이거 안 놔?"

하경의 말을 듣고도 여전히 잡은 손을 놓지 않은 채, 꼭 쥐고 앞서 가는 정민. 그의 뒷모습에서 남다른 결의마저 느껴진다.

아무도 모르게 시작된 두 사람의 만남.

"누나."

"천천히 오지. 막 뛰어 왔구나. 이 땀 좀 봐라."

이마에 송글송글 맺힌 그의 땀을 보며 하경이 손수건을 내밀었다.

"야!"

하경이 내민 손수건은 본척만척한 정민은 하경의 팔을 잡고 그의 이마로 끌고 가더니 그녀의 소매부리로 자신의 이마를 훔치기 시작했다.

"왜 이래?"

"뭐 어때서."

너무도 당당하고 자신만만한 정민. 주위의 눈이나 사람들의 편견은 신경 쓰지 않고 오로지 자신의 감정에만 충실하다. 하지만 소심한 하경은 지금 고민에 빠져 있다. 대학생인 자신이 나이도 한참이나 어린 고등학생을, 것도 바람둥이라는 소문이 자자한 선수에게 마음을 빼앗긴 것이 도저히 용서가 되지 않았기 때문이다.

그렇게 갈등을 하던 하경이 그 갈등의 종지부를 찍게 된 날은 어느 화창한 어린이 날이었다. 친구인 영수가 영화를 보러 가자고 조르는 바람에 아무 생각 없이 영화를 보고 나오다가, 웬 여학생과 함께 있는 정민과 마주치게 된 것이다.
"어, 정민아."
하경은 별다른 생각 없이 정민을 불렀고 하경을 보고 반가워하던 정민은 하경의 옆에 있던 영수를 바라보다 얼굴이 점점 굳어지기 시작했다.
하경 역시 별 생각 없이 인사를 해 놓고 보니 다른 여자와 함께 있는 그가 마음에 걸렸다.
'그렇게 나 좋다고 쫓아다니더니, 정말 바람둥이 아냐?'
한참을 그렇게 서로를 노려보던 두 사람 중에 위태로운 균형을 깬 사람은 정민이었다.
"나. 좀. 봐."
그가 하경을 잡아끌자, 영수가 가만히 있을 리가 없다.
"어디서 어린 새끼가…"
"좀 빠지시죠."
결국엔 주먹이 오고 가는 싸움이 되고 말았다. 하경은 주위 사람들의 도움으로 간신히 두 사람을 뜯어 말려 씩씩거리며 말없이 노려보는 정민과 영수를 끌고 근처의 카페로 데려

갔다. 정민과 동행했던 여학생도 놀라서 어쩔 줄 몰라하며 그들을 따라 왔다.

카페에 들어선 하경이 정민의 반대편자리에 앉으려 하니, 정민은 사나운 눈길로 그녀의 손목을 잡아 당겨 자신의 옆으로 끌어 앉혔다.
'휙'
"야!"
그녀가 놀라 소리치자 그가 굳은 목소리로 선포하듯 말했다.
"이제부터 내 옆에만 앉아. 영화도 나 외에 다른 사람이랑 보지 마. 놀러 갈 때도 내가 없으면 못 가."
그의 발언에 하경의 얼굴은 심하게 붉어졌고, 영수는 기가 막혀 코웃음을 쳐댔다.
"난 몰라."
정민을 따라왔던 여학생은 얼굴이 붉어진 채 눈물을 흘리며 밖으로 뛰어나가 버렸다.
"미친놈. 너 또라이 아냐? 하경이 감정은 아무런 상관도 없고 혼자 좋으면 되냐? 미친놈."
"하경이 니가 대답해. 너 내가 싫어?"
뚫어질 듯이 자신을 바라보며 물어 보는 정민에게 하경은 뭐라 대답을 할 수가 없었다. 그와의 사랑을 이겨낼 자신이 없었다. 주의의 시선이 무서웠다. 너무나 당당하고 어린 그가 무서웠다. 그녀는 아무런 대답도 하지 못하고 고개만 숙이고 있었다.

"봐라. 미친놈아. 혼자 좋아서 날뛰고 있는 미친놈."
"서하경. 다시 한 번만 더 물어 보자. 너 정말 내가 싫어? 나 네 눈앞에서 사라져 줘?"

한참동안 그녀의 대답을 기다리던 그가 반응 없는 하경을 한번 노려보고는 밖으로 나가 버렸다.

그렇게 끝이 난 줄 알았다. 속이 약간 쓰렸고, 가슴 한 구석이 조금 허물어지는 느낌이었지만 견딜 수 있었다. 이따금씩 교회에서 마주치는 정민은 아주 예의바른 후배로 돌아와 있었다. 가끔씩 자신을 바라보는 그의 시선이 느껴졌지만 더 이상은 없었다. 그렇게 모든 것이 제자리로 돌아 온 줄 알았다.

하지만 그녀의 가슴을 조금씩 갉아 먹는 것이 있었다. 그것은 바로 그의 웃음소리였다. 여자 후배들과 어울려 같이 웃고 떠들고 농담하는 그의 웃음소리는 무척이나 낯설게만 느껴졌다. 필요이상으로 들떠 있는 그의 웃음소리.

"하하하. 하하하."
"호호호. 호호호."

어딘가가 분명히 간지러운데, 어느 부위가 간지러운지 모르는, 시원하게 긁고 싶은데, 어디를 긁어야 할지 모르는 이상한 기분이 자꾸만 들었다.

"선배님!"
"어…"

그다. 검정색 추리닝 복을 입고 농구공을 들고 있다. 운동 후 샤워라도 하고 오는 길인지 그에게서 진한 비누냄새가 풍겼다. 심장이 걷잡을 수 없이 뛰기 시작했다.

"과외 마치고 오는 길이세요?"
"응."
"그럼."

그가 가볍게 고개를 숙이고 지나가 버리자, 그녀의 몸이 또 간지러워졌다. 어디지? 어디가 간지러운 거지? 분명히 간지럽긴 한데, 정말 못 견디게 간지러운데… 어디를 긁어야지 시원한 기분이 드는 걸까?

그는 이제 완전히 자신을 정리한 듯 보였다. 갑자기 힘이 빠져온다. 고개를 숙이고 혼자 힘없이 걷고 있느라 뒤쪽에서 뛰어오는 발걸음 소리를 듣지 못했다.

'휙'하고 바람이 일더니 그녀는 어느 순간 그의 품에 안겨 있었다.

"죽을 것 같아. 죽을 것 같아. 하경아!"

그의 품에 안겨 그가 웅얼대는 소리를 듣는 것이 꿈일까?

"정민아…"

"옆에 있기만 해도 안 돼? 이제 아무것도 바라지 않을게. 남자 친구 만나고 싶으면 만나도 돼. 나를 내치지만 말아줘. 하경아."

그의 나지막한 음성에 온 몸이 움찔거렸다. 가려운 곳이 어디였지? 그의 입김이 닿는 정수리부근이었나? 그의 손이 닿아있는 등이었을까?

그의 음성을 듣는 순간, 그녀의 가려움증이 씻은 듯, 사라져 버렸다.

참 신기한 일이다!

작가 후기

써니는 유난히 피부가 희고 웃으면 눈이 보이지 않는, 예쁜 후배였습니다.

서울에서 내려왔다는 그녀는 저와 마음이 잘 맞아서 그런지 우리는 금방 허물이 없는 사이가 되었지요.

매미가 몹시도 울어대던 어느 여름 날, 그녀가 아무런 연락도 없이 오랫동안 자리를 비웠습니다. 전화도 받지 않고 문자를 보내도 연락이 없더군요. 몹시도 걱정이 되었습니다.

"경주를 다녀왔어요."

일주일 만에 나타난 그녀는 몹시도 지치고 힘들어 보였습니다. 가뜩이나 작은 얼굴이 더 작아져 있었고 어깨는 몹시도 쳐져 있었습니다.

"경주에 있는 오빠에게 다녀왔어요."

심하게 흔들리는 그녀의 가녀린 어깨가 눈에 들어왔습니다. 한동안 소리 없이 흐느끼는 그녀를 보며 나는 어쩔 줄을 몰랐습니다.

"언니… 나 너무 힘들어서 숨을 못 쉬겠어요."

"……."

"이제 오지 말래요. 다시는 찾아오지도 말래요."

"누가? 오빠가?"

"아뇨. 오빠 할머니가요. 할머니네 뒷산에 오빠가 있거든요. 한 번만 더 찾아오면 오빠를 옮겨 버리겠데요. 절대로 못 찾는 곳으로 옮겨 버린데요."

그날 나는 늦게까지 그녀의 멋진 첫사랑을 이야기 속에서 만났습니다.

고등학교 2학년 때 서점에서 만난 그녀의 사랑은 대학교 2학년의 아름다운 청년이었습니다.

"어서 대학생이 되어서 같이 다니자. 인마. 공부 좀 열심히 해라. 너 그러다 우리 학교 못 와."

수학 문제를 앞에 두고 더듬거리는 그녀에게 항상 하던 그의 말이라고 했습니다.

그가 갑자기 그녀의 곁을 떠난 것은 대입시험을 얼마 앞두지 않고서였습니다.

형의 전화를 받고 뛰어간 대학병원에서 그는 산소 호흡기에 의지해 그녀를 기다리고 있었습니다.

언제나 차갑던 그의 어머니가 그녀의 머리를 쓸어 주시며 "우리 써니. 왔구나…" 하고 조용히 말씀하시던 것이 아직도 생각이 난다고 했습니다.

급속히 나빠지는 병세를 그녀에게 알리지 않고 혼자 아파하던 그는 이틀 만에 결국 그녀의 곁을 떠나버렸습니다.

"급한 일이 생겼다며 자꾸만 약속을 취소하고, 급기야는 휴학을 하고 여행을 간다고 해도 오빠가 아픈지 몰랐어요. 여름 내내 긴팔을 입고 다니던 오빠가 햇빛 알러지라고 말할 때도 그저 그런 줄 알았어요. 팔에 무수히 나 있는 주사바늘 자국을 보여주기 싫어서였는데…. 그런 것도 몰랐어요. 나 시험 망칠까봐, 공부에 방해될까봐 그랬대요. 하…. 그깟 대학이 뭐라고…."

그 후, 그녀는 오빠의 바람과는 달리 고등학교도 졸업을 하지 못했다고 했습니다.

학교를 자퇴한 그녀는 6개월간 집 밖으로 나오지도 못하고 미친 듯이 샤워를 했다고 합니다. 부모님들이 그녀의 울음소리를 듣고 가슴 아파할까봐 눈물이 나면 욕실로 달려갔다고 했습니다.

딸이 사랑하는 사람을 따라 갈까 걱정이 된 아버지의 애끓는 호소로 그녀는, 다시 세상으로 나왔고 오빠가 바라던 대학생도 되어 씩씩하게 잘 살아가고 있다고 했습니다. 오빠의 고향인 부산이 자신을 지켜주는 것 같다며 퉁퉁 부은 눈으로 서글프게 웃는 그녀의 아픔이 고스란히 전해져왔습니다.

그날 그렇게 만난 그녀의 첫사랑이… 너무나 순수하고 아름다워서 저 역시 그날 밤은 오랫동안 잠이 들지 못했습니다. 순이 방에 글을 올려야겠다고 마음을 먹고 제일 먼저 떠올린 것이 그녀와 그녀의 첫사랑이었습니다. 순수해서 더 아름다운 첫사랑은 누구에게나 있는 아련한 추억이니까요….

언제나 대나무 같은 친구가 되어주는 권 양과, 이름을 빌려준 유신 군.
지겨울 만큼 긴 시간동안 가르침 주시고, 기다려주신 큰나무 상 대리님께 감사드리고 싶네요.

끝으로 부족한 글 읽어주시고 함께 해주신 모든 분들께도 감사의 인사드립니다.

-정미림-